Zu diesem Buch

«Freunde jener Spezies von Kriminalroman, der nicht nur spannend, sondern außerdem gut, geistreich und ohne Sensations- oder Thriller-Mätzchen geschrieben ist, kurzum also: literarischen Wert besitzt, haben jetzt eine besonders köstliche Gelegenheit, sich ihrem Lesevergnügen hinzugeben. Sie werden ‹Die letzte Fahrt des Admirals› mit doppeltem Genuß verschlingen, einmal der hochkarätigen Autoren wegen, die sich zur Autorengruppe zusammengeschlossen hatten, zum anderen, weil diese Geschichte wirklich spannenden Witz besitzt. Vor langem hatte man von diesem Unternehmen bereits gehört. Seit 1930 geisterte es wie ein Geheimtip durch die englischsprachige Welt, aber erst jetzt, da der Verlag eine deutsche Fassung herausbrachte (und dazu eine frisch und lebendig übersetzte), kann man an dem Lesevergnügen teilnehmen» («General-Anzeiger», Bonn).

«Überzeugt, daß der Roman das Werk eines einzelnen ist, sammle ich Kollektivromane als literarische Leckerbissen, weil sich hier zeigt, was einer mit seiner Manier anfangen kann, wenn er gleichsam in das fließende Wasser einer fremden Romanhandlung geworfen wird. Die einen drohen zu ertrinken, andere erweisen sich als kräftige Schwimmer» («AZ Journal», Wien).

Dorothy L. Sayers
Agatha Christie
G. K. Chesterton u. a.

Die letzte Fahrt des Admirals

13 Autoren
schreiben einen Kriminalroman

Aus dem Englischen
von Alexandra Wiegand

Rowohlt

Die Originalausgabe erschien erstmals 1931 und in
2. Auflage 1981 unter dem Titel «The Floating Admiral»
im Verlag Macmillan London Limited
Umschlagentwurf Manfred Waller

46.–48. Tausend August 1997

Veröffentlicht im Rowohlt Taschenbuch Verlag GmbH,
Reinbek bei Hamburg, September 1987
«The Floating Admiral» Copyright © 1931 und 1981 by
The Detection Club
Copyright © 1983 by Rowohlt Verlag GmbH,
Reinbek bei Hamburg
Gesamtherstellung Clausen & Bosse, Leck
Printed in Germany
1290-ISBN 3 499 12112 3

Inhalt

Einleitung/*Die letzte Fahrt des Admirals*
Von Dorothy L. Sayers · Seite 9

Prolog/*Dreimal blauer Dunst*
Von G. K. Chesterton · Seite 14

1/*Leiche ahoi!*
Von Canon Victor L. Whitechurch · Seite 20

2/*Schonend beigebracht*
Von G. D. H. und M. Cole · Seite 32

3/*Gescheites über Gezeiten*
Von Henry Wade · Seite 49

4/*Reden ist Silber*
Von Agatha Christie · Seite 64

5/*Inspektor Rudge entwickelt eine Theorie*
Von John Rhode · Seite 73

6/*Inspektor Rudge besinnt sich eines Besseren*
Von Milward Kennedy · Seite 90

7/*Schocks für den Inspektor*
Von Dorothy L. Sayers · Seite 110

8/*39 Fragliche Punkte*
Von Ronald A. Knox · Seite 150

9/*Besuch bei Nacht*
Von Freeman Wills Crofts · Seite 191

10/*Das Waschbecken*
Von Edgar Jepson · Seite 215

11/*Im Pfarrhaus*
Von Clemence Dane · Seite 222

12/*Die Dinge klären sich*
Von Anthony Berkeley · Seite 232

Anhang I/*Lösungen* · Seite 303

Anhang II/*Sachdienliche Anmerkungen* · Seite 348

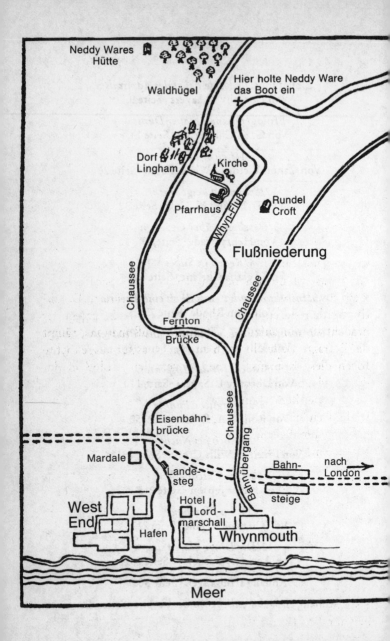

Einleitung

Die letzte Fahrt des Admirals

Von Dorothy L. Sayers

Fragt man einen Beamten der Kriminalpolizei, was er denn von den großen Romandetektiven halte, so wird einem, meist unter sanftem Grinsen, die Antwort erteilt: »Ach, das ist doch ganz was andres. Der Schriftsteller weiß sowieso, wer es war, und dem großen Herrn Detektiv werden die Indizien doch vor die Nase gelegt, er braucht sie nur aufzulesen. Staunen muß man ja«, räumt der Befragte vielleicht noch ein, »auf was für ausgekochte Ideen diese Romanschreiber so verfallen – bloß in der Praxis, glaube ich, kämen sie damit nicht weit.«

An derlei Bemerkungen dürfte viel Wahres sein, jedenfalls lassen sie sich schwer widerlegen. Es sei denn, man könnte zum Beispiel Mr. John Rhode bewegen, einmal auf die eine oder andere so genial einfache Weise, wie ihm das immer in seinen Romanen gelingt, einen wirklichen Mord zu verüben, und Mr. Freeman Wills Crofts etwa übernäme es, ihn mit gezücktem Kursbuch von Stanraer bis nach Saint Juan-les-Pins zu verfolgen – damit wäre vielleicht in der Tat die Probe aufs Exempel zu machen. Indes, Verfasser von Detektivgeschichten sind in der Regel keine blutdürstigen Leute. Physische Gewaltanwendung liegt ihnen nicht, und zwar aus zwei Gründen: erstens lassen sie den Dampf ihrer Mordgelüste so gründlich auf dem Papier ab, daß zur Aktion keine Hitze mehr übrig bleibt, und zweitens leben sie nun einmal in der

Vorstellung, daß Mörder dazu da sind, gefaßt zu werden – was sie nicht gerade ermuntern kann, ihre kriminalistischen Theorien in kriminelle Handlungen umzusetzen. Und hinsichtlich praktischer Detektivarbeit wiederum liegen die Dinge ja so, daß dazu kaum einer die Zeit hat, weil er als ordentlicher Bürger seine Brötchen verdienen muß, statt sich der unerschöpflichen Muße eines Wimsey oder Father Brown zu erfreuen.

Aber der beste Ersatz für realen Wettstreit ist ein gutes Spiel, und ein solches ist das vorliegende Buch, ein Detektivspiel, das eine Reihe von Mitgliedern des Detection Club auf dem Papier miteinander austragen. Und hier gleich die Frage: Was ist der Detection Club?

Nun, er ist eine private Vereinigung britischer Kriminalautoren und existiert hauptsächlich zu dem Zweck, daß man sich in entsprechenden Zeitabständen zum Dinner trifft und nach Herzenslust fachsimpelt. Er untersteht keinem Verlag und ist auch, obschon er ein mit der Veröffentlichung des vorliegenden Experiments ehrlich verdientes Honorar nicht ausschlagen wird, nicht primär auf Gelderwerb ausgerichtet. Auch ist er keine Jury, die ihre eigenen oder anderer Leute Bücher empfehlen will, und eigentlich will und soll er nichts weiter, als eben Spaß machen. Mitglied werden kann nur, wer echte Detektivliteratur schreibt (also nicht etwa Abenteuerromane oder sogenannte Thriller); die Aufnahme erfolgt auf Empfehlung mindestens zweier Mitglieder durch Abstimmung und schließt die Ablegung eines Eides ein.

Über das feierliche Aufnahmeritual brächte keine Macht der Welt etwas aus mir heraus, aber zum Inhalt des Eides darf ich vielleicht etwas sagen. Es geht dabei, in kurzen Worten, um folgendes. Der Autor gelobt, daß er sich Lesern und Kollegen gegenüber an die Spielregeln halten wird. Seine ermittelnden Detektive müssen mit ihrem Verstand ermitteln, ohne Zuhilfenahme von Zufall oder Deus ex machina; er darf nicht utopische Todesstrahlen oder Gifte erfinden, unter denen kein Zeitgenosse sich etwas vorstellen kann; und er muß in puncto Sprache sein Bestes geben. Er muß unverbrüchliches Stillschweigen bewahren über Stoffe und Titel, an denen seine Kollegen arbeiten, und er muß Klubmitgliedern, die in technischen Fragen Rat brauchen, nach Kräften jederzeit helfen. Wenn der Detection Club, der zugegebenermaßen eine vergnügliche Einrichtung ist, dabei auch ein ernsthaftes Ziel verfolgt, so dieses, den Detektivroman auf dem höchsten Niveau zu halten, das er seiner Natur nach haben kann, und ihn zu reinigen von dem Ballast der Sensationsmache, Effekthascherei und Sprachschludrigkeit, der ihm leider seit langem anhaftet.

Nun noch ein Wort über die besonderen Bedingungen, unter denen ›Die letzte Fahrt des Admirals‹ geschrieben wurde. Es ging bei diesem Buch darum, der Lösung einer echten Ermittlungsaufgabe möglichst nahe zu kommen. Abgesehen von Mr. Chestertons anschaulichem Prolog, der als letzter Beitrag geschrieben wurde, hat jeder Mitautor das ihm in den voraufgegangenen Kapiteln vorgelegte Problem weiterbearbeitet, ohne auch nur die geringste Ahnung zu haben, welche Lösung oder Lösungen seine vor ihm zu Wort gekommenen Kollegen im Sinn gehabt hatten. Lediglich zwei Spielregeln waren zu beachten. Erstens: jeder Autor mußte beim Aufbau seiner Passage eine ganz bestimmte Lösung im Auge haben – das heißt, er durfte nicht neue Komplikationen einführen, nur um »die Sache spannender zu machen«; er mußte gegebenenfalls in der Lage sein, die von ihm gebrachten Indizien logisch und aus dem Zusammenhang heraus zu begründen. Und damit in dieser Hinsicht niemand mogeln konnte, mußte jeder Autor zusammen mit dem Manuskript seines Kapitels auch seinen Vorschlag einer Gesamtlösung einreichen. Diese Lösungen sind im Anhang des Buches wiedergegeben, was der interessierte Leser begrüßen wird.

Zweitens war jeder Autor verpflichtet, sich mit allen Schwierigkeiten und Fragen, die seine Vorgänger aufgeworfen hatten, redlich auseinanderzusetzen. Wenn beispielsweise Elmas Einstellung zu Liebe und Ehe so merkwürdig schwankend schien, oder wenn das Boot verkehrtherum ins Bootshaus gebracht wurde, so mußten solche Fakten mitbestimmend für seine Lösung sein. Er durfte dergleichen nicht als Laune oder Zufall abtun oder aber Erklärungen dafür bieten, die mit der Sache nichts zu tun hatten. Natürlich wurden, als die Hinweise sich mit der Zeit mehrten, die vorgeschlagenen Lösungen immer subtiler und komplizierter, während zugleich das allgemeine Handlungskonzept mehr und mehr an Substanz und Eindeutigkeit gewann. Aber es ist unterhaltsam und interessant zu sehen, wie erstaunlich viele verschiedene Interpretationen sich zur Begründung der einfachsten Handlungen ausdenken lassen. Wo der eine Autor ein Indiz bringt und überzeugt ist, daß es unverkennbar nur in eine einzige Richtung weisen kann, führt es bei den Autoren späterer Kapitel plötzlich auf die genau entgegengesetzte Spur. Darin kommt wahrscheinlich das Spiel dem realen Leben sehr nahe. Wir beurteilen einander nach unseren äußeren Handlungen, können jedoch über die Motive, die diesen zugrundeliegen, mit unserem Urteil oft schwer im Irrtum sein. Von unserer persönlichen Interpretation einer Sache voreingenommen, erblicken wir hinter der Handlung zwangsläufig nur das eine, uns vorschwebende Motiv, so daß unsere Deutung völlig plausibel, vollkommen logisch und dabei total falsch sein kann. Hier dürfte es uns Kriminalschriftstellern möglicherweise einmal gelungen sein, uns selbst in Frage zu stellen und uns gegenseitig in heilsame Unsicherheit und Verwirrung zu bringen. Ist es uns doch nur allzu geläufig, den großen Detektiv leichthin sagen zu lassen: »Aber siehst du denn nicht, lieber Watson, daß diese Fakten nur einen einzigen Schluß erlauben?« Nach den Erfahrungen, die wir durch ›Die letzte Fahrt des Admirals‹ gewonnen haben, werden unsere großen Detektive es wohl noch lernen müssen, sich vorsichtiger zu äußern.

Ob das Spiel, das wir hier zu unserem eigenen Vergnügen gespielt haben, auch anderen Spaß macht, darüber muß der Leser befinden. Wir können ihm nur versichern, daß es ehrlich gespielt worden ist, den Regeln getreu und mit allem Einsatz und aller Begeisterung, wie sie Spielteilnehmer nur irgend einbringen können. Von mir selbst darf ich sagen, daß nicht geringer wohl als die heillose Verwirrung, in die Mr. Milward Kennedys kleiner Lehrbrief der Gehirnakrobatik mich stürzte, das peinliche Erstaunen gewesen sein muß, das Father Ronald Knox überkam, als ich in der stolzen Meinung, nicht wenige dunkle Punkte bereits geklärt zu haben, das Problem an ihn weitergab. Daß Mr. Anthony Berkeley in der Schlußauflösung so frohgemut unsere Taktiken zu durchkreuzen und unsere perfiden Tricks abzuwürgen verstanden hat, das möchte ich sowohl seinem genuinen Erfindertalent als aber auch der tatkräftigen Mitwirkung der drei vorletzten Rätsellöser zuschreiben, die ja so viele Fakten und Motive aufgedeckt haben, von denen wir, die noch im Dunkeln tappende Vorhut, nichts ahnten. Doch niemand unter uns, glaube ich, wird seinen Mitautoren irgendwie gram sein, ebensowenig wie den Extravaganzen des Flusses Whyn – ging doch über dessen gezeitenbewegte, von dem Zwillingsgestirn Mr. Henry Wade und Mr. John Rhode weise gelenkte Wellen, friedlich seine blühenden Ufer entlang, die letzte Fahrt des Admirals.

Prolog

Dreimal blauer Dunst
Von G. K. Chesterton

Drei Szenen hinter kreiselndem Opiumrauch, drei Geschichten um eine verwahrloste Opiumhöhle in Hongkong – heute nach so langer Zeit könnte man sie als blauen Dunst abtun. Aber sie haben sich tatsächlich zugetragen; es waren die Stationen eines Verhängnisses, das, obwohl von den meisten Mitspielern der Tragödie schnell wieder vergessen, einem Mann sein Leben verdarb. Eine große Papierlaterne, ungelenk mit einem grellroten Drachen bemalt, hing über dem schwarzen, kellerlochähnlichen Eingang der Lasterspelunke; der Mond schien; die kleine Gasse war fast menschenleer.

Man spricht so gern vom Geheimnis Asiens, doch in gewissem Sinn sieht man das völlig falsch. Asien, das greise Land, ist mit den Jahrtausenden hart geworden, abgezehrt gleichsam, so daß das Gerippe hervortritt, und in mancher Hinsicht wird dort weniger verschleiert und mystifiziert als bei uns im Westen, wo die Probleme so hautnah und so wechselhaft sind. Die Rauschgifthändler, die Opiumhexen und Huren, die einst das anrüchige Leben dort ausmachten, sind längst in ihrer Funktion anerkannt und in fast so etwas wie einer sozialen Hierarchie fixiert. Zuzeiten ist ja ihr lasterhaftes Treiben eine ganz offizielle und geradezu religiöse Sache gewesen, wie etwa der Tempeltanz. Und so ist wohl der britische Schiffsoffizier, der da an der finsteren Kellertür vorbeigeht und sich plötzlich veranlaßt sieht stehenzubleiben, das größere, das eigentliche Geheimnis, weil er nämlich sich selbst ein Geheimnis ist. In seiner Mentalität, der nationalen wie der persönlichen, liegen die komplexesten und widersprüchlichsten Dinge dicht beieinander: Gesetze nebst ihren Ausnahmen; ein seltsam unberechenbares und unlogisches Gewissen; sentimentale Regungen, die vor echtem Gefühl zurückschrecken; religiöse Empfindungen, die mit Frömmigkeit nichts zu tun haben; ein Patriotismus, der sich rühmt, rein pragmatisch und professionell zu sein; all die ineinander verschlungenen Traditionen eines großen heidnischen und eines großen christlichen Erbes – kurzum, das Geheimnis des Westens. Das hier immer mehr zum Geheimnis wird, weil er selbst, unser Schiffsoffizier, sich nie Gedanken darüber macht.

Aber für unsere Geschichte ist von alledem nur eins zu bedenken wichtig. Wie jedem Mann seines Schlages war ihm persönliche Unterdrückung in tiefster Seele verhaßt – was ihn allerdings nicht gehindert hätte, sich an anonymer oder kollektiver Unterdrückung durchaus zu beteiligen, sofern seine ganze Kultur oder sein Land oder seine Gesellschaftsklasse die Verantwortung dafür mittrugen. Er war Kapitän eines Kriegsschiffes, das zu der Zeit gerade im Hafen von Hongkong lag, und er würde ohne weiteres Hongkong in Trümmer geschossen und die halbe Einwohnerschaft ausgelöscht haben, und wäre es selbst in jenem schmachvollen Krieg gewesen, mit dem Großbritannien einst China das Opium aufzwang. Doch als er jetzt zufällig sah, wie eine kleine Chinesin von einem schmierigen gelben Wüstling über die Straße gezerrt und kopfüber in diese Opiumhöhle gestoßen wurde, da brach ganz spontan etwas in ihm auf: ein Lebensalter, aus dem man nie wirklich heraus ist, ein gewisser romantischer Reflex, den man nie völlig ablegt, ein Etwas, das nach wie vor die ehrenvolle Beschimpfung verdient, als Donquichotterie bezeichnet zu werden. Mit zwei, drei Fausthieben schmetterte er den Chinesen hinüber auf die andere Straßenseite, wo er, sich um sich selbst drehend, irgendwo in der Gosse zusammenbrach. Die Kleine jedoch war bereits die finsteren Kellerstufen hinuntergeflogen, und mit dem blinden Ungestüm eines gereizten Bullen stürzte ihr nun der Kapitän nach. Was ihn dabei erfüllte, waren wohl lediglich Wut und der dumpfe Impuls, das Opfer um jeden Preis aus diesem wenig einladenden Verlies zu befreien. Vielleicht aber auch, daß in diesen schlichten Impuls sich unterbewußt ein Anflug unguter Ahnung mischte – es war, als starre der blutrote Laternendrache auf ihn herab, und blindlings hatte er ein Gefühl, wie es möglicherweise den heiligen Georg erfaßt haben würde, hätte nach dem siegreichen Schwertstreich der Drache ihn doch noch verschlungen.

Aber die nächste Szene, die zwischen den Schwaden des Traumnebels sichtbar wird, zeigt nun nicht etwa ein Strafgericht, wie es vielleicht wer Sensationen liebt, rechtens erwarten möchte. Der verfeinerte Geschmack unserer Tage verlangt weder nach Folterszenen, noch wünscht er die Banalität eines Happy End dadurch vermieden zu sehen, daß die Hauptfigur bereits im ersten Kapitel umgebracht wird. Dennoch war das Kapitel, das sich uns jetzt enthüllt, im Endeffekt vielleicht tragischer als jede Sterbeszene. Und das Tragische daran war vor allem, daß das Ganze von solcher Komik war. Was der Schein der bunten Flitterlaternen in dieser Lasterhöhle erkennen ließ, war schlichterdings ein Haufen opiumbeduselter Kulis mit Gesichtern wie gelber Stein, war die Mannschaft von einem Schiff, das unter amerikanischer Flagge am Morgen vor Hongkong festgemacht hatte, und war als Mittelpunkt ein hochgewachsener Offizier der britischen Navy in Kapitänsuniform, der, sichtlich unter Einwirkung ungewohnter Umstände, sich höchst ungewöhnlich benahm. Seine Darbietung mochte manche der Zuschauer an einen alten – Hornpipe genannten – Matrosentanz denken lassen, bereichert allerdings um Gebärden, die lediglich dazu dienen sollten, den Tänzer auf den Beinen zu halten.

Die anwesenden Seeleute waren Amerikaner; das heißt, es waren ein paar Schweden darunter, einige Polen, mehrere Slawen unbenennbarer Nationalität und eine ganze Menge brauner Laskaren von irgendwo am Ende der Welt. Aber sie alle sahen das, was sie hier sahen, durchaus nicht ungern, und sie sahen es zum allerersten Mal: sie sahen nämlich, wie ein Sohn Englands die Haltung verlor. Er verlor sie mit königlicher Langsamkeit, doch dann verlor er sie plötzlich ganz und ging mit dumpfem Aufschlag zu Boden. Soweit zu verstehen, lallte er:

»... 'dammter D-drevksw-whisky, aber 'd-dammt gut. 'ch meine«, erläuterte er ebenso mühsam wie logisch, »Whisky 's 'd-dammter Dreck, aber 'd-dammter Dreckswhisky 'd-dammt gut.«

»Der hat nicht bloß Whisky im Leib«, sagte ein Matrose aus Schweden in schwedischem Amerikanisch.

»Der hat alles intus, was wo es hier gibt, sozusagen«, bestätigte ein Pole mit gepflegtem Akzent.

Und dann stimmte ein kleiner dunkelhäutiger Jude, der in Budapest geboren, aber in Whitechapel zu Hause war, mit quäkender Stimme einen Schlager an, den er dort gehört hatte: »Jedes hübsche Kind will einen Seemann, nur ein Seemann Seemann Seemann muß es sein.«

Die Verachtung, mit der er es sang, sollte später einmal um die Mundwinkel Trotzkis liegen und die Welt verändern.

Die Morgendämmerung enthüllt uns das dritte Bild: den Hafen von Hongkong, wo das Kriegsschiff unter den Stars and Stripes Seite an Seite lag mit dem Kriegsschiff unter dem Union Jack; auf letzterem herrschten Aufruhr und helle Verzweiflung. Der Erste und der Zweite Schiffsoffizier blickten einander in wachsender Besorgnis, ja Panik an; einer der beiden sah schließlich auf die Uhr.

»Was schlagen Sie vor, Mr. Lutterell?« fragte er mit zwar fester Stimme, aber unstetem Blick.

»Ich glaube, wir müssen jemand an Land schicken und nachforschen lassen«, antwortete Mr. Lutterell.

In diesem Moment tauchte ein dritter Offizier auf, der einen stämmigen Matrosen neben sich her zerrte; offenbar hatte der Mann eine Meldung zu machen, die zu machen ihm aber sichtlich schwerfiel.

»Ja also, Sir, er ist da«, sagte er schließlich. »Man hat den Captain gefunden.«

Etwas in seinem Ton ließ den Ersten Offizier jäh zusammenfahren.

»Was meinen Sie mit ›gefunden‹?« schrie er den Mann an. »Sie reden ja, als wäre er tot!«

»Na, tot ist er gerade nicht, glaub ich«, sagte der Matrose mit aufreizender Bedächtigkeit. »Aber so aussehen tut er.«

»Ich glaube, Sir«, sagte der Zweite Offizier leise, »sie bringen ihn grade an Bord. Hoffentlich machen sie schnell und möglichst kein Aufsehen.«

So also sah (und es blieb ihm unvergeßlich) der Erste Offizier seinen verehrten Kapitän auf das geliebte Schiff zurückkehren. Zwei schmuddlige Kulis schleppten ihn an wie einen Sack; die Offiziere umringten ihn schnell und trugen ihn in seine Kajüte. Dann drehte sich Mr. Lutterell zackig um und schickte nach dem Schiffsarzt.

»Halten Sie diese Männer noch fest«, sagte er, auf die Kulis deutend, »wir müssen wissen, was da passiert ist. Nun also, Doktor, was ist mit ihm?«

Der Doktor hatte ein Adlergesicht, einen Dickschädel und überdies die nicht sehr populäre Mentalität eines aufrichtigen Menschen; und aufrichtig war er auch jetzt.

»Das sehe und rieche ich schon«, sagte er, »noch bevor ich ihn groß untersuche. Der hat Opium und Whisky und weiß der Himmel was noch. Bis oben voll Gift, kann ich nur sagen.«

»Ist er verletzt?« fragte Lutterell mit finsterer Miene.

»Erledigt ist er, wenn Sie mich fragen«, sagte der aufrichtige Doktor. »Erledigt jedenfalls für die Navy.«

»Mäßigen Sie sich«, sagte der Erste Offizier streng. »Darüber entscheiden die Instanzen.«

»Gewiß«, sagte der andere grimmig. »Die Kriegsgerichtsinstanzen, nehme ich an. Nein, nicht verletzt.«

Und damit hätten die ersten drei Szenen der Geschichte ihren Abschluß gefunden. Wobei wir allerdings mit Bedauern zugeben müssen, daß uns eine Moral von der Geschichte einstweilen fehlt.

1. Kapitel

Leiche Ahoi!

Von Canon Victor L. Whitechurch

Jedermann in Lingham kannte den alten Neddy Ware, obwohl er nicht im Dorf geboren, sondern erst seit nunmehr zehn Jahren dort ansässig war – weshalb die älteren Dorfbewohner, die ihr ganzes Leben an diesem stillen Fleck Erde zugebracht hatten, in ihm noch immer den »Fremdling« sahen.

Nicht, daß sie sonderlich viel über ihn gewußt hätten, denn der Alte lebte zurückgezogen und hatte nur wenig Freunde. Was man von ihm wußte, war lediglich, daß er Maat in der Royal Navy gewesen war und jetzt im Ruhestand von seiner Pension lebte; daß er ein glühender Anhänger der Walton'schen Anglerlehre war und seine Tage größtenteils damit verbrachte, im Whyn-Fluß zu fischen; und daß er, obwohl im allgemeinen von friedlicher Wesensart, fuchsteufelswild werden und ein ganzes Register schauerlichster Flüche loslassen konnte, wenn ihn jemand bei seiner Lieblingsbeschäftigung störte.

Suchte jemand, der ebenfalls fischen wollte, sich am Flußufer einen Platz aus, der nach Neddy Wares Meinung von seinem eigenen nicht weit genug weg war, so pflegte er den Sünder mit einem Temperamentsausbruch zu vertreiben, daß ihm Hören und Sehen verging; oder wenn Schuljungen – gegen die er sowieso etwas hatte – mit ihrem Geplapper irgendwie seine Kreise störten, wurde seine Ausdrucksweise absolut ungeeignet für Kinderohren. Einmal hatte der kleine Harry Ayres, der, wenn es ums Raufen ging, der Größte im Dorf war, die Kühnheit besessen, einen Stein nach dem Angelkorken des Alten zu werfen – man frage nicht, wie der Junge nach Hause schlich, kreideweiß im Gesicht, vom Lawinendonner der Ware'schen Kraftausdrücke vollkommen zerschmettert.

Der Alte wohnte in einem katenähnlichen Häuschen, das etwas abseits am Dorfrand stand; er lebte dort ganz für sich. Mrs. Lambert, eine ältere Witwe, kam jeden Vormittag ein paar Stunden, um Ordnung zu machen und ihm sein Mittagessen zu kochen. Mit allem übrigen wurde Neddy gut allein fertig.

Eines Morgens im August verließ er das Haus, als die rund eine halbe Meile entfernte Kirchturmuhr eben vier schlug. Wer Neddys Gepflogenheiten kannte, hätte nichts Ungewöhnliches daran gefunden, daß er so früh schon auf war. Ein Fischer weiß gerade die ersten Morgenstunden zu schätzen und zu nutzen; zudem hatte der kleine Whyn-Fluß, der ja die Szenerie seiner Lieblingsbeschäftigung war, noch fünf bis sechs Meilen flußaufwärts vom Meer einen Gezeitenwechsel. Über diese fünf oder sechs Meilen hin schlängelte er sich zuerst durch ein flaches Tal mit einer offenen Niederung auf der einen und bewaldeten Hügeln auf der anderen Seite; dann, die letzten vier Meilen, mäanderte er durch tiefgelegenes Flachland, bis er endlich bei Whynmouth in den Kanal mündete. Whynmouth, als beliebter Ferienort an der Südküste sehr bekannt, hat an der Flußmündung einen kleinen Hafen.

Zweimal täglich kam die Flut den Whyn aufwärts, mehr oder weniger schnell, je nachdem ob Spring- oder Nippflut herrschte. Diese Tatsache bestimmte weitgehend mit, welche Zeiten günstig zum Angeln waren. Und an diesem Morgen wollte Neddy Ware schon am Ufer sein, sobald die hereinkommende Flut begonnen hatte, flußaufwärts zu strömen.

Wir sehen ihn also aus seiner Hütte kommen, auf halber Höhe die waldigen Hänge von Lingham Hangar entlangwandern, die Fahrstraße überqueren und schließlich zum Flußbett hinuntersteigen. Er war nicht mehr der Jüngste, hatte sich aber gut gehalten, so gut, daß sein pechschwarzes Haar noch kaum einen grauen Schimmer zeigte. Ein Mann von gesundem Aussehen, glattrasiert bis auf die wunderlichen altmodischen Haarstreifen, die er zu beiden Seiten dicht vor dem Ohr stehen ließ; ein braunes, gefurchtes, wetterhartes Gesicht mit lustigem Mund und klaren grauen Augen. Gekleidet in einen alten marineblauen Serge-Anzug, auf dem Kopf einen schwarzen Filzhut, von dem er sich nie trennte. Sein Gepäck: mehrere Angelruten, Käscher und ein geräumiger Korb mit allem möglichen Zubehör seiner Kunst.

Jetzt kam er an das grasbewachsene Ufer. Er legte seine Sachen ab, stopfte sich bedächtig die rauchgeschwärzte Tonpfeife, wobei er den Tabak vorher zwischen den Handflächen rieb, und setzte sie, abwechselnd nach beiden Richtungen über das Wasser blickend, in Brand.

Er stand hier an einer halbkreisförmigen Ausbiegung des Flußlaufs, am rechten Ufer, auf der Außenseite der Kurve. Nach links zog sich der Flußlauf im Bogen zwischen Hügeln auf der einen Seite und offenem Wiesenland auf der anderen dahin. Nach rechts öffnete sich beidseitig des mit hohem Schilf bestandenen Uferrands das flache Land. Und von dorther drückte die Flut, in Wirbeln um die Flußbiegung schießend, auf ihn zu.

Zunächst mußte er drei oder vier Aalschnüre einholen, die er am Abend vorher ausgelegt hatte; er hatte ihre Enden an den knorrigen Wurzeln eines Bäumchens befestigt, das am Uferrand stand. Zwei dieser Schnüre brachten ein paar ansehnliche Aale an Land; mit geübtem Griff machte er die schlüpfrigen, sich windenden Fische von den Haken los und spülte den Schleim im Wasser ab. Dann steckte er bedächtig eine seiner Ruten zusammen, brachte Schnur, Vorfach und den aus einem Regenwurm bestehenden Köder an und warf das Ganze ins Wasser. Eine Weile beobachtete er den Schwimmer, der in den strudelnden Wellen umherhüpfte; dann und wann, wenn er plötzlich unter der Wasseroberfläche verschwand, ruckte Neddy an der Leine; einmal hing tatsächlich ein Fisch daran.

Er blickte um sich, und plötzlich war der Angelkork vergessen. Er starrte flußabwärts, soweit es die Biegung zuließ: da kam doch wahrhaftig ein kleines Ruderboot langsam den Fluß herauf. Aber merkwürdig, es waren keine Ruder zu sehen. Das Boot schien zu treiben.

Und schon hatte der alte Seebär das kleine Fahrzeug erkannt.

»Nanu«, murmelte er, »das ist doch das vom Pfarrer.«

Das Pfarrhaus von Lingham mit seiner angrenzenden Kirche stand abseits vom eigentlichen Dorf, ungefähr eine halbe Meile weiter flußabwärts. Das Grundstück reichte bis an den Fluß, und dort befand sich ein primitiver Landungssteg. An diesem Steg, das wußte Neddy, hatte der Pfarrer immer sein Boot liegen, mit der Leine an einem dafür vorgesehenen Pfahl vertäut. Es gab zwar in dem Uferstück eine kleine Bucht mit einem hölzernen Bootshaus, aber während der Sommermonate, zumal wenn die beiden Jungen des Pfarrers Ferien hatten, blieb das Boot meist draußen auf dem Fluß.

Als es näherkam, legte Ware die Angelrute hin. Er konnte jetzt sehen, daß in dem Boot jemand war – der aber nicht saß, sondern offenbar darin ausgestreckt lag.

Jetzt war das Boot nur mehr etwa fünfzig Meter weit weg. Der Sog der Flut trieb es die Außenseite der Kurve entlang, aber Neddy Ware, der die Strömung hier genau kannte, sah, daß es außerhalb seiner Reichweite vorbeitreiben würde. Als Seemann an rasches Handeln gewöhnt, verlor er keine Sekunde. Er langte in seinen Korb und hob eine der aufgerollten Aalschnüre mit dem schweren bleiernen Senker heraus. Dann stand er und wartete, wickelte dabei die Schnur ab und warf sie Stück um Stück lose aufs Gras.

Endlich kam das Boot heran, vielleicht zehn, zwölf Meter vom Ufer entfernt. Geschickt schleuderte Neddy das Senkblei über den Bug ins Boot und begann dann, die Schnur vorsichtig aber stetig zu sich heranziehend, am Ufer flußaufwärts zu gehen, bis er zuletzt das Boot so dicht am Ufer hatte, daß er die Vorleine zu fassen bekam, deren freies Ende im Wasser hing. Er zog es heraus und warf einen Blick darauf: die Leine war gekappt worden.

Er band sie an einer Baumwurzel fest. Das Boot schwang herum und legte sich, Heck voraus, längsseits an den Uferrand. Ware stieg hinein. Im nächsten Augenblick war er auch schon auf den Knien und beugte sich über den im Heck liegenden Mann.

Der lag auf dem Rücken, die Beine leicht angewinkelt, die Arme regungslos neben sich. Es war ein Mann um die sechzig, mit eisengrauem Haar, Schnurrbärtchen und kurzem, gepflegtem Spitzbart, die dunklen Augen weit offen und starr. Er trug Abendanzug und einen braunen Ulster darüber, der vorne offenstand, so daß eine blutdurchtränkte weiße Hemdbrust zu sehen war.

Ware setzte sich auf eine der Planken und nahm rasch das Bootsinnere in Augenschein.

Es lagen zwei Ruder im Boot, die eisernen Ruderklampen waren leer. Der Tote war anscheinend ohne Hut – doch halt, nein, da lag ja ein Hut im Boot, dort am Bug, ein runder schwarzer Priesterhut, wie ihn Mr. Mount, der Pfarrer, zu tragen pflegte.

Neddy Ware blickte sich nach allen Seiten um, dann stieg er aus dem Boot und sah auf die Armbanduhr. Zehn Minuten vor fünf. Er ließ das Boot vertäut liegen, wie es lag, und eilte im Sturmschritt davon. Nach gut hundert Metern landeinwärts hatte er die Chaussee erreicht, auf der er nun schnurstracks zum Dorf marschierte.

Constable Hempstead, der sich gerade zu Bett legen

wollte, weil er Nachtdienst gehabt hatte, schaute auf Wares Klopfen hin aus dem Fenster.

»Was gibt's, Mr. Ware?« fragte er.

»Ich fürchte, was ziemlich Schlimmes.«

Hempstead, sofort hellwach, schlüpfte wieder in seine Sachen, ging nach unten und schloß die Tür auf. Ware berichtete ihm, was passiert war.

»Da muß der Inspektor aus Whynmouth her – und ein Arzt«, sagte der Polizist. »Ich rufe gleich das Revier an.«

Nach zwei, drei Minuten war er wieder da.

»Geht in Ordnung«, sagte er. »Die kommen sofort mit dem Wagen rüber. Und Sie führen mich jetzt bitte zu dem Boot und zeigen mir, was darin ist. Sie haben doch hoffentlich nicht irgend etwas daran gemacht – die Leiche angefaßt oder so?«

»Aber beileibe nicht«, entgegnete Ware.

»Dann ist es gut. Sie sind nicht irgend jemandem begegnet?«

»Keiner Menschenseele.«

Während sie rasch ausschritten, stellte der Polizist noch die eine oder andere Frage. Er war ein aufgeweckter Kerl, dieser junge Constable; er war auf seine Karriere bedacht und wollte die Gelegenheit nutzen. Als sie ans Ufer kamen, warf er nur einen Blick auf das Boot und seine Fracht, und schon rief er:

»Hallo! Wissen Sie nicht, wer das ist, Mr. Ware?«

»Nie gesehen, soviel ich weiß. Wer ist es denn?«

»Na, der Admiral Penistone doch. Er wohnt auf Rundel Croft – das große Haus drüben am Fluß, auf der anderen Seite, genau gegenüber vom Pfarrhaus. Oder jedenfalls, vor rund einem Monat hat er noch da gewohnt. Ist im Juni erst eingezogen. Also ein Neuer hier.«

»Ach! Das ist Admiral Penistone?« staunte Neddy Ware.

»Das ist er, gar keine Frage. Aber sehn Sie doch mal: sind Sie sicher, daß das hier das Pfarrboot ist?«

»Ganz sicher.«

»Komisch, wie? Das hieße, daß es auf *dieser* Seite passiert sein muß, denn vor Fernton gibt es doch gar keine Brücke über den Fluß, und die ist drei Meilen weiter unten. Ach, und der Hut vom Pfarrer, nanu? Moment mal – wann genau haben Sie das Boot kommen sehen?«

»Kurz nach halb fünf, würde ich sagen.«

Hempstead hatte sein Notizbuch gezückt und schrieb sich etwas auf. Dann sagte er:

»Hören Sie zu, Mr. Ware. Ich hätte gern – wenn Sie so gut sein wollen –, daß Sie wieder raufgehen zur Straße und Inspektor Rudge anhalten, wenn er mit dem Wagen kommt.«

»Mach ich«, sagte Ware. »Kann ich sonst noch was tun?«

»Danke, einstweilen nicht.«

Hempstead war nicht auf den Kopf gefallen. Er wartete, bis Neddy Ware außer Sichtweite war, dann begann er eine kleine Untersuchung auf eigene Faust. Er wußte natürlich, daß sein Vorgesetzter diesen Fall selbst in die Hand nehmen würde, aber bis dahin wollte er sich gern möglichst viel ansehen; das konnte ja nicht schaden.

Als er ins Boot stieg, fiel ihm eine zusammengefaltete Zeitung auf, die ein Stück weit aus der Manteltasche des Toten herausstand. Vorsichtig zog er sie ganz heraus, betrachtete sie und steckte sie wieder an ihren Platz.

»Aha«, murmelte er, »die ›Evening Gazette‹ von gestern abend, Ausgabe London. Hier kann er die nicht gekauft haben. Die ist bestenfalls in Whynmouth zu kriegen.«

Gar zu gern hätte er sämtliche Taschen des Toten auf ihren Inhalt durchsucht, aber das, fand er, ließ er besser bleiben. Also stieg er wieder ans Ufer, setzte sich ins Gras und wartete.

Nach einer Weile war von der Straße her das Geräusch eines Autos zu hören, und gleich darauf kamen vier Männer über die Wiese: Neddy Ware, ein Polizeiinspektor in

Uniform und zwei Herren in Zivil; der eine Arzt, der andere Detective Sergeant.

Inspektor Rudge war ein hochgewachsener schlanker Mann mit blassem, glattrasiertem Gesicht. Er ging auf Hempstead zu.

»Sie haben hier nichts verändert?« fragte er kurzangebunden.

»Nein, Sir.«

Rudge wandte sich an den Arzt: »Ich möchte nichts tun, Doktor Grice, bevor Sie ihn untersucht haben.«

Doktor Grice stieg ins Boot und begann die Leiche zu untersuchen. Nach wenigen Minuten schon sagte er:

»Erstochen, Inspektor. Herzstich, mit einem sehr schmalen, scharfen Gegenstand – dünnes Messer, oder auch Dolch. Der Tod muß sofort eingetreten sein. Natürlich ist eine Obduktion erforderlich.«

»Wie lange ist er schon tot?«

»Mehrere Stunden. Er ist wahrscheinlich vor Mitternacht gestorben.«

»Ist das alles?«

»Im Augenblick ja, Inspektor.«

»Gut, danke. Jetzt sehe ich mir die Sache mal an.«

Er drehte den Toten um, wobei er ihn leicht anhob.

»Keine Blutspuren unter ihm«, sagte er. »Auch keine im Boot, soviel ich sehe. Seine Taschen – aha, beraubt worden ist er nicht. Goldene Uhr mit Kette, Brieftasche voller Scheine – darauf waren sie also nicht aus. Hier, Abendzeitung, von gestern abend. Das muß vermerkt werden. So – wir müssen uns möglichst beeilen. Sagen Sie, Hempstead, was wissen Sie über ihn?«

»Es ist Admiral Penistone, Sir. Pensionär. Hier neu zugezogen. Hat vor ein paar Monaten Rundel Croft gekauft, das große Haus drüben auf der anderen Seite, ist aber vor kurzem erst eingezogen. Ich glaube, er wohnt mit einer Nichte zusammen. Aber es gehört nicht zu meinem Revier, Sir.«

»Ich weiß.«

Der Inspektor wandte sich an Ware.

»Sie sagen, das Boot gehört dem Dorfpfarrer?«

»Ja.«

»Wie lange braucht wohl die Flut, um es von seinem Haus bis hierher zu bringen?«

»Vierzig bis fünfundvierzig Minuten«, antwortete Ware prompt, »wenn die Flut so ist wie heute.«

»Aha. Nun die Frage, wie bringen wir ihn hier weg. Wir könnten das Boot rückwärts gegen die Strömung ziehen – aber das geht nicht; die Ruder müssen ja noch auf Fingerabdrücke untersucht werden, ehe wir sie benutzen können. Moment mal – hat das Pfarrhaus Telefon, Hempstead?«

»Ja, Sir.«

»Gut. Ich gehe jetzt dorthin. Ich muß ohnehin mit dem Pfarrer sprechen. Von da aus rufen wir dann einen Krankenwagen aus Whynmouth. Die müssen ihn eben über Fernton Bridge nach Rundel Croft bringen. Sie bleiben hier, Hempstead, und sollte irgendwer kommen, lassen Sie nichts berühren. Und Sie, Sergeant, brauche ich gleich noch – wir müssen Sie nach Rundel Croft übersetzen, falls wir im Pfarrhaus ein Boot kriegen können. Ich möchte nämlich, daß Sie drüben das Bootshaus und das Boot des Admirals überwachen. Vielleicht kommen Sie auch mit, Mr. Ware. Sie können uns eventuell noch helfen. So! Dann wollen wir uns mal auf den Weg machen. Kommen Sie, Doktor.«

Das kurze Stück Weg, das von der Chaussee zum Pfarrhaus führte, war mit dem Wagen des Inspektors nur Minutensache. Der Haupteingang lag zum Fluß hin, davor erstreckte sich Rasen bis zum Wasser hinab. Gegenüber, etwa hundert Meter vom Flußufer, erhob sich ein großer roter Ziegelsteinbau mit einem weitläufigen Rasenrondell und einem Bootshaus davor.

Der Inspektor, den Hut des Pfarrers in der Hand, stieg

aus und läutete; die anderen folgten ihm. Es dauerte ein paar Minuten, bis das Dienstmädchen, das offenbar erst herunterkommen mußte, die Tür öffnete und sagte, der Pfarrer sei noch nicht auf.

»Würden Sie ihm bitte sagen, Inspektor Rudge möchte ihn dringend sprechen. Tut mir leid, ihn zu stören, aber die Sache ist außerordentlich wichtig.«

»Ich sag es ihm, Sir. Wollen Sie nicht hereinkommen?«

»Vielen Dank, nein. Ich warte hier draußen.«

»Hallo, was sagt man dazu! Sind Sie von der Polizei?«

Rudge drehte sich um. Zwei junge Burschen kamen über den Rasen, etwa sechzehn und vierzehn Jahre alt; sie trugen Flanellhosen und Hemden mit offenem Kragen, und jeder hatte ein Badetuch über dem Arm. Sie musterten den Inspektor neugierig.

»Ja«, antwortete er, »das bin ich.«

»Ach du dickes Ei«, rief der ältere, »der kommt uns ja wie gerufen, was Alec? Hören Sie, irgend ein Mistkerl hat uns unser Boot geklaut – einfach die Leine gekappt. Aber vielleicht wissen Sie schon davon? Sind Sie deswegen hier?«

Der Inspektor lächelte ingrimmig.

»Ja, deswegen bin ich hier, Gentlemen«, sagte er trocken. »Aber macht euch um euer Boot keine Sorgen, das haben wir gefunden.«

»Hurraaa!« rief der andere Junge. »Schon den Kerl geschnappt, der's geklaut hat?«

»Noch nicht«, sagte Rudge, wieder mit einem ingrimmigen kleinen Lächeln, »das dürfte nicht so einfach sein. Habt ihr hier noch ein Boot, das man eventuell benutzen kann?« fragte er dann.

»Nur unseren alten Kahn – der ist im Bootshaus.«

»Na fein. Glaubt ihr zwei Gentlemen, ihr könnt damit meinen Detective Sergeant hier übers Wasser befördern? Er möchte Rundel Croft einen Besuch abstatten.«

»Klar!« Peter Mount blickte mit jungenhafter Bewunderung auf den Sergeant. »Sind Sie auf Verbrecherjagd? Juchhu! Wir helfen Ihnen. Aber Sie haben doch nicht den alten Admiral Penistone im Verdacht, er hätte unser Boot geklaut, oder? Der ist gestern abend mit seinem eigenen Boot nach Hause gefahren. Er war zum Dinner bei uns, wissen Sie.«

»Ach ja?« sagte der Inspektor. »Nein, den haben wir nicht im Verdacht. Also – tut ihr mir den Gefallen?«

»Kommen Sie«, sagte Alec zu Sergeant Appleton, »wir haben zwar jetzt eine ziemliche Strömung, aber wir kriegen Sie schon heil rüber.«

Sie gingen mit Appleton zum Bootshaus hinunter.

»Guten Morgen, Inspektor, guten Morgen, Doktor Grice – ah, wie ich sehe, sind Sie auch dabei, Ware. Und welchem Umstand verdanke ich diese Abordnung am frühen Morgen?«

Der Pfarrer war aus dem Haus getreten, ein Mann um die fünfzig, mittelgroß, kräftig gebaut, mit klaren Gesichtszügen und leicht ergrautem Haar. Er hatte seine Frage an den Inspektor gerichtet, der nun erwiderte:

»Ich will es kurz machen, Mr. Mount. Ist das Ihr Hut?«

Der Pfarrer nahm den Hut in die Hand und betrachtete ihn.

»Ja, das ist meiner.«

»Könnten Sie mir dann bitte sagen, ob Sie noch wissen, wann Sie ihn zuletzt bei sich hatten?«

»Ohne weiteres. Um ganz genau zu sein, gestern abend um zwanzig Minuten nach zehn.«

»Und wo war das?«

»Das klingt ja ziemlich rätselhaft, Inspektor. Aber ich will es Ihnen sagen. Mein Nachbar von gegenüber war gestern abend mit seiner Nichte zum Dinner bei uns. Sie sind so um zehn herum gegangen. Ich habe sie noch zum Fluß hinunter begleitet und hatte dabei den Hut auf. Nachdem der Admiral und seine Nichte mit dem Boot hinübergefahren waren, habe ich mich noch dort in die Laube gesetzt und eine Pfeife geraucht. Dabei habe ich den Hut abgenommen und neben mich auf die Bank gelegt – und dann habe ich, zerstreut wie ich bin, ganz vergessen, ihn wieder aufzusetzen, als ich ins Haus ging. Da war es zwanzig Minuten nach zehn; ich habe nämlich noch meine Armbanduhr nach der Uhr in der Diele gestellt. Aber wollen Sie mir nicht bitte sagen, warum Sie mich danach fragen und weswegen Sie alle hier sind?«

»Das will ich gerne tun, Sir. Dieser Hut wurde heute am frühen Morgen in Ihrem Boot gefunden. Ihr Boot aber trieb mit der Flut flußaufwärts. Und in Ihrem Boot befand sich Ihr Nachbar von gegenüber, Admiral Penistone – er war tot. Ermordet, Mr. Mount.«

2. Kapitel

Schonend beigebracht
Von G. D. H. und M. Cole

»Ermordet! Du lieber Himmel!« sagte der Pfarrer – und es war allgemein bekannt, überlegte der Inspektor, daß der Pfarrer von Lingham einen fast schon ans Lächerliche grenzenden Respekt vor dem Dritten Gebot hatte. Er war vor Schreck über das Gehörte einen Schritt zurückgewichen und sein Gesicht war blaß geworden. »Aber – ermordet ... Wie – was soll das heißen, Inspektor?«

»Das soll heißen«, sagte Rudge, »daß Admiral Penistone gestern nacht um kurz vor zwölf erstochen wurde und daß seine Leiche in Ihr Boot gelegt worden ist.«

»Aber was – warum ... wieso sollte er ...?«

»Und Ihr Hut«, fuhr der Inspektor ungerührt fort, »lag neben ihm im Boot. Sie werden also verstehen«, fügte er hinzu, »daß ich mit meinen Ermittlungen bei Ihnen anfangen muß.«

Der Pfarrer drehte sich auf dem Absatz um. »Kommen Sie in mein Arbeitszimmer«, sagte er. »Da können wir besser reden. Meine Söhne brauchen Sie wohl vorerst noch nicht?« Der Inspektor schüttelte den Kopf und folgte dem Pfarrer in ein ruhiges, holzvertäfeltes Zimmer mit breiten Schiebefenstern, das klassische Arbeitszimmer eines Geistlichen – falls dieser nicht allzu ordentlich war. Der Pfarrer, der voranging, stolperte über irgend etwas, konnte sich aber gerade noch, mit einem kleinen Schrekkenslaut, am Tisch festhalten. »Sie müssen – bitte, entschuldigen Sie«, murmelte er, während er dem Inspektor einen Stuhl anbot und sich selbst, ganz erledigt, hinsetzte. »Das ist – das ist ein furchtbarer Schock für mich. Aber sagen Sie mir bitte, was ich für Sie tun kann.«

Rudge sah ihn eine Minute lang prüfend an, ehe er antwortete. Zweifellos hatte die Nachricht den Mann schwer getroffen. Er war kreidebleich, die Hände zitterten ihm, und sein Atem ging rasch. Ob es nur daran lag, daß sein abgeschirmtes Priesterleben plötzlich mit einem Tod durch Gewalt konfrontiert war, oder ob es da einen tieferen, schwerer wiegenden Grund gab, das zu entscheiden besaß der Inspektor noch nicht Einblick genug. Jedenfalls hatte es im Moment keinen Sinn, ihn noch mehr in Unruhe zu versetzen. Deshalb schlug Rudge nun einen freundlichen, beruhigenden Ton an.

»Ich muß schnellstens feststellen, Mr. Mount, was genau sich gestern abend abgespielt hat – soweit Sie davon wissen. Admiral Penistone, sagen Sie, war mit seiner Nichte zum Dinner bei Ihnen – übrigens, wie heißt die Lady?«

»Fitzgerald – Miss Elma Fitzgerald. Sie ist die Tochter seiner Schwester, soviel ich weiß.«

»Wie alt ungefähr?«

»Oh – etwas über dreißig, würde ich sagen.«

»Danke. Die beiden kamen – wann?«

»Kurz vor halb acht. Mit dem Boot.«

»Und brachen auf – um?«

»Kurz nach zehn wohl. Auf die Minute kann ich es leider nicht angeben; aber als sie sich verabschiedeten, schlug gerade die Kirchturmuhr, und Admiral Penistone sagte noch: Beeilung, ich möchte vor Mitternacht heimkommen – oder irgend so etwas; und gleich darauf waren sie weg.«

»Und Sie haben sie hinausbegleitet?«

»Ja. Ich bin bis zum Landungssteg mitgegangen, und Peter – das ist mein Ältester – hat ihnen beim Ablegen geholfen. Es ist manchmal ein bißchen heikel, da wegzukommen, wenn starke Strömung herrscht.«

»Haben Sie sie drüben ankommen sehen?«

»Ja. Es war ja nicht dunkel. Ich habe gesehen, wie sie das Boot ins Bootshaus einfuhren, und etwas später sah ich sie dann herauskommen und zum Wohnhaus hinaufgehen.«

»Ich würde meinen, die Bäume da hinter dem Bootshaus müßten sie doch verdeckt haben«, sagte der Inspektor, der die Augen aufgemacht hatte. »Oder wollten Sie sagen, die beiden sind über den Rasen gegangen?«

Der Pfarrer sah ihn sichtlich beeindruckt an. »Nein, sie waren hinter den Bäumen«, sagte er. »Aber Miss Fitzgerald trug ein weißes Kleid, und das habe ich durchschimmern sehen.«

»Aber Admiral Penistone war doch nicht in Weiß?«

»Nein... Eigentlich«, überlegte der Pfarrer, »nachdem Sie mich jetzt darauf bringen, eigentlich kann ich nicht sagen, ich hätte den Admiral gesehen, als er das Bootshaus verließ – aber weil ich seine Nichte sah, habe ich natürlich angenommen, er wäre bei ihr gewesen.«

»Natürlich«, räumte Rudge beschwichtigend ein. »Und Sie selbst sind mit Ihrer Pfeife noch draußen geblieben, bis –?«

»Zwanzig nach zehn.«

»Und dann?«

»Dann habe ich das Haus abgeschlossen und bin schlafen gegangen.«

»Und von Ihrem Nachbar haben Sie nichts mehr gehört?«

»Nichts«, sagte der Pfarrer. Und, etwas lauter, noch einmal: »Absolut nichts.«

»Und Ihre Söhne? Oder Ihr Personal? Könnten die etwas gehört haben?«

»Das glaube ich nicht. Die waren schon alle zu Bett, als ich ins Haus kam.«

»Danke, Mr. Mount. Nun noch eine andere Frage. Fanden Sie, daß Admiral Penistone gestern abend so war wie immer?«

Die Frage schien dem Pfarrer unangenehm zu sein. »Ich – ich glaube, darauf kann ich Ihnen nicht antworten«, sagte er. »Sehen Sie, ich kannte den Admiral noch nicht lange. Er ist erst vor kurzem hier in die Gegend gezogen... Wirklich, ich kenne ihn kaum.«

»Aber«, beharrte Rudge, »es wäre Ihnen doch bestimmt aufgefallen, wenn er bedrückt oder verärgert gewirkt hätte. Kam er Ihnen so vor?« Und da der Pfarrer noch immer herumdruckste, bohrte Rudge weiter: »Wenn Sie etwas bemerkt haben, Mr. Mount, sollten Sie es mir wirklich sagen. Es ist von allergrößter Wichtigkeit, daß wir so viel wie möglich darüber erfahren, in welcher Gemütsverfassung der Ärmste gestern abend gewesen ist – und Sie dürfen sicher sein, daß ich zu schweigen verstehe.«

»Nun ja«, sagte der Pfarrer, sichtlich etwas nervös, »ja... Wahrscheinlich hat es nichts zu sagen, aber ich fand – ja, ich fand, der Admiral war wohl ein bißchen kühl. Er war nicht so – nicht so liebenswürdig wie sonst. Er war im allgemeinen ein sehr angenehmer Mann – überhaupt nicht unfreundlich.«

»Ist er vielleicht mit Miss Fitzgerald unfreundlich gewesen?« warf der Inspektor schnell ein, und der Pfarrer wich der Frage aus.

»O nein... kaum... das könnte ich nicht sagen.«

»Aber er benahm sich so, als wäre ihm etwas über die Leber gelaufen – und Sie haben keinerlei Ahnung, was das gewesen sein kann?«

»Ich glaube – ich weiß nicht recht – es hing vielleicht mit der Heirat seiner Nichte zusammen. Er hat so etwas angedeutet. Nur ganz kurz.«

»Ach, sie will heiraten? Wen denn?«

»Einen Mann namens Holland, Arthur Holland. Aus London, glaube ich. Ich kenne ihn nicht.«

»Und Admiral Penistone war nicht einverstanden?«
»Das meine ich nicht. Ich meine, ich weiß es nicht. Gesagt hat er es nicht. Es schien nur, als ob da irgend etwas nicht so recht stimmte. Vielleicht hatte es mit ihren Finanzen zu tun; soviel ich weiß, hat sie einiges an Geld, und der Admiral ist – war ihr Vermögensverwalter. Aber ich weiß darüber wirklich nichts.«
»Aha. Kannten Sie, Sie persönlich, Admiral Penistone schon länger?«
»Erst seit er hier hergezogen ist, das war vor ungefähr einem Monat. Ich habe ihm meine Aufwartung gemacht, wissen Sie, und wir haben uns angefreundet.«
»Und Sie haben sich dann öfter gesehen?«
»Ach, zwei- oder dreimal in der Woche vielleicht. Öfter nicht.«
»Hat er Ihnen gegenüber mal irgendwelche Feinde erwähnt – irgendwen, der vielleicht Grund gehabt hätte, ihm nach dem Leben zu trachten?«
»Aber nein, nein!« Der Pfarrer sah ganz entsetzt aus, fügte aber gleich hinzu: »Über sein Leben, bevor er hierher kam, weiß ich natürlich nichts.«
»Hatte er viele Bekannte? In der Nachbarschaft hier? Oder außerhalb? Wo hat er denn vorher gelebt?«
»Irgendwo im Westen, glaube ich. Ich kann mich nicht erinnern, daß er die Stadt oder Gegend genannt hätte. Hier, glaube ich, hat er nicht mit vielen Leuten verkehrt. Am meisten noch mit Sir Wilfrid Denny, könnte ich mir denken. Bei dem hat er wohl manchmal alte Bekannte getroffen.«
»Kannten Sie jemanden davon?«
»Aber nein«, sagte der Pfarrer.
»Aha. So, ich glaube, ich geh jetzt mal in sein Haus hinüber«, sagte der Inspektor. »Haben Sie vielen Dank, Mr. Mount. Ich möchte gelegentlich noch mit Ihren Söhnen und Ihrem Personal sprechen; es könnte ja sein, daß jemand irgend etwas bemerkt hat, was uns weiterhilft.

Aber das hat Zeit. Übrigens«, fügte er, sich an der Tür umwendend, noch hinzu, »sagen Sie, wie ist denn die junge Dame so, diese Miss Fitzgerald? Ist sie sehr – sehr erregbar, empfindlich?«

Der Pfarrer mußte ein wenig lächeln. »Den Eindruck habe ich nicht«, sagte er. »Miss Fitzgerald scheint mir nicht der Typ zu sein, der gleich in Ohnmacht fällt.«

»Hing aber an ihrem Onkel, wie?«

»Das würde ich nicht unbedingt sagen. Wie das bei Nichten eben so ist, denke ich mir. Sie ist vielleicht eine etwas verschlossene junge Frau – geht so ihre eigenen Wege. Aber das sind auch nur Vermutungen – Sie werden sich Ihre Meinung schon selber bilden, Inspektor.«

»Das stimmt allerdings. Na, dann will ich mal«, sagte der Inspektor, und die Erleichterung, die in der Miene des Pfarrers zum Ausdruck kam, entging ihm nicht. ›Jaja‹, dachte er, ›sehr willkommen ist unsereins nie, das weiß ich. Aber muß er denn dermaßen deutlich zeigen, wie froh er ist, mich wieder loszuwerden? Ob da nicht was andres dahintersteckt – ob der nicht doch irgendwas weiß, was er nicht gesagt hat? Aber ausgerechnet der Pfarrer von Lingham – ein so angesehener Pfarrer, nach allem, was man über ihn hört. Nein, da bin ich bestimmt auf dem Holzweg.‹ Und mit diesen Gedanken setzte er sich wieder ins Auto und fuhr in raschem Tempo die rund drei Meilen, die er fahren mußte, um das Haus zu erreichen, das nur ganze hundert Meter weit entfernt war.

Es war fast acht Uhr, als er anlangte, aber Rundel Croft war offenbar ein Langschläferhaus. Zwei, drei Fenster begrüßten ihn mit noch herabgelassenen Jalousien, und die Empfangsdiele befand sich unverkennbar gerade in der morgendlichen Reinigungsprozedur, als man ihn endlich einließ. Ein ziemlich schäbiger Butler, einer jenes Typs, der nur deswegen Butler wird, weil seine Frau kochen und er selbst eigentlich gar nichts kann, machte die Tür auf und blinzelte den Inspektor verlegen an. Rudge fragte nach Miss Fitzgerald und erhielt den Bescheid, daß sie noch nicht zu sprechen sei. Anscheinend frühstückte sie immer im Bett. Daraufhin fragte er nach Admiral Penistone.

»Er ist noch in seinem Zimmer«, sagte der Butler und machte ein etwas abweisendes Gesicht, als fänden Besuche so früh am Morgen nicht seine Billigung.

»Das ist er eben nicht«, sagte Rudge scharf. »Es ist ihm etwas zugestoßen.« Der Butler glotzte ihn an. »Hören Sie – wie heißen Sie?«

»Emery.«

»Also hören Sie, Emery, ich bin Polizeiinspektor Rudge aus Whynmouth und muß unverzüglich Miss Fitzgerald sprechen. Admiral Penistone ist etwas sehr Ernstes zugestoßen – um es genau zu sagen, er ist tot. Würden Sie bitte Miss Fitzgeralds Zofe aufsuchen – falls sie eine hat – und ihr sagen, daß ich Miss Fitzgerald unbedingt und so bald wie möglich sprechen muß. Wenn Sie das getan haben, kommen Sie wieder her. Ich muß auch mit Ihnen noch sprechen.«

Mit etwas, das allenfalls ein unartikuliertes Gebrumm war, schlurfte der Butler davon, und es dauerte ungefähr zehn Minuten, bis er mit der Meldung zurückkehrte, Miss Fitzgerald werde in einer Viertelstunde herunterkommen. Inzwischen nahm sich der Inspektor, in einem altmodischen, aber recht hübschen Frühstückszimmer, den Butler vor und versuchte, über Verbleib und Verhalten seines Brotherrn am gestrigen Abend etwas aus ihm herauszubekommen. Aber das Interview war von keinem sehr großen Erfolg gekrönt. Der Kerl, dachte Rudge, mußte entweder von phänomenaler Dummheit oder aber über den Tod seines Herrn völlig verstört sein; letzteres schien jedoch nicht der Fall. Er murmelte zwar ein paarmal »O je, o je« oder dergleichen, schien im übrigen aber das Gehörte gar nicht erfaßt zu haben; und der Inspektor fand es ein wenig verwunderlich, daß ein pensionierter

Offizier der Navy sich einen Bediensteten hielt, der seiner Aufgabe ganz offensichtlich so wenig gewachsen war. Das Haus allerdings wurde anscheinend gut instandgehalten, wenn auch erst etwas spät am Morgen.

Der Admiral, so erfuhr der Inspektor, war von seinem Personal zuletzt gestern abend um viertel nach sieben gesehen worden, als er mit seiner Nichte zum Bootshaus hinunterging, von wo die beiden zum Pfarrer über den Fluß rudern wollten. (Morgens durfte niemand ihn stören, bevor er nicht läutete – was erklärte, wieso man von seiner Abwesenheit nichts gewußt hatte.) Beim Weggehen zum Bootshaus hatte er Emery gesagt, er brauche nicht aufzubleiben, solle aber die vordere Eingangstür abschließen und, wenn er zu Bett gehe, die Verandatür im Salon, die auf das Rasenrondell und den Fluß hinausging, nicht verriegeln. »Abschließen wohl«, sagte Emery, »aber Admiral Penistone hatte ja immer seinen eigenen Schlüssel.«

»Einen Moment mal. War diese Verandatür heute morgen, als Sie herunterkamen, verriegelt oder nicht?«

»Nein, nicht«, sagte Emery, fügte jedoch hinzu, daß das nichts besage. Der Admiral hatte sie sehr oft nicht verriegelt; sie wurde abgeschlossen, und fertig – mit Einbrechern war von der Flußseite her nicht zu rechnen.

Also hatte er den Admiral danach nicht mehr gesehen? Nein. Und Miss Fitzgerald? Die ja, sozusagen. Damit meine er, als er und seine Frau zu Bett gingen, kurz nach zehn, vielleicht auch viertel nach zehn, hätten sie Miss Fitzgerald den Pfad vom Bootshaus heraufkommen sehen. Sie hätten jedenfalls ihr Kleid gesehen; genau erkennen konnten sie sie im Dunkeln allerdings nicht. Der Admiral sei nicht bei ihr gewesen, aber sie hätten angenommen, er schließe nur noch das Bootshaus zu und komme gleich nach. Nein, ob das Bootshaus jetzt abgeschlossen sei, wisse er nicht; er vermute, ja, aber das Bootshaus gehöre nicht zu seinen Aufgaben. Nein, er könne nicht sagen, sie hätten Miss Fitzgerald ins Haus kommen sehen; sie könne hereingekommen oder auch noch draußen geblieben sein. Er und seine Frau hätten darauf nicht mehr geachtet, sie seien schlafen gegangen.

Und das war alles, was Emery zu berichten hatte. Befragt, welcher Laune sein Herr gestern abend gewesen sei, machte er ein blödes Mondgesicht und hatte offenbar keine Ahnung. »So ziemlich wie immer«, meinte er dann. Der Herr sei zum Personal manchmal »rauh« gewesen (Rudge mußte denken, daß es nur ein Heiliger schaffen würde, zu diesem Emery nicht zwanzigmal am Tag »rauh« zu sein); mehr jedoch hatte der Butler des Admirals dazu nicht zu sagen. Anscheinend waren Herrschaften etwas, das eben gelegentlich rauh war, genau wie das Wetter; man nahm es hin und zerbrach sich über die Ursache nicht den Kopf. Jedenfalls nicht, wenn man einen so leeren Kopf hatte wie offenbar Emery. Nein, er und seine Frau seien erst seit einem Monat beim Admiral angestellt; sie hätten sich auf ein Inserat hin um den Posten beworben; zuletzt seien sie anderthalb Jahre bei einem Ehepaar in Hove beschäftigt gewesen. So weit war Rudge gediehen, als zu seiner nicht geringen Erleichterung ein Dienstmädchen auftauchte, das bedeutend intelligenter wirkte und das verkündete, Miss Fitzgerald erwarte ihn im Eßzimmer.

›Ziemlich häßlich‹, war Rudges erster Gedanke, als er der Nichte des verstorbenen Admiral Penistone ansichtig wurde. Und der zweite: ›Na, vielleicht auch wieder nicht, kommt drauf an. Aber ein bißchen Make-up könnte sie wohl gebrauchen. Und herrje, ein Gesicht wie drei Tage Regenwetter!‹

Miss Elma Fitzgerald war sehr blaß. Aber es war nicht die Blässe der Besorgnis, daß ihrem Onkel etwas geschehen sein könnte, sondern das bleiche Aussehen, das für Menschen mit einer sehr dicken, undurchsichtigen Haut typisch ist. Sie war breit und stämmig gebaut, mit langen

Gliedmaßen und breiten Schultern, und ein langes, weichfließendes Gewand hätte sie zweifellos besser gekleidet als der kurze Tweedrock mit dem schlechtsitzenden Pullover. Sie hatte ein ziemlich breites Gesicht mit klaren, aber grobgeschnittenen Zügen, eine starke Kieferpartie mit einem vollen Kinn und dunkle Augenbrauen, die auf der weißen Stirn fast zusammenwuchsen. Das kräftige dunkle Haar war über den Ohren zu flachen Schnecken geflochten, und unter den Augen, die sie so zusammenkniff, daß Rudge auf den ersten Blick nicht hätte sagen können, von welcher Farbe sie waren, hatte sie Falten und dunkle Ringe. Sie war unattraktiv für seinen Geschmack, und die Bezeichnung ›etwas über dreißig‹ fand er schon ziemlich geschmeichelt. Doch war sie zweifellos eine Frau mit Persönlichkeit, und in günstigerem Licht und mit etwas Nachhilfe, die der Haut Farbe gab und die häßlichen Falten kaschierte, mochte sie sogar recht gut aussehen.

»Ja?« sagte sie in gereiztem und zugleich affektiertem Ton. »Sie wünschen?« Immerhin, dachte der Inspektor, würde sie ihm nicht die Zeit stehlen.

»Ich muß Ihnen zu meinem Bedauern mitteilen, Miss Fitzgerald«, sagte er, »daß Admiral Penistone etwas Ernsthaftes zugestoßen ist.«

»Ist er tot?« Ihr Ton war so sachlich, daß es Rudge einen Ruck gab.

»Leider ja. Aber wieso – wußten Sie –?«

»Nein.« Sie hielt immer noch die Augen gesenkt. »Aber so bringt einem die Polizei das doch immer schonend bei, nicht wahr? Also, was ist passiert?«

»Ich muß Ihnen leider sagen«, antwortete der Inspektor, »daß der Admiral ermordet worden ist.«

»Ermordet?« Eine Sekunde lang waren ihre Augen weit offen. Sie waren grau, von einem sehr dunklen Grau. Mit etwas längeren Wimpern, dachte Rudge, wären es schöne Augen gewesen. »Aber – wieso?«

Da der Inspektor eben dies selbst gern gewußt hätte, war er momentan etwas aus dem Konzept gebracht.

»Man hat ihn«, sagte er, »heute morgen um halb fünf in einem flußaufwärts treibenden Boot erstochen aufgefunden.« Miss Fitzgerald senkte nur teilnahmslos den Kopf und wartete offenbar, daß er weiterspreche. ›Der Teufel soll sie holen!‹ dachte der Inspektor. ›Hat sie denn überhaupt kein Gefühl? Benimmt sich, als hätte ich gesagt: da sitzt eine Katze auf dem Rasen!‹ Laut sagte er: »Das muß ein ziemlicher Schlag für Sie sein, Madam.«

»Meine Gefühle tun nichts zur Sache, Inspektor«, sagte Elma Fitzgerald mit einem Blick, der deutlicher als Worte verriet: ›Und von dir ist es eine Unverschämtheit, darauf überhaupt anzuspielen!‹ – »Ich nehme an, Sie wissen bereits, wie es dazu kam? Oder wer es getan hat?«

»Leider sehe ich da noch nicht allzu klar«, sagte der Inspektor. »Ich hatte gedacht – Sie könnten vielleicht ...«

»Ich kann gar nichts«, sagte Miss Fitzgerald mit Entschiedenheit. »Ich habe keine Ahnung« – sie sprach betont langsam – »wieso jemand, irgend jemand den Wunsch haben sollte, meinen Onkel umzubringen. Ich glaube – « Aber hier brach der Satz ab. Was immer sie glaubte, der Inspektor wartete vergeblich darauf, es erfahren zu dürfen. »Was wollen Sie von mir wissen?« fuhr sie schließlich fort. (›Beeil dich gefälligst und mach daß du wegkommst‹, gab ihr Ton zu verstehen.)

»Nur eins, Madam«, sagte der Inspektor. »Wann haben Sie Admiral Penistone zuletzt gesehen?«

»Gestern abend. Als wir vom Dinner im Pfarrhaus zurückkamen.«

»Um wieviel Uhr war das?« Der Inspektor hielt es für gut, wenn ihm das, was er er bereits wußte, von möglichst vielen Seiten bestätigt wurde.

»Oh – kurz nach zehn, glaube ich. Es schlug gerade zehn, als wir aufbrachen.«

»Und Sie sind dann über den Fluß gerudert und mit dem Admiral zusammen ins Haus gegangen?«

»Nein, er ist nicht mit mir hereingekommen. Er wollte das Bootshaus abschließen und sagte, er hätte vor dem Schlafengehen noch Lust auf eine Zigarre. Also habe ich ihm Gutenacht gesagt und bin ins Haus gegangen.«

»War noch jemand auf, als Sie hereinkamen?«

»Nein; aber Emery und seine Frau waren gerade erst beim Zubettgehen. Ich sah nämlich die Lichter an- und wieder ausgehen, als ich heraufkam; da haben sie wohl das Haus abgeschlossen.«

»Und – was haben Sie dann gemacht?«

»Ich bin nach oben gegangen und habe mich ebenfalls schlafen gelegt.«

»Und Sie haben Admiral Penistone nicht ins Haus kommen hören?«

»Nein. Aber ich habe auch nicht darauf gewartet oder gehorcht. Er bleibt oft noch lange auf und wandert herum«, sagte Miss Fitzgerald.

»Kann es sein«, fragte der Inspektor, »daß Admiral Penistone gestern abend etwas besorgt und bekümmert wirkte?«

»Ich glaube nicht... nein. Warum sollte er?«

»Sie hatten keine – keinerlei Meinungsverschiedenheit mit ihm?«

»Sie meinen«, sagte Miss Fitzgerald mit bestürzender Direktheit, »wegen meiner Heirat. Das ist pures Geschwätz.« Es klang ganz schön arrogant, wie sie das sagte. »Mein Onkel hatte gegen meine Heirat nicht das geringste einzuwenden. Er war sich nur nicht ganz klar, glaube ich, wie dabei die finanzielle Seite am besten zu arrangieren wäre – aber diese Frage hätte sich ja von selbst noch geregelt. Das war alles.« Aber eine Kleinigkeit mehr steckte wohl doch dahinter, schoß es Rudge durch den Kopf, sonst hätte sie nicht so schnell spitzgekriegt, was ich meinte.

»Sie können sich also nichts denken, was ihn möglicherweise beunruhigt hätte?«

»Unsinn, ihn hat nichts beunruhigt«, sagte Miss Fitzgerald und machte eine Handbewegung, die zumindest andeutete, daß das Thema für sie erledigt war.

»Aha. Ja, also...« Der Inspektor hätte das Gespräch gern fortgesetzt, aber er wußte momentan nicht so recht, was er ihr an Details noch zumuten durfte. Vielleicht war es überhaupt nicht gerade sehr taktvoll, daß er hier saß und eine Frau in ihrem frischen Kummer mit Fragen löcherte – sofern sie Kummer empfand. Ihre kräftige, ziemlich große Hand krampfte sich plötzlich zusammen, was vermuten ließ, daß es ihr doch irgendwie naheging, näher jedenfalls, als sie zeigte. »Nur noch eine Frage, Miss Fitzgerald, und dann will ich Sie nicht länger bemühen. Können Sie mir den Namen von Admiral Penistones Anwalt geben?«

»Kanzlei Dakers & Dakers. Irgendwo in Lincoln's Inn, glaube ich.«

»Danke. Und könnte ich bitte jetzt die Papiere Ihres Onkels durchsehen – und das Personal noch – «

»Soviel ich weiß, sind die Papiere alle in seinem Arbeitszimmer. Emery zeigt es Ihnen.« Miss Fitzgerald griff über den Tisch und klingelte. »Inspektor«, sagte sie etwas unvermittelt, »darf ich fragen, was – was jetzt geschieht? Wird man ihn – hierher bringen?« Zum ersten Mal war ein Unterton echter Gemütsbewegung in ihrer Stimme, und Rudge beeilte sich, ihr zu versichern, daß der Tote ins Leichenhaus gebracht und daß man alles tun werde, um ihr möglichst viel zu ersparen.

»Danke«, sagte sie, nun wieder vollkommen gleichmütig; im selben Augenblick kam Emery hereingeschlurft. »Emery, bringen Sie den Inspektor ins Arbeitszimmer des Admirals, und lassen Sie ihn alles durchsehen, was er braucht. Und bleiben Sie bitte alle im Haus, falls der Inspektor Sie noch sprechen möchte.« Sie lehnte sich in ihrem Sessel zurück und blieb regungslos sitzen, während Rudge – in der Hoffnung, daß man ihm seine Verblüffung nicht ansah – hinter Emery her aus dem Zimmer ging.

Das Arbeitszimmer des Admirals war ein großer freundlicher Raum im oberen Stockwerk, mit Ausblick auf das Rasenrondell und den Fluß. Es herrschte leidliche Ordnung darin, obwohl an diesem Morgen offenbar nicht abgestaubt worden war und auf dem Schreibtisch, wohl noch vom gestrigen Abend her, einige Papiere herumlagen. Rudge übersah, wie immer, das Ganze auf einen Blick und fand, daß es nicht allzu lang dauern könne, bis dieses Zimmer ihm seine Geheimnisse preisgab. Dann verabschiedete er den noch in der Tür stehenden Emery. »Und bitte, lassen Sie einstweilen niemanden ins Haus, ohne mich vorher zu fragen«, schärfte er ihm als letztes noch ein. Mit einem gemurmelten »Sehr wohl« trottete Emery wieder davon.

Der Schreibtisch und ein benachbarter kleiner Aktenschrank waren die einzigen Möbel im Zimmer, in denen sich logischerweise Dokumente befinden konnten. Das Aktenschränkchen, das Rudge zuerst öffnete, enthielt nichts als Zeitungsausschnitte, säuberlich sortiert und geschichtet. Der Schreibtisch war abgeschlossen, aber Rudge hatte in weiser Voraussicht die Schlüssel des Toten an sich genommen, und im Nu hatte er das Schloß offen. Das erste, was er fand, war ein Revolver, der makellos sauber und geladen in einem Extrafach lag. Rudge spitzte den Mund zu einem lautlosen Pfiff. Dann förderte er der Reihe nach Briefpapier nebst Umschlägen, eine Schublade voller Pfeifen, eine nächste mit Briefen jüngeren Datums, eine weitere mit Scheckheften, Talons von Scheckheften, Einkommenssteuerformularen und anderen finanztechnischen Paraphernalien zutage, sowie eine fünfte Lade, in der nur ein großes Amtskuvert mit der Aufschrift »Elma Fitzgerald« lag. Angesichts dessen, was der Pfarrer gesagt hatte, hielt Rudge es für denkbar, daß der Inhalt dieses Kuverts irgend eine Beziehung zu seinem Fall haben konnte, und er machte sich – als Einführung sozusagen – daran, ihn zu studieren.

Das erste Schriftstück, das er entfaltete, war die »Letztwillige Verfügung von John Martin Fitzgerald«, ein langer, wortreicher Schrieb, noch umständlicher abgefaßt, als es dergleichen Dokumente ohnehin zu sein pflegen; und der Inspektor, dessen Beherrschung der juristischen Terminologie zu wünschen übrig ließ, hatte einige Mühe, aus den diversen Verfügungen klug zu werden. Er war gerade dahintergekommen, daß John Martin Fitzgerald der Schwager des Admirals war, der testamentarisch seine Habe – was immer das sein mochte – zu gleichen Teilen seinem Sohn Walter Everett Fitzgerald, »falls er sich zum Zeitpunkt meines Todes als unter den Lebenden weilend erweist«, und seiner Tochter Elma Fitzgerald vermachte, und hatte zur Kenntnis genommen, daß, sollte sich herausstellen, daß der Sohn tot war (»der muß ausgerissen sein oder sowas, komisch formuliert jedenfalls«), Elma Fitzgerald bei ihrer Verheiratung das gesamte Vermögen zufiel – als er durch etwas abgelenkt wurde, das sich anhörte wie ein erregter Wortwechsel unten im Treppenhaus. Er horchte kurz und kam zu dem Schluß, daß sich offenbar trotz seiner Anweisung jemand Einlaß ins Haus zu erzwingen versuchte. Und da er stark daran zweifelte, daß Emery sich auch nur einer Fliege zu erwehren imstande war, ging er hinunter, um nachzusehen, was eigentlich los sei. Wie erwartet, traf er einen hochrot angelaufenen, völlig hilflosen Butler an, der sich ziemlich erfolglos bemühte, einen aufgebrachten, bereits bis zur Treppe vorgedrungenen Besucher aufzuhalten.

»Der Inspektor hat aber gesagt – « quäkte er.

»Zum Kuckuck mit Ihrem Inspektor«, fauchte der Eindringling, um aufblickend festzustellen, daß er besagtem Inspektor genau ins Gesicht sah – eine Fügung, die ihn nicht im mindesten irritierte.

Wie sollte sie auch. Wer immer der Eindringling war, mit dem Inspektor hätte er es leicht zehnmal aufnehmen können. Der Mann war annähernd einsneunzig groß und besaß Körperbau und Kondition eines Athleten, mehr noch, eines Athleten, der auf extreme Kraftakte spezialisiert ist. Über zwei sagenhaft breiten Schultern saß ein wohlgeformter Kopf mit sonnengebräuntem Gesicht und Hals, geradem Kinn, kurzer Adlernase und braunem Haar, das so kurz geschnitten war, daß seine Naturwellen sich gar nicht erst bilden konnten; aus den großen nußbraunen Augen, die zu Rudge hinaufstarrten, sprühte der ganze heilige Zorn eines Verfechters von Recht und Gesetz, der es nicht leiden kann, wenn das Gesetz dem, was er für sein Recht hält, in die Quere kommt.

»Ich habe Mr. Holland gesagt«, winselte Emery, »Sie wollen nicht, daß jemand ohne Erlaubnis hereinkommt.«

»Sie sind Mr. Holland?« sagte der Inspektor. »Mr. Arthur Holland?« Der andere nickte. »Und Sie wollen zu – «

»Ich will zu Miss Fitzgerald«, sagte Arthur Holland. »Und nehmen Sie bitte zur Kenntnis, egal wer Sie sind, daß ich es eilig habe. Los, Emery, sagen Sie Miss Fitzgerald, daß ich da bin, und ein bißchen dalli, bitte.«

»Augenblickchen, Sir«, sagte der Inspektor, während ein Stubenmädchen aus einem der umliegenden Zimmer kam und dem Butler etwas zuflüsterte. »Wenn Sie erlauben, möchte ich erst ein paar Worte mit Ihnen reden. Hat dieser Mensch Ihnen gesagt, daß Admiral Penistone – «

»Umgebracht worden ist? Ja«, sagte der junge Athlet. »Ist das ein Grund, daß ich Miss Fitzgerald nicht besuche? Sie braucht jetzt jemanden – «

»Entschuldigung, Sir.« Emery kam respektvoll näher. »Aber Miss Fitzgerald ist weg.«

»Weg!« Die beiden Männer riefen es wie aus einem Mund.

»Ja, Sir. Sie hat ihre Tasche gepackt und ist mit dem Auto weggefahren, sagt Merton.« Er wies auf das Mädchen, das noch im Flur stand. »Vor kaum zehn Minuten, Sir.«

»Huiu!« Innerlich durch die Zähne pfeifend, registrierte der Inspektor diese neue Wendung der Dinge.

3. Kapitel

Gescheites über Gezeiten

Von Henry Wade

Es ärgerte Rudge, daß ihm diese wichtige Zeugin entwischt war. Stirnrunzelnd wandte er sich seinem Begleiter zu.

»Würden Sie bitte ins Arbeitszimmer mitkommen, Sir«, sagte er, »ich möchte Ihnen gern ein paar Fragen stellen.«

»Die müssen warten«, sagte Holland kurzangebunden und strebte der Haustür zu. »Ich gehe jetzt Miss Fitzgerald suchen.«

»Halt, Sir!« Der Befehlston, den der Inspektor anschlug, ließ den arroganten Holland denn doch herumfahren. Rudge hatte keine Lust, gleich zwei Zeugen zu verlieren, bevor er mit ihnen fertig war.

»Ich muß Sie bitten, Sir, daß Sie mir erst zur Verfügung stehen. Ich werde Sie nicht länger aufhalten als unbedingt nötig.«

Mit schiefem Lächeln folgte Arthur Holland dem Inspektor ins Arbeitszimmer und stellte sich, einen Stuhl ablehnend, mit dem Rücken gegen die hohe Kaminumfassung.

»Also, worum geht's?« fragte er. »Schießen Sie los.«

Rudge zog sein Notizbuch heraus und demonstrierte umständlich seine Bereitschaft, wichtige Informationen entgegenzunehmen. Er hatte oft festgestellt, daß das bei renitenten Zeugen wirkte.

»Bitte Ihren Vor- und Zunamen, Sir.«

»Arthur Holland.«

»Alter?«

»Dreiunddreißig.«

»Anschrift?«

»Hotel Lordmarshall, Whynmouth.«

Rudge blickte auf. »Das ist aber nicht Ihr ständiger Wohnsitz, Sir?«

»Das will ich nicht hoffen.«

»Würden Sie mir den bitte angeben.«

»Ich habe keinen.«

Der Inspektor hob die Brauen und machte den Mund auf, wie um diesen Punkt näher zu erörtern, dann aber, sich anders besinnend, leckte er nur am Bleistift und schrieb murmelnd hin: »Kein ständiger Wohnsitz.«

Nach kurzem Nachdenken fuhr er fort: »Beruf?«

»Ich bin Kaufmann.«

Rudge machte ein etwas erstauntes Gesicht. »Handelsreisender, Sir?«

»Guter Gott, nein! Ich handle in Rohstoffen, Kautschuk, Jute, Elfenbein – dergleichen Dinge.«

»In London, Sir?«

Holland wand sich vor Ungeduld. »Die wachsen nicht in London, Mann. Ich bin zur Zeit in England, um Märkte zu erschließen.«

»Ach so.« Der Inspektor hatte das Gefühl, er kam der Sache schon näher.

»Darf ich dann fragen, Sir, aus welchem Teil der Welt Sie Ihre Rohstoffe für den Londoner Mark beziehen?«

»Ich sprach nicht von einem Londoner Markt. Ich sagte, ich bin in London, um Märkte zu erschließen – London ist nur eine Zentrale, die Absatzmärkte können überall auf der Welt sein.« Die aufreizend dummen Fragen dieses Polizisten holten aus Arthur Holland mehr Informationen heraus, als er hatte geben wollen.

»Natürlich, Sir; aber Sie haben meine Frage nicht

beantwortet. Woher, aus welchen Ländern, beziehen Sie das Material, für das Sie einen Absatzmarkt suchen?«

»Oh, von überall, wo es gerade gut läuft«, antwortete Holland vage. »Burma, Kenya, Südamerika, Indien – ich bin mal da, mal dort.« Holland hielt inne.

»Ich kann es ohne Schwierigkeit feststellen, Sir«, sagte Rudge ruhig. »Aber es ist für Sie besser, Sie sagen es mir.«

Die Antwort kam langsam, geradezu widerwillig:

»China.«

»Aha, Sir. Und Sie haben keine feste Adresse in China?«

»Nein.«

Der Inspektor blätterte eine Seite um und setzte zu einem neuen Punkt an.

»Nun zum gestrigen Abend, Sir. Waren Sie gestern abend im Hotel Lordmarshall?«

»Ja.«

»Sie trafen ein um –?«

»Ich war kurz vor neun in Whynmouth.«

»Ah ja – mit dem Schnellzug?«

»Ja.«

»Von London kommend?«

»Ja.«

»Und Sie verbrachten den Abend – wo?«

»In Whynmouth.«

»Sie kamen nicht hierher, um Ihre junge Freundin zu sehen?«

»Ich wußte, daß sie zum Dinner ausging. Also bin ich in Whynmouth geblieben.«

»Sehr vernünftig von Ihnen, Sir. Sie sind im Hotel geblieben?«

»Ich habe nach dem Essen einen Spaziergang ans Meer gemacht. Und bin dann früh schlafen gegangen.«

»Aha. Es kann doch gewiß jemand Ihre Angaben bestätigen, Sir?«

Es klang beiläufig, wie der Inspektor es sagte – allzu beiläufig. Hollands Augen wurden schmal.

»Verdächtigen Sie mich etwa, ich hätte den Admiral umgebracht?« fragte er scharf.

»Aber nein, nein. Ich bitte Sie – ich wußte ja bis vor einer Stunde noch gar nicht, daß es Sie überhaupt gibt. Ulkige Sache, was? Nein, nein, das ist nur Routine. Wir möchten wissen – und nach Möglichkeit bezeugt sehen –, wo die Personen, die zu dem Verblichenen in irgend einer Beziehung stehen, sich zur Mordzeit aufgehalten haben. Ich dachte nur, Sie wüßten vielleicht jemanden, der Ihre Aussage bestätigen kann – hätte ja sein können.«

»Wie soll jemand wissen, ob ich im Bett war oder nicht? Zufällig pflege ich nämlich allein zu schlafen. Ulkige Sache, was?« äffte Holland den Inspektor mit einem spöttischen Grinsen nach.

»Ach, dann wissen Sie also, daß das Verbrechen begangen wurde, nachdem Sie bereits im Bett lagen?«

Holland riß die Augen auf.

»Wieso das denn, zum Kuckuck? Ich habe vorhin erst davon erfahren.«

»Gewiß, Sir, gewiß. So wie ich vorhin erst von Ihnen erfahren habe. Aber nun zu Miss Fitzgerald. Haben Sie irgend eine Ahnung, wo sie sein kann?«

»Nicht die leiseste.«

»Aber als Sie soeben losstürmen wollten, um sie zu suchen, müssen Sie doch eine Vorstellung davon gehabt haben.«

»Vielleicht ist sie nach London gefahren.«

»Und vielleicht können Sie sie in London finden?«

»Vielleicht.«

»Dann sollten Sie das auch tun und Miss Fitzgerald sagen, sie möchte bitte unverzüglich zurückkommen.«

Holland nickte.

»Ich will es ihr sagen, aber wie ich sie kenne, tut sie ja doch, was ihr paßt.«

»Es wäre klug, wenn es ihr paßte, zurückzukommen. Und Sie, Sir, halten sich bitte auf jeden Fall zu unserer Verfügung, ja?«

Holland, die Hand schon am Türgriff, stutzte.

»Soll das heißen, daß ich unter Beobachtung stehe, oder wie Sie das nennen?«

»Ich setze keinen Wachtposten auf Sie an, Sir, aber ich möchte, daß Sie für uns erreichbar sind.«

Mit einem Grunzen riß Miss Fitzgeralds »junger Freund« die Tür auf und ging raschen Schritts aus dem Zimmer. Inspektor Rudge drückte lächelnd den Klingelknopf.

»Bitte, Emery, ich möchte gern Miss Fitzgeralds Zofe sprechen – Merton, wenn ich den Namen richtig verstanden habe.«

Eine Minute später saß Merton auf einer Stuhlkante und beäugte ängstlich das Ungeheuer von der Polizei. Sie war eine frische kleine Engländerin um die fünfundzwanzig, attraktiv, ohne eigentlich hübsch zu sein, und offenbar intelligent. Rudge sah sofort, daß man ihr nur die Befangenheit nehmen mußte – Unterhaltung war manchmal die beste Verhörmethode.

»Sie werden ›Merton‹ gerufen?« fragte er, sie freundlich anlächelnd. »Klingt ein bißchen formell, finde ich. Sie haben doch sicher auch einen Vornamen, wie?«

»Mein Vorname ist Jennie, Sir.«

»Ah ja, schon besser. Also, Jennie, das alles ist eine traurige Geschichte, und ich will Sie nicht länger damit quälen als unbedingt nötig, aber ein paar Dinge über Ihre Herrschaft muß ich Sie fragen. Sehen Sie, ich weiß über die beiden ja eigentlich gar nichts; Sie sind noch nicht lange hier, wie?«

»Nein, Sir, erst einen Monat.«

»Waren Sie schon vorher bei ihnen?«

»O nein, ich stamme aus Whynmouth. Ich bin erst seit drei Wochen im Haus.«

»Ah ja. Miss Fitzgerald hat also keine Zofe hierher mitgebracht?«

»O doch, eine Französin, Mademoiselle Blanc, aber Miss Fitzgerald sagte Célie zu ihr. Die ist aber nicht lang geblieben, das wär ja das reinste Leichenhaus hier, hat sie zu den anderen Mädchen gesagt – ›Totenhaus‹ sagte sie wörtlich; ob sie damit nur Rundel Croft oder überhaupt Whynmouth gemeint hat, weiß ich nicht, aber es war ihr eben zu langweilig hier, nehm ich an. Jedenfalls hat sie ihre Sachen gepackt und ist abgehauen, hat nicht mal das Monatsende und ihren Lohn abgewartet, haben mir die Mädchen gesagt. Miss Fitzgerald mußte zur Agentur Marlow, um schnell jemand anders zu finden, und weil die niemanden hatten und wußten, daß ich schon mal Zofe war, aber jetzt bin ich zu Hause bei meiner Mutter, der geht's nicht gut – da haben sie mich gefragt, und ich hab angenommen.«

Der letzte Satz war ihr etwas durcheinandergeraten, hatte aber den Vorzug, daß er die Situation erklärte. Inspektor Rudge nickte.

»Verstehe. Sehr gut kennen Sie also Miss Fitzgerald nicht?«

»Nicht so sehr. Aber ich hab ja Augen im Kopf.«

»Eben. Und was ist Ihnen aufgefallen?«

»Na ja – sie sind mir eigentlich gar nicht vorgekommen wie Onkel und Nichte.«

»Ach? Und wieso nicht?«

»Wie sie immer mit ihm gesprochen hat – scharf und hämisch, mehr wie die Ehefrau, möcht ich sagen. Aber nicht, daß da irgendwas war, das meine ich nicht.«

»Aber er war doch alt genug, um ihr Onkel – oder auch ihr Vater zu sein, nicht?«

»Ja, das schon, wenn Sie meinen, daß es darauf ankommt.«

»Was glauben Sie, mochten die beiden einander?«

»Zu merken war nichts davon.«

»Eher im Gegenteil?«

»Ja wissen Sie – das kann ich wirklich nicht sagen. Ich hatte ja nicht mit beiden zu tun – nur mit ihr.«

Jennie fand offenbar, sie habe bereits zuviel gesagt.

»Gut, dann zu ihr. Sie wußten natürlich, daß sie mit diesem Mr. Holland verlobt ist?«

»Das hat sie mir gesagt.«

»Hatten Sie den Eindruck, daß sie in ihn verliebt war?«

»Das kann ich Ihnen beim besten Willen nicht sagen.«

»Sie haben die beiden nicht oft zusammen gesehen?«

»Nicht so oft, nein. Und ich hab sie auch nie Händchen halten oder sich küssen sehen.«

»Aha!« Das war offenbar wichtig – ein Kriterium.

»Etwas anderes, Jennie. Sagen Sie, legt Miss Fitzgerald Wert auf ihr Äußeres?«

Jennie machte große Augen.

»Komisch, daß Sie das fragen, Sir. Ich hab das nie ganz verstanden. Manchmal ist sie eitel und manchmal gar nicht. Den einen Tag kann sie richtig scheußlich aussehen, so wie heute morgen, und ein andermal wieder macht sie an sich herum und takelt sich auf wer weiß wie, und dann sieht sie manchmal richtig hübsch aus.«

»Und wann hat sie das getan? Wenn ihr Freund kam?«

»Ich bin nie dahintergekommen, wann oder warum sie es macht, aber für ihn macht sie's nicht. Gestern abend hat sie sich hübschgemacht, brauchte über eine Stunde zum Anziehen, und sonst hat sie meistens in fünf Minuten ihre Sachen an oder aus. Das weiße Kleid von gestern abend, das hat sie besonders gern – es ist aus Chiffon, mit einem Cape aus heller Spitze; sie steckt immer eine farbige Blume dran – eine künstliche.«

»Ah! Dieses Kleid würde ich gern mal sehen«, sagte Rudge. »Sie sind nämlich nicht die erste, die davon spricht.«

»Ja, aber das ist auch wieder eine komische Sache«,

sagte Jennie, die jetzt voll in Fahrt war, wie Rudge es ja beabsichtigt hatte. »Sie hat's mitgenommen! Sie sagte mir nur, ich soll ihr Nachtzeug und Strümpfe und Wäsche zum Wechseln einpacken, das hab ich getan, und nachher muß sie das Kleid selber dazugepackt haben.«

»Aber haben Sie es denn nicht heute morgen, als Sie sie weckten, mit rausgenommen, zum Ausbürsten oder was Sie sonst damit machen?« fragte der Inspektor, der es hier mit Dingen zu tun hatte, die für ihn böhmische Dörfer waren.

»Ja eben, das ist auch wieder so was! Ich hab sie doch erst geweckt, als Sie schon im Haus waren – sie schläft gern lange. Und als ich ihr sagte, Sie wären da, wollte ich in einem das Kleid und die Schuhe und all den Kram mitnehmen, aber da hat sie mich angeschrien, ich soll rausgehen, weil sie aufstehen will. Ich bin natürlich gegangen, und als sie dann unten war und mit Ihnen geredet hat, bin ich wieder ins Zimmer und wollte die Sachen holen – und da waren sie weg!«

»Weg? Alles, was sie gestern abend getragen hat?«

»Kleid und Schuhe und Strümpfe, ja.«

»Haben Sie nicht danach gesucht?«

»Sicher hab ich gesucht. Aber sie waren nicht da, nirgends.«

»Und deshalb glauben Sie, sie hat die Sachen mitgenommen?«

»Ja, muß sie doch. Wo sollen sie denn sonst sein?«

Inspektor Rudge sah das Mädchen eine Weile nachdenklich an, dann nickte er und holte sein Notizbuch hervor, das bisher während dieses Gesprächs nicht in Erscheinung getreten war.

»Gut, Jennie, ich danke Ihnen. Jetzt will ich Sie nicht länger aufhalten. Sprechen Sie bitte mit niemandem über das Kleid undsoweiter, aber halten Sie die Augen offen, und wenn Sie etwas finden, geben Sie mir Bescheid.«

Als das Mädchen gegangen war, lehnte Inspektor

Rudge sich zurück und ließ sich das soeben Gehörte durch den Kopf gehen. Was Elma Fitzgerald für ein Verhältnis zu ihrem Onkel hatte und wie sie zu ihrem Verlobten stand, darüber mochte das Mädchen sich täuschen; für die Frage, wieso Miss Fitzgerald nur so sporadischen Wert auf ihr Äußeres legte, fühlte sich Rudge momentan nicht zuständig; aber daß Kleid und Schuhe, die sie zur Zeit des Dramas – oder jedenfalls am Abend des Dramas – getragen hatte, verschwunden waren, das hatte zweifellos etwas zu bedeuten. Doch was? Konnte sie irgendwie mit dem Tod ihres Onkels etwas zu tun haben? Sie hatte sich weder erstaunt noch erschüttert gezeigt, als sie davon erfuhr; aber wäre sie schuldig oder auch nur Mitwisserin, würde sie dann nicht beides vorgetäuscht haben? Wie auch immer, es war noch zu früh, sich von Verdachtsmomenten, geschweige denn Theorien leiten zu lassen; erst mußte man Tatsachen sammeln, und deren gab es genug.

Da war zunächst diese Zeitung. Wie kam sie in die Manteltasche des Toten? Zufällig wußte Rudge, daß die Londoner Abendausgabe der »Evening Gazette« erst um acht Uhr fünfzig mit dem Schnellzug in Whynmouth eintraf – mit diesem Zug übrigens war ja Arthur Holland gekommen. Zweifellos wurde ein Exemplar dann nach Rundel Croft geliefert, aber das konnte nicht vor ungefähr neun Uhr da sein, und der Admiral hatte um sieben Uhr fünfzehn das Haus verlassen, weil er zum Dinner ins Pfarrhaus geladen war. Das legte – sofern er die Zeitung nicht vom Pfarrer bekommen hatte – den Schluß nahe, daß Penistone nach Verlassen des Pfarrhauses um zehn Uhr nach Rundel Croft zurückgekehrt war – nur, wieso steckte die Zeitung im Mantel? Hatte er sie aus dem Haus geholt, um sie etwa draußen im Freien zu lesen? Das schien nicht gut denkbar. Oder hatte er auf dem Heimweg nach Rundel Croft irgend jemanden getroffen, der ihm die Zeitung gegeben hatte – nicht den Botenjungen, für den war es schon zu spät. Aber jemanden, der die Zeitung bei sich trug, sie vielleicht aus London mitgebracht hatte – Arthur Holland zum Beispiel? Holland, der den Abend auf der Strandpromenade verbracht und sich dann zeitig zu Bett gelegt haben wollte – allein? Aber das waren schon wieder Vermutungen, und er brauchte doch Fakten. Rudge klingelte.

»Emery, war Ihr Dienstherr auf die Londoner Abendausgabe der ›Evening Gazette‹ abonniert?«

»Ja, Sir. Der Tolwhistle-Junge bringt sie immer vom Abendzug – kommt so um neun herum.«

»Ist sie auch gestern abend gekommen?«

»Ja, Sir«, sagte Emery, einen Schimmer Verwunderung im ausdruckslosen Gesicht.

»Wo haben Sie sie hingelegt?«

»Auf den Tisch unten, neben der Treppe, Sir.«

»Liegt sie da noch?«

»Das weiß ich nicht.«

»Gehen Sie nachsehen, und wenn sie nicht da ist, stellen Sie bitte fest, ob sie jemand weggeräumt hat.«

Emery, jetzt die Verwunderung in Person, trottete aus dem Zimmer. Da Rudge sich dachte, daß es mindestens zehn Minuten dauern würde, bis diese Schnecke von Butler zurückkam, griff er zum Telefon, das auf der Schreibplatte stand, und rief Tolwhistle, den Whynmouther Zeitungsladen, an. Die Nummer war besetzt, und während Rudge wartete, dachte er wieder an das verschwundene Kleid. Er wußte noch genau, als er Emery losschickte, um Miss Fitzgerald herunterbitten zu lassen, hatte es zehn Minuten gedauert, bis der Butler zurückkam, und zwar mit der Meldung, daß Miss Fitzgerald in einer Viertelstunde zu sprechen sei. Es lagen also praktisch volle fünfundzwanzig Minuten zwischen seiner Aufforderung und Miss Fitzgeralds Erscheinen. Konnte ihre – doch äußerst nachlässige – Aufmachung einen solchen Zeitverbrauch rechtfertigen oder auch nur erklären? Sollte diese geheimnisumwitterte »Nichte« etwa einen Teil der Zeit darauf verwendet haben, die Sachen zu verstecken, die sie –?

Das Telefon schrillte.

»Ist dort der Zeitungsladen Tolwhistle? Ich möchte bitte Mr. Tolwhistle sprechen. Sind Sie es, Mr. Tolwhistle? Hier Inspektor Rudge. Ich brauche eine Auskunft von Ihnen, vertraulich. Hört sich vielleicht belanglos an, ist es aber nicht. Bezieht Reverend Mount, der Pfarrer von Lingham, seine Zeitungen von Ihnen? Ja, aha. Bekommt er auch die Spätausgabe der Londoner ›Evening Gazette‹? Ende letzten Jahres abbestellt, so. Er meinte was? Ach so, dann ist der halbe Vormittag futsch, ja, ich verstehe. Und daß ihn jetzt jemand anders beliefert? Nicht. Sicher, davon wüßten Sie. Vielen Dank, Mr. Tolwhistle. Und behalten Sie bitte meinen Anruf für sich, ich erkläre es Ihnen gelegentlich.«

Damit war die Frage, ob der Admiral die Zeitung vom Pfarrer gehabt haben konnte, erledigt. Blieben noch die zwei anderen Möglichkeiten: daß er sich sein eigenes Exemplar zu Hause geholt hatte und wieder weggegangen war oder daß er unterwegs jemanden getroffen und von diesem aus irgend einem Grund die Zeitung bekommen hatte.

Ungeduldig, weil Emery noch immer nicht kam, verließ Rudge das Zimmer, um nach ihm Ausschau zu halten. Von dem Butler weit und breit keine Spur. Stattdessen stand Police Constable Hempstead im Treppenhaus.

»Ich wollte nur melden, Sir, daß die Leiche zum Bestatter gebracht worden ist. Ich habe sie formell übergeben und mir eine Quittung ausstellen lassen.«

Der Inspektor blinzelte. Das war Diensteifer auf die Spitze getrieben.

»In Ordnung«, sagte er. »Sagten Sie nicht, dieses Haus gehört nicht zu Ihrem Revier?«

»Ja, Sir, aber die Leiche wurde in meinem Revier gefunden.«

»Und deshalb sehen Sie es als Ihre Pflicht an, für ihren Verbleib zu haften.«

»Das müssen Sie entscheiden, Sir.«

Rudge grinste. Er wußte, daß der junge Polizist mit den wachen Augen nur darauf brannte, in die Ermittlungen eingeschaltet zu werden.

»In Ordnung«, sagte er noch einmal. »Sie können jetzt folgendes tun: gehen Sie zum Bootshaus hinunter und fragen Sie Sergeant Appleton mal, ob er irgendwas von Bedeutung gefunden hat. Das heißt, nein, ich komme gleich mit. Wenn es was gibt, möchte ich es gern selber sehen, und wir können unseren Detective Sergeant auch nicht den ganzen Tag da unten sitzen lassen.«

Und so ließ der Inspektor Zeitung Zeitung sein und ging mit Constable Hempstead durch den Park zum Bootshaus. Unterwegs fragte er seinen Mitarbeiter, ob ihm an dieser Mordsache irgend etwas zu denken gebe.

»Ja, Sir, ein paar Dinge schon. Erstens: die Kleidung des Toten war praktisch trocken, der Rücken sogar vollkommen trocken. Aber heute früh ist ziemlich viel Tau gefallen. Hätte er schon seit Mitternacht (Sie erinnern sich, Sir, Doktor Grice setzte die Todeszeit noch vor Mitternacht an) im Gras oder in dem Boot gelegen, hätten seine Kleider da nicht feucht sein müssen?«

Inspektor Rudge sah seinen Begleiter interessiert an.

»Und Sie schließen daraus...?« fragte er.

»Daß der Admiral zwischen vier Wänden getötet wurde und danach noch längere Zeit zwischen vier Wänden – oder zumindest an einem geschützten Ort – geblieben ist.«

Der Inspektor schwieg darauf so lange, daß Hempstead schon Angst bekam, er wäre zu weit gegangen. Sie langten jedoch gerade beim Bootshaus an, da sagte Rudge:

»Das ist eine gute Überlegung, darüber sprechen wir noch. Ah, Appleton, es tut mir leid, daß Sie warten mußten. Haben Sie irgend etwas gefunden?«

Detective Sergeant Appleton war ein breitschultriger, stämmiger Mann, dessen kriminalistische Fähigkeiten mehr in der Ausdauer, mit der er winzigste Hinweise zu verfolgen pflegte, als in der Brillanz etwa daraus hergeleiteter Theorien lagen.

»Zwei Punkte fallen ins Auge, Sir: das Boot ist innen ganz sauber und ziemlich feucht – anscheinend erst vor kurzem ausgeschwemmt worden. Das ist das eine. Das andere ist, daß der Bug landwärts liegt. Die Pfarrersjungen sagen aber, daß der Admiral sein Boot immer Heck voraus einfuhr, damit er beim Ablegen nicht erst wenden mußte.«

»Ah, ein alter Seemannstrick, was? Das muß man sich merken. Und was sonst noch? Irgendwelche Blut- oder Kampfspuren, Fuß- oder Fingerabdrücke?«

»Kein Blut und keine Kampfspuren, Sir. Aber ein paar deutliche Fußabdrücke sind da, ich habe Bretter darübergelegt, und überall an Boot und Riemen sind jede Menge Fingerabdrücke.«

»Die müssen wir später noch untersuchen. Schon eine Theorie, Appleton?«

»Nein, Sir, noch nicht.«

Inspektor Rudge setzte sich ins Ufergras und winkte seine Leute zu sich heran. »Rauchen wir erst mal eine«, sagte er, seine Pfeife herausholend. »Dabei denkt es sich besser, und denken müssen wir jetzt. Fangen wir mit dem Hut des Pfarrers an. Wieso lag der im Boot?«

Sergeant Appleton riskierte eine Antwort. »Vom Täter hingelegt, um den Verdacht auf den Pfarrer zu lenken.«

»Fällt Ihnen was Besseres ein, Hempstead?«

»Es wäre auch möglich, daß der Pfarrer ihn selber dort hingelegt und dann vergessen hat.«

»Er behauptet, er hätte den Hut aufgehabt, als er den Admiral gestern abend nach dem Dinner hinausbegleitete, und hätte ihn dann in der Laube auf der Bank liegenlassen.«

»Aber angenommen, er ist danach noch mit dem Boot weggewesen, Sir?«

»Ach, Sie meinen – na egal, was Sie meinen. Weiter: warum war die Leine gekappt?«

»Jemand hatte es eilig«, sagte Appleton.

»Jemand wollte den Anschein erwecken, das Boot sei gestohlen worden«, murmelte Hempstead.

»Und die Ruder waren ausgehängt«, gab der Inspektor ergänzend zu bedenken, »entweder weil man die Leiche aus einem anderen Boot in das Boot des Pfarrers gelegt hat und es anschließend treiben ließ, oder... Das wäre doch eine Erklärung, was, Hempstead?«

»Möglicherweise, Sir.«

»Kann mir jemand erklären, warum die Leiche an diesem bestimmten Ort und zu diesem bestimmten Zeitpunkt gefunden wurde?« fragte der Inspektor und setzte in Gedanken hinzu, ›falls sie überhaupt ‚gefunden' wurde‹.

Sergeant Appletons Gesicht leuchtete auf.

»Ja, Sir«, sagte er. »Darüber habe ich nachgedacht, während ich auf Sie wartete. Wenn der Mord, wie Doktor Grice sagt, um Mitternacht verübt und das Boot anschließend losgemacht wurde, müßte es unmittelbar ins Meer getrieben sein, weil zu der Zeit Niedrigwasser war. Meine Theorie ist daher, daß der Mord einige Meilen weiter flußaufwärts verübt wurde und daß der Flutwechsel kam, noch bevor das Boot Whynmouth erreicht hatte, und es dorthin zurücktrieb, wo man es fand.«

»Um wieviel Uhr war Flutwechsel?«

»Laut Mr. Ware«, sagte Hempstead, »um dreiviertel vier, Sir.«

»Schön, dann rechnen wir mal nach. Ware sagte uns – Sie erinnern sich, Hempstead –, das Boot müßte vierzig bis fünfundvierzig Minuten gebraucht haben, um von Pfarrhaushöhe bis an die Stelle zu gelangen, wo er es eingeholt hat; wann war das?«

Gezeitenwechsel...

...gibt es auch im Portemonnaie – nur nicht so regelmäßig. Wer, was ihm zufließt, gleich in die richtigen Kanäle leitet, sitzt bei Ebbe nicht so schnell auf dem trockenen.

Pfandbrief und Kommunalobligation

Meistgekaufte deutsche Wertpapiere - hoher Zinsertrag - bei allen Banken und Sparkassen

Verbriefte Sicherheit

»Kurz nach halb fünf, Sir.«

»Das würde heißen, es verließ – oder passierte – den Bootssteg des Pfarrhauses um etwa zehn Minuten vor vier, also nur fünf Minuten nach Flutwechsel?«

»Das ist richtig, Sir.«

»Wenn wir annehmen, daß das Boot hier oder am Bootssteg des Pfarrhauses losgeschickt worden ist, würde das bedeuten, daß es nicht früher als kurz vor dreiviertel vier geschehen sein kann. Sonst wäre es nämlich nicht bis zum fraglichen Zeitpunkt an die Stelle zurückgetrieben worden, wo Neddy Ware es gefunden hat. Aber um dreiviertel vier ist es schon fast hell – und das hätte niemand riskiert. Sieht so aus, Appleton, als hätten Sie recht mit Ihrer Theorie.«

Sergeant Appleton strahlte, Hempstead aber machte ein eigensinniges Gesicht. Das entging Rudge nicht.

»Raus damit, Hempstead«, sagte er. »Sie haben eine andere Theorie, das seh ich Ihnen doch an.«

»Ja, Sir, wenn ich darauf hinweisen darf: Sie haben die Flaute nicht berücksichtigt. Vor dem Flutwechsel ist ungefähr eine Stunde lang die Strömung so schwach, daß das Wasser praktisch steht. Dann kann es sein, daß ein Boot längere Zeit nur gegen das Ufer dümpelt. Nach meiner Theorie, die Sie ja kennen, Sir, war der Tote nicht lange genug im Boot, als daß seine Kleidung vom Tau hätte naß werden können. Das Boot muß daher meines Erachtens bereits um halb drei oder drei Uhr von irgendwem flottgemacht worden sein. Wenn der Betreffende hier in der Gegend fremd war, wußte er vielleicht nicht, daß der Fluß Gezeiten hat, und glaubte, das Boot werde einfach ins Meer treiben. Tatsächlich aber schwamm es nur ein paar hundert Meter weit und wurde dann, als die Strömung nachließ, ans Ufer getrieben. Um dreiviertel vier, als die Flut einsetzte, kam es wieder in Bewegung und trieb mit der Flut bis dorthin, wo Neddy Ware es dann um halb fünf fand.«

4. Kapitel

Reden ist Silber
Von Agatha Christie

»Auch keine schlechte Theorie«, sagte Inspektor Rudge.

Er war im Umgang mit seinen Untergebenen immer bewußt diplomatisch. Auch jetzt ließ er mit keiner Miene erkennen, welche der beiden Theorien er für die bessere hielt. Er nickte ein paarmal gedankenvoll, dann stand er auf und sah zu der Baumgruppe beim Bootshaus hinüber.

»Mir geht etwas durch den Kopf«, sagte er. »Bin mir nicht klar, ob es was zu bedeuten hat.«

Appleton und Hempstead sahen ihn fragend an.

»Als ich vorhin mit dem Pfarrer sprach, erwähnte er, daß er das weiße Kleid von Miss Fitzgerald durch die Bäume hat schimmern sehen.«

»Als sie zum Haus hinaufging – ja, Sir, das sagte er, ich erinnere mich. Meinen Sie, daran stimmt etwas nicht?«

»Nein, nein, es erscheint durchaus denkbar. Miss Fitzgerald trug ein weißes Chiffonkleid mit einem cremefarbenen Spitzencape. Wenn der Pfarrer das Kleid gesehen hat, kann sie keinen Mantel oder Umhang darüber getragen haben. Na ja, warum sollte sie auch – es war ein sehr warmer Abend.«

»Ja, Sir.«

Appleton machte ein etwas ratloses Gesicht.

»Andererseits hatte aber der Admiral einen dicken braunen Ulster an, als man ihn fand. Kommt Ihnen das nicht irgendwie komisch vor?«

»Nun – ja doch, es ist etwas merkwürdig, daß die Lady nichts Wärmeres angehabt haben soll als ein Spitzencape, während der Admiral – ja, Sir, ich muß Ihnen beistimmen.«

»Dann habe ich eine Bitte, Sergeant. Rudern Sie doch zum Pfarrhaus hinüber und fragen Sie dort, ob der Admiral gestern abend einen Mantel mithatte.«

»Gut, Sir.«

Als der Sergeant gegangen war, wandte sich der Inspektor an Hempstead.

»Und jetzt«, sagte er augenzwinkernd, »habe ich eine Frage an Sie.«

»Ja, Sir?«

»Wer ist das größte Schwatzmaul in Whynmouth?«

Police Constable Hempstead mußte grinsen.

»Das ist Mrs. Davis, Sir, die Wirtin vom Lordmarshall. Wenn die in der Nähe ist, kommt kein anderer mehr zu Wort.«

»Ach, so eine ist das also.«

»Ja, genau, Sir.«

»Na, das kommt mir ja wie gerufen. Der Admiral war neu hier, und über neue Leute wird immer geredet. Auf neunundneunzig falsche Gerüchte kommt meistens eine zutreffende Beobachtung. Rundel Croft stand im Blickpunkt des allgemeinen Interesses. Ich möchte wissen, was genau in den Dorfklatsch durchgesickert ist.«

»Dann sind Sie bei Mrs. Davis an der richtigen Adresse, Sir.«

»Ich will auch noch rüber nach West End und Sir Wilfrid Denny aufsuchen. Er scheint der einzige Mensch in der Gegend zu sein, der über den Ermordeten etwas weiß. Er könnte vielleicht auch wissen, ob der Admiral Feinde hatte.«

»Sie meinen, er wollte hier untertauchen, Sir?«

»Nicht grade untertauchen. Er ist ja ganz offiziell, unter seinem richtigen Namen, hierhergezogen. Bei einem

Mann im Ruhestand nichts Ungewöhnliches. Aber der geladene Revolver in seinem Schreibtisch gibt mir zu denken. Sowas ist ungewöhnlich. Ich wünschte, ich wüßte ein bißchen mehr über die Karriere des Admiral Penistone. Ah – da ist ja Appleton wieder.«

Sergeant Appleton kam jedoch nicht allein zurück; die beiden Söhne des Pfarrers waren bei ihm. In ihren frischen jungen Gesichtern brannte die Neugier.

»Hallo, Inspektor«, rief Peter, »wir können Ihnen doch helfen! Haben Sie nicht irgendwas für uns zu tun? Sowas, der alte Penistone – ausgerechnet den umzubringen!«

»Wieso ›ausgerechnet‹, junger Mann?« wollte der Inspektor wissen.

»Och, ich weiß auch nicht.« Der Junge wurde rot. »Der war doch – na ja, immer so auf Zack eben, wie bei 'ner Flottenparade. Wenn Sie da auch nur einmal nicht extra ›Sir‹ gesagt hätten zu dem alten Knaben, na, dann gute Nacht!«

»Autoritär und pedantisch, was?«

»Ja, das hab ich gemeint. Und Jahre hinterm Mond.«

»Ach was, so schlimm war er doch gar nicht«, meinte Alec begütigend.

Der Inspektor wandte sich Appleton zu. »Was war mit dem Mantel?«

»Der Admiral, Sir, war ohne Mantel, als er gestern abend zum Dinner kam.«

»Klar ohne«, sagte Peter. »Ist doch bloß 'n Katzensprung über den Fluß, was braucht er da einen Mantel. Die Fitzgerald hatte auch keinen an.«

»Die war doch süüß, was«, flötete Alec. »Ganz in Weiß, wie eine junge Braut. Und dabei alt wie Methusalem.«

»Ja, also«, sagte Rudge. »Ich muß weiter.«

»Och, Inspektor, und was wird mit uns?«

Rudge lächelte nachsichtig.

»Ihr zwei Gentlemen könnt euch ja mal nach der Mordwaffe umsehen«, schlug er vor. »In der Wunde steckte sie nämlich nicht. Vielleicht, daß sie irgendwo am Ufer...«

Er ging schmunzelnd davon.

›Da haben sie was zu tun‹, dachte er bei sich, ›und können doch nichts verderben. Vielleicht finden sie das Ding sogar – alles schon dagewesen.‹

Während er im Auto saß und in Richtung Whynmouth steuerte, arbeiteten seine Gehirnzellen heftig. Das mit der Abendzeitung war jetzt geklärt. Der Admiral mußte irgendwann zwischen zehn Uhr und Mitternacht nach Hause gekommen sein, sich den Mantel übergeworfen und die Abendzeitung in die Tasche gesteckt haben. Dann war er wieder fortgegangen – aber wohin?

Hatte er das Boot genommen? War er flußaufwärts gerudert, oder aber flußabwärts, zu irgend einer Verabredung? War er zu Fuß zu irgend einem Nachbarn gegangen?

Das Ganze war noch immer ein Rätsel.

In Whynmouth angelangt, hielt er beim Hotel Lordmarshall.

Das Lordmarshall tat sich etwas darauf zugute, ein Hotel alten Stils zu sein. Das Vestibül war dunkel und schmal, und der potentielle Logiergast fand zu seinem Befremden niemanden, an den er sich hätte wenden können. Meist wurde dann in dem Halbdunkel irrigerweise ein anderer Hausgast befragt, der den Ankömmling frostig zurückwies. An den Wänden prangten humoristische Drucke sowie einige Glasbehälter mit Fischen.

Rudge kannte sich im Lordmarshall recht gut aus. Er überquerte den Flur und klopfte an eine Tür mit der Aufschrift »Privat«. Mrs. Davis' heller Sopran hieß ihn eintreten.

Als die Gute sah, wer da kam, holte sie einmal tief Luft, und dann legte sie auch schon los:

»Ah, Inspektor Rudge, nicht? Wie gut, daß Sie mir vom Sehen schon bekannt sind, aber ich kenn ja eigentlich jeden hier. Und gesprochen haben wir auch schon mal miteinander, doch, doch, Sie wissen's wahrscheinlich nicht mehr. Na ja, ich sag immer, es ist nicht grade ein Renommee, wenn die Polizei einen kennt, da ist's mir schon lieber, daß wir uns auf dem Boden der Tatsachen, sozusagen, noch nicht begegnet sind. Aber eins will ich Ihnen sagen, Inspektor Rudge, Sie haben gut dran getan, daß Sie gleich zu mir gekommen sind heute morgen! Sie sind so lange ja noch nicht hier, erst zwei Jahre, oder sind es schon drei? Ja, ja, wie die Zeit vergeht, sag' ich immer. Kaum hat man serviert und abgeräumt, kann man schon wieder mit Kochen anfangen. Und bei mir gibt es Dinner pünktlich, da kenne ich nichts. Diese Autofahrer heute, kommen angebraust um acht oder neun am Abend und wollen dann noch Dinner haben. Supper kalt geht ja noch, aber Dinner ist um sieben, und danach können die Leute spazieren gehen, die schönen Sommerabende am Hafen, das ist doch für die Jungen das Wahre – aber für die Alten auch, nicht?«

Für den Bruchteil eines Augenblicks hielt Mrs. Davis inne, um wieder zu Atem zu kommen. Sie war eine muntere, sympathische Frau um die fünfzig, in einem schwarzen Seidenkleid, auf dem sie ein goldenes Medaillon trug; ihre Hände zierten mehrere Ringe.

Sie setzte ihren Redeschwall fort, ohne daß Rudge eine Chance gehabt hätte, zu Wort zu kommen.

»Sie brauchen mir gar nicht zu sagen, warum Sie hier sind. Wegen Admiral Penistone. Ich hab's vor 'ner halben Stunde erfahren. Heute rot, morgen tot, sag ich immer, das geht uns allen so, aber hoffentlich nicht auf diese Weise. Erstochen mit 'm dünnen Gegenstand, Messer oder so, nicht? Ich sag Ihnen, das war 'n Dolch und nichts anderes, glauben Sie mir. Eins von diesen gräßlichen blutigen Dingern, wie die Italier sie haben. Itaker heißen sie in Amerika – die Italier meine ich, nicht die Messer. Und ich sag Ihnen, wer den Admiral umgebracht hat, der ist aus Italien gekommen, Sie werden noch an mich denken. Kann natürlich kein Italier gewesen sein, der wäre hier aufgefallen. Früher haben die immer das Eis verkauft, als ich noch klein war. Heute gibt es ja Walls und so, macht aber bloß dick, all das Sahnezeug. Nein – also Ausländer haben wir keine in Whynmouth, außer natürlich Amerikaner, aber die sind für mich keine richtigen Ausländer, sprechen doch unsere Sprache, nur eben so komisch, nicht? Aber was die von den Schiffsleuten alles aufgebunden kriegen, das reine Seemannsgarn, damit sie sich nur ja keine eigene Meinung bilden, und die schlucken das, ahnungslos wie sie nun mal – aber ich komm ganz vom Thema ab. Und ist doch so 'n trauriges Thema, nicht?« Sie schüttelte den Kopf, wirkte jedoch nicht übermäßig bekümmert. »Der Admiral, na ja, nicht daß wir besonders an ihm gehangen hätten, das kann man nicht sagen, die meisten kannten ihn ja noch kaum vom Sehen, und hier in Whynmouth war er überhaupt nur 'n paar Mal. Und seine Nichte! Eine höchst eigenartige junge Dame, wenn Sie mich fragen, Mr. Rudge. Über die hab ich komische Sachen gehört. Ihr junger Freund logiert ja zur Zeit hier bei uns im Haus, ist gestern abend mit dem Halb-neun-Uhr-Zug angekommen. Aber wenn Sie mich fragen, ich sage: nein.«

»Häh – «, machte Rudge, völlig perplex über das jähe, dramatische Abbrechen ihres Redeflusses.

»Ich sage: nein«, wiederholte Mrs. Davis mit energischem Kopfnicken.

»Nein zu was?« fragte der Inspektor, der immer noch nichts begriff.

»Also, wenn Sie mich fragen, ob er der Mörder ist, ich sag nein!«

»Ach so, ich verstehe. Aber davon war doch gar nicht die Rede.«

»Nicht ausdrücklich, in Worten, aber darauf läuft's doch hinaus. Wo Rauch ist, da ist auch Feuer, wie Mr.

Davis zu sagen pflegte. Für Herumreden um den heißen Brei bin ich nie gewesen.«

»Ich hatte Sie nur fragen wollen, ob – «

Streng fiel ihm Mrs. Davis ins Wort. »Ich weiß, ich weiß, Mr. Rudge. Ob Mr. Holland gestern abend noch ausgegangen ist oder nicht, das kann ich nicht sagen. Da war ein solcher Betrieb mit den Ausflugsbussen, und man kann nicht auf alles gleichzeitig achten. Ich will damit sagen, man kann sich nicht doppelt schlagen, nicht? Und wenn dann auch noch das Gaslicht aussetzt, und eins kommt zum andern, ich lasse in diesem Jahr Elektrisch einbauen. Alter Stil, schön und gut, aber manches schlukken die Leute eben nicht mehr, nicht? Letztes Jahr Heißwasser, dies Jahr elektrisches Licht. Aber da schweif ich schon wieder ab. Ich wollte sagen – was wollte ich doch noch sagen?«

Der Inspektor beteuerte, er habe keine Ahnung.

»Admiral Penistone war mit Sir Wilfrid Denny befreundet, nicht wahr?« fragte er nun seinerseits.

»Also, der Sir Wilfrid Dennis – das ist mal ein richtig netter Herr. Immer zu einem freundlichen Wort aufgelegt und immer ein Späßchen parat. Ein Jammer, daß er jetzt so knapp dran ist, der Arme. Ach so – ja, er und der Admiral waren befreundet. Es heißt, der Admiral ist deshalb hierhergezogen. Aber darüber weiß ich nichts. Manche sagen auch, Sir Wilfrid wär gar nicht so begeistert gewesen, als er hörte, sein Freund will sich hier niederlassen. Aber die Leute reden ja viel, wenn der Tag lang ist, nicht? Ich bin keine, die redet, ich sag kein Wort. Schwätzen richtet nur Unheil an. Reden ist Silber, Schweigen ist Gold. Das ist mein Motto. Aber eins, muß ich sagen, ist wirklich eine Gemeinheit. Mußten die ausgerechnet das Pfarrboot nehmen für ihre Schandtat. Und den Pfarrer da reinziehen, den armen Mann. Als ob der nicht schon genug durchgemacht hätte in seinem Leben.«

»Hat's nicht immer leicht gehabt, wie?«

»Na ja, es ist jetzt schon lange her. Sechs und vier waren die Jungs damals, wie hat sie das nur tun können! Glauben Sie mir, eine Frau, die Mann und Kinder im Stich läßt – für die gibt's eigentlich gar keine Entschuldigung, nicht bei einem so guten, frommen Mann wie dem Pfarrer. Was die verdient hätte, das will ich gar nicht erst sagen. Die kleinen Kinder zurücklassen, da komm ich einfach nicht drüber weg. Muß eine hübsche Person gewesen sein, nach allem, was man so hört. Ich selbst hab sie nie gesehen; es ist passiert, bevor Mr. Mount hierher kam. Wer das war, mit dem sie auf und davon ist, das weiß ich nicht mehr. Soll aber sehr gut ausgesehn haben, der Mann, hab ich immer gehört. Diese gut aussehenden Männer, die haben ja sowas an sich, das kann man nicht bestreiten. Ja, ja, was wohl aus ihr geworden ist. Das Leben ist schon ein Jammertal. Aber jetzt bin ich ganz wieder abgekommen! Wir sprachen von Mr. Holland, nicht – er ist ja ein hübscher Mensch, bitte. Aber man sagt, daß Miss Fitzgerald das anscheinend nicht findet, dabei sind sie doch verlobt und wollen heiraten.«

»So, sagt man das?«

Mrs. Davis nickte gewichtig.

»Nur, warum der Admiral Mr. Holland sprechen wollte, da habe ich keine Ahnung«, fuhr sie fort. »Aber ich dachte schon mal, vielleicht wollte die junge Lady ihren Bräutigam wieder los werden und hat ihren Onkel geschickt, um die Dreckarbeit für sie zu erledigen. Bloß, warum das nicht Zeit hatte bis heute morgen... Ich sag Ihnen, genau das hat sich auch der Admiral gedacht, und deswegen hat er sich anders besonnen und gesagt, er muß mit dem Zug weg.«

Mit einem kühnen Gedankensprung interpretierte Inspektor Rudge dieses dunkle Orakel.

»Wollen Sie damit sagen«, fragte er, »daß Admiral Penistone gestern abend hier war?«

»Aber sicher. Hat den Hausdiener nach Mr. Holland

gefragt. Und als der Mann gerade raufgehen wollte, hat er ihn zurückgerufen und hat herumgestottert und auf die Uhr geschaut und gesagt, er muß den Zug noch erwischen, und für ein Gespräch mit Mr. Holland ist keine Zeit mehr.«

»Um wieviel Uhr war das?«

»Genau kann ich es nicht sagen. Es war aber nach elf. Ich lag schon im Bett, Gott sei Dank, nach so einem Tag, wie wir ihn gestern hatten. Wirklich, diese Reisebusse – die machen einen ganz fertig. Und danach war es immer noch ziemlich voll im Lokal. Wenn es abends so warm ist, finden die Leute ja nicht ins Bett.«

»Den Zug erwischen«, sinnierte der Inspektor.

»Das muß der Elf-fünfundzwanzig gewesen sein, nehm ich an«, sagte Mrs. Davis. »Der Nahverkehrszug nach London. Kommt morgens um sechs dort an. Aber er ist nicht damit gefahren. Ich meine, er kann nicht damit gefahren sein, denn wenn er gefahren wäre, hätte er ja nicht ermordet im Pfarrboot gelegen, nicht?«

Und sie sah den Inspektor triumphierend an.

5. Kapitel

Inspektor Rudge entwickelt eine Theorie

Von John Rhode

Inspektor Rudge setzte eine Miene abgrundtiefer Bewunderung auf. »Kompliment, Mrs. Davis«, rief er, »so haargenau zwei und zwei addieren, das kann doch nur eine Frau wie Sie! Natürlich, der Admiral kann den Zug ja gar nicht genommen haben, das wird mir jetzt klar!«

Mrs. Davis kicherte vernügt. »Da, jetzt lachen Sie mich aus«, sagte sie. »Ich weiß nicht wieso, aber viele von meinen Gästen amüsieren sich anscheinend auch immer über dies oder das, was ich sage. Macht nichts, das hält sie bei guter Laune, und sie fühlen sich wohl, und ich sag' immer: man soll seine Gäste glücklich machen, solange man sicher ist, daß sie die Rechnung bezahlen. Mich legt zwar so leicht keiner rein – «

»Davon bin ich überzeugt«, unterbrach der Inspektor höflich. »Das müßte schon jemand ganz Gerissenes sein. Übrigens, woher wußten Sie schon von dem Mord an Admiral Penistone, als ich hierher kam?«

»Man muß nicht immer weit rumkommen, um weit zu hören«, entgegnete Mrs. Davis verschmitzt. »Ich sitze still hier, bin noch nicht aus dem Haus gewesen an diesem herrlichen Morgen, aber ich garantiere Ihnen, Inspektor, ich weiß mehr über die Geschichte als irgendwer in ganz Whynmouth – ausgenommen natürlich die Polizei. Sehen Sie, das ist so: Sie sind durch den Haupteingang ins Hotel gekommen, da ist es Ihnen nicht aufgefallen. Aber wenn man durch die Seitenstraße kommt, dann ist da noch ein Eingang, der führt in die Schenke. Man hat sie dorthin verlegt, ein wenig abseits vom Haus, damit die Hotelgäste nicht gestört werden. Die kriegen ihre Drinks im Rauchsalon und bezahlen auch mehr dafür. In der Schenke verkehrt die Laufkundschaft, Fischer und Hafenarbeiter und so, und mit denen wollen die Gentlemen, die in den Rauchsalon gehn, nicht zusammensitzen. Obwohl's alles ordentliche Leute sind, bloß reden sie eben manchmal nicht so fein. Zu mir sind sie immer anständig, wenn ich morgens reingeh und nach dem Rechten sehe.«

»Aha, Sie haben von dem Mord also heute morgen in der Schenke erfahren, ja, Mrs. Davis?« faßte der Inspektor zusammen.

»Ja eben, das will ich Ihnen doch die ganze Zeit sagen«, erwiderte Mrs. Davis in etwas gereiztem Ton. »Aber die Herren von der Polizei sind ja alle gleich. Da werden ruckzuck Fragen gestellt, und unsereins kommt überhaupt nicht zu Wort. Also, ich wollte sagen, ich war heute morgen da, als Billy, unser Kellner, grade die Läden aufmachte, und kaum hatte er die Tür aufgesperrt, da kamen auch schon ein paar Kerle von der Ambulanz herein. Ich frag sie, ob jemand verunglückt ist, und da erzählten sie mir, wie Mr. Ware aus Lingham die Leiche des Admirals im Boot des Pfarrers gefunden hat, das auf dem Wasser rumtrieb, und sonst keine Menschenseele weit und breit.«

In diesem Augenblick tauchte, als wäre Rudges heimliches Stoßgebet erhört worden, aus der hinteren Region des Hauses ein Koch auf und flüsterte Mrs. Davis etwas ins Ohr. »Ach, du liebe Güte! Das hab ich ja ganz vergessen«, rief sie. »Da hab ich Ihnen so interessiert zugehört, Inspektor, daß ich das Fleisch für den Lunch noch gar nicht bestellt habe. Sie entschuldigen, Mr. Rudge, wenn ich mal schnell in die Küche springe und mich darum kümmere?«

Der Inspektor wartete, bis Mrs. Davis verschwunden war, und als er sie sicher außer Hörweite wußte, betätigte er eine Klingel mit der Aufschrift »Portier«. Nach wenigen Minuten keuchte ein kahlköpfiges, noch mit der hastig über die hochgekrempelten Hemdsärmel geworfenen Livreejacke ringendes Individuum in die Eingangshalle. Augenscheinlich hatte der Mann gerade den Heizungskessel in Gang bringen wollen und war in dieser Tätigkeit unterbrochen worden. Er sah Inspektor Rudge fragend an. »Sir?«

»Ich bin Inspektor Rudge und habe hier bestimmte Ermittlungen durchzuführen. Ich nehme an, Sie kannten Admiral Penistone?'

Der Mann kratzte sich am Kopf. »Naja, ich kann eigentlich nicht sagen, daß ich ihn kannte, Sir«, erwiderte er. »Ich habe ihn nur einmal gesehen, und zwar gestern abend. Er kam hier rein und fragte nach Mr. Holland.«

Der Inspektor nickte. »Ich weiß. Aber ich möchte vor allem wissen, in was für einer Verfassung er war. Wie sah er aus, kam er Ihnen beunruhigt oder besorgt oder dergleichen vor?«

»Das kann ich Ihnen nicht sagen, Sir. Wissen Sie, es war elf Uhr durch, und ich wollte gerade zusperren. Mrs. Davis sagt immer, ich soll Licht sparen, deswegen war nur noch die eine Gaslampe an. Der Admiral hat sich genau in die Tür gestellt, da wo Sie jetzt ungefähr stehen, Sir. Fragt mich: Ist Mr. Holland da? Bloß so, kein Wort mehr. Läßt mir aber nicht Zeit zur Antwort, sondern sagt, es wär nicht so wichtig, er könnte nicht warten, müßte den Zug noch kriegen. Er war nicht mal 'ne Minute hier, Sir. Er hatte offenbar große Eile, ich habe kaum sein Gesicht gesehn. Wenn er mir seinen Namen nicht genannt hätte, hätte ich gar nicht gewußt, wer er war.«

Wieder nickte der Inspektor. »Aber Sie würden ihn doch wiedererkennen, wenn Sie ihn nochmal sähen?« fragte er.

»Vielleicht, Sir, aber vielleicht auch nicht. Ich hab ihn ja gar nicht richtig gesehen, eigentlich.«

»Nun, das spielt auch keine Rolle«, sagte der Inspektor leichthin. »War Mr. Holland denn da, als Admiral Penistone nach ihm fragte?«

»Ich glaube schon, Sir, jedenfalls standen seine Schuhe vor der Tür. Die habe ich stehen sehn, als ich kurz danach raufging, um mich schlafen zu legen. Und später ins Haus gekommen ist er nicht mehr, das weiß ich genau.«

»Wie können Sie das mit Sicherheit sagen?«

»Weil ich wie immer um halb elf herum die Haustür abgeschlossen habe, Sir. Wenn danach noch jemand reinwill, muß er klingeln, das hör ich in meinem Zimmer und komme dann runter und mache ihm auf. Aber gestern abend hat's nicht geklingelt, Sir.«

»Aha. Und wann wird morgens die Tür wieder aufgeschlossen?«

»Mach ich als erstes, wenn ich morgens runterkomme, Sir. So um die sechse rum.«

»Und was tun Sie dann, nach dem Aufschließen?«

»Tja, Sir, dann mache ich Feuer im Küchenherd und setz das Teewasser auf.«

»Haben Sie Mr. Holland zufällig heute morgen gesehen?«

»Ich war grade hier unten, Sir, als er wegging, gleich nach dem Frühstück. Muß so um neun rum gewesen sein. Seitdem ist er nicht zurückgekommen, oder nicht daß ich wüßte.«

Mrs. Davis näherte sich wieder aus den hinteren Regionen des Hauses, und das anschwellende Geräusch ihrer Stimme veranlaßte Rudge, schleunigst die Flucht zu ergreifen. Er verschwand aus dem Hotel und schlug den Weg zum Polizeirevier ein, wobei er die einzelnen Informationen, die er im Lordmarshall bekommen hatte, im Geiste Revue passieren ließ und sich erneut zu dem Einfall beglückwünschte, Mrs. Davis zu befragen. Mochte sie zehnmal eine Klatschbase sein, ihre Ansichten über die Leute, die sie so offen zum besten gab, hatten im Grunde doch Hand und Fuß. Zum Beispiel, fand Rudge, hatte er nun bereits einen wertvollen Hinweis auf Sir Wilfrid Denny bekommen, und sogar die Enthüllung der kuriosen Episode aus dem Leben des Pfarrers mochte sich noch als aufschlußgebend erweisen. Was Holland betraf, so war Mrs. Davis' Überzeugung, daß er nicht der Mörder sei, zweifellos wohlbegründet – sofern er die Nacht im Hotel verbracht hatte.

Aber das Interessanteste von allem, was er erfahren hatte, war natürlich der Besuch des angeblichen Admiral Penistone gestern abend um kurz nach elf. Leider ließ sich unmöglich entscheiden, ob der Besucher der Admiral gewesen war oder nicht. Seine Identifizierung durch den Hausdiener war praktisch wertlos; er kannte den Admiral nicht von Angesicht und traute es sich nicht einmal zu, den Besucher wiederzuerkennen. Wo in aller Welt war der Admiral tatsächlich gewesen? Er war zuletzt um kurz nach zehn bei seinem Bootshaus gesehen worden. Somit wäre ihm für den Weg nach Whynmouth eine Stunde geblieben. Bei der Entfernung nicht Zeit genug, um zu Fuß zu gehen; das Auto hingegen würde er kaum genommen haben, da hätte ihn mit Sicherheit jemand gehört. War er etwa mit seinem Boot gekommen? Das konnte sein, vorausgesetzt, daß die Strömung des Flusses gerade die richtige Richtung hatte.

Inspektor Rudge runzelte die Stirn. Er war kein Seemann, und er empfand mittlerweile die Kapriolen des Whyn, dieses vermaledeiten Flusses, als gegen ihn persönlich gerichtete Unverschämtheit. Für ihn hatte ein Fluß, der etwas auf sich hielt, ein friedliches Gewässer zu sein, das wußte, was es wollte, und das stets in ein und derselben Richtung floß, wie zum Beispiel die Themse bei Maidenhead. Der Whyn aber war verrückt; er unterlag wie ein Somnambuler dem Einfluß des Mondes und gehorchte bei dem ewigen Hin und Her seiner Strömung irgend einer Gesetzlichkeit, die über das Begriffsvermögen des Inspektors hinausging. Rudge fand, daß er unbedingt einen Experten über die Dinge befragen mußte. Einstweilen war ihm nur klar, daß, wenn die Strömung flußabwärts gegangen war, es keinen Grund gab, weshalb der Admiral nicht zur angegebenen Zeit ins Lordmarshall hätte kommen können.

Andererseits jedoch widersprach sein Verhalten dort ganz und gar allem, was der Inspektor bisher über Penistones Charakter in Erfahrung gebracht hatte. Er schien ein selbstsicherer und entschlossener Mann gewesen zu sein. Daß er in der Absicht, mit Holland zu sprechen, erst hingegangen und dann wieder weggegangen sein sollte, weil ihm plötzlich einfiel, einen Zug erreichen zu müssen – das konnte sich Rudge nicht gut vorstellen. Vielmehr hätte es ihm ähnlich gesehen, daß er in der Hotelhalle auf und ab gestampft wäre, bis man Holland aus dem Bett geholt hatte.

Es sei denn –

Ja, das war auch möglich. Vielleicht hatte er das Hotel nur aufgesucht, um sich über Hollands Ankunft zu vergewissern. Aus der Tatsache, daß der Hausdiener nachsehen wollte, ob der Gast in seinem Zimmer war, konnte der Admiral ja entnehmen, daß Holland bereits im Hotel wohnte. Vielleicht war das alles gewesen, was er wissen wollte, und er hatte die Ausrede mit dem Zug nur als Erklärung dafür vorgebracht, warum er gleich wieder weggegangen ist. Möglicherweise hatte er Holland zu der Zeit gar nicht sprechen wollen.

Andererseits, wenn der Besucher nicht Penistone gewesen war, warum hatte er dann dessen Namen genannt? Damit es so aussah, als habe der Admiral sich zu exakt dieser Stunde in Whynmouth befunden? Hier bot sich Raum für allerlei Spekulationen, wobei jedoch von einer zentralen Tatsache auszugehen war: der Besucher mußte in etwa gewußt haben, was Admiral Penistone an dem Abend vorhatte oder tat. Und deshalb hieß es jetzt alles daransetzen, damit man das herausfand.

Und Holland selbst? Der Inspektor war alles andere als zufrieden mit dem, was er über diesen impulsiven Herrn bis jetzt wußte. Mrs. Davis mochte zwar recht haben mit ihrer Vermutung, Miss Fitzgerald sei nicht sehr darauf erpicht, ihn zu heiraten; daß sie aber mit ihrer Behauptung, Holland sei nicht der Mörder, ebenso recht hatte, dessen war sich Rudge keineswegs sicher. Hollands Aussage, er habe die Nacht im Hotel verbracht, ließ sich durch nichts einwandfrei erhärten. Er konnte ohne weiteres in dem allgemeinen Betrieb, der offenbar bis elf Uhr nachts dort geherrscht hatte, aus dem Haus geschlüpft und gleich nach sechs Uhr morgens, als der Hoteleingang wieder offen und der Hausdiener mit dem Herd in der Küche beschäftigt war, unbemerkt zurückgekehrt sein. War dem so, und war er etwa in Whynmouth oder woanders mit dem Admiral zusammengetroffen? Je mehr Rudge über das Ganze nachdachte, desto breiter, schien ihm, wurde das Feld für mögliche Spekulationen.

Ursprünglich hatte er vorgehabt, gleich nach der Unterhaltung mit Mrs. Davis nach West End zu Sir Wilfrid Denny zu fahren. Aber das neue Licht, das die Eloquenz dieser Dame auf den etwaigen Verbleib des Admirals geworfen hatte, bewog Rudge, den Besuch zu verschieben. Er hatte sich über Zeit und Schauplatz des Mordes bereits den Ansatz einer Theorie gebildet, doch die Wahrscheinlichkeit dieser Theorie hing von den Gezeiten des Whyn-Flusses ab, und zu diesem Punkt mußte er sachverständigen Rat einholen. Vielleicht sprach er nochmal mit Neddy Ware? Der kannte die Gezeitenverschiebungen wie kein anderer, war deren Studium doch für sein Anglerhobby schlechterdings unerläßlich geworden. Überdies bestand allemal auch die Chance, daß Ware noch irgend ein Detail wahrgenommen hatte, das ihm in der ersten Aufregung über seinen Fund nicht zum Bewußtsein gekommen war.

Inspektor Rudge wendete seinen Wagen wieder in Richtung Lingham und hatte nach kurzer Fahrt Neddy Wares Häuschen erreicht. Der Alte war da, er hatte gerade zu Mittag gegessen und rauchte jetzt in Gedanken verloren seine Pfeife. Er hieß den Inspektor freundlich willkommen, und die beiden setzten sich in ein Zimmer, das allerlei Schiffsmodelle und verblaßte Photographien der Schiffe zierten, auf denen Ware einst gedient hatte.

»Also über die Gezeiten im Fluß wollen Sie was wissen«, sagte er, als der Inspektor ihm den Grund seines Kommens erklärt hatte. »Na, das ist doch ganz einfach. Man muß sich nur merken, daß Flut, Hoch und Wechsel, bei Whynmouth um sieben Uhr abends eintritt.«

Rudge lachte. »Sie finden das ganz einfach, davon bin ich überzeugt«, sagte er. »Aber ich – ich habe nicht den Schimmer einer Ahnung, wovon Sie reden. Was in aller Welt meinen Sie mit Flut, Hoch und Wechsel?«

»Na, eben daß bei Whynmouth die Flut ungefähr um sieben Uhr am höchsten ist, an Tagen, wenn wir Voll- oder Neumond haben«, erklärte Ware. »Nehmen Sie zum Beispiel den Stand von heute morgen. Heute ist Mittwoch der zehnte. Montag war Neumond, das heißt also, Whynmouth hatte Montagabend um sieben Uhr Flut. Gestern abend um acht Uhr, und heute früh um halb neun. Zwischen Flut und Ebbe kann man sechs Stunden rechnen, also war um halb drei heute nacht Ebbe. Die Flutwelle kommt hier bei mir immer ungefähr eine halbe bis dreiviertel Stunde später an als in Whynmouth, also sagen wir, kurz nach drei. Und um die Zeit bin ich zum Fischen raus.«

»Nach drei?« rief Rudge. »Aber Sie sagten doch, kurz bevor Sie das Boot sichteten, hätte die Kirchturmuhr vier geschlagen.«

»Ja, die Turmuhr«, versetzte Ware in geringschätzigem

Ton. »Sie erwarten doch wohl nicht, daß die Gezeiten diese Mätzchen mitmachen, die ihr im Sommer mit der Uhrzeit anstellt! Diese sogenannte Sommerzeit, das ist doch Augenwischerei, nur weil man zu faul ist, sich vorzunehmen, daß man eben jetzt im Sommer eine Stunde früher aufsteht. Mag ja für Landratten gut und schön sein, aber für Seeleute ist das nichts. Für unsereins ist Zeit Zeit, da kann man nicht dran drehen.«

»Ich verstehe. Dann hat also nach Sommerzeit die Flutwelle hier heute morgen um kurz nach vier angefangen. Und die Ebbe, wenn ich Sie richtig verstanden habe, begann demnach gestern abend um zehn?«

»Stimmt, zehn Uhr oder ein klein bißchen früher«, bestätigte Ware. »Wie gesagt, vor zwei Tagen war Neumond; das bedeutet, daß wir letzte Nacht so ziemlich die höchste Strömungsgeschwindigkeit hatten. Nach meiner Schätzung muß die Ebbe in den ersten zwei Stunden mit annähernd drei Knoten flußabwärts gezogen sein. Dann hat sie etwas nachgelassen, das ist immer so.«

»Dann hätte also jemand, der hier zwischen zehn und elf Uhr aufgebrochen wäre, ohne Schwierigkeit mit dem Boot nach Whynmouth gelangen können?« wollte Inspektor Rudge wissen.

»Ja, der wäre glatt hingetrieben worden und wahrscheinlich dann schnurstracks ins Meer hinaus«, antwortete Ware. »Das heißt, wenn er nicht seine Ruder betätigt hat. Wenn er auch noch gerudert ist, konnte er leicht binnen weniger als einer Stunde in Whynmouth sein.«

Der alte Seebär hatte, während er sprach, den Inspektor verschmitzt angesehen. Rudge begriff, was er meinte, und lächelte. »Sie können sich denken, worauf ich hinauswill«, sagte er. »Ich hielt es für möglich, daß Admiral Penistone gestern abend vielleicht mit dem Boot nach Whynmouth gefahren ist. Aber dann kann ja das Boot nicht von selber zurückgekommen sein. Jemand muß es zurückgerudert und ins Bootshaus gebracht haben.«

Er hielt inne, halb und halb erwartend, daß Ware etwas dazu sagen würde, aber der Alte nickte nur und paffte stumm weiter an seiner Pfeife. Rudge versuchte es andersherum. »Warum war eigentlich die Leine vom Boot des Pfarrers gekappt und nicht losgebunden, Ware?« fragte er unvermittelt.

Ware schmunzelte. »Weil das nicht anders ging«, versetzte er. »Fragen Sie mal die Pfarrerjungen, die können es Ihnen bestimmt sagen. Geht mich zwar nichts an, diese Mordgeschichte, aber ich hab' mir natürlich so meine Gedanken gemacht, heute morgen.«

»Ich würde gern hören, zu welchen Schlüssen Sie gekommen sind, Ware«, sagte Inspektor Rudge. »Wieso zum Beispiel sagen Sie, die Leine des Boots hätte nicht losgemacht werden können?«

»Ich bin zu gar keinen Schlüssen gekommen«, erwiderte Ware lakonisch. »Das heißt, ich weiß nicht, wer den Admiral umgebracht hat, wenn Sie das meinen. Aber wie es kommt, daß man die Boote so vorgefunden hat und nicht anders, das ist nicht schwer zu verstehen.«

»Für Sie vielleicht nicht«, bemerkte der Inspektor. »Aber mir würden Sie sehr helfen, wenn Sie es mir erklären wollten.«

»Ay, ay, Sir, mach ich. Also erst mal das Boot des Pfarrers. Es liegt nicht im Bootshaus, wenn die Jungs Ferien haben, sondern auf dem Fluß draußen, an einem Pfahl festgemacht. Manchmal denken die Burschen dran, die Ruder und Rudergabeln mit rauszunehmen, wenn sie nach Haus kommen, aber meistens vergessen sie's. Ich habe die Dinger schon -zig Mal im Boot liegen sehen.

Nun nehmen Sie nur mal an, die beiden sind gestern abend draußen gewesen und haben das Boot wieder festgemacht, als die Flut auf höchstem oder doch hohem Stand war, wie sie das zwischen sieben und zehn Uhr ja bleibt. In jedem Fluß, der Gezeiten hat, steigt das Wasser in den ersten drei Flutstunden am stärksten an und fällt in den ersten drei Ebbestunden auch wieder am stärksten ab. Gut. Sie kommen also bei hoher Flut an, und was machen sie? Einer stellt sich auf den Bug und macht die Leine am Pfahl fest. Alle beide sind lange Kerls, also machen sie den Knoten so um die vier, fünf Fuß über dem Wasser. Dann drehen sie bei, bis das Heck am Ufer ist, und springen an Land. Vielleicht hatten sie Angst, sie kommen zu spät zum Dinner, und haben in der Eile mal wieder die Ruder und Gabeln vergessen.«

Inspektor Rudge nickte. Das Gehörte, fand er, brachte ihn auch nicht weiter.

»Ja, und das Boot des Admirals«, fuhr er fort. »Wie ich hörte, hat man es kurz nach zehn noch in oder neben dem Boothsaus von Rundel Croft gesehen. Und da scheint mir eins sicher: wenn irgend jemand es heute nacht zwischen zehn und ein Uhr genommen hat, kann er flußaufwärts damit nicht weit gekommen sein. Mit einem so schweren Boot macht man nicht viel Fahrt gegen eine Drei-Knoten-Strömung. Lassen Sie sich von mir gesagt sein, wenn das Boot überhaupt raus ist, dann den Fluß runter und nicht flußauf.

Nach ein Uhr heute nacht – ich nehme jetzt Landzeit an, also Sommerzeit, nicht die wirkliche – lägen die Dinge anders. Dann ist bis vier Uhr nur wenig Strömung, höchstens vielleicht ein Knoten. Dagegen kann jedes Kind anrudern; da würde man ganz gemütlich von Whynmouth herauf nicht mehr als – sagen wir – zwei Stunden brauchen. Soweit klar?«

»Vollkommen klar«, erwiderte Rudge. »Das hieße also: ist der Admiral in seinem eigenen Boot umgebracht worden, kann es nur irgendwo flußabwärts von Rundel Croft passiert sein, praktisch noch bis hinunter nach Whynmouth, ja?«

»Richtig. Nun aber angenommen, wer immer ihn umgebracht hat, rudert das Boot mit der Leiche zurück. Und angenommen, er kommt bei beginnender Ebbe zurück. Der Bursche, ganz egal, wer er ist, sieht auf dem Fluß das Boot des Pfarrers am Pfahl vertäut und kommt auf die Idee, die Leiche da hineinzulegen. Er dreht bei, hievt die Leiche ins Boot, und was macht er dann? Wie kriegt er das Boot des Pfarrers los? Sagen Sie mir das mal!«

»Ich sehe nicht recht, wo die Schwierigkeit liegt«, entgegnete der Inspektor. »Es war doch nicht mit Kette und Vorhängeschloß befestigt.«

»Sie haben nicht begriffen, worauf ich hinauswill«, sagte Ware eine Spur ungeduldig. »Sehen Sie, als er zurückkommt, ist Niedrigwasser und der Fluß um drei oder vier Fuß gefallen, seit das Boot festgemacht wurde. Merken Sie nichts? Wenn der Kerl nicht sowas wie 'n Riese ist, kommt er an den Knoten nicht ran, oder er muß den Pfahl raufklettern. Nein, er kann nur eins tun, nämlich die Leine kappen. Und da ist noch was, was Ihnen vielleicht nicht aufgefallen ist. Diese Leine war ein Stück nagelneues Manila-Seil, anderthalb Zoll stark.«

»Daß es ziemlich neu aussah, habe ich bemerkt. Aber mir ist im Moment nicht klar, was das damit zu tun hat.«

»Schon mal versucht, neuen Manila-Hanf mit einem gewöhnlichen Taschenmesser zu schneiden? Na, wohl kaum. Aber Sie können mir glauben, Sie täten sich ganz schön schwer damit. Und wenn Sie glücklich so weit wären, hätten Sie 'n zerfranstes Ende. Aber dieses Seil da war sauber und glatt gekappt, wie das nur mit einem ganz scharfen Messer geht, auf einen Streich, zack. Ja, und dann war's eben ab, und das Boot konnte treiben.«

Ware klopfte seine Pfeife aus und begann sie gemächlich wieder zu stopfen. Er zog den Rest eines Tabakblocks aus der Tasche und schabte ihn sich vorsichtig in die Hand. »Mein Messer da ist auch ganz schön scharf«, bemerkte er, »muß es sein, für mein Kraut brauche ich es so scharf. Aber daß es auf einen Zack diese Leine durchkriegt, das trau ich ihm nicht zu. Nein, sowas ist nur mit 'nem stärkeren und viel schärferen Messer gegangen, da fresse ich einen Besen.«

Während er sich weiter mit dem Stopfen und Anzünden seiner Pfeife beschäftigte, waren Rudges Gedanken nicht müßig. Die Wahrscheinlichkeit, daß Admiral Penistone nochmals in sein Boot gestiegen und flußabwärts gerudert war, hatte sich, wie er fand, sehr verstärkt. Wenn es stimmte, war er vermutlich irgendwo unweit Whynmouth ermordet worden, und die Leiche mußte dann im großen und ganzen so, wie Ware annahm, dorthin gelangt sein, wo man sie fand. Aber ließ sich das irgendwie erhärten?

Zunächst einmal, wann war Penistone aufgebrochen? Der Arzt hatte die Meinung vertreten, daß er vor Mitternacht zu Tode gekommen sei. Wiederum, war tatsächlich er der Besucher im Lordmarshall gewesen, so hatte er sich bereits kurz nach elf in Whynmouth befunden. Sehr lange konnte er sich auf Rundel Croft somit nicht aufgehalten haben; schon sein ungeduldiger Aufbruch im Pfarrhaus schien darauf hinzudeuten, daß er so bald wie möglich zu starten wünschte. Die seiner Nichte abgegebene Erklärung, er komme nicht mit ins Haus, sondern wolle draußen noch eine Zigarre rauchen, erfolgte wohl hauptsächlich, um sie loszuwerden. Sowie sie außer Sicht- und Hörweite war, gedachte er aufzubrechen.

Aber wenn er sein Vorhaben ausgeführt hatte, wie kam es dann, daß der Pfarrer, der doch bis zwanzig nach zehn in seiner Laube saß, ihn nicht gesehen hatte? Plötzlich fiel Rudge wieder ein, wie sichtlich konfus der Pfarrer auf die Mordnachricht reagiert hatte. Konnte es sein, daß er in Wirklichkeit doch gesehen hatte, wie sich der Admiral auf seine geheimnisvolle Bootsfahrt begab, und daß er seine eigenen guten Gründe hatte, das nicht zu verraten? Unmöglich immerhin war es nicht.

Die Überlegungen des Inspektors unterbrach jetzt eine

Bemerkung von Ware, der es endlich geschafft hatte, daß seine Peife ordentlich zog. »Komisch«, meinte er, »ich hätte Admiral Penistone doch wiedererkennen müssen. Wir hatten zu meiner Zeit in der Navy nur einen einzigen Mann, der so hieß, und den habe ich mehr als einmal gesehen.«

»So? Wann war denn das?« fragte Rudge interessiert.

»Na, bei dem China-Kommando, vor gut zwanzig Jahren. Ich war damals auf der ›Rutlandshire‹, das war einer von den Ausbildungskreuzern, Dreimaster, rollte bei Seegang höllisch. Ich weiß noch, einmal sind wir in die Ausläufer eines Taifuns geraten, da flog auf dem Kahn alles drunter und drüber. Das ist sie, da drüben.«

Er wies mit dem Pfeifenstiel auf eine der Photographien, die die Zimmerwand schmückten. »Das Schwesterschiff lag im selben Hafen wie wir. Hieß ›Huntingdonshire‹, die zwei glichen sich wie ein Ei dem andern, nur an den Schlotmarken konnte man sehn, welches welches war. Und bei uns standen die Sechs-Zoll-Kanonen steuerbord etwas höher über Deck, das war alles. Der Kapitän von der ›Huntingdonshire‹ war ein Mann namens Penistone, und ich sag Ihnen, einen besseren Vorgesetzten hätten Sie weit und breit nicht gefunden. Die von der ›Huntingdonshire‹ wären für ihn durchs Feuer gegangen. War überhaupt 'n herrliches Schiff, alles an Bord piekfein gehalten. Und schießen konnten die! Captain Penistone war Spezialist für Feuerwaffen gewesen, bevor er das Kommando bekam, und das war er auf seinem eigenen Schiff dann auch. Unter ihm hat die ›Huntingdonshire‹ die höchste Abschußquote in der ganzen Navy gehabt.«

»Und das war der Mann, den Sie heute morgen tot im Boot des Pfarrers gesehen haben?« fragte Rudge.

»Na ja, wenn er's war, dann hat er sich seit damals sehr verändert. Der Tote heute morgen hatte zwar dieselbe Größe und alles, das schon. Aber wenn es dasselbe Gesicht war, hat es sich sehr verändert in den letzten zwanzig Jahren. Der Gesichtsausdruck, nach dem geh ich vor allem. Der Captain Penistone, den ich damals kannte, das war ein grundnetter Kerl, immer ein freundliches Wort für jeden, egal ob's der Heizer war oder das höchste Tier. Aber der Bursche von heute morgen, bei allem Respekt, der hat ja ausgesehn wie 'n stocksaurer alter Teufel.«

»Ich könnte mir denken, daß er das auch war, nach allem, was ich schon über ihn gehört habe«, versetzte Rudge. »Also dann schönen Dank für das, was Sie mir gesagt haben, Ware. Übrigens wissen Sie ja, bei der Voruntersuchung werden Sie aussagen müssen. Sie bekommen rechtzeitig eine Vorladung. Und ich schaue mal wieder auf einen Schwatz bei Ihnen vorbei, wenn ich darf, ja?«

»Ay ay, Sir, Sie sind immer willkommen«, sagte Ware herzlich. »Und sollten Sie Angler sein, zeige ich Ihnen eine Stelle, wo was Feines zu holen ist. Ist von Rechts wegen ja Privatgrund, wie das ganze Fischwasser hier, aber bei mir sagt keiner was.«

Inspektor Rudge wandte dem Häuschen des Alten den Rücken und ließ seinen Wagen an. Es war Zeit, Sir Wilfrid Denny den aufgeschobenen Besuch abzustatten. Während er auf West End zufuhr, beschäftigte ihn die Frage, wie sich wohl feststellen ließ, ob Admiral Penistone gestern abend den Fluß hinuntergerudert war oder nicht. Wenn ja, war es unwahrscheinlich, daß ihn jemand bemerkt hatte. Der Flußlauf war größtenteils von der Straße aus nicht zu sehen, er kam nur an einer einzigen Stelle in Sicht, nämlich bei Fernton Bridge. Dort gab es zwar ein paar Hütten am Ufer, doch deren Bewohner lagen so gut wie sicher um zehn Uhr bereits im Bett. Somit bestand nur die schwache Möglichkeit, daß irgend jemand gerade in dem Moment über die Brücke gegangen war, als der Admiral unter ihr hindurchfuhr.

Die Tatsache, daß von dieser Fahrt wahrscheinlich niemand etwas bemerkt hatte, war auch noch in anderer Hinsicht bedeutungsvoll. Der Mörder mußte entweder vom Vorhaben des Admirals gewußt oder aber ihn durch Zufall gesehen haben, letzteres entweder bei Fernton Bridge oder in Whynmouth. Hatte er ihn aber nur zufällig getroffen, wieso hatte er dann gerade die entsprechende Waffe bei sich gehabt? In der Regel trägt man doch einen Dolch, der eine solche Wunde verursachen kann, nicht mit sich herum. Nein, zufällige Begegnung paßte irgendwie nicht ins Bild. Das Verbrechen mußte geplant gewesen sein. Aber solange man nicht über den Umgang des Admirals Näheres wußte, ließ sich unmöglich erraten, wer von seinem Abendplan gewußt haben konnte. Und natürlich konnte der Mörder die Begegnung ja arrangiert haben.

Auf der Fernton Bridge hielt der Inspektor an, stieg aus und schaute auf beiden Seiten über das Geländer. Er stellte fest, daß man den Fluß sowohl auf- wie abwärts einige hundert Meter weit sehen konnte, bis er jeweils hinter einer Biegung aus dem Blickfeld verschwand. In einer klaren Nacht würde sich ein Boot auf dem Wasser über einige Entfernung hin ausmachen lassen. Gut, das wußte er nun; also fuhr er weiter.

West End war ein Vorort von Whynmouth, der zum größten Teil aus roten Backsteinvillen inmitten viereckiger Gartengrundstücke bestand und der auf derselben Seite des Flusses lag wie der Hafen. Aber ein älteres Sandsteinhaus war von den Nachbargrundstücken im Süden und der Eisenbahnlinie im Norden durch eine hohe Hekke abgeschirmt. Dieses Haus heiß Mardale, wie Rudge in Erfahrung gebracht hatte, und war der Wohnsitz von Sir Wilfrid Denny.. Das Tor der Auffahrt stand offen, und Rudge fuhr hinein. Sofort fielen ihm der vernachlässigte, unkrautdurchsetzte Rasen, der sich bis zum Ufer hinabzog, und der ungepflegte, baufällige Zustand des Hauses auf. Er mußte an Mrs. Davis' Bemerkung denken, es fehle

Sir Wilfrid an Mitteln – offensichtlich entsprach das durchaus der Wahrheit.

Als er läutete, schien zunächst niemand da zu sein, doch nach einiger Wartezeit tauchte eine nicht mehr junge und nicht eben appetitlich wirkende Frauensperson auf, die ihn fragend ansah.

»Ist Sir Wilfrid Denny zu Hause?« fragte Rudge.

»Nein, is' er nicht«, erwiderte die Frau. »Er is' unerwartet nach London gerufen worden und is' heute früh mit dem ersten Zug abgereist.«

6. Kapitel

Inspektor Rudge besinnt sich eines Besseren

Von Milward Kennedy

Zwei, drei behutsame Fragen erbrachten die Information, daß der »Ruf« ein telefonischer Anruf gewesen und daß es nicht Sir Wilfrids Gewohnheit war, häufig oder regelmäßig nach London zu fahren, schon gar nicht in aller Herrgottsfrühe. Allem Anschein nach war er kein hohes Tier, sondern lediglich Verwaltungsbeamter gewesen – »irgend so ein Sachbearbeiter«, verdeutlichte es die Frau – und nunmehr im Ruhestand. Jetzt konnte sich der Inspektor erklären, warum das Grundstück so ungepflegt wirkte: während der Geschäftsmann in aller Regel sein Adelsprädikat auf der Höhe seines Wohlstands empfängt, um sich damit in die Muße des Überflusses zurückzuziehen, muß der Beamte erfahren, daß ein Titel nur ein schwaches Trostpflaster ist für die Differenz zwischen Gehalt und Pension.

Die Kunde von Sir Wilfrids Abwesenheit paßte zwar nicht in den Plan, kam jedoch, wie einige Sekunden rascher Überlegung ergaben, auch nicht so ganz unwillkommen. Im Unterbewußtsein empfand der Inspektor nämlich, daß seine Ermittlungen leider immer mehr an Koordination verloren und daß bis jetzt deren keine, als solche genommen, das Attribut »gründlich« verdiente. Während er sich bei der Frau bedankte und ihr für Sir Wilfrid die höfliche Bitte auftrug, er möge nach Rückkehr sich doch mit der Polizei in Verbindung setzen, und während er dann seinen Wagen anließ und wieder gen Lingham fuhr, trat ihm die unterschwellige Empfindung immer deutlicher ins Bewußtsein; so deutlich, daß er, noch ehe er die Abzweigung zur Chaussee erreicht hatte, nach links an den Heckenzaun steuerte, anhielt, sich die Pfeife ansteckte, sein Notizbuch hervorholte und nachzudenken begann.

Da war er nun den ganzen Tag von Pontius zu Pilatus gehetzt – vom Pfarrhaus nach Rundel Croft, von Rundel Croft nach Whynmouth, vom Hotel Lordmarshall zu Wares Hütte, von Wares Hütte weiter nach West End –, und jetzt fuhr er – ja, wohin eigentlich? Gewiß, viel Zeit hatte er nicht vertan, denn es handelte sich ja immer nur um geringe Entfernungen; bei diesem Gedanken kamen ihm Zweifel, ob er vorhin so ganz recht gehabt hatte mit der Annahme, der Admiral könne zu Fuß das Lordmarshall kaum bis elf Uhr erreicht haben – genau betrachtet, konnte der Weg von Rundel Croft dorthin doch höchstens zweieinhalb Meilen betragen, oder jedenfalls nicht viel mehr. Doch das war nur eine Überlegung am Rande; was der Inspektor jetzt zu durchdenken hatte, das war sein Schlachtenplan.

Was hatte er denn auf Rundel Croft überhaupt in Erfahrung gebracht? Himmel, er hatte ja ganz die Zeitung vergessen. Falls Emery das »reguläre« Exemplar noch neben der Treppe gefunden hatte, ließ sich dann das Exemplar in der Tasche des Toten nicht dadurch erklären, daß er tatsächlich in Whynmouth gewesen war? Nun, spekulieren führte zu nichts; dennoch, hier war ein Faden, den man noch aufnehmen mußte. Im übrigen hatten sich seine Ermittlungen auf zwei ganz bestimmte Ziele gerichtet: einmal hatte er über die beteiligten Personen, ihre Vergangenheit und Wesensmerkmale etceterea etwas herausbringen und zum anderen aufklären wollen, was gestern abend nach dem Dinner im Pfarrhaus geschehen war. Je länger er darüber nachdachte, desto ärgerlicher fand er Miss Fitzgeralds Flucht – er hoffte zu allen guten Göttern, daß diese Bezeichnung nicht stimmte –, und er fragte sich zweifelnd, ob er nicht hinsichtlich der Holland gewährten Freiheit etwas zuviel Kulanz hatte walten lassen. Allerdings, wenn ihn nicht alles trog, waren die beiden für Informationen über den Admiral vielleicht sowieso nicht die beste Quelle. Aber was sonst noch konnte als Quelle dienen? Praktisch nur das, was der Pfarrer und seine Söhne, das Personal, der alte Ware und Mrs. Davis so alles geredet hatten, und von all denen konnte keiner sich einer mehr als einen Monat alten Bekanntschaft mit dem Ermordeten rühmen. Der Pfarrer hatte den Admiral als angenehmen, freundlichen Mann bezeichnet; seine Söhne hatten eher das Gegenteil zu verstehen gegeben. Und der alte Ware – nun, was war von seinem Urteil zu halten? Ein Maat konnte zum Kommandanten eines Kreuzers wohl kaum in sehr enger Beziehung gestanden haben, zudem war in zwanzig langen Jahren doch wohl die Frische seiner Erinnerung etwas verblaßt. Sir Wilfrid Denny freilich hätte schon eher eine Hilfe sein können – aber vielleicht war auch das aus der Luft gegriffen. Möglicherweise hatte Denny den Admiral nicht länger gekannt, als auch der Pfarrer ihn kannte, und wenn er ihn während des einen Monats öfter gesehen hatte als dieser, so wohl einfach deshalb, weil dem Ex-Fachmann für Kanonen ein Geistlicher nicht so besonders lag – nicht überraschend, bei einem ehemaligen Kapitän zur See.

Nein, sagte sich Rudge, er durfte keinesfalls länger so aufs Geratewohl vorgehen; die Admiralität führte doch Archive, es gab die Londoner Anwaltskanzlei, und vor Abschluß des Kaufvertrags über Rundel Croft mußten die Grundstücksmakler doch so etwas wie Referenzen eingeholt haben. Beim Gedanken an die Anwälte fiel Rudge das Testament wieder ein. Er hatte es nicht zu Ende gelesen; vielleicht war das darin Verfügte von höchster Bedeutung als Schlüssel zum Mordmotiv. Er wußte nicht einmal, ob es sich um das Original oder um eine Abschrift gehandelt hatte, und das war denn doch ein sehr wesentlicher Unterschied.

Kurzum, eine Menge Ermittlungen mußten jetzt anlaufen, und was er als erstes brauchte, das waren ein Telefon und ein paar Leute; es war witzlos, daß der Detective Sergeant und der Constable den ganzen Tag beim Bootshaus herumsaßen, während er selbst versuchte, überall zur gleichen Zeit zu sein und drei Dinge auf einmal zu tun. Trotzdem, nur nichts übereilen; erst einmal wollte er das Problem von allen Seiten betrachten und dabei sein Pfeifchen genießen. Also zurück zu den Ereignissen des gestrigen Abends. Gütiger Himmel, da hatte er offenbar etwas übersehen – wo war der Schlüssel zu der Verandatür? Hatte nur der Admiral seinen eigenen Schlüssel gehabt, oder besaß auch die Nichte einen?

Stetig weiterpaffend, blätterte Rudge sein Notizbuch durch. Das Mädchen – ach ja, Jennie Merton: nettes Ding, und auch gar nicht dumm. Sie hatte ihm von Elma Fitzgerald, ihrem Onkel und davon, wie es so im Haus zuging, doch ein recht klares Bild vermittelt. Aber hatte sie das wirklich? Hatte er nicht eine Spur zu bereitwillig ihre Darstellung für bare Münze genommen? Sie war doch erst ganze drei Wochen im Haus. Und als sie ihm sagte, Elma und der Admiral hätten einen scharfen Ton miteinander und sie könne auch nicht verstehen, warum Elma sich manchmal so putzte und auftakelte und ein andermal wieder nicht – hatte er da nicht ziemlich vorschnell darauf geschlossen, daß hinter all dem irgendwas stecken müsse, und sicher nichts Gutes? Das andere Mädchen, die französische Zofe, der das Leben auf Rundel Croft so zuwider gewesen war, daß sie nach einer Woche ging, die hätte ihm wahrscheinlich besser die wahren Zusammenhänge aufdecken können. Vielleicht, was wußte man, war es früher einmal hoch hergegangen im Hause des Admirals. Jedenfalls mußte sie sich gewaltig gelangweilt haben, wenn sie ihren Lohn hatte sausen lassen, um nur ja von hier wegzukommen. Halt, rief er sich scharf zur Ordnung – jetzt machte er ja schon die reinste Lebedame aus der verschwundenen Zofe, und das nur auf die paar Worte der Jennie Merton hin.

Aber wenn er jetzt so darüber nachdachte, war irgendwas doch – na ja, ein bißchen seltsam an Jennies Schilderung des heutigen Morgens und an dem Verschwinden des weißen Kleids. Emery hatte also offenbar Jennie verständigt, die daraufhin ihre Herrin geweckt und ihr gesagt hatte, man wünsche sie unten zu sprechen (und dieser Vorgang nahm volle zehn Minuten in Anspruch!). Dann wird Jennie hinausgeschickt, weil die Herrin aufstehen will. Irgendwann bekommt sie aber den Auftrag, ein paar Sachen zum Übernachten zusammenzupacken. Und als sie ans Packen geht, vermutlich während ihre Herrin unten im Eßzimmer Fragen beantwortet, ist plötzlich das weiße Kleid verschwunden und nirgends mehr aufzufinden. Trotzdem behauptet Jennie dann kurzerhand, das Kleid sei nachträglich von ihrer Herrin in die Tasche gepackt worden – als ob sich damit alles erklärte. Anscheinend, fand der Inspektor jetzt, war der Verstand dieser Jennie eben doch nicht so fabelhaft helle. Und überhaupt, ein paar Worte über die Sache mußte er noch mit ihr reden.

Es gab also auf Rundel Croft bestimmt eine Menge für ihn zu tun. Was nicht hieß, daß es im Pfarrhaus etwa nichts mehr zu tun gab. Sofern nicht die beiden Jungs die Mordwaffe inzwischen aufgespürt hatten, mußte man wohl eine Suchaktion danach einleiten. Und dann der Hut: einerseits war dem Pfarrer gar so schnell – und eigentlich ohne rechten Zusammenhang – eingefallen, wo er ihn versehentlich hatte liegenlassen; andererseits hatte er, als die Rede auf den Hut kam, keinerlei Verlegenheit oder Bestürzung gezeigt – jedenfalls sehr viel weniger als bei anderen Fragepunkten.

Inspektor Rudge klopfte seine Pfeife aus, ließ den Wagen an und fuhr wieder nach Rundel Croft. Während er in die Auffahrt einbog, fiel ihm noch ein weiterer Grund ein, der sein Zurückkommen rechtfertigte: die Spuren im Boot und im Bootshaus. Er ließ das Auto vor dem Haupteingang stehen und ging rasch ums Haus herum zu seinen beiden Männern hinunter. Aus der Art ihrer Begrüßung war zu entnehmen, daß sie förmlich vor Mitteilungsdrang platzten.

»Na, Sergeant?« fragte Rudge. »Irgendwas von Bedeutung? Waffe gefunden?«

»Nein, Sir, aber – «

»Was dann? Fußabdrücke?«

»Äh – nein, Sir.«

»Na, ich werd's wohl gleich erfahren.«

Dann wurde ihm bewußt, daß er eigentlich keinen Grund hatte, so barsch zu sein, und daß vor allem Sergeant Appleton jetzt eine unverkennbar beleidigte Miene zur Schau trug.

»Entschuldigung«, sagte er mit freundlichem Lächeln. »Es ist nur so, daß wir eine Menge zu tun haben und daß ich sofort mit den Dingen anfangen möchte, für die wir am meisten Zeit brauchen werden. Die Sache in Gang bringen, verstehen Sie. Wenn Sie also den Mörder noch nicht gefaßt haben oder so gut wie gefaßt haben –«

»Das gerade nicht, Sir«, erwiderte Appleton, schon wieder guter Laune.

»Dann kommen Sie bitte mit mir ins Haus, Sergeant. Sie bleiben noch hier, Hempstead. Wir kommen so schnell wie möglich wieder. Behalten Sie auch das andere Ufer im Auge.«

Rasch gingen die beiden Männer zum Haus hinauf, und der Inspektor, vorneweg, strebte schnurstracks auf die Verandatür zu, die ihn vor allem beschäftigte; eines war deutlich zu sehen, von außen steckte der Schlüssel nicht. Sie liefen ums Haus herum und läuteten am Hauseingang;

nach einer Wartezeit von mindestens drei Minuten – der Inspektor schäumte innerlich vor Ungeduld – machte Emery auf und ließ mit der gleichen Miene unbeteiligten Mißmuts, die Rudges erster Eindruck von ihm gewesen war, die beiden Männer ins Haus.

»Ich muß noch einmal mit Ihnen sprechen, Emery«, begann Rudge in ernstem Ton.

»Sie ist da«, sagte Emery.

»Wer ist da, was ist da?« Der Kerl war schon wirklich der reinste Idiot, und seine Lahmheit konnte einen verrückt machen.

»Die ›Evening Gazette‹«, verkündete Emery, indem er sich umwandte und auf das Tischchen im Treppenflur wies.

»Das übliche Exemplar? Die Zeitung, die jeden Abend um neun gebracht wird? Wo ist sie gewesen?«

»Da.«

»Aber Sie sagten mir doch, Sie wüßten es nicht. Wenn sie die ganze Zeit dort gelegen hat – «

»Wußte ich auch nicht«, erklärte Emery mit schwacher Entrüstung, »aber grade wie ich mich umdrehe und sie liegen seh, waren Sie weg.«

Der Inspektor knurrte bloß; unstreitig war der Mann irgendwie im Recht, aber wenn man eine solche Trantüte war wie dieser Butler, mußte man auf Kritik eben gefaßt sein.

»War sie gelesen?« fragte er als nächstes, merkte aber sofort, daß die Frage nicht dazu angetan war, eine brauchbare Antwort zu zeitigen; also verbesserte er sich schnell und entlockte Emery immerhin die subjektive Behauptung, daß niemand die Zeitung angerührt habe, seit sie von ihm, Emery, dort auf den Tisch gelegt worden war.

Der Inspektor nickte, nahm die Zeitung an sich und ersuchte den Butler, ihn ins Arbeitszimmer zu führen. Der Sergeant konnte sich darauf absolut keinen Reim machen, zumal nicht auf die Inbesitznahme der »Evening Gazette«, folgte jedoch schweigend und schloß im Arbeitszimmer hinter der kleinen Prozession die Tür.

»Also, Emery«, setzte der Inspektor das Gespräch fort, wobei es ihm nur mit Mühe gelang, nicht zu brüllen, »es geht um die Schlüssel zu dieser Verandatür – die Sie ja abgeschlossen, aber nicht verriegelt haben. Zunächst einmal: waren alle anderen Türen verschlossen und verriegelt, als Sie gestern abend zu Bett gingen? Waren sie, so. Dann war also die Veranda der einzige Weg für den Admiral und Miss Fitzgerald, ins Haus zu gelangen, aha. Und nun die Tür – wie viele Schlüssel gibt es dazu?«

»Ich habe meinen an meinem Schlüsselbund«, antwortete der Butler, und relativ flink brachte er ein umfängliches Bund Schlüssel zum Vorschein, fingerte den genannten heraus und hielt so das Bund dem Inspektor hin. Der nahm es, stellte durch Aufschließen der Verandatür fest, daß der Schlüssel paßte, und reichte das Bund zurück. Er hatte sich schon gefragt, wie der Butler es anstellen mochte, den Schlüssel nie aus Versehen im Türschloß stecken zu lassen; das Schlüsselbund lieferte die Erklärung.

»Wie viele Schlüssel gibt es sonst noch zu dieser Tür?«

»Ich weiß nur einen. Den der Admiral hatte.«

»Sind Sie sicher?«

»Das ist der einzige, von dem ich weiß.«

»Miss Fitzgerald hat keinen?«

»Nein.«

»Wieso wissen Sie das so genau?«

»Nun, ein- oder zweimal hat sie sich abends vom Admiral den Schlüssel geben lassen.«

»Ach, geht sie oft abends aus?« Diese Abschweifung vom eigentlichen Befragungsthema konnte der Inspektor sich nicht verkneifen.

»Dann und wann, ja. Mit Mr. Holland«, gab der Butler mit der Andeutung eines Grinsens zur Antwort.

»Schmusen, was?« rutschte es dem Inspektor heraus,

und das Grinsen auf Emerys Gesicht war jetzt nicht mehr zu übersehen. Rudge zog im stillen einen Vergleich zu der von Jennie Merton geäußerten Meinung; dann, wie um Emery wieder in seine Schranken zu verweisen, fragte er scharf: »Was ist mit dem zweiten Schlüssel geschehen – dem Schlüssel des Admirals?«

»Ja, ich – ich weiß nicht.«

»Wie hat der Admiral ihn denn aufbewahrt? An einem Ring mit anderen Schlüsseln, so wie Sie, oder einzeln?«

»Einzeln«, sagte Emery. »Er lag immer im Aschenbecher, da auf dem Tisch. Mit einem Schildchen dran.«

Der Inspektor marschierte zum Tisch hinüber.

»Da liegt er jetzt aber nicht«, konstatierte er. Eine Reihe von Gedanken blitzten ihm durch den Kopf. Der Admiral mußte den Schlüssel wohl seiner Nichte gegeben haben, als sie vor ihm zum Haus hinaufging. Sie war eingetreten, und entweder hatte sie dann die Tür hinter sich abgeschlossen – und so den Admiral ausgesperrt, aber wie kam er dann später zu seinem Mantel? Oder aber sie hatte die Verandatür offen gelassen, mit steckendem Schlüssel vermutlich, und als dann ihr Onkel kam, schloß er ab und nahm den Schlüssel an sich – aber in keiner seiner Taschen hatte sich ein einzelner Schlüssel befunden, und bestimmt keiner mit einem Anhängeschild.

Sergeant Appleton räusperte sich.

»Vielleicht ist er das, Sir«, sagte er und hielt Rudge einen Schlüssel hin, an dem ein Metallschildchen mit der eingravierten Bezeichnung »Veranda« hing. Gleichsam als Antwort auf Rudges etwas ärgerlich fragenden Blick setzte er hinzu: »Wir wollten es Ihnen vorhin gerade sagen, Sir, unten am Bootshaus!«

»Das wäre im Moment alles«, sagte der Inspektor zu Emery. »Vielleicht brauche ich Sie später nochmal, bleiben Sie also erreichbar, ja? Gibt es noch einen weiteren Telefonanschluß hier im Haus? Dann ist das wohl ein

Nebenanschluß?« Er deutete auf ein Tischchen mit einem Telefon, das im hinteren Teil des Arbeitszimmers stand. »Stellen Sie den Apparat hierher durch. Und noch eins: ich möchte das Zimmermädchen – Merton – gleich noch einmal sprechen.«

»Die ist aber weggegangen«, klärte der Butler ihn, vielleicht eine Spur schadenfroh, auf.

»Aber ich hatte Ihnen doch – « setzte Rudge ärgerlich an.

»Zu ihrer Mutter. Die ist nicht ganz in Ordnung.«

Wieder gab der Inspektor ein Grunzen von sich, und der Butler zog sich eilends zurück. Es war sinnlos, bemerkte Rudge zu Appleton, dem armen Wicht einen Vorwurf zu machen; der konnte Jennie Merton ebensowenig am Ausgehen wie Mr. Holland am Hereinkommen hindern.

»Ist nicht schlimm«, fügte er, auf den Schlüssel zurückkommend, hinzu; der Sergeant nahm es zu Recht als verbrämte Entschuldigung. »Wo haben Sie ihn gefunden?«

»Im Boot – im Boot des Admirals.«

»Sie haben doch nicht etwa da herumge- «

»Aber nein, Sir. Allerdings wäre sowieso nichts dran zu verderben gewesen. Bis auf die Ruder und Dollen ist das ganze Boot spiegelblank.«

»Hm. Und Ihre Fingerabdrücke auf dem Schlüssel?«

Aber man sah sofort, daß die rauhe Oberfläche des Schildchens gar keinen Abdruck annahm.

»Da hat sich jemand mit dem Boot so viel Arbeit gemacht«, sagte Rudge nachdenklich, »und ich frage mich, wieso ist der Schlüssel darin liegen geblieben.«

»Ich glaube gar nicht«, meinte Sergeant Appleton, »daß der saubere Zustand so viel besagt. Ich habe mit den Pfarrerjungs gesprochen. Die sagen, Admiral Penistone hätte immer zuletzt nochmal drübergewischt, wenn er abends das Boot nicht mehr benutzt hat.«

Der Inspektor überlegte. Ja, es schien zu der Charakteristik zu passen, daß der Admiral ein Pedant gewesen war; und es mochte auch in etwa erklären, warum er, nachdem er zuerst aus dem Pfarrhaus nicht schnell genug hatte wegkommen können – kurz nach zehn, um bis Mitternacht zu Hause zu sein! –, dann noch beim Bootshaus so lange herumgetrödelt hatte. Allerdings, beweiskräftig war das keineswegs.

»Weiter, erzählen Sie schon«, drängte er Appleton.

»Es war Zufall, ich sah den Rand von diesem Metallding glänzen. Stand zwischen den Bodenplanken heraus. Muß jemandem heruntergefallen und da hineingerutscht sein.«

»Probieren wir mal, nur um sicherzugehen.«

Er steckte den Schlüssel ins Schlüsselloch der Verandatür und drehte ihn einmal herum und wieder zurück.

»Ja, das ist er«, bestätigte er. Sekundenlang stand er schweigend da, klopfte sich mit dem Schlüssel gegen die linke Handfläche und starrte geistesabwesend ins Zimmer. Dann tauchte er plötzlich aus seiner Versunkenheit auf, ging zum Kamin hinüber und nahm von dessen Sims eine große, gerahmte Photographie, die einen Schiffsoffizier in Paradeuniform zeigte.

»Das ist er doch, wie? Admiral Penistone?«

»Ja«, sagte Sergeant Appleton etwas überrascht; er wußte von dem Gespräch mit dem alten Ware.

»Daß das gar nicht Admiral Penistone sein soll, sondern jemand anders, kann ich mir nicht vorstellen«, lautete sein Kommentar. »Da müßte er den ganzen Kram ja geklaut haben«, und er wies auf einen gravierten Pokal, der ebenfalls auf dem Kaminsims stand. Weitere Nachschau erbrachte zudem eine Gruppenaufnahme von Offizieren der Navy, in deren Mitte sich ein zwar jüngeres, doch unverkennbares Ebenbild des Toten befand. Unter dem Bild standen in säuberlicher Druckschrift die Namen, im Mittelpunkt der eines Captain Penistone.

»Viel Zweifel, meine ich, läßt das nicht mehr offen«,

stimmte nun auch der Inspektor bei. »Aber wir dürfen kein Risiko eingehen. Sie können mir einen Gefallen tun, Appleton – rufen Sie mal die Admiralität an.«

Damit nahm er einen Band »Who 's Who« von einem Regal mit Nachschlagewerken.

»Da haben wir ihn schon«, sagte er. »Hm. Adresse ist keine angegeben. Nur in großen Zügen die Militärlaufbahn, aha. Geschützwesen, ja. China-Kommando. Scheint sowas wie ein Senkrechtstarter gewesen zu sein. Komisch, daß er so jung Schluß gemacht hat – ich dachte immer, den Rotstift hätten sie erst zu unserer Zeit erfunden. Jedenfalls, rufen Sie mal die Admiralität an. Wenn er unser Mann ist, können die Ihnen vielleicht etwas mehr über ihn erzählen, oder uns sagen, wie und wo wir was finden. Los, Sergeant, ran an die Admiräle!«

Sergeant Appleton hob den Hörer ab. Die Leitung war tot; der unselige Emery hatte offensichtlich nicht durchgestellt. Der Sergeant ging hinaus, um Abhilfe zu schaffen, und sagte bei der Gelegenheit dem Butler einmal die Meinung.

Als er zurückkam, saß der Inspektor am Schreibtisch, vertieft in einen neuerlichen Versuch, Juristenlatein in gesunden Menschenverstand zu übersetzen. Es war in der Tat weniger schwierig, als seine erste eilige Durchsicht des Testaments es ihm hatte erscheinen lassen. Das Vermögen von Admiral Penistones Schwager sollte anscheinend zu gleichen Teilen (abgesehen von ein paar kleinen Legaten) zwischen Elma Fitzgerald und ihrem Bruder aufgeteilt werden. Solange der Tod des Bruders nicht feststand, waren sie und ihr Onkel die Treuhänder über seinen Anteil, dessen Zinsen, abzüglich einer Verwaltungsgebühr für die beiden, dem Kapital zugeschlagen werden sollten; nach seinem Tod ging das Geld in voller Höhe an Elma. Was deren Anteil betraf, so sollte sie ihr Kapital erst erhalten, wenn sie heiratete, und bis dahin waren ihr Onkel und Mr. Edwin Dakers von der Kanzlei Dakers &

Dakers die Vermögensverwalter. Die einzig bemerkenswerte Klausel war eine Verfügung, nach der, falls Elma ohne die schriftlich gegebene Zustimmung ihres Onkels heiratete, sie selbst nur eine Leibrente aus ihrem Kapitalanteil erhalten und dieser bei ihrem Tode einer Reihe karitativer Institutionen zufallen sollte. Der Inspektor war einigermaßen froh zu erfahren, daß, wie er bereits vermutet hatte, von einer alleinigen Treuhänderschaft des Admirals keine Rede war; soweit er sich in Rechtsdingen auskannte, war so etwas auch kaum denkbar. Das Dokument war natürlich eine Abschrift; Dakers & Dakers würden vermutlich wissen, ob es die Abschrift von einem eröffneten Testament war, und zu formellen Zwecken mochte es erforderlich sein, im Somerset House das Original einzusehen. Der Sergeant konnte ja gleich auch noch mit Mr. Edwin Dakers sprechen ...

Doch der Sergeant kam offensichtlich mit dem Telefonieren nicht recht voran, was hauptsächlich daran lag, daß er sich alles andere als klar darüber war, wie man korrekterweise »die Admiralität anrief« und nach wem man zu fragen hatte, wenn man mit dieser erlauchten Instanz endlich verbunden war. Die Whynmouther Telefonvermittlung war auch nicht schlauer gewesen, hatte aber versprochen, sich zu erkundigen. Der Inspektor runzelte die Stirn und blickte mißgestimmt auf die »Evening Gazette«, die er auf den Schreibtisch geworfen hatte. Er würde das Exemplar aus der Tasche des Toten sorgfältig durchsehen müssen. Schon die Art, wie es gefaltet war, konnte aufschlußreich sein; vielleicht war auch die eine oder andere Stelle darin angestrichen. Der Admiral, der doch wußte, daß seine Zeitung zu Hause lag, hätte sich die Ausgabe sicher nicht nochmal gekauft, wäre nicht irgend etwas darin von besonderer Bedeutung für ihn gewesen. Die »Neuigkeiten vom Tage« waren wie gewöhnlich nicht welterschütternd: die Titelseite füllten zum größten Teil ein »Drama in Londoner Mietwohnung«, ein Bericht über neuen Krach in der Mandschurei (Moskau, wie immer, stand angeblich voll und ganz hinter dem Befehlshaber Soundso, Name wieder mal unaussprechlich), sowie ein Bild von den Brautjungfern bei einer Hochzeit in der St.-Margaret-Kirche.

Das Telefon klingelte. Appleton hob den Hörer ab, noch immer nervös, aber sogleich kam ein Ausdruck der Überraschung in sein Gesicht.

»Wer? Ja, Augenblick, ich hole – ja, gut. Wer? Ach so. Ja, warten Sie bitte – «; aufgeregt winkte er dem Inspektor, der daraufhin rasch vom Schreibtisch herüberkam.

»Wer ist dran?«

»Miss – ja, ich höre noch – Miss Fitzgerald.«

»Geben Sie her«, kommandierte der Inspektor. »Na los, Mann.« Sergeant Appleton kritzelte gerade Unlesbares auf den vor ihm liegenden Schreibblock. Endlich reichte er Rudge, etwas zögernd, den Hörer.

»Miss Fitzgerald? Hier Inspektor Rudge. Gut, daß Sie anrufen. Ich möchte Sie nämlich bitten – «

»Bedaure«, bekam er im lapidarsten Elma-Fitzgerald-Ton zu hören, »das dauert mir jetzt zu lang. Ich habe Ihnen eine Nachricht geschickt. Und nebenbei bemerkt, ich bin nicht Miss Fitzgerald.«

Es knackte. Sie hatte aufgelegt. Der Inspektor fluchte und rüttelte wütend die Gabel.

»Stellen Sie bitte fest, woher dieser Anruf kam«, ersuchte er die Vermittlung und gab an, wer er war.

»Nicht nötig, Sir«, sagte der Sergeant. »Sie sprach aus dem Carlton in London. Sie hat es selbst gesagt, und von der Hotelzentrale hab ich es auch gehört, als ich verbunden wurde.«

»Was für eine Nachricht schickt sie mir denn? Mit mir reden war ja zu umständlich, was?«

»Sie sagte, sie versteht es, daß Sie mit ihr und Mr. Holland in Kontakt bleiben möchten. Deshalb läßt sie Sie wissen, daß beide jetzt für ein bis zwei Tage im Carlton wohnen, dann würden sie zurückkommen. Heute abend, sagte sie, wollen sie tanzen gehen, aber nach Vereinbarung sei sie jederzeit für Sie zu sprechen. Nur möchten Sie bitte daran denken, nach Mrs. Holland zu fragen, da sie mit Sonderlizenz heute geheiratet habe.«

Schweigend verdaute – oder richtiger: schluckte – der Inspektor das soeben Gehörte. Wenn Elma und Holland Mann und Frau waren, wurde es schwierig, zu... Und dann das Testament. Mit dem Tode des Admirals fiel die Klausel über seine Zustimmung zur Heirat der Nichte vermutlich weg... Elmas Nachricht gab ihm wahrhaft einiges zum Nachdenken auf.

»Also, Sergeant«, sagte er schließlich, »machen wir erst mal weiter. Erledigen Sie jetzt diesen Anruf bei der Admiralität, und dann nehmen Sie bitte Verbindung mit Mr. Edwin Dakers auf«, und es folgten Schlag auf Schlag eine Reihe weiterer Instruktionen, darunter die, daß man Rudge Bescheid geben solle, sobald Jennie Merton zurück sei. »Ich gehe jetzt runter zum Bootshaus«, schloß er und marschierte via Veranda ab.

Er fand Hempstead treulich auf seinem Posten.

»Was Neues?« fragte er ihn.

»Nein, Sir. Niemand hier gewesen.«

»Keine neuen Funde?«

»Nein, Sir. Das mit dem Schlüssel hat Ihnen der Sergeant gesagt?«

»Ja. Gut gemacht. Hat sich da drüben schon was getan?«

»Nein, Sir. Die jungen Gentlemen haben überall nach dem Messer gesucht, haben aber, soviel ich weiß, nichts gefunden. Sie wollten jetzt schwimmen, sagten sie mir.«

Es wurde allmählich heiß in der Sonne, und die Worte des Constable klangen ein klein bißchen neidisch.

»Den Pfarrer gesehen?«

»Ja, Sir. Der hat seinen Garten gegossen.«

»Was, jetzt am Vormittag, in der prallen Sonne?«

»Ja, Sir, mit dem Gartenschlauch. War sehenswert, muß ich sagen. Der hat so ungefähr alles begossen, was da ist – sogar mehrmals die Blumen. Aber die werden's schon überstehen. Wenn Sie mich fragen, ein großer Gärtner vor dem Herrn ist der nicht – sagt auch Bob Hawkins, der zweimal die Woche hingeht.«

Der Inspektor nahm das Bootshaus nebst Inhalt in Augenschein.

»Wenn es geht«, sagte er, »wollen wir Abgüsse von den Fußspuren nehmen. Auch wenn sie nicht sehr klar aussehen. Und dann meine ich, nehmen wir die Ruder und Dollen heraus. Wir können den Platz hier nicht ewig unter Bewachung halten, aber falls Fingerabdrücke da sind, mit denen wir was anfangen können, dann sollen sie uns nicht versaut werden.«

Er stieg ins Boot und reichte Hempstead behutsam die in Frage kommenden Stücke heraus. Dabei ließ ihn das Geräusch von Stimmen am gegenüberliegenden Ufer so unvermittelt herumfahren, daß das Boot bedrohlich ins Schaukeln geriet. Drüben liefen die beiden Jungs, in Badehosen und mit Handtüchern überm Arm, den holprigen Ziegelsteinpfad von der Laube herunter. Dem Inspektor kam eine Idee.

»Hallo!« rief er, als sie eben das Ufertreppchen betraten. »Ob ihr mir wohl mal euern alten Kahn leihen würdet? Nicht für lang, nur damit ich nicht jedesmal den ganzen Weg über die Straße machen muß.«

»Aber sicher!« rief der ältere der beiden zurück.

»Ihr könnt ihn ja rüberbringen und zurück schwimmen«, schlug Rudge vor.

»Das ist die Idee des Tages!« lachte der Junge.

Die Sachen aus dem Boot waren gerade sicher an Land gebracht, da langte der Kahn auch schon an; der Inspektor vertäute ihn an einem in den Rundel-Croft'schen Landungssteg eingelassenen Ring.

»Wie oft am Tag geht ihr denn baden?« fragte er die

beiden vergnügt. »Oder ist euch vom Suchen so heiß geworden?«

»Wir suchen immer noch«, versetzte der Jüngere, der vielleicht eine leise Kritik in der Frage empfunden hatte.

»Wir probieren jetzt mal, nach der Waffe zu tauchen«, fügte der andere hinzu.

»Fein«, sagte Rudge. »Ich fürchte nur, das wird nicht so einfach sein. Schlamm und Gezeiten, und ihr wißt ja auch gar nicht, wie groß die Waffe überhaupt ist. Ich hatte gehofft, ihr hättet sie irgendwo am Ufer gefunden, aber damit war es wohl nichts.«

»Nur die Lieblingspfeife vom Admiral haben wir gefunden«, sagte Peter.

»Tatsächlich! Und wo war die?«

»In Vaters Studierzimmer. Der Admiral hat sie wohl gestern abend da liegen lassen. Er hat nach dem Essen geraucht.«

»Ist es wirklich seine?«

»Aber bestimmt. Wenn Sie sie sehen, wissen Sie auch warum. Ist 'ne schmuddlige alte Meerschaumpfeife, geformt wie 'n Negerkopf.«

»Ihr habt sie nicht zufällig bei euch?« Noch während er die Frage aussprach, wurde ihm klar, wie töricht sie war.

»Sie liegt oben im Haus.« Alec enthielt sich vornehmerweise eines spöttischen Kommentars. Er trat an den Bootsrand und setzte zu einem Kopfsprung in den Fluß an.

Der Bruder hielt ihn zurück. »Hör mal, Alec, ich meine, wir sollten's ihm eigentlich sagen, oder?«

»Ihm was sagen? Ach so, das. Blödsinn, Peter, das hat doch gar nichts damit zu tun.«

»Um was geht es denn?« wollte der Inspektor wissen.

»Ach, nichts«, lautete die ausweichende Antwort. »Es geht nicht um was Gefundenes. Uns ist was weggekommen.«

»So? Das solltet ihr mir aber erst recht sagen«, meinte

Rudge. »Sachen wiederfinden ist Aufgabe der Polizei. Das wißt ihr doch.«

»Dann sollten Sie vielleicht an unserer Stelle tauchen«, erklärte Alec schlagfertig. »Aber jetzt, wo Peter schon davon gesprochen hat, sage ich es Ihnen lieber. Mit Ihrer Arbeit hat es nichts zu tun, jedenfalls wüßte ich nicht, was. Es ist nur, wir haben – oder Peter hat – gestern nachmittag in der Laube ein Messer liegen lassen, sagt er, und jetzt ist es nicht mehr da.«

»Ach?« Auch Hempstead spitzte die Ohren. »Was für ein Messer denn? Wohl ein Taschenmesser.«

»Nein, eben nicht. Es war ein großes Norwegermesser. Wir haben damit einen Stock geschnitzt – dazu braucht man ein starkes Messer. Na egal, es ist weg. Kann auch sein, Peter hat es gar nicht in der Laube vergessen, sondern ganz woanders. Der ist wie Vater – weiß nie, wo seine Sachen geblieben sind.«

Damit sprang er ins Wasser, Peter prompt hinterher, und der Inspektor wurde prompt naß. Aber die neuen Informationen waren ihm ein paar Wassertropfen wert, und mit zufriedenem Lächeln blickte er den zwei jungen Burschen nach, wie sie hinüberschwammen, drüben ans Ufer kletterten und dann, nach der unbekannten Mordwaffe suchend, auf Teufelkommheraus zu tauchen begannen.

Allmählich verlor sich das Lächeln; die Indizien – oder richtiger: Informationen – häuften sich ja geradezu. Ihm fiel das Sprichwort vom Wald ein, den man vor lauter Bäumen nicht mehr sieht.

»Das war interessant, nicht wahr, Sir?« Hempsteads Stimme riß ihn aus seinen Gedanken. »Die Sache bekommt Gesicht, könnte man sagen.«

Der zweite, nicht der erste Satz war die eigentliche Frage.

»Vielleicht«, erwiderte der Inspektor bedächtig, »aber da sind doch noch viele Rätsel. Eins davon ist dieser Mantel, Hempstead. Angenommen, der Admiral ist mit dem Boot weggefahren: na schön, irgend einen Mantel kann er meinetwegen bei sich gehabt haben, aber es hätte schon eine eisige Nacht sein müssen, damit jemand zum Rudern einen so dicken Ulster anzieht. Von allem andern ganz abgesehen, man will doch die Arme bewegen können, oder?«

Der Constable gab einen kehligen Laut von sich, der seine Zustimmung kundtun, ihn auf diese jedoch nicht festlegen sollte.

»Und ein weiterer Punkt«, fuhr Rudge fort, »ist diese Abendzeitung. Die wirft Fragen über Fragen auf, wie ein Kreuzworträtsel. Aber das größte Rätsel ist: wo hatte er sie her? Eingetroffen sein muß sie gestern abend mit dem Halb-neun-Uhr-Zug, daran kommen wir nicht vorbei.«

Er machte eine Pause, dann setzte er langsam und beinahe flüsternd hinzu: »Wenn sie nicht per Auto gekommen ist.«

Als er sich gleich darauf unvermittelt zu Hempstead umwandte, sah er gerade noch, wie dieser ein Gähnen zu unterdrücken versuchte. Erst jetzt fiel ihm ein, der arme Constable hatte ja Nachtdienst gehabt. Das wiederum brachte ihn auf zwei weitere Überlegungen: erstens mußten die Ruder und Dollen zum Revier gebracht werden, das konnte Hempstead machen und sich dabei »entspannen«; und zweitens –

»Ihnen ist bei Ihrem Streifengang gestern abend – sagen wir so um halb elf herum – nicht irgend etwas im Zusammenhang mit einem Auto aufgefallen, Hempstead?«

Hempstead überlegte.

»Tja, jetzt wo Sie's erwähnen, Sir«, sagte er nach einer Weile, »da hat in Lingham ein Wagen gehalten, ungefähr um dreiviertel elf. Ich habe ihn am Marktplatz bei der Laterne stehen sehen. Es war eine Limousine mit einer Frau drin.«

»War sie allein?«

»Das kann ich nicht sagen. Ich weiß nur, daß eine Frau im Wagen war, weil sie sich aus dem Fenster gebeugt und mit dem Fahrer gesprochen hat, oder jedenfalls mit dem Betreffenden, der am Steuer saß.«

»Würden Sie sie wiedererkennen?«

»Wohl kaum, Sir. Und auf das Nummernschild habe ich auch nicht geachtet – war ja kein Grund dazu, nicht? Ich sah bloß zufällig, daß da ein Auto stand. Nicht lange, nach ein paar Minuten ist es weitergefahren. Die Straße nach Whynmouth hinunter.«

»Und da kam es natürlich«, sagte Inspektor Rudge, »am Pfarrhaus vorbei.«

7. Kapitel

Schocks für den Inspektor
Von Dorothy L. Sayers

Der Inspektor bedachte noch eine Weile die faszinierenden Möglichkeiten, die sich aus dieser Information ergaben, dann entließ er Constable Hempstead mit dem Rat, ordentlich zu essen und sich aufs Ohr zu legen, und ging langsam zum Haus zurück.

»Ja, mein Junge, was gibt's?«

Die Worte galten Peter Mount, der plötzlich neben ihm aufgetaucht war.

»Ein Brief für Sie von Vater«, sagte der Junge. »Ich habe ihn Ihnen rübergebracht.«

»Wird wegen der Beerdigung sein«, murmelte Rudge. Doch der Brief lautete:

Lieber Inspektor Rudge,

leider muß ich in einer dringenden, meine geistlichen Pflichten betreffenden Angelegenheit heute mittag nach London fahren. Ich hoffe, dem steht nichts im Wege. Ich weiß, Sie hätten lieber all Ihre Zeugen greifbar, und ich würde mich nicht zu absentieren gedenken, wäre die Sache nicht von so großer Wichtigkeit. Ich hoffe jedoch, sie wird mich nicht allzu lange in Anspruch nehmen, und selbstverständlich werde ich alles tun, um so rechtzeitig zurück zu sein, daß ich der Zeugenvernehmung beiwohnen kann, die ja, wie Mr. Skipworth mir mitteilte, erst übermorgen stattfinden wird. Ich werde Sie über meinen Verbleib auf dem laufenden halten, damit Sie mich notfalls erreichen können. Sollte ich über Nacht bleiben müssen, werde ich im Charing Cross Hotel wohnen.

Mit der Bitte um Entschuldigung, sollte Ihnen mein Ansuchen irgendwelche Ungelegenheiten bereiten,

ergebenst Ihr
PHILIP MOUNT.

›Guter Gott, noch einer!‹ war Inspektor Rudges erster Gedanke. Sekundenlang stand er unschlüssig da, den offenen Brief in der Hand.

Was sollte er tun. Dem Pfarrer die Reise verbieten? Gut, aber damit machte er sich natürlich unbeliebt, und das konnte er ganz und gar nicht brauchen. Er konnte den Pfarrer bitten, nicht wegzufahren – aber zeugte der Brief nicht trotz seiner höflichen Formulierung von einer gewissen Entschlossenheit? Er hatte gegen den Pfarrer nichts in der Hand, außer daß dessen Hut an einem merkwürdigen Platz gefunden worden und daß er ein schlechter Gärtner war. Er wandte sich Peter zu.

»Ich würde ganz gern mit deinem Dad sprechen, wenn er einen Augenblick Zeit hat.«

»Na klar.«

»Wie bist du eigentlich herübergekommen?«

»Ihr neuer Mann hat mich geholt, mit dem Kahn – aber der kann nicht damit umgehen.«

Befriedigt nahm Rudge zur Kenntnis, daß Hempsteads Ablösung eingetroffen war. Das bedeutete, daß er selbst jetzt ruhig aus Rundel Croft wegkonnte. Er sprach ein paar Worte mit dem Neuen – einem untersetzten, ziemlich fülligen Mann namens Bancock –, stieg in den Kahn und wurde von Peter übergesetzt. Auf dem Wege zum Pfarrhaus hinauf bemerkte er, daß um die Gartenlaube herum alles patschnaß war. Einem Streifen Begonien am Rand eines Beetes hatte der Schlauch schwer zugesetzt;

ein paar Blattstiele waren von der Härte des Wasserstrahls richtiggehend abgeknickt worden, und auf anderen standen noch Wassertropfen – winzige Brennlinsen unter den hellen Sonnenstrahlen. Der Pfarrer würde sich bestimmt wundern, wenn morgen die Blätter mit weißen Hitzebläschen gesprenkelt waren.

Der Pfarrer war in seinem Arbeitszimmer. Er begrüßte Rudge freundlich, aber sein Gesicht wirkte angespannt. Zweifellos, dachte Rudge, war er schwer mitgenommen. Aber es war ein eindrucksvolles Gesicht, in seiner ruhigen, vergeistigten Art nicht unschön, und es wirkte auch ehrlich – obwohl man natürlich nie wissen konnte. Bei den Leuten hier galt der Pfarrer als Ritualist, und solche Menschen hatten ja immer ein sonderbares Verhältnis zur Wahrheit. So jemand würde zum Beispiel anstandslos die Neununddreißig Artikel unterschreiben und sie dann, ohne schamrot zu werden, auf jede nur denkbare Weise umgehen. Rudge kannte sich mit den diversen Geistlichentypen ein bißchen aus, denn sein Schwager war an St. Saviour in Whynmouth Gemeindehelfer.

»Ah, Inspektor – ich hoffe, Sie kommen nicht, um mir zu sagen, daß ich nicht in die Stadt fahren darf.«

»Nun, das gerade nicht, Sir, so weit will ich doch nicht gehen. Obwohl ich zugebe, daß es mir lieber wäre, Sie blieben hier. Aber nachdem, wenn ich Sie recht verstehe, die Sache dringend ist – «

Er hielt inne, damit der Pfarrer erklären konnte, worin die Sache bestand, aber Mr. Mount sagte bloß:

»O ja, es ist sehr, sehr wichtig. Wäre das ein paar Tage später gekommen, hätte ich die Reise aufzuschieben versucht, aber jetzt ist das ganz unmöglich.«

»Verstehe, Sir.« Rudge verstand es beim besten Willen nicht. Was konnte es für einen Geistlichen dermaßen Dringendes geben, sofern es nicht grade eine Audienz beim Erzbischof von Canterbury oder irgend ein Konzil war, und wenn es etwas dergleichen war, warum sagte

Mr. Mount es dann nicht? Aus seinem Gesicht sprach jedoch lediglich fromme Einfalt – als ob er nicht bis drei zählen konnte.

»Es geht also in Ordnung, Inspektor?«

»Ja, ja, Sir. Vorausgesetzt, daß Sie für uns erreichbar sind, wie Sie sagen. Und ich bin Ihnen sehr dankbar, daß Sie mich Ihr Vorhaben wissen ließen. So aufmerksam ist nicht jeder.«

»Wir müssen beide unsere Pflicht tun«, entgegnete der Pfarrer. »Im übrigen«, fügte er mit einem kleinen Augenzwinkern hinzu, »wäre ich ohne Ihr Wissen gefahren, hätten Sie womöglich gedacht, ich liefe vor Ihnen davon, und das geht doch nicht.«

Rudge lachte pflichtschuldigst.

»Ein paar Dinge hatte ich Sie noch fragen wollen, Sir«, sagte er, »ich bin froh, daß dazu jetzt Gelegenheit ist. Der verstorbene Admiral Penistone – würden Sie sagen, daß er gut zu Fuß war?«

»Nein«, sagte der Pfarrer. »Admiral Penistone ging nur sehr ungern zu Fuß, er hatte eine Kriegsverletzung am Bein. Von einem Granatsplitter, soviel ich weiß. Er war nicht eigentlich gehbehindert, aber längeres oder sehr rasches Gehen strengte ihn an. Er nahm nach Möglichkeit lieber den Wagen oder das Boot.«

Der Inspektor nickte. Damit fiel seine neueste Theorie wieder in sich zusammen, und er war so weit wie zuvor. Er ging zum nächsten Punkt über.

»Wo im Haus schlafen Sie, Sir – auf der Seite zum Fluß?«

»Nein. Meine Söhne und die Dienstboten wohnen zum Fluß hin; mein Schlafzimmer geht auf die Gasse hinaus. Manchmal werde ich in der Nacht zu einem Sterbenden oder Kranken gerufen, und dann ist es besser, man kann mich herausklingeln, ohne daß das ganze Haus aufwacht. Es gibt einen Nebenausgang zur Gasse, verstehen Sie, und die Türklingel geht in mein Zimmer.«

»Aha. Überblickt man von Ihrem Fenster aus auch die Chaussee?«

»In etwa ja. Ich meine, ich kann sie sehen, aber sie ist ja vom Haus ein paar hundert Meter weit weg.«

»Genau. Sie haben also nicht zufällig gestern abend eine Limousine in Richtung Whynmouth vorbeifahren sehen?«

»Die Frage ist mir nicht klar. Um welche Zeit, meinen Sie?«

»Ungefähr um dreiviertel elf. Ich dachte nur, Sie hätten vielleicht hinausgeschaut, als Sie beim Auskleiden waren.«

Der Pfarrer schüttelte den Kopf.

»Nein«, sagte er bestimmt, »da kann ich Ihnen leider nicht helfen. Als ich um zwanzig nach zehn hinaufkam, habe ich mich sofort ausgezogen und schlafengelegt. Ich glaube nicht, daß ich überhaupt noch aus dem Fenster gesehen habe. Jedenfalls, zu der von Ihnen genannten Zeit muß ich entweder im Bad am Ende des Flurs oder« (wieder zwinkerte er) »beim Beten gewesen sein.«

»Natürlich«, sagte Rudge etwas geniert, wie es bei der Erwähnung privater Gepflogenheiten jeder echte Engländer ist. »Nun, es hätte ja sein können, Sir. Wäre großer Zufall gewesen, eigentlich kaum zu erwarten. Sind Sie bitte so gut und rufen mich von London aus an, wenn Sie dort sind?«

»Selbstverständlich«, sagte der Pfarrer. »Und vielen Dank noch für Ihre Erlaubnis, mich aus dem Staub machen zu dürfen. Ich verspreche Ihnen, daß ich mein Wort halten werde.«

»Daran zweifle ich nicht«, sagte Rudge im Brustton der Überzeugung und empfahl sich.

Er schlenderte langsam durch den Pfarrgarten zurück; seine schweren Stiefel knirschten laut auf dem Kies in der heißen Stille des Augustvormittags. Unten beim Bootshaus trödelte Peter herum. Rudge blickte auf den Pfahl im Wasser, an dem noch das gekappte Stück Seil mit ein paar Halbschlingen festhing. Er fragte sich jetzt, ob es nicht vorschnell gewesen war anzunehmen, die Leiche sei von einem anderen Boot aus ins Boot des Pfarrers geworfen worden. Zumindest mußte er vorsichtshalber das Ufer auf Fußspuren überprüfen.

Die Prüfung jedoch erbrachte nichts, was ihm viel hätte helfen können. Die Graskante war zertreten und stellenweise heruntergebrochen, was ganz erklärlich war, wenn die Bewohner des Pfarrhauses immer von hier aus ins Boot stiegen; das Gras selbst aber war zu kurz und zu trocken, um sichtbare Trittspuren aufzunehmen, und alles unterhalb der Hochwassergrenze mußte natürlich verwischt worden sein, als heute morgen die Flut kam.

Rudge setzte sich ans Ufer und blickte über den Fluß. Die Ebbe ging gerade zu Ende, und die kleinen Wellen schwappten und gluckerten gegen Bootshaus und Kahn. Drüben am anderen Ufer lag das Boot des Admirals; es schaukelte leicht mit der Strömung, die das Heck in die Höhe hob und den Umriß des Spiegelbildes mit den braunen Schatten im Wasser verschwimmen ließ. Zwischen den beiden Ufern strahlte die Sonne voll auf die Wasserfläche. Rudge fiel die Musical-Melodie ein:

›Ol' man River, dat ol' man River,
He must know sumfin', he don' say nuffin‹ –

Das erinnerte ihn daran, daß er seiner Wirtin versprochen hatte, ihr die Platte mit Paul Robesons ›Swing low, sweet chariot‹ zu besorgen. Und sein Radio brauchte eine neue Batterie. Verflixter Fluß mit seinem ewigen Geglucker und seinen kindischen Flut- und Ebbe-Extravaganzen. Er kannte die Ouse bei Huntingdon – langsam, einsam, durch Pumpen und Wehre in Schach gehalten und kaum noch schiffbar wegen ihrer verfallenen, von Unkraut überwachsenen Schleusen. Er hatte Flüsse in Schottland gesehen, reißend, tosend und voller Steine, zu nichts weiter nütze, als um darin zu fischen, wenn einem dergleichen Spaß machte. Er hatte sogar, auf einer Ferienreise nach Irland, den majestätischen Shannon gesehen, wie er, gezähmt, seine schäumende Kraft in Elektrizität umsetzte. Aber dieser Fluß hier war ein hinterhältiges Ungeheuer, mit dem niemand etwas anfangen konnte. Welchen Sinn hatte ein Fluß, dessen Wasserstand zweimal am Tag um je drei Fuß anstieg und wieder sank?

Von neuem betrachtete er den Pfahl (›Swing low, sweet chario-ot‹) und schätzte nach Augenmaß den Abstand vom Knoten der Leine zum Wasserspiegel. Annähernd acht Fuß. Neddy Ware hatte recht. Wer bei Ebbe vom Fluß her das Boot losmachen wollte, mußte die Leine kappen. Und wenn das Boot im Wasser bleiben sollte (›coming for to carry me home‹), mußte die Leine schon ziemlich lang sein. Jäh riß er sich aus seiner untätigen Grübelei und stand auf.

»Hör mal, mein Junge«, sagte er vernehmlich.

Peter steckte den Kopf zum Bootshaus heraus.

»Was meinst du, wie lang eure Vorleine ist?«

»Rund drei Faden – also achtzehn Fuß. Muß ja schon ziemlich lang sein, verstehen Sie, damit sie noch reicht, wenn das Wasser fällt.«

»Ja, das habe ich mir gedacht.« Rudge maß mit dem Blick die Länge des im Wasser schwimmenden Seilstücks und versuchte sich aus der Erinnerung vorzustellen, wie lang das am Boot verbliebene Ende gewesen war. Höchstens etwa fünf Fuß, dachte er; genau wußte er es nicht. Möglicherweise stimmte es ja, aber vielleicht wäre es gar kein schlechter Gedanke, nur so routinehalber die beiden Stücke einmal aneinander zu halten. Wieder starrte er auf den Pfahl. Im Geiste sah er deutlich das Boot des Pfarrers mit dem gekappten neuen Manilaseil vor sich, und dann sah er Neddy Ware, der an seinem Tabakblock demonstrierte, wie scharf ein Messer, das so schnitt, gewesen sein mußte. Das Sonnenlicht auf dem Wasser blendete.

Dem Inspektor, der unverwandt auf den Pfahl starrte, tränten die Augen. Trotzdem glaubte er zu erkennen: ganz so makellos war hier die Schnittfläche nicht.

»Was ist?« fragte Peter und sah erst den Pfahl, dann den Inspektor an.

»Ach, nichts«, sagte Rudge, »mir fiel nur gerade eine Kleinigkeit ein, die ich unbedingt noch erledigen muß. Ich glaube, ich fahre jetzt rüber, wenn ihr den Kahn nicht braucht.«

Er setzte ohne Panne allein über und fand, etwas abseits vom Uferrand, seinen Constable Bancock, der in aller Gemütsruhe Zeitung las. Mit der Weisung, er möge das Haus im Auge behalten und Telefonate entgegennehmen, kletterte Rudge behende in seinen Dienstwagen und fuhr auf dem Umweg über die Fernton Bridge hinüber nach Lingham. Dort befand sich, sorgsam auf einen Bauernkarren geladen und im »Tanzsaal« der Dorfwirtschaft eingeschlossen, mittlerweile das Boot des Pfarrers, und dort lag auch, in der Obhut des bezirkszuständigen Leichenbestatters, der Leichnam von Admiral Penistone. Rudge hatte nach reiflicher Überlegung dies für das beste gehalten, da ja die Zeugenvernehmung in Lingham stattfinden sollte und es günstiger schien, wenn die Leiche vorerst dort blieb; man konnte sie immer noch zur Beerdigung nach Rundel Croft bringen.

Aber die Leiche interessierte Rudge im Augenblick nicht. Ihm ging es um das Boot mit der Leine. Darüber hatte sich, als er den »Tanzsaal« betrat, bereits der Polizeiphotograph hergemacht. Offenbar hatte er reiche Ausbeute an Fingerabdrücken vorgefunden und war jetzt dabei, sie der Reihe nach abzulichten. Rudge bedeutete ihm durch ein Kopfnicken weiterzumachen und holte ein Rollmaßband aus der Tasche, das er sorgfältig an der Leine entlang auseinanderzog. Die genaue Messung ergab vier Fuß und neun Zoll, gemessen von der Schnittstelle bis zu dem Ring am Bug.

Er ging wieder hinaus, fuhr – den lächerlichen Umstand verwünschend, daß er jedesmal einen Umweg von drei Meilen machen mußte – nach Rundel Croft zurück und stieg abermals in den Kahn. Drüben bei seinem Pfahl angelangt, nahm er Maß.

Das Seilstück vom untersten Knotenansatz bis zum freien Ende war acht Fuß lang; für den Umfang des Pfahls, die Knotenschlingen und das überstehende Stückchen waren weitere drei Fuß zu rechnen; damit kam das am Pfahl befindliche Seil auf eine Gesamtlänge von elf Fuß. Addierte man dazu die vier Fuß neun, so kamen nur fünfzehn Fuß und neun Zoll heraus. Zwei Fuß und drei Zoll Seil fehlten.

Rudge, der mit dem einen Arm innig den Pfahl umfaßt hielt, während er mit dem anderen seine Messungen vornahm, und gleichzeitig eisern die Füße aufstemmte, damit der Kahn nicht unter ihm wegtrieb und er wie ein Affe an der Kletterstange in der Luft hing, schüttelte über das Ergebnis den Kopf. Dann nahm er das abgeschnittene Ende des Seils in die Hand und sah es sich genau an . Er hatte recht gehabt: dieser Schnitt war längst nicht so sauber und glatt wie der andere. Er war zwar auch mit einem scharfen Messer ausgeführt worden, aber das Seil war dabei gesplissen, weil es gezerrt worden war; die Fasern hatten sich voneinander gelöst, und eine hing sogar ein Stück weit aus der ganzen Franse heraus.

Da hatte er nun sein neues Rätsel. Wozu benötigte jemand ein Ende Seil, das nur zwei Fuß lang war? Wohl kaum, um irgend etwas zusammenzubinden, denn bei einem so dicken Seil brauchte man ja fast das ganze Stück allein für die Knotenschlinge. Wahrhaftig – ein Rätsel mehr.

Er stieß sich vom Pfahl ab und griff wieder nach dem Staken. Dieses Stück Seil müßte man finden können. Aber wahrscheinlich hatte der Betreffende es einfach ins Wasser geworfen, dann trieb es wohl mittlerweile schon draußen im Meer. Oder es war (da dieser blöde Whyn in zwei Richtungen floß) womöglich stromaufwärts dem Admiral nachgeschwommen. Eine, wie ihm schien, nicht gerade sehr heiße Spur.

Auf Rundel Croft hatte sich in seiner Abwesenheit nichts getan, und da ihm nichts Besseres einfiel, begab er sich ins Arbeitszimmer des Admirals. Dort traf er Appleton an, dem es nach ausgiebigem Disput mit der Vermittlung endlich gelungen war, doch noch zur Admiralität vorzudringen, und der gerade einer schläfrigen Stimme am anderen Ende des Drahts auseinandersetzte, welche Abteilung und mit wem er zu sprechen wünschte. Der Inspektor nahm ihm den Hörer ab.

»Hier spricht die Polizei Whynmouth«, sagte er in kategorischem Ton, der zu verstehen geben sollte, daß zwar die Navy vielleicht die ältere, The Law aber immer noch die wichtigere Instanz war. »Wir benötigen Auskunft über die Laufbahn von Admiral Penistone, Pensionär, vormals China-Schwadron, derzeit wohnhaft in Lingham. Bitte verbinden Sie mich mit der zuständigen Stelle, und zwar unverzüglich. Die Sache eilt.«

»Oh!« sagte die Stimme. »Was möchten Sie denn über ihn wissen? Ich kann ja seine Akte einsehen, wenn Sie wollen, ich – «

»Das nützt mir nichts«, sagte der Inspektor. »Ich muß jemanden sprechen, der zuständig ist – vertraulich, und möglichst schnell.«

»Oh!« sagte die Stimme wieder. »Ja – ich weiß nicht. Es sind alle zu Tisch, glaube ich. Ein Uhr, wissen Sie. Ich sag Ihnen was, rufen Sie doch in ein, zwei Stunden noch einmal an, und verlangen Sie Nebenstelle fünfundfünfzig – die können Ihnen vielleicht was sagen. Ich schicke eine Notiz rüber.«

»Danke.« Der Inspektor knallte den Hörer auf die Gabel, ließ die erforderlichen dreißig Sekunden verstreichen und hob wieder ab.

»Nummer bitte«, sagte die Vermittlung.

»Hören Sie, Miss«, sagte Rudge, »haben Sie ein Telefonbuch von London zur Hand? Haben Sie, gut. Würden Sie mir dann bitte die Nummer von Dakers & Dakers heraussuchen? Das ist eine Anwaltskanzlei in – Moment – ja, in Lincoln's Inn. Ja. Ich buchstabiere. Dakers und Dakers, ganz recht. Bitte dringend.«

»Wir-r r-rufen zur-r-rück«, sagte die Vermittlung.

Die Bemerkung des jungen Mannes von der Admiralität hatte Rudge daran erinnert, daß er seit sechs Uhr morgens im Dienst war und nicht gefrühstückt hatte. Er läutete nach Emery und fragte, ob er etwas zu essen bekommen konnte.

»Ja nun«, sagte das Faktotum unschlüssig, »ich weiß nicht, ich glaube schon.« Er überlegte und fuhr dann fort: »Ich und Mrs. Emery wollten uns grade hinsetzen, weil es gebratene Speckscheiben gibt. Sie können auch eine haben, wenn Sie sowas mögen.«

Der Inspektor fand die Idee nicht schlecht. Er sagte, er würde sehr gern sowas mögen.

»Gut, ich sage Bescheid«, bestätigte Emery. Er ging hinaus, kam aber nach wenigen Minuten zurück.

»Vielleicht möchten Sie auch was zu trinken«, meinte er unsicher.

»Irgendwas – was im Haus ist«, sagte Rudge erfreut.

»Ja, dann – dann können Sie ein Glas Bier haben«, sagte Emery. »Ich und Mrs. Emery haben uns grade eins eingeschenkt. Mrs. Emery meinte, sie braucht einen Schluck, um wieder hochzukommen.«

Der Inspektor akzeptierte das Angebot auf ein Glas Bier nur zu gern. Emery schlurfte davon, um aber gleich mit der Frage wiederzukehren:

»Ist es recht, wenn ich alles auf dem Tablett bringe? Wir haben keine Erfahrung damit, wie es die Polizei haben will.«

Der Inspektor gab kund, daß ihm alles recht sei, was

Mr. und Mrs. Emery recht sei. Abermals zog sich der Frager zurück, doch nach einiger – diesmal etwas längerer – Zeit war er wieder da, um in kummervollem Ton zu verkünden:

»Mrs. Emery sagt, eine Speckscheibe können Sie gerne haben; sie hat aber, sagt sie, heute keinen Nachtisch gemacht, weil sie so traurig ist. Aber vielleicht geht auch ein Stück Käse.«

Der Inspektor erwiderte, das gehe wunderbar, und in diesem Moment klingelte das Telefon. Rudge meldete sich; am Apparat war das Büro Dakers. Mr. Edwin Dakers und Mr. Trubody waren beide nicht da. Ob der Sprecher etwas ausrichten konnte?

Der Inspektor erklärte, er müsse Mr. Edwin Dakers dringend in Sachen Admiral Penistone sprechen. Nein, er rufe nicht im Auftrag des Admirals an. Der Admiral sei tot.

»Ach? Das wird Mr. Dakers aber leid tun, wenn er davon erfährt.«

»Und zwar«, sagte der Inspektor, »verstarb er unter sehr mysteriösen Umständen. Ich bin von der Kriminalpolizei.«

»Ach? Mr. Dakers wird untröstlich sein. Wenn Sie mir Ihre Nummer geben, werde ich ihn bitten, Sie anzurufen, sobald er kommt.«

Der Inspektor bedankte sich, und dann fiel ihm ein, daß Sergeant Appleton ja noch im Haus sein mußte und daß der auch nichts gegessen hatte. Er läutete wieder. Emery kam hereingetrottet und gab unverzüglich seiner Mißbilligung Ausdruck.

»Es nützt nichts, daß Sie läuten, Sir. Speckscheiben kann man nicht hexen. Die müssen gut durchbraten, sonst verdirbt man sich den Magen damit.«

»Stimmt«, sagte Rudge, »aber ich dachte an meinen Sergeant. Glauben Sie, man kann ihm auch was zu essen machen?«

»Der Sergeant«, sagte Emery, »ißt grade einen Happen mit mir und Mrs. Emery in der Küche. Sie haben doch nichts dagegen.«

»Bestimmt nicht, nein«, sagte Rudge. »Ich bin froh, daß er auch was kriegt.« Emery verschwand wieder, und der Inspektor sann über Sergeant Appletons erstaunliche Findigkeit und Initiative nach.

Die Speckscheibe, dick geschnitten und gut durchgebraten, wurde von Mrs. Emery persönlich gebracht. Sie war eine kleine Person mit einem Vogelgesicht, blitzenden Augen und sehr resolutem Auftreten, das den lahmen, zerknitterten Habitus ihres Gatten einigermaßen verstehen ließ. Ein Blick auf die untadelig gebratene, mit Kartoffelchips und grünen Erbsen umlegte Speckschnitte löste sogleich ein weiteres Rätsel. Offensichtlich war Emerys Schwachköpfigkeit der Preis, den der Admiral für Mrs. Emerys kulinarische Fähigkeiten gezahlt hatte.

Rudge machte ihr ein Kompliment.

»Aber wie ich's geschafft hab, wahrhaftig, das weiß ich nicht«, sagte Mrs. Emery, »wo der arme Herr so plötzlich dahin ist und Miss Elma nicht da und das ganze Haus auf dem Kopf steht. Schon daß das Fleisch so gut riecht, ist doch gradezu herzlos. Aber na schön, Emery ist 'n Mann, und Männer müssen ihre Fleischmahlzeit haben, und wenn die Welt untergeht.«

»Schon wahr«, sagte der Inspektor, »wir sind nun mal leider das harte Geschlecht, Mrs. Emery. Für Sie ist das Ganze natürlich schlimm. Und Miss Fitzgerald ist so überraschend verreist, da hängt jetzt alles an Ihnen.«

»Ach«, sagte Mrs. Emery, »wann hängt denn nicht alles an mir, das möcht ich mal wissen. Miss Elma hat sich ja viel um das Haus gekümmert, an der ist 'n Mann verlorengegangen, so eine Hilfe war sie mir oft. Aber der arme Admiral jetzt – und er hatte so gern alles nett um sich rum. Hat eine rauhe Art gehabt, aber für ihn zu kochen, das war die reine Freude. Meinen Emery mußte ich soundsooft ins Gebet nehmen; ich hab doch gesehn, wie er dem Herrn auf die Nerven geht, weil er nie voranmacht – aber na schön! Emery ist 'n armes Schwein, wenn er auch zehnmal mein Mann ist. Der Admiral, der hat ihm neulich gesagt, er kann Ende des Monats gehen, aber na schön, ich hab gar nichts drauf gegeben, sondern ihm einfach 'n feines Dinner gekocht, dem Herrn, und da hat er gesagt: Mrs. Emery, sagen Sie Ihrem krummen Hund von Mann, er kann bleiben, und da ist 'ne halbe Guinea für Sie, kaufen Sie sich irgendwas Buntes dafür. Oh, er war 'n guter Herr, das werd ich mein Leben lang sagen, mein Leben lang.«

»Davon bin ich überzeugt«, sagte Rudge mit Wärme. Er fand, diese Mrs. Emery hatte er zu unrecht bisher übergangen. Wenn man wissen will, das war sein eigener Grundsatz, was von jemandem zu halten ist, frage man seine Angestellten. Jetzt gab es schon zwei Stimmen zugunsten des Admirals, und beiden, fand er, konnte man Glauben schenken. Neddy Ware hatte mit seinem Urteil über den Admiral ja für dessen eigene Mannschaft gesprochen, und eine Mannschaft täuscht sich nicht so leicht über ihren Chef. Und das gleiche gute Zeugnis stellte ihm nun auch Mrs. Emery aus.

»Ich vermute«, sagte er, »Admiral Penistone konnte manchmal ein bißchen aufbrausen, wie?«

»Deswegen denk ich nicht schlechter von ihm«, versetzte Mrs. Emery prompt. »Mir ist lieber, 'n Mann geht mal hoch, als daß er sich immer nur hängen läßt. Und der gute Herr hat ja viel einstecken müssen. Miss Elma war oft so eklig zu ihm, und all der Verdruß, den er hatte – «

»Was für Verdruß denn?«

»Na ja, Inspektor, ich weiß nicht, wie ich das richtig sagen soll. Aber ich hab gehört, er ist von seinen Oberen unrecht behandelt worden, früher, als junger Mann, und da kam er nie ganz drüber weg. Hatte irgendwas mit seinem Posten im Ausland zu tun, aber er sagte immer, da schafft er sich noch sein Recht, und wenn er sein Leben lang dazu braucht. Aber Miss Elma, die hatte ja kein Verständnis für ihn – genau wie die Männer, wenn unsereins das Kindergebrüll nicht mehr hören kann.« Ohne diesen etwas dunklen Vergleich näher zu erläutern, fuhr Mrs. Emery mit steigender Vehemenz fort: »Aber auch gar nichts hat sie sich sagen lassen, Miss Elma, die nicht. Saß immer nur da und maulte herum, hat nicht mal 'n Staublappen in die Hand genommen oder paar Blumen hingestellt, und sowas macht doch 'n Haus erst gemütlich. Der Mr. Holland, der kann einem wirklich leid tun, wenn der unsre junge Lady heiraten will, obwohl ich nicht weiß, was er groß an ihr findet. So 'n feiner junger Mann wie das ist. Eins ist mir schleierhaft, da laufen so viele nette vernünftige Mädels rum, aber die Männer suchen sich immer die Falsche raus. Na, und von Schönheit seh ich bei der auch nichts.«

»Nun«, sagte Rudge, »das ist jetzt verschüttete Milch. Die beiden haben heute morgen geheiratet.«

»Das darf nicht wahr sein!« rief Mrs. Emery. »Also deswegen hat Ihr Sergeant so komisch geguckt! ›Wir haben 'ne Überraschung für Sie, Madam‹, sagt er, ›aber ich verrat's Ihnen nicht‹, sagt er, ›Sie erfahren's noch früh genug.‹ Nicht zu glauben! Aber das ist wieder mal echt Miss Elma, da liegt der Onkel noch auf dem Totenbett, sozusagen, und dieser gefühllose Fratz – nein! Bloß, daß Mr. Holland bei sowas mitmacht, das wundert mich – aber na schön! Der hängt ja wie 'n Hündchen an ihrem Gängelband, tut und läßt, was sie sagt. Aber grad' diese Kraftburschen, die lassen sich oft am leichtesten um den Finger wickeln von einer Frau.«

»Ihrer Meinung nach hat Mr. Holland Miss Fitzgerald also sehr gern?« sagte Rudge; es war eine Suggestivfrage. Würde er jemals dahinterkommen, wie diese zwei zueinander standen? Anscheinend gab es darüber auch nicht zwei Ansichten, die sich deckten.

»Gern hatte er sie schon«, sagte Mrs. Emery, »oder hat; da gibt's gar keinen Zweifel, nur wie lang 's dauert, das ist 'ne andere Frage. Sie hat sich nie viel draus gemacht, aber so ist sie nun mal. Wenn Sie mich fragen, die junge Lady hat nur sich selber und ihre Launen gern, das wird er schon noch merken. In der Ehe sieht alles anders aus. Und so raffiniert wie die ist, hat ihm schön getan und ihm die kalte Schulter gezeigt, grad' wie's ihr paßte. Aber daß ihr wirklich was an ihm liegt – nein, und das hat jeder im Haus gewußt und der Herr auch. Wenn der noch am Leben wär, hätten sie's nicht so leicht gehabt mit der Heirateri, ganz bestimmt nicht. Aber einfach hingehn und Hochzeit machen, am Grab sozusagen, das hätt ich dem Mr. Holland eigentlich nicht zugetraut.«

»Hm«, sagte der Inspektor nur. Er versuchte sich ins Gedächtnis zu rufen, wieviel Zeit eine Lizenz erforderte. Doch wohl mindestens einen Tag, wie er sich undeutlich zu erinnern glaubte. »Vielleicht«, sagte er, »hatten sie sowieso schon geplant, sich heute trauen zu lassen.«

»Dann hätten sie den Plan eben ändern müssen«, erwiderte Mrs. Emery. »Pfui, kann ich nur sagen. Aber wenn ich mir's jetzt überlege – ja, kann sein, sollte mich gar nicht wundern. Vielleicht wollte Mr. Holland deswegen gestern abend den Admiral unbedingt noch sprechen.«

»Ach ja. Er rief von Whynmouth aus an, nicht?«

»Ja. Ich hab den Anruf selbst angenommen. Er wollte den Herrn dringend sprechen. Ich sagte, er und Miss Elma wären drüben im Pfarrhaus und kämen erst spät zurück – ich dachte, sie würden bis elf oder so herum bleiben, Karten spielen vielleicht, oder so. Der Pfarrer hat nichts gegen Karten spielen, wenn er auch sonst einer ist, der's ganz genau nimmt mit Gottesdienst und Kalenderfesten – aber man kann's ja verstehen, und Meßgewänder und Kerzen machen doch nicht die Religion aus, finden Sie nicht auch? Also, ich sagte, sie kämen wohl nicht vor elf, sagte ich, weil ich da ja noch dachte, das stimmt, denn ich konnte ja nicht wissen, daß sie ausgerechnet an dem Abend früher nach Hause kommen. Ich hab's gut gemeint, mehr kann man schließlich nicht tun. Ich hab ihm gesagt, er soll doch ins Pfarrhaus gehn, aber Mr. Holland sagt: ›Nein, ist schon gut‹, und vielleicht käm er später vorbei.«

»Und ist er gekommen?«

»Nicht daß ich wüßte, aber sehn Sie, ich hab einen gesunden Schlaf, und den brauch ich auch, bei all der Schufterei hier. Saubermachen soll eigentlich Emery, aber die halbe Zeit muß ich danach nochmal drübergehn. Und die Jennie, die ist zwar 'n gutes Ding, aber die läuft sich die Haken ab für Miss Elma und kommt weiter zu gar nichts. Ich, ich sollte ursprünglich nur kochen, aber wenn Miss Elma im Bett frühstückt und erst mitten am Tag aufsteht – ich hab schließlich nur zwei Hände.«

»Eben«, sagte Rudge, »und bestimmt zwei sehr tüchtige Hände, Mrs. Emery.«

»Wie ich kam, hab ich gleich gesagt, ich müßt' in der Küche noch 'n Mädchen zur Hilfe haben. Immer auf dem Steinboden stehn, das ist das Schlimmste in so einem alten Kasten von Haus. Aber nicht, daß ich mich beklagen will über den Admiral, war ja kein reicher Mann, und bißchen hätte sie ihm schon beispringen können, wenn sie gewollt hätte, sie hat Geld genug, hab ich mir sagen lassen. Was sie damit gemacht hat, keine Ahnung, und geht mich ja auch nichts an, aber es kommen einem halt so Gedanken, nicht? Für Kleiderkram hat sie's nicht rausgeworfen, das kann ihr niemand nachsagen, wenn sie sich ab und zu mal 'n Abendkleid leistet oder 'n netten Mantel. Die Sachen kosten ja nicht's meiste Geld, das wissen Sie selber, wenn Sie 'ne Frau zu Hause haben. Was ins Geld läuft, das sind doch Schuhe und Handschuhe und Taschen und Strümpfe und Pullover und allsowas, wo 'n junges Ding eben Wert drauf legt, aber Miss Elma nicht, das weiß ich genau. Die Zofe, diese Französin, die sie am

Anfang hatte, die hat immer schrecklich geschimpft, wie schäbig Miss Elma rumläuft.«

»Ach ja, das Mädchen aus Frankreich. Wie war die denn?«

»Mädchen ist gut«, sagte Mrs. Emery. »Aber die nennen sich heutzutage ja allesamt Mädchen. Nein, wenn die nicht ihre vierzig gehabt hat, soll es mich wundern. Nette kleine Person, so im Umgang, und sprach fabelhaft Englisch. Aber ich hab's nicht gern, wenn ein Dienstbote so vertraut mit der Herrschaft ist. Ich hab mitbekommen, wie sie manchmal Miss Elma angeschaut hat, wenn der Herr mal bißchen daneben war – da sind Blicke gewechselt worden, die gehören sich einfach nicht bei Leuten aus zweierlei Stand. Hier das Personal, dort die Herrschaft, das ist mein Motto. Daß 'ne junge Lady und ihre Kammerzofe die Köpfe zusammenstecken über den Hausherrn, das geht nicht, wenn Sie mich fragen. Und ich sag Ihnen, das hat auch nicht gutgetan, oder warum ist die Mamsell denn so holterdiepolter verschwunden, sogar ohne Lohn? – Ach, da schellt's an der Tür, wer kann denn das sein? Hoffentlich geht Emery aufmachen, wie er soll, aber es regt ihn immer so auf. Sie haben es sicher gemerkt, ach ja, er ist nicht der Allerklügste. Ich bin da aber anders, mir macht so leicht keiner was vor. Ich bin zwar erst einen Monat beim Admiral, aber wenn man Erfahrung hat – und ich bin ganz nett rumgekommen zu meiner Zeit –, dann hat man schnell raus, daß zwei und zwei vier ist. Ha, von Miss Elma könnt ich Ihnen Sachen erzählen! – Aha, Emery war ausnahmsweise mal brav, Gott sei Dank.«

Die Tür ging auf, und Emery steckte sein wehmütiges Gesicht herein.

»Da sind zwei Gentlemen von der Zeitung, möchten mit dem Inspektor sprechen.«

Rudge wollte schon die Gentlemen von der Zeitung an einen heißen Ort wünschen, als ihm bewußt wurde, daß schließlich alle Geschöpfe des lieben Gottes zu irgendwas nütze sind. Er warf einen Blick auf die ihm hingehaltene Karte und stellte fest, daß sie die magische Adresse »Evening Gazette« trug.

»Herein mit ihnen«, sagte er.

Die beiden Zeitungsleute wurden ins Zimmer komplimentiert: der eine ein flotter Bursche mit Bürstenhaarschnitt, Hornbrille und einer Stirnpartie, die aussah, als hätte er seiner Sonnenbräune (»der gutaussehende Mann ist leicht gebräunt«) auf irgendeine nicht ganz erfolgreiche Weise nachzuhelfen versucht, der andere ein bleicher Griesgram mit einer Phototasche.

»Na, Kameraden«, sagte Rudge, »was führt Sie denn hierher?«

Bürstenkopf grinste.

»Gut informiert, was, Inspektor? ›Was nicht in der ›Gazette‹ steht, ist noch nicht passiert.‹ Wir haben's schon in der Mittagsausgabe unter die Leute gebracht. Enttäuschen Sie uns nicht, ja?«

»Na, meinetwegen«, sagte Rudge. Er überlegte kurz, um ihnen dann lediglich das mitzuteilen, was sich seines Erachtens sowieso nicht verheimlichen ließ.

»Okay«, sagte Bürstenkopf, »das ist doch schon was. Nun zu Ihnen, Inspektor. Unsere Leser wollen alles über Sie wissen. Vielleicht dürfen wir Sie unten beim Bootshaus knipsen? Tun Sie uns den Gefallen; gibt für das Bild mehr her, wissen Sie. Oh, furchtbar nett von Ihnen. Geht auch ganz schnell. Das ist also das Boot des Admirals? Zeigen Sie doch mal mit der Hand drauf, ganz locker. Ja prima. Wird 'n gutes Foto geben, was, Tom?«

Rudge fühlte sich unwillkürlich etwas geschmeichelt.

»Wir werden natürlich sagen, daß Sie den Fall absolut im Griff haben und somit kein Anlaß besteht, Scotland Yard einzuschalten. Bums, aus. Ja, und was ist nun mit dieser Nichte? Können wir die mal kurz interviewen?«

»Nein«, sagte Rudge. »Aber wenn Sie wollen«, setzte er

entgegenkommend hinzu, »kann ich Ihnen gern etwas über sie sagen.«

Der Reporter war ganz Ohr.

»Sie ist heute morgen nach London gefahren«, sagte der Inspektor bedeutsam, »und hat geheiratet – einen Mann namens Arthur Holland, der Kaufmann ist und aus China kommt.«

»Ach? Schnelle Arbeit. Gibt aber 'ne gute Story ab. Und warum die Eile?«

»Das kann ich Ihnen einstweilen nicht sagen. Aber hören Sie, wenn ich Ihnen diese Geschichte exklusiv überlasse, tun Sie mir dann auch einen Gefallen?«

»Gemacht.«

»Ich muß Näheres über Admiral Penistones frühere Laufbahn herausfinden. Warum er mit dreiundvierzig seinen Abschied genommen hat, und warum er dann wieder in die Navy eintrat, und was damit so zusammenhängt.«

»Ah! Dazu kann ich Ihnen gleich was erzählen«, lachte der Reporter. »Ich hab's von einem Bekannten in der Chinesischen Botschaft. Der alte Knabe hat 1911 in Hongkong was ausgefressen. Was ganz Privates, hing mit 'ner Frau zusammen. Irgend sowas, was ein Offizier der Navy eben nicht macht. Man forderte ihn auf, seinen Abschied zu nehmen. Nur kein Aufsehen, kein Skandal – kennt man ja. Mein Gewährsmann wußte nicht alle Details, will sie mir aber beschaffen. Ich werde Sie alles wissen lassen, was ich erfahre. Wir werden aber wahrscheinlich nicht alles bringen, weil einige der Beteiligten vielleicht noch am Leben sind, aber ich schicke Ihnen den ganzen Sermon dann zu. Und bitte, wenn Ihnen irgendwas unterkommt und Sie meinen, Sie können's uns frisch vom Faß zufließen lassen, dann tun Sie das, ja? Ist doch ein fairer Handel.«

Rudge willigte freudig ein. Das hier versprach weit mehr, als wenn er der Admiralität bürokratische Würmer aus der Nase zog. Krach in Hongkong 1911? Das erklärte die Dinge. Da Penistone zweifellos ein tüchtiger Offizier gewesen war, hatten sie ihn nur zu gern 1914 wieder genommen. Aber für ihn war es natürlich nicht mehr dasselbe gewesen. War wohl etwas verbittert, der alte Knabe. Konnte es sein, daß der Mord ein Nachspiel dieser alten Geschichte war? Wohl kaum, Groll hielt sich doch nicht so lange – allerdings, wo Chinesen mitmischten, konnte man nie wissen. Im übrigen, Holland war erst vor kurzem aus China gekommen. Was hatte ihm Mrs. Emery doch gleich von Hollands Anruf gesagt? Er würde vielleicht um kurz nach elf nochmal in Rundel Croft vorbeischauen. Angenommen, er hatte das wirklich getan.

Fest stand, er mußte Hollands und Elmas habhaft werden. Man würde sie so oder so zur Zeugenvernehmung vorladen müssen. Darauf mußte er den Untersuchungsrichter noch hinweisen – kleine Aufgabe für Sergeant Appleton. Rudge ging ins Haus zurück und schickte seinen Mann mit einer schriftlichen Nachricht los. Unmittelbar darauf klingelte das Telefon.

Mr. Edwin Dakers war am Apparat. Er habe, sagte er, vom Tode des Admirals gehört und sei in der Tat entsetzt und betroffen. Am besten komme er wohl sofort hinüber nach Rundel Croft. Als Miss Fitzgeralds Treuhänder und Bevollmächtigter müsse er sich unverzüglich mit ihr besprechen. Zweifellos sei sie über das traurige Ereignis zutiefst bestürzt.

»Davon habe ich nichts gemerkt«, entgegnete Rudge mit einer Art grimmiger Genugtuung. »De facto ist Miss Fitzgerald, kaum daß sie vom Tod ihres Onkels erfahren hatte, nach London gereist und hat einen Mr. Holland geheiratet. Ich wäre Ihnen dankbar, Sir – «

»Was!!« brüllte Mr. Dakers so entgeistert, daß der Apparat förmlich zu vibrieren schien.

Rudge wiederholte seine Mitteilung.

»Gott steh mir bei«, sagte Mr. Dakers und schwieg danach so lange, daß Rudge schon dachte, das Entsetzen hätte ihm die Sprache verschlagen. Endlich sagte Dakers:

»Das ist eine böse Sache, Inspektor. Ich bin bestürzt. Mehr noch, ich bin sprachlos.«

»Es wirkt tatsächlich ein bißchen gefühllos«, sagte Rudge.

»Gefühllos?« sagte Mr. Dakers. »Es kann ein nicht wiedergutzumachender Schaden für ihre finanziellen Interessen daraus erwachsen. Können Sie mir sagen, wo ich sie finde?«

»Angeblich wohnen die beiden im Carlton«, antwortete Rudge, »Miss Fitzgerald, das heißt, Mrs. Holland – « (Mr. Drakers stöhnte leise auf) »erwähnte, sie wollten heute abend zum Tanzen gehen. Ich wäre Ihnen dankbar, Sir – «

»Zum Tanzen ins Carlton?« fiel ihm der Anwalt ins Wort. »Sie muß den Verstand verloren haben. Tz, tz, tz. Schlimm, schlimm. Mir ist momentan der betreffende Gesetzesparagraph nicht präsent, aber wenn ich mich recht erinnere, pflegt das Gericht im Fall einer – lieber Himmel, da muß ich wohl einen Gerichtsbescheid einholen. Einstweilen vielen Dank, daß Sie mich über die Ereignisse informiert haben. Ich werde sofort meine Klientin aufsuchen und – «

»Ja, tun Sie das, Sir, und ich wäre Ihnen dankbar, Sir, wenn Sie sie dazu bringen könnten, daß sie sofort zurückkommt. Mr. und Mrs. Holland werden natürlich noch amtlich vorgeladen, aber es wäre doch angebracht – «

»Natürlich, natürlich«, versetzte Mr. Dakers, »höchst unklug und ungehörig. Ich werde ihr mit aller gebotenen Schärfe empfehlen, sich unverzüglich nach Hause zurückzubegeben.«

»Vielen Dank Sir, und es wäre mir lieb, Sir, wenn ich Sie irgendwann auch noch kurz sprechen könnte. Da sind ein paar Kleinigkeiten, die ich gern geklärt hätte, in Verbindung mit einem Dokument, das uns hier vorliegt.«

»Ach!« sagte Mr. Dakers. »Ja?«

»Es handelt sich«, fuhr Rudge fort, »um die Abschrift eines Testaments von John Martin Fitzgerald aus dem Jahr 1915«.

»Ah ja«, sagte Mr. Dakers. Aus seiner Stimme klang etwas wie Wachsamkeit. »Ja, ich weiß davon. Und dieses Testament interessiert Sie in welcher Hinsicht?«

Rudge hustete.

»Nun, Sir, ganz allgemein, würde ich sagen. Es wird darin zum Beispiel ein Bruder erwähnt, und noch ein paar andere Punkte, die von Interesse sein könnten.«

»Ja, ich verstehe. Aber ich glaube, Inspektor, ich suche Sie am besten persönlich auf. Ich will mich bemühen, Miss Fitzgerald, vielmehr Mrs. Holland, gleich mitzubringen, aber ich komme auf jeden Fall noch heute abend nach Lingham. Wo kann ich Sie treffen?«

»Ich bin hier in Rundel Croft, Sir.«

»Gut. Ich rufe Sie noch an, um wieviel Uhr ich da bin. Wann soll die Zeugenvernehmung sein?«

»Voraussichtlich übermorgen, Sir.«

»Aha. Als Mrs. Hollands Vertreter werde ich natürlich anwesend sein. Man hätte mich von der ganzen Sache eigentlich schon früher in Kenntnis setzen müssen. Wieso haben Sie mich nicht im Laufe des Vormittags angerufen?«

Der Inspektor hätte am liebsten gesagt, daß es nicht seine Aufgabe war, den Anwalt zu benachrichtigen, wenn jemand verdächtigt wurde oder verdächtig war, doch er gab lammfromm zur Antwort, daß er zu tun gehabt hatte und eben erst dazu gekommen war, sich mit dem Inhalt des Testaments näher zu befassen.

»Es ist bedauerlich«, fügte er hinzu, »daß Mrs. Holland Sie nicht selbst mit dem Stand der Dinge vertraut gemacht hat.«

»Das ist es allerdings«, versetzte der Anwalt trocken. »Also gut, Inspektor, verbleiben wir so.«

Er legte auf.

›Amen‹, dachte Rudge unbefriedigt. ›Nichts ist dabei rausgekommen, als daß ich jetzt auf das alte Scheusal wohl oder übel hier warten muß. Aber wenn er die Hollands herschafft, ist das ja auch was wert. Zu dumm nur, mit nichts kommt man richtig weiter. Die Hollands weg, Denny weg – So, und was ist mit diesen Schnippseln?‹ Er hatte den kleinen Stoß Zeitungsausschnitte noch nicht durchgesehen. Vielleicht, daß sie im Zusammenhang mit Penistones mysteriöser Vergangenheit den einen oder anderen Hinweis enthielten. Oder vielleicht war sonst was Interessantes dabei.

Wie er mehr oder minder erwartet hatte, schien es in den Zeitungsausschnitten hauptsächlich um China zu gehen, obwohl ein Teil davon offenbar auch nautische Dinge betraf. Sie stammten alle aus den letzten zwei Jahren vor dem Krieg und waren, analog zu einer alphabetischen Liste in der Handschrift des Admirals, säuberlich numeriert und betitelt. Eine dünne Lage von Ausschnitten trug die Sammelbezeichnung »Denny, W.«. Rudge blätterte sie interessiert durch. Wie aus den Artikeln hervorging, war Sir Wilfrid Denny viele Jahre lang Zollbeamter in Hongkong gewesen und hatte sich im Jahr 1921 mit Pension und Adelstitel zur Ruhe gesetzt. Nach Whynmouth gekommen war er erst 1925, bis dahin hatte er in Hertfordshire gelebt. Er war vierundsechzig Jahre alt, Witwer, seine Frau war vor fünfzehn Jahren in China gestorben. Außer einem Sohn, der im Krieg gefallen war, hatte er keine Kinder gehabt.

Das war in der Tat interessant. Auch Sir Wilfrid hatte also eine Verbindung zu China. Wahrscheinlich datierte seine Bekanntschaft mit Admiral Penistone aus der Zeit von dessen Chinakommando. Rudge heftete die Ausschnitte wieder zusammen und wollte sie gerade in den Ordner zurücktun, als er auf dem Heftstreifen eine Notiz bemerkte: »Siehe H 5 und X 57.«

Was dieser hieroglyphische Vermerk zu bedeuten hatte, konnte er sich nicht denken. Er schlug in dem angegebenen Ordner H die Ziffer Fünf auf und stellte fest, daß es sich um eine einzelne Zeitungsnotiz handelte, und zwar über einen Vollmatrosen mit Namen Hendry, der vor ein paar Jahren in Hongkong bei einer Messerstecherei ums Leben gekommen war. Das ließ sich verheißungsvoll an, doch als sich Rudge daraufhin den Ordner X vornahm, fand er unter der ungewöhnlichen Ziffer keinerlei Ablage. Aber siebenundfünfzig Artikel allein unter X, dachte er, das war sowieso unwahrscheinlich. Mit »X« mußte etwas anderes gemeint sein. Bloß, was?

Er nahm wieder die alphabetische Liste zur Hand, und jetzt fiel ihm eine andere Eintragung, unter dem Buchstaben F, ins Auge: »Fitzgerald, W.E.« Elmar vermißter Bruder! Das mußte er sich ansehen. Hastig schlug er den Ordner auf.

Der mit »Fitzgerald, W.E.« beschriftete Heftstreifen enthielt jedoch lediglich einen Zettel, auf den mit Bleistift gekritzelt war: »Siehe X.«

›Dieses verdammte X‹, dachte Rudge, ›wo zum Teufel ist die Akte denn hingekommen? Vielleicht etwas so Geheimes, daß der alte Knabe sie vorsichtshalber woanders versteckt hat.‹

Nun schon ganz aufgeregt, begann er Aktenschränkchen und Schreibtisch sorgfältig Fach um Fach zu durchsuchen. Das Schränkchen erwies sich als unergiebig, der Schreibtisch zunächst für den Augenschein ebenfalls. Doch schließlich, nachdem Rudge haufenweise alte Rezepte und Scheckhefte aus den Tiefen des Möbels hervorgekramt hatte, stieß er auf einen Verschiebebogen. Er drückte ihn weg, und sichtbar wurde ein Schlüsselloch. Kurzes Auswählen am Bund des Admirals erbrachte ein Schlüsselchen von entsprechender Größe. Ins Schloß gesteckt, ließ es sich mühelos drehen. Das Brett glitt zurück, und ein Aktenstück kam zum Vorschein, ein Hefter, genau zu denen im Schränkchen passend und gekennzeichnet mit dem Buchstaben »X«.

Noch ehe Rudge ihn heraushob, wußte er, daß er eine Enttäuschung erleben würde. Der Hefter war flach wie eine Visitenkarte und war tatsächlich leer.

Rudge starrte noch kummervoll darauf hinab, als die Tür aufging und Jennie mit einem Teetablett eintrat.

»Da sind Sie ja wieder, Jennie«, sagte Rudge erfreut. »Nett von Ihnen, daß Sie mir Tee bringen. Geht's Ihrer Mutter besser?«

»Danke, Mr. Rudge, nun ja, ganz so gut nicht. Der Arzt war da, sagte, es kommt vom Rücken. Hat heute schon zweimal nach ihr gesehen und ihr was gegen die Schmerzen gegeben, aber sie ist noch sehr schwach.«

Rudge bekundete seine Anteilnahme und vermerkte im stillen, daß die kranke Mutter offenbar nicht erfunden war. Nach dem Tee suchte er weiter nach dem fehlenden Aktenstück, doch ohne Erfolg. Drei Telefonanrufe unterbrachen das eintönige Geschäft: einer vom Untersuchungsrichter, der Rudge bat, ihn gleich am nächsten Morgen aufzusuchen; der zweite von Mr. Dakers, des Inhalts, er habe die Hollands noch nicht erreichen können, werde aber mit dem Acht-Uhr-fünfzig-Zug rüberkommen; beim dritten, schon ziemlich spät, meldete sich der Pfarrer.

»Ich spreche aus dem Charing Cross Hotel«, sagte die spröde Gelehrtenstimme. »Es sieht so aus, als würde ich über Nacht in der Stadt bleiben müssen. Ich rufe Sie morgen früh wieder an.«

Rudge bedankte sich und legte auf. Dann, nach ein, zwei Minuten, tat er, was Vorsicht naheliegenderweise gebot: er rief das Charing Cross Hotel an.

»Logiert bei Ihnen zur Zeit ein Mr. Mount – Reverend Philip Mount?«

Kurzes Warten, dann: »Ja, Sir.«

»Ist Mr. Mount im Hause?«

»Ich will nachfragen; bleiben Sie bitte am Apparat, Sir.«

Undeutliches Gemurmel; dann das harte Tap-Tap sich nähernder Tritte und das Rasselgeräusch im Hörer.

»Hallo ja, wer spricht, bitte?«

›Doch, das ist er‹, dachte Rudge. Laut sagte er: »Mir ist grade noch etwas eingefallen, Sir, das ich Sie fragen wollte«, und dann wiederholte er seine Frage, wie lang die Vorleine sei.

Der Pfarrer bestätigte Peters Aussage. Rudge bedankte sich nochmals und legte auf.

›Soweit alles okay‹, dachte er. ›Hat mir ja nicht gepaßt, daß er einfach so abgehauen ist, aber er scheint in Ordnung zu sein. Muß er auch, hat schließlich Kinder. Aber mit dem Seil stimmt was nicht – ich habe mich nicht verrechnet.‹

Der Acht-Uhr-fünfzig traf pünktlich in Whynmouth ein, und kurz darauf fuhr ein Taxi in Rundel Croft vor. Rudge hörte, wie es die Einfahrt heraufkam und hielt. Seine Erwartung stieg, sank jedoch wieder, als die Türglocke ging.

›Mrs. Holland wär einfach reingekommen‹, knurrte er enttäuscht. ›Nein, stimmt nicht!‹ Seine Miene hellte sich wieder auf. ›Die Tür ist ja abgeschlossen, damit niemand reinkommt!‹

Emerys schlurfender Schritt war im Treppenhaus zu hören. Dann wurde die Zimmertür geöffnet und ein großer, hagerer Graukopf – allein – hereingelassen.

»Mr. Dakers?« sagte Rudge, wobei er aufstand und etwas vollführte, das halb Salutieren und halb Verbeugung war.

»Ja«, sagte der Anwalt, »und Sie, nehme ich an, sind Inspektor Rudge. Selbstverständlich. Ja nun, Inspektor, ich muß Ihnen leider sagen, daß es mir nicht gelungen ist, Mr. oder Mrs. Holland zu sprechen. Weder noch. Sie wohnen aber tatsächlich im Carlton und wurden zum

Dinner zurückerwartet. Ich habe für Mrs. Holland einen Bescheid hinterlassen, dessen Text so gehalten ist, daß sie ihn meines Erachtens kaum ignorieren kann. Ich muß Ihnen nicht nochmals sagen, wie bestürzt ich über das Vorgefallene bin und wie ich das Ganze bedaure.«

»Ich verstehe Sie durchaus, Sir«, sagte Rudge, »und ich darf hinzufügen, auch mir macht die Abwesenheit von Mr. und Mrs. Holland meine Aufgabe nicht gerade leichter. Übrigens, Sir, bevor wir zur Sache kommen: ich bin zwar in einer etwas merkwürdigen Position hier, nachdem der Hausherr tot ist und niemand ihn quasi vertritt, aber vielleicht darf ich mir die Frage erlauben, ob Sie zu abend gegessen haben.«

»Danke, Inspektor, vielen Dank – aber ich brauche nichts. Sehr liebenswürdig von Ihnen. Ich würde gern unverzüglich die ganzen Details dieser traurigen Angelegenheit hören.«

Rudge berichtete kurz alles Wissenswerte über den Tod Penistones und die Abreise seiner Nichte, wozu Mr. Dakers als laufenden Kommentar sein übliches »Tz, tz, tz« und »Gütiger Gott« beisteuerte.

»Es besteht also offenbar kein Zweifel daran, daß Admiral Penistone umgebracht wurde.«

»Nicht der geringste, Sir, leider.«

»Es könnte nicht sein, daß er vielleicht – äh – Hand an sich gelegt und die Waffe ins Wasser geworfen hat?«

Auf diese Möglichkeit war Rudge noch gar nicht verfallen, er antwortete jedoch, er halte sie angesichts der Körperlage des Toten sowie der gesamten Begleitumstände für praktisch ausgeschlossen.

Mr. Dakers nickte bekümmert.

»Ich nehme an«, sagte er dann mit der Miene eines Mannes, der einen wütenden Stier bei den Hörnern packt, »es richtet sich – äh – kein Verdacht gegen meine Klientin oder deren Ehemann?«

»Nun«, meinte Rudge vorsichtig, »ich würde nicht

sagen, daß sich einstweilen überhaupt ein Verdacht gegen eine bestimmte Person richtet. Und vergleichsweise handelt es sich nicht um eine Art von Verbrechen, dessen man eine junge Frau verdächtigen würde. Über Mr. Holland wissen wir bis jetzt nur sehr wenig. Vielleicht können Sie uns da helfen, Sir?«

Mr. Dakers schüttelte den Kopf.

»Ich weiß so gut wie gar nichts von ihm, außer seinen Namen und daß er, gewissermaßen, mit meiner Klientin verlobt war.«

»Besaß dieses Verlöbnis eigentlich Admiral Penistones Zustimmung, Sir?«

Der Jurist sah in vielsagend an.

»Mir ist klar, worauf Sie hinauswollen, Sir. Nun, das war zu erwarten, und es hätte wenig Zweck, wollte ich die Tatsachen zu verschleiern suchen. Soviel ich weiß, wollte Admiral Penistone zwar seinen Konsens zu der Heirat noch nicht recht geben, aber definitiv verboten hatte er sie nicht. Mehr kann ich Ihnen dazu nicht sagen.«

»Ich verstehe, Sir. Nun zu diesem Testament des John Martin Fitzgerald; ich nehme an, Mr. Fitzgerald lebt nicht mehr, da ja Sie und der verstorbene Admiral für Mrs. Holland als Treuhänder tätig waren. Ist dies hier die Abschrift des gültigen Testaments, das nach dem Tode eröffnet wurde?«

»Ja. Mein Freund John Fitzgerald war Rechtsanwalt; er verstarb 1916, und dies Testament war sein letztes. Offen gestanden, es ist kein Testament, wie ich an seiner Stelle es aufgesetzt hätte oder wie er selbst es wohl guten Gewissens für einen Klienten entworfen haben würde – aber Sie wissen ja, Inspektor, Anwälte sind dafür bekannt, daß sie in eigener Sache nicht zu disponieren verstehen.«

»Wie hoch wurde der Vermögenswert beziffert?«

»Auf ungefähr fünfzigtausend Pfund. Die jedoch«, sagte Mr. Dakers, »stammten nicht allein aus seiner Rechtsanwaltspraxis, den größeren Teil davon hatte er selbst ererbt. Aber lassen Sie mich mit dem Anfang beginnen. John Fitzgerald vermählte sich im Jahr 1888 mit Mary Penistone, der Schwester des verstorbenen Admirals. Sie starb 1911 und hinterließ zwei Kinder: Walter Everett, geboren 1889, und Elma Mary, geboren neun Jahre später, also 1898.

Als Walter zwanzig war, gab es mit ihm irgendwelche Unstimmigkeiten im Elternhaus; ich glaube, es ging dabei um eine junge Frau, die bei der Familie in Diensten stand – genauer gesagt, um die Erzieherin. Der Vater war bitterböse, und es gab einen furchtbaren Streit. Der junge Mann verließ das Haus und verschwand, und lange Zeit durfte sein Name nicht mehr genannt werden – man kennt dergleichen ja. Elma natürlich war noch zu klein und erfuhr nicht, um was sich der ganze Krach drehte, aber Mrs. Fitzgerald hat damals immer gemeint, ihr Mann sei zu streng mit dem Jungen gewesen.

1911, wie gesagt, starb sie, und ich glaube allen Ernstes, es war nicht zuletzt der Kummer um Walter, der ihre Gesundheit untergraben hat – es hat ihr eben, wie man damals zu sagen pflegte, das Herz gebrochen. Ich weiß, daß John Fitzgerald auch dieser Meinung war, und das besänftigte seinen Zorn. Er unternahm alles Mögliche, um Walter zu finden, jedoch ohne Erfolg, und schrieb dann ein Testament, in dem er sein Vermögen zwischen Walter und Elma aufteilte.

Von Walter sah und hörte man nichts bis Anfang 1915, als er seinem Vater einen Brief schickte, den er ihm von ›irgendwo in Frankreich‹ geschrieben hatte. Es tue ihm leid, schrieb er, daß er sich damals so schlecht benommen und sich sechs Jahre lang nicht gemeldet hätte, hoffentlich habe man ihm inzwischen verziehen; er habe, erklärte er, jetzt ein neues Leben begonnen und wolle seine Pflicht für das Vaterland tun. Kein Wort darüber, wo er inzwischen gewesen war. Gleichzeitig legte er ein Testament zugunsten seiner Schwester Elma bei, ›für den Fall, daß ihm etwas zustoßen sollte‹. Vater und Schwester schrieben sofort zurück, er solle nach Hause kommen, sobald er Urlaub habe, es sei alles vergeben und vergessen. Er kam jedoch nie, schrieb allerdings von Zeit zu Zeit, und nach dem Desaster von Loos stand dann sein Name in den Heereslisten unter ›vermißt, wahrscheinlich gefallen‹. Sein Vater war zu der Zeit schon ein schwerkranker Mann. Er litt an Nierenschrumpfung und hatte nicht mehr lange zu leben. Er wollte und wollte nicht glauben, daß Walter tot sei – er ist damals wieder aufgetaucht, sagte er, und er wird auch jetzt wieder auftauchen. Da er inzwischen sehr vermögend geworden war, verwarf er sein Testament von 1911 wieder und machte ein neues, in welchem aber die Aufteilung seines Nachlasses, nur eben mit gewissen Zusätzen, blieb wie sie war.

Hier muß ich nun etwas über seinen Schwager Admiral Penistone sagen. Er hat – vielleicht kennen Sie in etwa seine Geschichte?«

»Ich habe nur gehört, daß da 1911 so etwas wie ein Bruch in seiner Karriere war.«

»Ach, Sie wissen davon? Ja, eine Sache, die ihm sehr geschadet hat. Ich brauche nicht ins Detail zu gehen, aber die Art der ganzen Affäre machte es aufs höchste ungeeignet, gerade ihn zum Vormund des jungen Mädchens zu bestimmen. Verstehen Sie mich nicht falsch, ich äußere keine Meinung darüber, ob Captain Penistone – er war damals Captain – wirklich in der Angelegenheit ein Verschulden traf. Allein die Tatsache, daß sein Name mit einem so peinlichen Vorfall in Zusammenhang gebracht worden war, genügte ja schon. Aber John Fitzgerald, der nie jemandem etwas Schlechtes zutraute – «

»Ungewöhnlich für einen Juristen«, konnte Rudge nicht umhin zu bemerken.

»Mein Lieber, ein Jurist im Privatleben und ein Jurist im Beruf, das können zwei sehr verschiedene Menschen sein«, versetzte Mr. Dakers nicht ganz ohne Schärfe. »John Fitzgerald ließ auf den Bruder seiner Frau eben nichts kommen. Er behauptete steif und fest, Penistone sei Unrecht geschehen, und um der Welt zu zeigen, was er von alledem hielt, machte er ihn zu Elmas Treuhänder und setzte diese absurde Heiratsklausel ins Testament.«

»Aber Sie selbst«, gab Rudge zu bedenken, »haben doch neben Admiral Penistone die Mit-Treuhänderschaft übernommen.«

»Und hätte ich das nicht getan«, sagte Mr. Dakers, »dann hätte er womöglich irgendein anderes schwarzes Schaf eingesetzt, nur um es reinzuwaschen. Nein. Ich habe, der Tochter meines armen Freundes zuliebe, aus einer undankbaren Aufgabe das beste gemacht. Und zu Admiral Penistones Ehre muß ich sagen, ich hatte nie Anlaß zur Klage darüber, wie er in den Angelegenheiten seiner Nichte verfuhr. Wenn er auch eine schroffe Art hatte und bisweilen unangenehm werden konnte, in Gelddingen war er für mich ein absoluter Ehrenmann, und auch im häuslichen Zusammenleben mit seiner Nichte gab es nichts, was nicht in Ordnung gewesen wäre. Andernfalls hätte ich eingegriffen, das ist ja klar.«

»Auf wessen Wunsch ist denn Miss Fitzgerald zu ihrem Onkel gezogen?«

»Ihr Vater wollte es so. Ich hielt es für unpassend, konnte aber keine stichhaltigen Gegenargumente vorbringen. Elmas Vermögensanteil wurde auf mein Anraten in guten Sicherheiten angelegt, und sie erhielt vierteljährlich durch die Treuhänder ihre Zinsen.«

»Hübsches kleines Einkommen«, bemerkte Rudge.

»Rund fünfzehnhundert Pfund im Jahr.«

»Es wundert mich ein bißchen«, sagte Rudge, »daß der Admiral seiner Nichte nicht mehr an gesellschaftlichem Umgang geboten hat. Das Haus hier ist ja recht schön, aber doch sehr abgelegen, und viele Bekannte hatten sie nicht, wenn ich das richtig sehe.«

»Das stimmt«, gab Mr. Dakers zu, »aber daran war eigentlich nicht Admiral Penistone schuld. Er selbst hat sich natürlich gescheut, viel unter Menschen zu gehen, und von 1914 bis 1918 war er ja auch wieder aktiv im Dienst, aber seiner Nichte hat er es an nichts fehlen lassen. Sie hat eine gute Erziehung genossen und hatte auch zweimal Gelegenheit, im Freundeskreis einer hochangesehenen Lady eine Londoner Ballsaison mitzumachen. Aber wie ich sie kenne, war ihr das gesellschaftliche Leben wohl eher ein Greuel.«

»Komisch, daß sie nicht schon früher geheiratet hat«, sagte Rudge. »Eine junge Lady mit um die fünfundzwanzigtausend im Rücken müßte doch eine Menge Bewerber haben.«

Der Anwalt zuckte die Achseln.

»Ich glaube, Elma war immer ein bißchen – nun ja, schwierig«, sagte er. »Und sie ist auch im, wenn ich es so nennen darf, erotischen Sinn vielleicht nicht – nicht sehr attraktiv. Ein paar Mitgiftjäger hat es natürlich gegeben, aber die hatten keine Chance. Admiral Penistone hätte nicht im Traum daran gedacht, Elma einen Mann heiraten zu lassen, der nicht über eigene finanzielle Mittel verfügte. Und dann gab es ja unglücklicherweise diesen Skandal um Walter.«

»Was war das?«

»Ja, also das war im Jahr 1920. Es schien damals ratsam, Walter endlich für tot erklären zu lassen. Wir konnten ja erst 1919, als die letzten britischen Kriegsgefangenen aus den deutschen Lagern entlassen worden waren, etwas unternehmen. Sein Name hatte in keiner der Listen gestanden, wir rechneten daher mit keinerlei Schwierigkeiten. Seltsamerweise jedoch tauchte damals ein Mann auf, der 1915 mit Walter in der gleichen Einheit gewesen war und der behauptete, ihn noch nach Beendigung der Feindseligkeiten in Budapest lebend gesehen zu haben. Er habe ihn zwar nicht gesprochen, sagte er, es gebe für ihn aber gar keinen Zweifel daran, daß es Walter war. Walter ist, glaube ich, ein auffallend gutaussehender Mann gewesen – als Junge jedenfalls war er sehr hübsch. Er sah seiner Mutter sehr ähnlich, die eine bildschöne Frau gewesen ist; sie war viel attraktiver als ihr Bruder, der Admiral – obwohl die Familienähnlichkeit nicht zu verkennen war.

Nun, das bedeutete natürlich weiteren Aufschub und erneute Nachforschungen. Wir brachten über Walter nichts in Erfahrung, gar nichts, aber angesichts der Aussage des Soldaten weigerte sich das Gericht, ihn für tot erklären – verständlicherweise. Doch damit nicht genug, die Sache hatte noch ein sehr unerfreuliches Nachspiel. Als durchsickerte, Walter sei möglicherweise doch nicht gefallen, erfuhren wir, daß in Schanghai ein Haftbefehl gegen ihn lief, wegen Urkundenfälschung – was sagen Sie jetzt.«

»In Schanghai?«

»Ja. Der Haftbefehl datierte aus dem Jahre 1914. Walter hat allem Anschein nach, als er 1909 außer Landes ging, eine Stellung bei der Anglo-Asiatic Tobacco Company angenommen. Er war anfangs in Hongkong und wurde im Jahr 1913 nach Schanghai versetzt. Er muß offenbar irgendwie in Geldschwierigkeiten geraten sein. Jedenfalls hat er die Unterschrift eines Kunden der Company auf einem Scheck über eine sehr hohe Summe gefälscht und ist verschwunden. Zu der Zeit brach gerade der Krieg aus, und da hat man die Sache in dem allgemeinen Durcheinander wohl nicht weiter verfolgt oder vergessen, bis die Nachricht, daß Walter vermutlich 1915 gefallen war, das Ganze erledigte. Als es dann aber den Anschein hatte, daß Walter wohl doch noch am Leben war, wurde alles wieder aufgerollt. Der Admiral war völlig geschlagen. Dieser neue Skandal, in einem Moment, als über sein eigenes Debakel endlich Gras gewachsen zu sein schien, machte ihn ganz verbittert.«

»Ich dachte, Admiral Penistone ist während des Krieges wieder zur Navy gegangen.«

»Ja, das stimmt. Weil er ein guter Offizier war, hat man ihn gern wieder genommen. Er hat sich auch bestens bewährt und stand, als er mit Kriegsende zum zweitenmal aufhörte, im Rang eines Konteradmirals. An die schlimme Sache von damals dachte wahrscheinlich kein Mensch mehr, nur er – er konnte sie nicht vergessen, an ihm nagte sie, und die Geschichte mit Walter hat ihm dann den Rest gegeben. Ein Mann, der mit Elma schon so gut wie verlobt war, hat sich ziemlich brüsk zurückgezogen, als er so einiges über den Bruder hörte, und Admiral Penistone sagte damals, er lasse nicht auch noch seine Nichte mit Schmutz bewerfen. Er hat die Koffer gepackt und ist mit ihr nach Cornwall gezogen. Wo sie ja bis vor einem Monat gewohnt haben. Wie gesagt, das alles war 1920, und von Walter hat man nie wieder etwas gehört. Eine ziemlich ungewöhnliche Situation, wie Sie sehen.«

»Ja«, sagte Rudge nachdenklich. »Walter hätte also nur die Wahl zwischen zwei Übeln. Wenn er auftaucht und erkannt wird, muß er wahrscheinlich eine Strafe absitzen. Wenn er nicht auftaucht, kommt er nie zu seinem Geld.«

»Genau so ist es. Andererseits, wenn er tot ist, fällt gemäß seinem Testament von 1914 sein Vermögensanteil an Elma. Das heißt, vorausgesetzt natürlich, daß der Augenzeuge sich nicht getäuscht und Walter nach dem Tode seines Vaters wirklich noch gelebt hat. Wenn nicht, erhält sie den Anteil eben als Nachvermächtnisnehmerin aus dem Testament des Vaters.«

»Somit wäre Walters Tod für seine Schwester von finanziellem Vorteil, ich verstehe. Aber wie ist das nun, Mr. Dakers, mit Mrs. Hollands eigenem Erbteil aus dem väterlichen Vermögen? Ich nehme an, nachdem der Admiral nicht mehr lebt, wird die Klausel mit dem Heiratskonsens wohl entfallen.«

»Das ist eben das Problem«, erwiderte Mr. Dakers etwas verlegen. »Das Gericht vertritt in solchen Fällen den Standpunkt, daß der Erblasser nicht vom Erbberechtigten etwas verlangt haben kann, was dieser nicht zu erfüllen vermag. So wurde bisher noch immer dahin entschieden, daß, falls die betreffende Klausel durch höhere Gewalt unerfüllbar wurde, das Vermächtnis bestehen bleibt.«

»Höhere Gewalt?« wiederholte Rudge fragend.

»Ja. Im Falle eines verlangten Heiratskonsens zum Beispiel: wenn da die Person, deren Konsens erforderlich wäre, vor der Eheschließung verstirbt, ist die Bedingung unerfüllbar geworden, das Vermächtnis jedoch bleibt gültig.«

»Ist mir klar«, sagte Rudge. »Aber was genau ist unter höherer Gewalt zu verstehen?«

»Nun«, meinte der Anwalt, ein wenig zögernd, wie es Rudge vorkam, »darunter versteht man – also praktisch gesprochen, höhere Gewalt ist das Auftreten von Umständen, die der Erbberechtigte nicht verhindern konnte.«

»Sprechen wir doch ganz offen«, sagte Rudge. »Wenn sich herausstellen sollte, daß Elma Holland mit dem Mord an Admiral Penistone in Verbindung zu bringen wäre – «

»In dem Fall natürlich«, sagte Mr. Dakers, »wäre gar keine Rede davon, daß sie erbt. Das Gesetz verbietet ausdrücklich, daß ein Schuldiger aus dem Ergebnis der Schuldtat Nutzen zieht. Aber diese Frage erhebt sich hier ja wohl nicht.«

»Ich hoffe nicht«, sagte Rudge. »Dann ist also, wenn ich das richtig sehe, Mrs. Holland nunmehr berechtigt, ihr Erbe anzutreten?«

»J-ja«, sagte der Jurist. »Ich hoffe, das Gericht wird zu dieser Auffassung kommen. Das kritische Moment liegt in der extremen Eile, mit der die Eheschließung auf den

Todesfall folgte. Ich will Ihnen nichts vormachen, Mr. Rudge: die Sache kann angefochten werden, und für diesen Fall müssen wir uns, glaube ich, überlegen, wie wir vorgehen wollen. Es gibt zwei Möglichkeiten. Wir könnten ohne weiteres sagen, daß sie die Absicht hatte, sich vor der Heirat den erforderlichen Konsens zu erbitten, und daß sie, wäre der Todesfall nicht erfolgt, auch noch genügend Zeit gehabt hätte, ihn zu erbitten. Übrigens hat sie ihn ja erbeten – mehrmals.«

»Mit einigermaßen begründeter Aussicht, ihn je zu erhalten?« fragte Rudge. »Mr. Dakers«, fuhr er fort, da der Jurist anscheinend nicht antworten wollte, »ich gehe so weit, Sie wissen zu lassen, daß ich Zeugen an der Hand habe, die jederzeit aussagen würden, wie wenig der Admiral die Heirat zu billigen schien.«

»Ganz recht«, sagte Mr. Dakers. »Der Anschein der Mißbilligung zumindest bestand, das muß ich zugeben. Und eben deshalb bin ich mir auch nicht sicher, wie das Gericht die so übereilte Eheschließung beurteilen wird. Man könnte argumentieren, der Admiral habe sich der Heirat ostentativ widersetzt, daher sei diese in der klaren Absicht erfolgt, die Intention des Testaments zu sabotieren. Sehen Sie, schon allein die ungehörige Eile, mit der man zur Trauung schritt, läßt den Schluß zu, daß durch den Tod des Admirals der einzige Hinderungsgrund gegen die Heirat aus der Welt geschafft war.«

»Und somit«, sagte Rudge, »könnte man unterstellen, daß der Tod des Admirals nicht ausschließlich durch – wenn wir so sagen wollen – höhere Gewalt eintrat.«

»Sollte eine derart ungeheuerliche Unterstellung geäußert werden«, erwiderte Mr. Dakers, »so wäre sie eben zu widerlegen; für diesen Fall stellt die Tatsache, daß ja die eilige Eheschließung den rechtlichen Anspruch auf das Vermögen hätte gefährden können, bereits ein sehr gutes Gegenargument dar.«

»Ja«, sagte Rudge, an der schwachen Stelle des Gedankengangs einhakend, »vorausgesetzt, der Erbanwärter kennt die Rechtslage.« Dann, nach kurzem Überlegen, fragte er:

»Und Ihre zweite Möglichkeit wäre?«

»Zu zeigen, daß, wenn die Trauung erst nach dem Todesfall in die Wege geleitet wurde, es ja unmöglich war, den Konsens dafür zu erhalten. Wenn dem so war – obwohl mir nicht klar ist, wie in der kurzen Zeit eine amtliche Lizenz beschafft werden konnte –, aber wenn, so würde damit jeder Einwand der anderen Seite gegenstandslos. Übrigens kein Präzedenzfall. In Sachen Collett gegen Collett zum Beispiel verstarb die Mutter, deren Konsens erforderlich war, im Jahr 1856. Neun Jahre später, 1865, heiratete die Tochter. Das Gericht entschied damals, daß Erklärung zum ruhenden Nachlaß – das bedeutet, ein Nachlaß wird wegen Nichterfüllung einer testamentarischen Klausel oder dergleichen gerichterseits zurückgehalten, verstehen Sie – dann nicht erfolgt, wenn die Erfüllung der Auflage durch höhere Gewalt und ohne Verschulden der erfüllungspflichtigen Person unmöglich geworden ist.« (Mr. Dakers, der diese Sätze aus einem Notizbuch ablas, warf Rudge über seinen Kneifer hinweg einen Blick zu. Aber der sagte nichts, und Dakers las weiter.) »›Hier liegt begründete Gewißheit vor, daß die Mutter, falls noch am Leben, zu dieser in jeder Hinsicht akzeptablen Verbindung ihren Konsens erteilt hätte.‹ Sehen Sie, Inspektor, da liegt für uns das Problem. Das Gericht hat offensichtlich seine Entscheidung weitgehend auf das gestützt, was man vernünftigerweise vom Verhalten der Mutter hätte erwarten können.«

»Verstehe«, sagte Rudge. »Und in unserem Fall war der Konsens des Admirals eben nicht zu erwarten, jedenfalls nicht mit Gewißheit.«

»Doch wiederum«, meinte der Jurist, »ist das denn gesagt? Wenn die Annehmbarkeit der Verbindung als solche ein in Betracht zu ziehender Faktor ist, dürfte es keinen Grund geben, daß Admiral Penistone nicht noch zugestimmt hätte. Holland, soweit ich mir ein Bild von ihm machen kann, scheint ein respektabler, gestandener Mann zu sein, im richtigen Alter und mit genügend eigenen Mitteln, so daß er als bloßer Mitgiftjäger ausscheidet. Ja, das Ganze ist schon ein interessanter Fall, Mr. Rudge, und wäre ich nicht persönlich betroffen, würde es mich sehr reizen, ihn durchzufechten.«

Rudge setzte gerade zu einer Antwort an, als man das Geräusch eines vorfahrenden Wagens hörte. Dann folgte leises Rumoren am Hauseingang, man hörte Stimmen und Schritte, und gleich darauf wurde die Tür aufgerissen.

»Inspektor«, sagte Arthur Holland, während er seiner Frau ins Zimmer folgte, »wir müssen uns bei Ihnen entschuldigen, daß wir so einfach davongelaufen sind, aber wir hatten es wirklich eilig und dachten, Sie würden uns vielleicht nicht rechtzeitig weglassen. Das ist gewiß Mr. Dakers? Guten Abend, Sir. Meine Frau und ich, wir haben Ihre Nachricht bekommen und hielten es für das beste, gleich herzufahren und Sie zu beruhigen.«

»Vielen Dank«, sagte Mr. Dakers; es klang ziemlich kühl. »Nun, Elma, du hattest es mit dem Heiraten ja sehr eilig. Ich hoffe, du wirst es nicht bereuen, wenn du wieder zur Ruhe kommst.«

Elma lachte. Ihre sonst so blutleeren Wangen hatten jetzt einen Hauch Farbe – Rudge fand allerdings, es sah mehr nach dem Fieber der Aufregung aus als nach der rosigen Seligkeit einer Jungvermählten.

»Sie irren sich, Mr. Dakers«, sagte sie. »Ich bin kein Risiko eingegangen, und ich habe auch nichts aufs Spiel gesetzt. Sehen Sie sich das hier an.«

Sie reichte ihm ein Blatt Papier. Mr. Dakers rückte seinen Kneifer zurecht, las, wobei er mehrmals ein erstauntes »Tz, tz« hören ließ, und gab das Blatt an Rudge weiter.

»Damit, Inspektor, sind unsere Probleme ja wohl gelöst.«

Rudge blickte auf das Schriftstück. Es war, mit Ausnahme der Signatur, maschinegeschrieben und lautete:

Hierdurch gebe ich freiwillig meine Zustimmung zur Vermählung meiner Nichte Elma Fitzgerald mit Arthur Holland.
(Gezeichnet) H.L. PENISTONE.
Datum: der 9. August.

Der Inspektor sah Holland an. »Wann ist das in Ihren Besitz gelangt, Sir?«

»Meine Frau hat es mir heute morgen gegeben«, sagte Holland. »Sie hat es gestern abend vom Admiral bekommen.«

»Um welche Zeit war das, Madam?« fragte der Inspektor.

»Kurz nach Mitternacht«, antwortete die junge Frau in dem merkwürdig flachen Tonfall, den Rudge von seinem morgendlichen Gespräch mit ihr bereits kannte.

»Nach Mitternacht? Haben Sie denn Ihren Onkel noch nach Mitternacht lebend gesehen?«

»Aber natürlich!« schaltete Holland sich ein. »Ich habe ihn ja selbst gesehen! Ja, Inspektor, ich weiß, ich weiß. Ich habe Ihnen das lieber nicht gesagt, weil Sie uns dann wohl nicht hätten wegfahren lassen. Aber jetzt schenke ich Ihnen reinen Wein ein. Ich war gestern nacht um viertel nach zwölf mit dem Admiral hier in seinem Arbeitszimmer zusammen, und da war er quicklebendig.«

8. Kapitel

Fragliche Punkte
Von Ronald A. Knox

Überraschungen, das liegt in der Natur der Dinge, gehören für einen Polizisten zum Leben. Mit Vorliebe spielt ein Großteil der menschlichen Gesellschaft ihm allerlei muntere Streiche: da spannt sich ein Draht über einen Gartenweg, da wartet in einer finstern Gasse jemand mit einem Strumpf, in dem ein halber Ziegelstein steckt. Rudge hatte es denn auch nicht ohne etliche Erfahrungen dieser Art bis zum Inspektor gebracht und sich dabei dem Besitz jener Gelassenheit angenähert, die (wie ein altes Dichterwort wissen will) zu den Essenzen des Glücks gehört.

Dies plötzliche Eingeständnis jedoch warf ihn fast um. Grices Diagnose, der Tod sei bereits eine ganze Weile vor Mitternacht eingetreten, war als Ausgangspunkt so überzeugend gewesen, und alle übrigen Merkmale des Geschehens schienen den Kreis so gefällig zu schließen – die vermutete Bootsfahrt, bei der es irgendwo oberhalb Whynmouth passiert sein mußte, das geheimnisvolle Auto, die menschenleere Dunkelheit, die Abfolge der Gezeiten. (Übrigens, wieso war er sich in punkto Gezeiten so sicher gewesen? Ja, ja, Neddy Ware; nur komisch, daß Neddy gar so darauf herumritt.) Zu spät wurde Rudge jetzt klar, daß kein einziger Beweispunkt, von der vermeintlichen Expertenunfehlbarkeit abgesehen, die Möglichkeit eines sehr wohl erst nach Mitternacht verübten Mordes ausschloß. Und genau das mußte der Sachverhalt sein, so, wie es nun aussah. Gewiß, vielleicht log Holland, doch war dafür schwerlich ein Motiv zu erkennen; warum sollte er sein erstklassiges Alibi im Lordmarshall preisgeben nur um der Ehre willen, der letzte gewesen zu sein, der das Opfer lebend gesehen hatte? Das war doch idiotisch – und wie ein Idiot sah dieser Holland nicht aus.

Und schon siegte wieder einmal die Gewohnheit: Rudge hatte das unvermeidliche Notizbuch gezückt und blätterte, bewußt nicht den Finger anfeuchtend, darin nach einer noch leeren Seite. »Ich mache Sie darauf aufmerksam, Sir«, sagte er belehrend, »daß Sie zu keiner Erklärung verpflichtet sind. Bei der Zeugenvernehmung müssen Sie aussagen, das wissen Sie ja, und wenn Sie bis dahin lieber – «

»Mich verdächtigen lassen?« fiel Holland ihm spöttisch ins Wort. »Zu gütig von Ihnen. Aber wie Sie sehen, sitze ich bereits da und kann's gar nicht erwarten, Sie mit meiner Lügengeschichte irrezuführen; wär doch ein Jammer, wenn ich die nicht loswürde, solange ich noch jedes Wort weiß. Sie möchten mich gern erst mal einbuchten, was, und meine Aussage unter vier Augen aufnehmen, damit Sie sie anschließend nach Belieben verbraten können. Nein, dann schon lieber jetzt, wenn ich bitten darf.«

Rudge konnte es sich gerade noch verbeißen, den vorlauten Witzbold daran zu erinnern, daß er sich mit derlei Bemerkungen nur selber schade. Schließlich gehörte Holland ganz offensichtlich den besseren Kreisen an, denen man im Zweifelsfall Kredit gibt. »Wie Sie wollen, Sir«, räumte er höflich, doch mit gewisser Kälte, ein. »Nur, wenn vielleicht Mrs. Holland – «

»Ach so, Sie wollen sichergehen, daß wir nicht zweierlei Garn spinnen? Und sowas passiert einem frischgebackenen Ehemann. Aber wenn du so gut sein willst, Elma – «

Ein rascher Blick wurde getauscht; bei ihm lag liebevolles Vertrauen darin, bei ihr – war es Befremden über seine Unbekümmertheit? Oder war es sogar eine Spur Mißfallen? Mr. Dakers rettete die Situation, indem er zu verstehen gab, daß ihm nichts gelegener käme als eine Runde im Garten mit – nun, eben mit Mrs. Holland; es gebe so viel zu besprechen. Und schon war Rudge mit seinem Hauptzeugen allein.

»Also, Sir«, fing er ohne lange Umschweife an, »als wir uns das letztemal sprachen, haben Sie mir eine Version erzählt, die zu dem soeben Gesagten, wie Sie zugeben werden, in einigem Widerspruch steht. Nun?«

»Ach, diese Gehirnakrobaten! Jawohl, ich habe Ihnen gesagt, daß ich in Whynmouth in meinem Bett lag, und in Wirklichkeit war ich hier. Das allerdings widerspricht sich.«

»Entschuldigen Sie, Sir, aber worauf ich hinauswill, ist folgendes: ich möchte wissen, ob denn nun alles, was Sie mir gesagt haben, unwahr ist. Ich habe zum Beispiel hier stehen, daß Sie nach elf Uhr abends von niemandem mehr gesehen wurden. Bleiben Sie dabei? Es ist etwas unwahrscheinlich, finden Sie nicht? Vielleicht versuchen Sie sich zu erinnern, ob Ihnen unterwegs nicht doch jemand begegnet ist. Sie sind zu Fuß gegangen, nehme ich an. Oder sind Sie mit dem Bus gekommen?«

»Der letzte Bus, mein lieber Rudge, geht um halb elf, das wissen Sie so gut wie ich. Nein, ich bin zu Fuß gegangen, und ich habe ein paar Gentlemen überholt, die gerade aus dem Lordmarshall kamen; die Herren machten mir allerdings nicht den Eindruck, als würden sie ihre Wahrnehmungen klar im Gedächtnis behalten. Irgendwo war auch ein Liebespaar oder zwei, aber auf die Gesichter habe ich nicht geachtet; ich bezweifle auch, daß die sich meins angesehn haben. Gesprochen habe ich mit keiner Menschenseele.«

»Sie sind auch nicht einem von unseren Leuten begegnet, möglicherweise?«

Es entstand eine winzige Pause, fast als hätte er eine Antwort parat gehabt, die nun nicht mehr paßte.

»Nein«, sagte er, »ich glaube nicht. Einmal habe ich in eine Seitenstraße geguckt und glaubte, ich sähe die Taschenlampe eines Polizisten aufblitzen, aber es kann auch jemand gewesen sein, der grade sein Fahrradlicht anmachte. Aber welche Straße das war, daran kann ich mich nicht mehr erinnern.«

»Und Sie sind dann immerzu die Hauptstraße entlanggegangen?«

»Ja, den ganzen Weg.«

»Gut, Sir, dann darf ich jetzt zu etwas anderem kommen. War es ursprünglich Ihre Absicht, so spät noch diesen Besuch zu machen? Oder haben Sie sich erst unterwegs verspätet? Oder ist Ihnen der Einfall ganz plötzlich gekommen, während – oder kurz bevor – das Lokal schloß?«

»Mein lieber Inspektor, für wie dumm halten Sie mich eigentlich. Der Hausbursche hat Ihnen doch bestimmt gesagt, daß er meine Schuhe im Flur hat stehen sehen. Deshalb habe ich mich entschlossen, Ihnen folgendes zu sagen: Ich war gerade im Begriff, ins Bett zu gehen, als etwas geschah, was mich dazu bewog, es mir anders zu überlegen. Ich sah nämlich vom Fenster aus einen Mann, der grade aus der Hoteltür ging und den ich von hinten an seiner Schulterpartie zu erkennen glaubte. Im nächsten Moment dachte ich, Unsinn; irgendwie kam mir sein Hut wie die Kopfbedeckung eines Geistlichen vor. Aber dann sagte mir die Vernunft, daß geistliche Herren ja wohl nicht zur Sperrstunde aus einer Kneipe kommen. Und dann, ich weiß auch nicht wieso, war ich mit einemmal überzeugt, daß es der gute alte Penistone sein mußte. Wie Sie wissen, wollte ich ihn gern sprechen; also zog ich mich rasch wieder an und lief aus dem Haus. Natürlich war nichts mehr von ihm zu sehen, aber ich bin weitergelaufen, der Straße nach, wo er meines Erachtens gegangen sein mußte, und schließlich, na ja – kam ich eben hier her.«

»Auf die geringe Chance hin, ihn so spät am Abend noch wach anzutreffen?«

»Inspektor, ich weiß nicht, ob Sie eine Frau haben oder ob noch nie zartere Gefühle Ihren Busen bewegten. Aber wenn Sie irgendwen fragen, der je ernsthaft verliebt war, so werden Sie hören, daß ein Verliebter nichts dabei findet, zwei oder drei Meilen zu laufen, bloß um dann im Rhododendron zu stehen und eine Fensterbank anzuschmachten. Und mehr als das hätte ich auch nicht getan, wäre nicht im Arbeitszimmer des armen alten Admirals das Licht angegangen.«

»Das haben Sie von der Straße aus gesehen?«

»Wissen Sie, Inspektor, Sie brächten sehr viel mehr in Erfahrung, wenn Sie nicht dauernd versuchen wollten, einen hereinzulegen. Nein, von der Straße aus konnte ich das Licht natürlich nicht sehen. Ich bin ums Haus herum auf den Rasen gegangen, und von dort aus sah ich es dann. Ich ging hinauf und klopfte, und der Admiral ließ mich durch die Verandatür ein. Er meinte, ich käme gerade richtig – ›der reinste Bühnenauftritt‹, sagte er wörtlich –, er sei eben dabei, für seine Nichte das Dokument auszufertigen, auf das wir die letzten Wochen gewartet hätten, seine Zustimmung nämlich zu unserer Heirat. Und Sie werden 's nicht glauben, als wir ins Zimmer kamen, lag es da auf dem Tisch.«

»Das wäre – so etwa um viertel nach zwölf gewesen, wie Sie mir sagten?«

»Ich habe nicht auf die Uhr gesehen. Aber ich bin im Lordmarshall um kurz nach elf aufgebrochen, um die Zeit wird dort ja geschlossen. Als ich aus Whynmouth heraus war, hab ich mir Zeit gelassen, ich kann also erst gegen Mitternacht hier gewesen sein; so habe ich mir's ausgerechnet.«

»Ja, ich verstehe. Hatten Sie denn den Eindruck, daß

Admiral Penistone gerade zu Bett gehen wollte, als Sie kamen? War er beispielsweise im Morgenrock? Hat er geraucht oder etwas getrunken, Whisky mit Soda oder dergleichen? Sie verstehen, worauf ich hinauswill, Sir – ich möchte wissen, ob er noch einmal aus dem Haus gegangen sein kann, nachdem Sie wieder weg waren, und wenn ja, warum.«

»Hm, da kann ich Ihnen nicht viel helfen. Er hatte eine Zeitlang die Pfeife im Mund, das weiß ich. Und das einzige, was vielleicht zeigte, daß er an Schlafengehen noch nicht dachte, war der Papierkram auf seinem Schreibtisch, alles aus den Fächern gezogen und wild durcheinander; und der Admiral, müssen Sie wissen, war nicht jemand, der sich schlafen legte, bevor er nicht zuerst seine Akten schlafen gelegt hatte.«

»Ach, das ist interessant. Und Sie haben vermutlich keine Ahnung, was für Akten das waren?«

»Nicht die leiseste, leider. Sie, Inspektor, wenn ich das sagen darf, müssen ja von Berufs wegen schon mal jemandem über die Schulter sehen: was liest der da, aber wir im Rohstoffgeschäft haben da einen strengeren Kodex.«

Rudge empfand die Aggressivität in dieser Bemerkung sehr wohl, brachte aber ein annehmbares Lächeln zustande. »Sie sind also nicht lange bei ihm geblieben? Haben sich nur noch bedankt, Gutenacht gesagt, und Sie würden jetzt wieder nach Whynmouth gehen?«

»Viel mehr bestimmt nicht. Wir haben uns an der Verandatür verabschiedet, und ich ging in der Seelenverfassung zum Hotel zurück, in der sich ein Mann befindet, mein lieber Inspektor, dem klar wird, daß der Traum seines Lebens wahr wird. Das heißt, ich ging auf Wolken und habe kaum bemerkt, was um mich her geschah.«

»Auch nicht, wie Sie durch die verschlossene Haustür ins Hotel gekommen sind?«

»Bedaure, aber da hatte ich vorgesorgt. Ich wußte, der Hausdiener geht gern so früh wie möglich schlafen und mag es nicht, wenn man ihn aus dem Bett holt. Also habe ich die Hoftür – an der keine Riegel sind, wie Sie feststellen werden – sorgfältig eingeklinkt, und – bedaure – Mrs. Davids hat nichts gemerkt. War auch besser so, dachte ich mir, sie ist nämlich eine Klatschbase.«

»Da haben Sie recht, Sir. Trotzdem wünschte ich, Sie wären bei Ihrem Gehen und Kommen ein bißchen weniger leise gewesen; das wird Ihnen noch bei der Vernehmung zu schaffen machen. Aber Sie haben ja wohl Ihre Schuhe dann wieder rausgestellt, so daß wir einen Beweis haben, daß Sie im Haus waren, bevor der Haupteingang aufgesperrt wurde?«

»Sie denken wirklich an alles, Inspektor. Und Sie wollen jetzt von mir hören, ich hätte um elf auf dem Weg nach Rundel Croft dasselbe Paar Schuhe getragen, das um halb elf bereits vor meiner Zimmertür stand. Sie machen sich, alle Achtung. Aber die traurige Wahrheit ist, daß ich ein andres Paar Schuhe angezogen habe, als ich mich aufmachte, um meinen imaginären Admiral zu verfolgen – Wildlederschuhe, die man, sofern man klug ist, im Hotel Lordmarshall nicht zum Putzen gibt.«

»Ah, das erklärt es. Übrigens, Sie haben nicht zufällig ein Exemplar der ›Evening Gazette‹ nach Rundel Croft mitgebracht?«

»Die lese ich nicht. Die politische Richtung des Blattes dreht mir den Magen herum.«

Rudge hielt sein Notizbuch auf Armeslänge von sich, als wollte er den darstellerischen Effekt erproben.

»Gut, damit haben wir einen klaren Überblick über Ihren Verbleib, Mr. Holland. Jetzt hätte ich nur noch eine oder zwei Fragen an Sie; da Sie sich aber nicht unmittelbar auf die Vorgänge von gestern abend beziehen, werden Sie mir vielleicht nicht antworten wollen. Zunächst kurz diese: Wie kommt es, daß Admiral Penistone Ihre Verbindung mit seiner Nichte ursprünglich nicht wünscht, dann aber seine Ansicht geändert hat?«

»Sie müssen wohl immer und überall Geheimnisse suchen, wenn Sie aus dieser Frage so ein Geheimnis machen. Bedenken Sie doch, ich kenne die Familie erst ganze drei oder vier Wochen. Ich bin meiner Frau – da Sie sich freundlicherweise so sehr für unsere Privatangelegenheiten interessieren – zum ersten Mal bei Sir Wilfrid Denny begegnet; sie war noch fremd hier, und es war bei uns beiden Liebe auf den ersten Blick. Der Admiral – nun, er ist ein besonnener Mann, und vermutlich wollte er mich erst besser kennen. Als seine Nichte mir schrieb, ich solle wieder nach Whynmouth kommen, sie habe eine gute Nachricht für mich, da konnte ich nur hoffen, daß das gemeint war. Ich war optimistisch und besorgte die Heiratslizenz. Und offenbar war sich der Admiral meiner Integrität da sicherer, als Sie es jetzt sind.«

»Na, na, nichts für ungut, möchte ich meinen. Und hier meine zweite Frage, die undelikat klingen mag, die ich aber stellen muß: warum, Mr. Holland, hatten Sie es mit der Heirat so eilig?«

Diesmal stockte Holland ganz unverkennbar; sein Gesichtsausdruck wirkte jedoch nicht schuldbewußt oder falsch, vielmehr sah er aus wie ein ehrlicher Mensch, der mehr weiß als er sagen darf, und der sich fragt, wieviel er trotz allem sagen kann, ohne einen Vertrauensbruch zu begehen. So jedenfalls deutete der Inspektor sich Hollands Miene, während sekundenlang peinliches Schweigen herrschte. Dann sagte Holland, jetzt mit einem ernsteren Unterton: »Inspektor, machen Sie mich bitte nicht für das verantwortlich, was in einer Frau vorgeht. Ich weiß, Sie finden es schockierend, daß man da einfach heiratet, heimlich still und leise, während die Familie der Braut in Trauer und der Leichenschmaus noch nicht kalt ist, etcetera. Aber um Ihnen die Wahrheit zu sagen: Elma ist viel schlimmer mit den Nerven herunter, als ihre Selbstdisziplin es Sie erkennen läßt. Ich weiß, daß sie total aus dem Gleichgewicht war durch die Vorfälle gestern abend. Und sie fühlte sich hier in Gefahr: wer konnte wissen, ob nicht sie das nächste Opfer dieser mysteriösen Blutrache, oder was immer dahintersteckt, werden würde? Sie wollte hier weg, und sie wünschte sich einen Mann zur Seite – nachdem ihr Onkel ja nicht mehr da war –, einen Mann, der ein natürliches Recht besaß, ihr Beschützer zu sein. Und das, sehen Sie, war eben ich. Ich kann Elma vielleicht nicht das Wasser reichen, aber ihren Leibwächter abzugeben, dazu habe ich das Format. Ungefähr so hat sie es wohl angesehen.«

»Ja, das leuchtet mir ein. Aber darf ich Sie noch etwas fragen: Hat Admiral Penistone selbst, als Sie ihn zuletzt sprachen, Ihnen irgend einen Grund angedeutet, wieso er seinen Standpunkt geändert hatte? Hat er sich überhaupt irgendwie dazu geäußert?«

»Wenn Sie ihn gekannt hätten, wüßten Sie, daß er kein Mann war, der sich groß über etwas zu äußern pflegte. Wenn man mit ihm sprach, ging das kurz und präzis vonstatten, kein überflüssiges Wort. Und gestern abend, nun, da hat er kaum mehr zu mir gesagt als ›Guten Abend‹ und ›Kommen Sie, ich zeig Ihnen was‹, und dann: ›Na, zufrieden?‹; und im übrigen paffte er seine Pfeife. Das war so seine Vorstellung von einem Gespräch.«

»Ach, er war ein starker Raucher? Wohl immer dieselbe Pfeife, was? Der passionierte Raucher benutzt ja nie mehr als eine.«

»Dann war er kein passionierter Raucher. Sehen Sie selbst, wie die Dinger da auf dem Kaminsims herumliegen. Wenn mal die eine nicht zog, nahm er sich eine andere.«

»Ich frage mich – halten Sie es für möglich, daß ihn irgendetwas bedrückte und daß er vielleicht deshalb so wortkarg war? Ich möchte natürlich zu gern herausfinden, ob der Ärmste etwa geahnt hat, was ihm bevorstand. Wirkte er in Ihrer Gegenwart beispielsweise beunruhigt oder erschöpft?«

»Nicht, daß es mir aufgefallen wäre. Nein, nicht daß ich wüßte. Allerdings war, als ich kam, das einzige Licht hier im Raum die Leselampe da neben Ihnen, sie hat einen dichten grünen Schirm, wie Sie sehen; da erkennt man nicht viel vom Gesicht, wenn der Betreffende steht und der Lichtschein nur auf den Schreibtisch fällt. Aber wenn Sie mich fragen, ob vielleicht seine Stimme Erregung oder Sorge vermuten ließ, so würde ich sagen, nein.«

»Gut, Mr. Holland; ich glaube, das war jetzt alles, was ich Sie fragen wollte. Ach so, eins noch – er hatte nicht zufällig einen Mantel an?«

»Hier im Arbeitszimmer? In einer heißen Sommernacht? Ebensogut könnten Sie fragen, ob er vielleicht eine Rüstung getragen hat!«

»Ich weiß, es klingt unsinnig, Sir. Aber sehen Sie, als man ihn fand, hatte er einen Ulster an. Und es ist ja ... ach, sagen Sie, Mr. Holland, als Sie den Admiral vom Hotelfenster aus zu erkennen glaubten, trug er denn da einen Mantel?«

»Einen Mantel – wie wenig man doch achtgibt! Jetzt, ja, sehe ich ihn im Mantel vor mir, aber das weiß ich ja von der Leiche ... Eigentlich glaube ich, daß er ohne Mantel war, aber ich bin mir nicht sicher. Ich sage mir nur, ein Mantel hätte mir doch auffallen müssen, in einer so warmen Nacht. Ein visuelles Gedächtnis müßte man haben! Nein, Inspektor, Sie können mich totschlagen, aber ich würde Sie irreführen, wenn ich versuchte, Ihre klare Frage ebenso klar zu beantworten.«

»Gut, Sir, ich danke Ihnen für das, was Sie mir immerhin sagen konnten. Und jetzt würde ich gern Mrs. Holland – «

»Entschuldigen Sie, aber ich glaube, jetzt würde Mrs. Holland lieber mit mir zum Dinner gehen. Sie scheinen sich gar nicht bewußt zu sein, wie Sie uns unseren Hochzeitstag durcheinanderbringen. Sehen Sie, wir logieren im

Lordmarshall – Elma sagt, sie kann jetzt in diesem Haus nicht mehr schlafen –, und wie ein Dinner bei Mrs. Davis schmeckt, wenn man es auch noch kaltwerden läßt, das wage ich mir nicht auszudenken. Hat das denn nicht bis morgen Zeit, daß Sie meine Frau in die Mangel nehmen?«

»Es ist leider so, Sir: ich muß morgen früh zum Untersuchungsrichter und ihm einen möglichst umfassenden Bericht von dem ganzen Fall geben, und Sie beide, wie Sie's auch drehen und wenden, sind nun mal wichtige Zeugen. Aber wenn Sie meinen, ich kann vorher, morgen ganz früh, noch mit Ihrer Frau sprechen – also gut, wir haben am Markt einen Polizisten auf Wache, und wenn Sie erlauben, daß ich dem Bescheid sage, werde ich Sie ja wohl finden, da bin ich ganz sicher. Aber wenn ich hinten einsteige, würden Sie mich dann vielleicht in Ihrem Wagen mit nach Whynmouth nehmen?«

»Haben Sie etwa Angst, wir könnten in Versuchung kommen, in die falsche Richtung zu fahren? Na ja, Inspektor – geschieht uns wahrscheinlich ganz recht. Gut, kommen Sie mit, diesmal machen wir keine Spirenzchen.«

Rudge saß hinten im dunklen Wagen und beobachtete unwillkürlich die beiden Gestalten, deren Konturen sich unscharf gegen das beleuchtete Stück Straße abhoben. Sein bisher gewonnener Eindruck von diesem Paar wurde dabei im großen und ganzen bestätigt; sie sprachen kaum miteinander, und wenn ein paar Worte fielen, schien immer das erste von Holland zu kommen. Seiner Haltung mit der aufmerksam seitwärts geneigten Schulter sah man die typische Ergebenheit des liebenden Mannes an, während Elma ganz aufrecht dasaß, geradeaus blickte und sich auch dann kaum bewegte, wenn sie ihm Antwort gab. Aber schließlich, sie war zweifellos müde, sie hatte über mancherlei nachzudenken, und vielleicht trauerte sie sogar um den alten Mann, dessen Geschick sie so viele

Jahre geteilt hatte und der jetzt unter dem weißen Tuch im Leichenhaus lag.

Rudge folgte den beiden unter einem Vorwand ins Hotel; ihm lag daran, sich persönlich zu überzeugen, wie es mit dem Verschließen oder Nichtverschließen dieser Hoftür bestellt war. Das Lordmarshall ist ein altmodisches Hotel und hat keinen Extra-Eingang für Gäste; jedermann muß einen schmalen Flur passieren, der sich auf halber Länge zu einer Nische verbreitert und den Blick auf die Rückansicht jener Herren freigibt, die sich dort an der Bar erfrischen. Einer von ihnen wandte ein wenig den Kopf, als sie den Flur betraten, und Rudge nahm zweierlei wahr: erstens, daß er den Mann erkannte, und zweitens, daß der Mann nicht erkannt werden wollte. Jedenfalls zuckte er schnell zurück, als sie näherkamen, und sein Gesicht wurde vom Schatten der Treppenrampe verdeckt. Als Rudge dann von einem – glücklicherweise kurzen – Gespräch mit Mrs. Davis zurückkam, sah er den Mann jedoch nochmals und fand seine Vermutung bestätigt: es war »Bürstenkopf«, der Reporter von der »Gazette«. Mit dem Versprechen, er werde ihn morgen anrufen, glückte es Rudge, sich seiner penetranten Ausfragerei über den Stand der Ermittlungen zu entziehen. Er sprach noch kurz auf der Polizeiwache vor, dann ging er nach Hause in seine friedliche Wohnung.

Inspektor Rudge war ein ausgesprochener Durchschnittsmensch, wie wir mit Bedauern zugeben müssen. Weder suchte er Trost beim Geigespiel oder bei der Kokainflasche, noch pflegte er Knoten in Schnüre zu knüpfen, er besaß keine Skarabäensammlung und ging auch sonst keinerlei Extravaganzen nach. Die Wohnung, in die er jetzt heimkehrte, bestand aus ganz gewöhnlichen Zimmern, die er der Einfachheit halber nicht einmal neu hatte tapezieren lassen. Der Whisky, den er aus dem Schrank holte, war von einer so gängigen Marke, daß es unnötige Reklame wäre, sie hier zu nennen; das gleiche gilt für den Tabak, mit dem er sich seine Pfeife stopfte. Ja, um die ganze Wahrheit zu sagen, der Inspektor war so sehr Mensch, daß er jetzt seine Stiefel ablegte und die Pantoffeln anzog, bevor er an seine nächtliche Arbeit ging. Sie bestand darin, daß er aus der Fülle des tagsüber gesammelten Materials diejenigen Punkte aussonderte, deren nähere Untersuchung Erfolg zu versprechen schien. Diese Punkte notierte er sich, jeweils in Form einer Frage; er fügte keinen schriftlichen Kommentar, nur hin und wieder ein Memorandum an. Doch bei einer jeden Frage, sobald sie klipp und klar formuliert war, blickte er zur Zimmerdecke empor und ließ seinem Gedankenspiel mit den Möglichkeiten, die sie eröffneten, freien Lauf. Die Fragen nebst jeweils einer Zusammenfassung der daraus folgenden Überlegungen sind nachstehend wiedergegeben. Als Rudge sie zählte, jubelte sein Kriminalistenherz: es waren genau neununddreißig.

1. *Warum ist Penistone nach Lingham gezogen, und wieso paßt das Sir Wilfrid nicht?* Überhaupt, inwieweit hatte diese Stationierung in China etwas mit dem Ganzen zu tun – oberflächlich betrachtet war doch nichts Auffälliges an der Tatsache, daß zwei Männer, die beide China gut kannten, in so naher Nachbarschaft wohnten. Aber Mrs. Davis, der Dorfklatsch in Person, hatte darin irgendeine Bedeutung gesehen und hatte ziemlich unerwartet und aus freien Stücken die Information geliefert, daß Sir Wilfrid über diese Nachbarschaft nicht sehr begeistert war. Sollte zwischen den beiden Männern in der Vergangenheit eine Verbindung bestanden haben? Eine schuldhafte Verbindung womöglich? Und wenn ja, bei wem lag die Schuld? Wohl bei Sir Wilfrid. Da Inspektor Rudges Denken nun einmal unweigerlich in den Bahnen seiner Berufsroutine verlief, drängte sich ihm automatisch das Wort Erpressung auf. Was um so näher lag, als Sir Wilfrid sich offenbar in finanziell angespannter Lage befand. –

Memo: Bei Bank um Einblick in Konto des Admirals ersuchen; zu Konto Sir Wilfrid wohl kaum Zugang möglich.

2. *Warum meint Jennie, Elma und Penistone, also Nichte und Onkel, hätten eher gewirkt wie ein Ehepaar?* Wahrscheinlich einfach Geschwätz. Jennie hatte die beiden doch nur ganz kurze Zeit erlebt; die Tatsache, daß sie sich – vermutlich – die Kosten des Hauswesens teilten, hatten sie wohl in den Augen des Mädchens als gleichberechtigt erscheinen lassen. Wieder einmal spielte Rudges Phantasie mit der Möglichkeit einer Identitätstäuschung, doch schien es ja völlig unmöglich, daß ein Betrug dieser Art sich längere Zeit hätte aufrechterhalten lassen; zumindest Dakers hätte doch die Sache durchschaut.

3. *Warum stand Elma so freundschaftlich mit ihrer französischen Zofe? Und weshalb war die Französin so Knall auf Fall gegangen?* Die beiden Fragen konnten als eine gelten; wenn es auf die erste eine Antwort gab, klärte sich damit wahrscheinlich auch die zweite. Célies Behauptung, es sei ihr zu langweilig hier, war zweifellos nur ein Vorwand gewesen; eine Französin, die jahrelang die Einöde Cornwalls ertragen hatte, mußte es doch in Lingham länger als eine Woche aushalten können – Whynmouth hatte schließlich sogar ein Kino zu bieten. Es konnte natürlich auch eine Romanze dahinterstecken, irgend ein Techtelmechtel, das zufällig grade jetzt in die Brüche gegangen war. Näher lag aber wohl die Vermutung, daß der Umzug als solcher der Anlaß war für Célies plötzliche Flucht – ja, eine Flucht konnte man es fast nennen, denn dem Mädchen hätte noch Lohn zugestanden. Wenn allerdings diese Célie von Hause aus gar kein Dienstbote war, dann lag ihr vielleicht nichts an Geld. Aber warum ging sie erst nach dem Umzug? Vernünftiger wäre es doch gewesen, schon vorher zu kündigen und gar nicht mehr mitzukommen. Das aber bedeutete, konnte nur bedeuten, daß dieser Célie hier in Lingham irgend etwas begegnet war,

womit sie weder gerechnet hatte noch fertig wurde, oder daß in Lingham Umstände auftraten, die in Cornwall eben nicht aufgetreten wären. Eine Liebesgeschichte? Nein, dazu war die Zeit zu kurz. Oder war Célie etwa schon früher einmal in Lingham gewesen? – Memo: Wenn möglich, Célies derzeitigen Aufenthaltsort und frühere Referenzen ermitteln.

4. *Warum, wiederum laut Jennie, gab es zwischen Elma und Holland so wenig Liebesbezeigungen, zumindest von Elmas Seite?* Auch das konnte einfach Geschwätz sein. »Die haben nichts für einander übrig« – wem, der so etwas sagte, konnte man das glauben? Vielleicht hatte Jennie zuviel fürs Knutschen übrig. Machte wohl Stielaugen, und vielleicht waren zwei etwas schüchterne Liebesleute eben darauf bedacht, nicht gerade Händchen zu halten, wenn Jennies Trampelschritt ihr Kommen ankündigte. Aber falls etwas an der Sache war, ließ es die Vermutung zu, daß diese Verbindung, zumindest auf einer Seite, eine »mariage de convenance« war. Auf wessen Seite wohl? Wahrscheinlich auf Elmas; bestimmt hatte sie schon eine Enttäuschung hinter sich, und ganz jung war sie auch nicht mehr. Denkbar war außerdem, daß sie endlich über ihr Kapital zu verfügen wünschte, statt von den Treuhändern immer nur die Zinsen ausgezahlt zu bekommen. Nur, wozu brauchte sie Kapital? Sie lebte anspruchslos, kleidete sich eher nachlässig. Holland konnte natürlich ein Mitgiftjäger sein; dann allerdings spielte er seine Verliebtenrolle recht gut.

5. *Was hat Elma mit ihrem Geld gemacht?* Die Frage ergab sich zwangsläufig aus der vorigen. Wie einfach hätte es doch die Polizei, wenn jeder offen seine Finanzen und Bilanzen darlegte, so wie gemeinnützige Unternehmen es tun! Rundel Croft war kein aufwendiges Haus, der Grundbesitz kaum der Rede wert. Selbst wenn Elma mehr als die Hälfte des Unterhalts bestritten hatte – und der Admiral war bestimmt auch kein armer Mann gewe-

sen –, war doch kaum anzunehmen, daß sie das zwölfhundert Pfund im Jahr gekostet hätte. Aber sie hatte ja noch ihr Kapital, und wozu sollte sie sparen. Wieder meldete sich der Gedanke an Erpressung, aber diesmal stimmte die Richtung nicht. Wenn Sir Wilfrid der Erpresser war, warum zogen seine Opfer dann in seine unmittelbare Nähe? Und warum zeigte er, daß er sich gestört fühlte? – Memo: Unbedingt Konto des Admirals einsehen.

6. *Welche Rolle spielte Walter im Leben der Beteiligten?* Wenn er tot war, beeinflußte er die Dinge nur noch insofern, als er Elma von der Hälfte ihres Erbes ausschloß; im Hinblick auf ihre ohnehin guten wirtschaftlichen Verhältnisse konnte man diesen Faktor wohl beiseite lassen. Aber wenn er am Leben war – wie würde sich das auswirken? War die Familie ihm wohlgesonnen, oder hatte die Sache, deretwegen er damals in Ungnade fiel, alle Sympathien zerstört? Wenn man es recht bedachte, war es schon sonderbar, daß es in einem Haus, wo man zu einem vermißten Soldaten in so engem verwandtschaftlichen Verhältnis stand, weder im Wohn- noch im Arbeitszimmer ein Bild von ihm gab. Aber da war der Skandal mit dem Scheck gewesen, und man wollte wohl vermeiden, daß Besucher fragten: »Wer ist denn das?« Wenn er noch lebte, was tat und trieb er, wie würde er sich verhalten? Nicht sehr wahrscheinlich, daß ein Mann seiner Herkunft sich ein Vermögen kampflos würde entgegen lassen. Andererseits, sollte er wirklich am Leben sein und versuchen wollen, sich wieder in seine alten Rechte zu setzen, was konnte er zu gewinnen hoffen, wenn er eine solche Bluttat verübte oder durch Dritte verüben ließ? ›Hauptsache, reicher Onkel verschwindet‹, hörte Rudge sich zitieren. Die Leiche eines Treuhänders macht noch keine Erbschaft.

7. *Warum meinte Ware, der Admiral hätte sich verändert, seit er ihn das letzte Mal sah?* Die Menschen sehen nun mal nicht immer gleich aus, und bei jemandem, der sich lange

mit einem Problem oder Kummer herumschlägt, ist es kein Wunder, wenn er etwas von seiner ursprünglichen Frische und Vitalität verliert. Aber die Photographien auf Rundel Croft, die offenbar aus der Zeit stammten, an die Ware sich erinnerte, zeigten eine ganz unverkennbare Ähnlichkeit mit dem Toten. Wieder kam dem Inspektor der wilde Verdacht einer Identitätstäuschung; wieder sagte ihm die Vernunft, daß so etwas auf die Dauer praktisch unmöglich sei. War es denkbar, daß Ware die Leiche, die er in dem Boot fand, zwar erkannte, daß er dann aber aus irgendwelchen Gründen so tat, als sei er ihm unbekannt, und daß er schließlich, um die Unsicherheit seiner Erinnerung zu erklären, die Geschichte vom »Sich-verändert-haben« erfand? Doch weshalb wiederum, sollte Ware so den Dummen spielen? Er hätte doch sagen können: ja, diesen Mann habe ich schon mal gesehen, aber Näheres weiß ich nicht mehr. – Memo: Dakers fragen.

8. *Bringt uns Mrs. Davis' Bemerkung über die durchgebrannte Pfarrersfrau irgendwie weiter?* Es schien ja weit hergeholt, aber bislang kam außer Elma in dem ganzen Fall keine Frau vor – abgesehen von der noch nicht ermittelten Unbekannten im Auto und jenem Phantom aus Linghams Vergangenheit, von dem man sicherlich annehmen konnte, es werde künftig um den Ort einen großen Bogen machen. Wir sagten bereits, daß Rudges Denken sich stereotyp in den Bahnen seiner Polizeierfahrung bewegte, und das erste Gebot im Dekalog eines Polizisten lautet nun mal: ›Cherchez la femme‹. Wie aber sollte man über den Verbleib Mrs. Mounts seit ihrem Verschwinden überhaupt Ermittlungen anstellen? Der Pfarrer würde den Namen seines sündigen Rivalen zwar nennen können, doch wäre es brutal, ihn danach zu fragen; und selbst dann würden die Spuren eines Verschwindens, das zehn Jahre zurücklag, mittlerweile so gut wie sicher verwischt sein. Nein, rief sich Rudge zur Ordnung, hier ging die Phantasie mit ihm durch. Mrs. Mount hatte nie in Ling-

ham gelebt, und ihrem Gemahl waren zur Zeit ihres Treuebruchs die Namen Denny und Penistone vermutlich noch nie zu Ohren gekommen. Da gab es auch nicht das kleinste Fäserchen eines Fadens, den man hätte aufnehmen können.

Rudge zog einen Strich quer über die Seite. Bis jetzt hatte er lauter Fragen notiert, die man bereits gestern nachmittag hätte stellen können; nur bestand da für die Polizei noch kein Anlaß, sie zu stellen. Da zog der Fluß noch so friedlich zwischen Rundel Croft und dem Pfarrhaus dahin; in seinen Wellen tummelten sich die beiden Jungs um die Wette, noch durch keinen Schatten nahenden Unheils in ihrer Freude gestört; da gaben Soldatenschritt und Gebieterstimme des Admirals noch Zeugnis von seiner Lebendigkeit, und es lag noch nicht dieser fahle Tote im Whynmouther Leichenhaus. Ja, nun mußte sich Rudge dem Verbrechen selbst zuwenden, den näheren Umständen und den verbliebenen Spuren. Er rückte mit seinem Stuhl ein wenig näher zum Tisch, nahm nachdenklich einen großen Schluck aus dem Whiskyglas, klopfte seine Pfeife aus, stopfte sie neu und machte sich wieder systematisch an seine selbstauferlegte Gewissenserforschung.

9. *Warum hat Elma sich für den Abend im Pfarrhaus so fein gemacht?* Hier hatte man es schon wieder mit Eindrücken zu tun, den Eindrücken einer ziemlich phantasievollen Kammerzofe. Aber man darf sachverständige Meinung nicht unterschätzen, und die Zofe einer Lady ist ein scharfer Beobachter innerhalb der kleinen Welt ihrer begrenzten Zuständigkeit. Und jede noch so geringe Abweichung vom Normalen verdiente ja beachtet zu werden als möglicher Hinweis darauf, daß die Tat ganz und gar nicht wie ein Blitz aus heiterem Himmel gekommen war, sondern daß irgend jemand schon lange etwas

im Schilde führte. Nur, wer führte was im Schilde? Wenn Elma am gestrigen Abend noch vorgehabt hatte, Holland zu treffen, wie sonderbar dann, daß nicht sie, sondern ihr Onkel es so eilig gehabt hatte, wieder nach Hause zu kommen. Und wenn wirklich ein Treffen geplant war, dann doch wohl ein geheimes; kein Anlaß also für Elma, sich groß in Schale zu werfen und damit womöglich Verdacht zu erregen. Andererseits schien Mr. Mount kaum der Mann zu sein, der die Aufmachung einer Dame besonders beachtet hätte; eher im Gegenteil – auf den machte wohl auch der tollste Vamp keinen Eindruck. »Old English Sports No. 82«: Wie man einen Pfarrer verführt. War es denkbar, daß Elma irgend etwas anderes vorgehabt hatte, weswegen sie später am Abend noch einmal aus Rundel Croft weg mußte; daß sie sich für den Anlaß umziehen wollte und deshalb, damit dies nicht auffiel, bewußt große Abendgala angelegt hatte? – Memo: Jennie fragen, ob morgens noch andere Kleidungsstücke benutzt oder nur notdürftig wieder weggeräumt.

10. *Warum hat sie später das Kleid versteckt?* Halt, das ging ein bißchen zu schnell. Aber zweifellos war es ihr wichtig gewesen, das Kleid zu verpacken, und zwar eigenhändig. Daraus folgte, wenn auch nicht zwingend, so doch naheliegenderweise, daß es mit diesem Kleid etwas auf sich hatte, was niemand, auch nicht das vertraute Auge der Zofe, entdecken sollte. Das aber bedeutete – sofern sie nicht morgen im Kreuzverhör eine ganz andere Version vorbringen würde –, daß Elma etwas zu verbergen und über ihr Tun und Verbleiben am gestrigen Abend nicht die Wahrheit gesagt hatte. Wenn sie, vom Bootshaus kommend, unmittelbar nachdem sie dem Admiral Gutenacht gesagt hatte, schlafen gegangen war, konnte unmöglich irgend ein verräterisches Indiz – Riß oder Fleck – an das Kleid gekommen sein. Zu dumm, daß nun Jennie, da Elma im Lordmarshall wohnte, ihm nichts mehr berichten konnte. – Memo: Falls im Hotel vertrauens-

würdiges Stubenmädchen, feststellen lassen, ob Kleid aus London zurück.

11. *War es tatsächlich Penistone, der gestern abend nach Whynmouth kam?* Zweierlei sprach dafür, aber beide Quellen waren unzuverlässig, eine davon möglicherweise gestellt. Rudge hatte sich davon überzeugt, daß die Beleuchtung am Eingang des Lordmarshall ausgesprochen mangelhaft war. Eine diesbezügliche Frage an den Hausdiener, der wohl kaum der Lüge verdächtigt werden konnte, ergab, daß der abendliche Besucher sowohl der Admiral gewesen sein konnte, als auch ein Schwindler, der sich für ihn ausgab. Sofern Hollands Angaben der Wahrheit entsprachen, stützte das die Vermutung, daß irgend jemand in Verkleidung aufgetreten war; Holland hatte die Stimme des Ankömmlings nicht gehört, und trotzdem geglaubt, an dessen Äußerem den Admiral zu erkennen. Aber hatte Holland wirklich die Wahrheit gesagt? Angenommen, es war der Admiral gewesen: warum hatte er plötzlich mit diesem späten (und ungünstigen) Zug nach London fahren wollen? Oder aber, andere Möglichkeit, warum hatte er den Anschein erwecken wollen, daß er diese Reise vorhatte? Beides ließ die Vermutung zu, daß vielleicht seitens des Admirals selbst irgend eine geheimnisvolle Absicht bestanden hatte, auf die es jedoch – abgesehen von seiner Ungeduld, aus dem Pfarrhaus wegzukommen – keinerlei Hinweis gab. Angenommen, es war nicht der Admiral gewesen: was sollte dann das ganze komplizierte Theater? Hatte man Holland in das Verbrechen verwickeln wollen? Aber es konnte doch niemand wissen, daß er nicht fest schlafend in seinem Hotelzimmer bleiben würde; nur seine eigene Aussage brachte ihn mit dem mysteriösen Besucher überhaupt in Verbindung. Sollten die Leute etwa nur von dem Ort, wo der Mord verübt wurde, abgelenkt werden? Ja, das hatte etwas für sich; so baute man ein Alibi auf. Aber hätte sich der falsche Admiral dann nicht tunlichst

bemüht, noch andere Spuren seiner Anwesenheit zu hinterlassen als nur die Aussage eines müden und beschränkten Hotelburschen?

12. *Wenn es der Admiral war, ist er auf der Straße gekommen oder per Boot?* Laut Aussage des Pfarrers, die ja stimmen mußte, da sie nachprüfbar war, hatte der Admiral ein steifes Bein und ging nie zu Fuß, wenn er es irgend vermeiden konnte. Daß er mit seinem Auto hätte abfahren können, ohne im Haus jemanden aufzuwecken, war nicht gut denkbar. Mit dem Boot aber ging das; nur, wenn er auch auf dem Wasserweg unbemerkt nach Whynmouth gelangt wäre, wo hätte er, bevor er in den Londoner Zug stieg, das Boot lassen sollen? Einfach irgendwo festgemacht, lockte es Diebe an, vertäute er es aber am Landeplatz zwischen anderen Booten, lieferte es einen Hinweis auf seine Spur. Es war kaum anzunehmen, daß er Whynmouth für immer hatte verlassen wollen, vielmehr sah es so aus, als sei das Gerede über die Reise nach London nur ein Manöver gewesen. Wiederum aber, wozu? Sicher schien lediglich eines: das Boot des Admirals hatte noch am Abend seinen Platz verlassen und war von jemandem, der nicht der Admiral war, in dessen Bootshaus zurückgebracht worden.

13. *Warum hat der Besucher, wer immer es war, nach Holland gefragt, ihn dann aber nicht sprechen wollen?* Wenn es nicht der echte Admiral gewesen war, bestand über die Antwort kein Zweifel: der Betreffende hatte nach Holland verlangt, weil er einen Grund brauchte, Penistones Namen nennen zu können, möglicherweise auch, um Holland in die dann folgenden Scheußlichkeiten mitzuverwickeln. Und er hatte nicht mit Holland gesprochen, weil er nicht erkannt werden wollte. Wenn es aber der echte Admiral gewesen war, so war es schon schwieriger, ein Motiv auszumachen. Dann hatte er sich einfach verhalten wie jemand, der wissen möchte, ob ein bestimmter Gast im Hotel eingetroffen oder zur Stunde dort anwe-

send ist, wobei der Frager sich gar nicht bemüht hatte, der befragten Person gegenüber seine Wißbegier zu verbergen. Wenn Hollands Darstellung stimmte, konnte der Admiral einen Besuch bei ihm durchaus erwogen haben, etwa, um ihm seinen Heiratskonsens mitzuteilen. Nur, warum sollte er nach so viel Aufwand und Mühe wieder gegangen sein, ohne eine diesbezügliche Nachricht zu hinterlassen?

14. *Hat Holland wirklich jemanden auf der Straße gesehen?* Antwort: ja; was bedeutet, daß Hollands Version glaubhaft ist – bis auf einen Punkt. Er war wirklich im Lordmarshall oder doch in der Nähe gewesen, als dort geschlossen wurde. Aber sein Zögern in der Frage des Mantels, war das echt? Oder gab er sich nur so unsicher, damit er nicht in irgendeine Falle geriet? Antwort: nein, nicht echt; und das wiederum bedeutet, daß Holland noch etwas weiß, womit er hinter dem Berg hält. Entweder wußte er, daß der Admiral ihn aufsuchen wollte, oder er war vertraut mit den Plänen desjenigen, der den Admiral spielte. In beiden Fällen versuchte er wohl durch die Erwähnung des späten Ankömmlings zu beweisen, daß er zur fraglichen Zeit im Hotel war; das roch nach einem Alibi.

15. *Ist Holland wirklich am gestrigen Abend nach Rundel Croft gegangen?* Was gegen diese Darstellung sprach, war ihre außerordentliche Verschwommenheit: das Fehlen eines klaren Motivs; die Mühe, die Holland sich gab, zu erklären, warum für seinen Spaziergang wahrscheinlich keine Zeugen beizubringen sein würden; daß er die Schuhe wechselte und daß angeblich niemand sein Weggehen und Zurückkommen bemerkt haben könne. Andererseits, wenn Holland log, so war schwer vorstellbar, daß er es etwa tat, um sich selbst zu schützen – war das Bett doch sein bestes Alibi. Gegen die Aussagen der Mrs. Davis und des Hoteldieners, die ihn deckten, würde die Polizei schwerlich ankommen können ohne irgend anderes stich-

haltiges Indiz, das Holland belastete – und ein solches Indiz gab es nicht. Statt bei seiner ersten Version zu bleiben, daß er nämlich im Bett lag und den Schlaf des Gerechten schlief, hatte er sich davon wieder distanziert und als Lügner bekannt, hatte er eine reichlich phantastische Geschichte von einem Besuch auf Rundel Croft erzählt, die kein Zeuge bestätigen konnte, und hatte mit alledem freiwillig erklärt, daß er der letzte gewesen war, der Penistone lebend gesehen hatte. Es war geradezu, als stecke er seinen Kopf ganz bewußt in die Schlinge – aber warum? Es sei denn, er wollte den Verdacht vom wirklichen Täter ablenken. Das aber bedeutete... Ja, so mußte es wohl zusammenhängen. Heute morgen hatte er die Wahrheit gesagt, und danach mußte er irgend etwas Neues erfahren haben, das ihn veranlaßt hatte, sich den Strick um den eigenen Hals zu legen. Aber wiederum: war es so sicher, daß Holland gelogen hatte? Hätte er sich dann nicht eine plausiblere Geschichte ausgedacht, um seine Anwesenheit auf Rundel Croft glaubhaft zu machen?

16. *Falls er dort war, ging er auf Verabredung hin?* Eine Verabredung konnte bestehen, entweder mit dem Admiral oder, was wahrscheinlicher war, mit Elma. Traf ersteres zu, dann war die Sache nur mittels einer Benachrichtigung zu machen gewesen; kam diese Benachrichtigung in schriftlicher Form, so mußte irgendwer den Zettel oder Brief überbracht haben; war sie telefonisch erfolgt, würde sich der Anruf wohl nachprüfen lassen. Eine telefonische Mitteilung an ein Hotel bedeutete ja mit Sicherheit, daß jemand vom Hotelpersonal den Anruf entgegennahm, und daran würde sich der Betreffende angesichts der späten Stunde noch erinnern. Eigentlich mußte die Nachricht (wenn es sie gab) eher von Elma gekommen sein, oder Holland mußte angenommen haben, daß sie von Elma kam. Andernfalls hätte er keinen Grund gehabt, sie zu verheimlichen; und hätte er offen davon gesprochen, wäre seine Geschichte viel einleuchtender ausgefallen. –

Memo: Mrs. Davis fragen, ob Nachricht gekommen; evtl. auch bei Telefonvermittlung.

17. *Wer war die Frau, die um dreiviertel elf Uhr durch Lingham fuhr?* So allerdings durfte man die Frage nicht stellen; es bestand im Augenblick keine große Aussicht zu erfahren, wer die Betreffende gewesen war. Aber es war eine Überlegung wert, ob ihr Eintreffen nicht irgendwie in der ganzen Geschichte eine Rolle gespielt hatte. Das Auto, in dem ja außer ihr noch jemand gesessen haben konnte, war so rechtzeitig in Whynmouth angekommen, daß der mysteriöse Besucher am Lordmarshall hätte aussteigen können. Andererseits aber wäre es den Insassen des Wagens auch möglich gewesen, zur oder vor der Mordzeit in Rundel Croft zu sein, selbst wenn man diese sehr früh ansetzte. Sie hätten den Umweg über Fernton Bridge fahren können, wobei die Frage nach dem Weg zum Pfarrhaus nur eine Finte gewesen wäre; oder sie hätten in der Nähe des Pfarrhauses halten und einfach mit Mr. Mounts Boot über den Fluß setzen können. Dies letztere Verfahren hätte bewirkt, daß das Pfarrboot an den Schauplatz des Geschehens gelangte; ein Punkt, der es – aus kriminalistischer Sicht – verdiente, nicht außer acht gelassen zu werden. Rudge merkte jedoch, daß er vor dieser Deutung instinktiv zurückscheute. Denn sie hätte bedeutet, daß der oder die Täter mit dem Wagen gekommen und wieder weggefahren waren und von London aus operierten. Die Whynmouther Polizei aber konnte nicht in London nach Verdächtigen fahnden; dort mußte man Scotland Yard einschalten, und das hieß immer, daß der Lorbeer dann an Scotland Yard ging.

Hier zog der Inspektor erneut einen Strich über sein Arbeitsblatt. Die Untersuchung der Vorgeschichte, oder vielmehr dessen, was auf den ersten Blick die Vorgeschichte des eigentlichen Verbrechens zu sein schien, hatte er abgeschlossen. Nun galt es, zu einer neuen Gruppe von Fragen überzugehen: Fragen, wie sie die Umstände aufwarfen, unter denen die Leiche entdeckt worden war. So, erst einmal mußte die Pfeife wieder angezündet werden, bei der Gelegenheit schien noch etwas andres angezeigt, und dem Hinweis der Dringlichkeit wurde stattgegeben. Nun aber zu den Fakten.

Zeugen sind Menschen, und mit Zeugenaussagen umzugehen ist deshalb eine heikle und unsichere Angelegenheit. Was einem berichtet wird, ist wie ein photographisches Bild, auf dem der Schatten des Berichtenden liegt und alles unscharf macht. Die Dinge selbst aber, die Vorgänge, lügen nicht: Gezeiten strömen, Tautropfen bilden sich, Blut fließt, Türen gehen auf oder zu, nach immer den gleichen, ermittelbaren Gesetzlichkeiten. Jedes Indiz weist auf die Tat zurück, die es hervorgebracht hat, und führt unweigerlich auch zum Motiv, das sich hinter der Tat verbirgt. Wohlan denn...

18. *Ein Mann war ermordet worden; wer hatte ein Motiv, ihn zu töten, und welches?* Normalerweise hätte man auf irgendeine Feindschaft am Ort geschlossen (obwohl das Messer, wie Mrs. Davis scharfsinnig anmerkte, nicht eine für den Engländer typische Mordwaffe war). Doch nachdem der Admiral erst einen Monat hier ansässig war, schieden dergleichen Vermutungen aus. Ein Feind aus Cornwall wiederum hätte sich schwer getan, seinen Mann so schnell aufzuspüren, hätte auch sicher mehr Zeit gebraucht, das Terrain zu sondieren. Der Zwist also, der seine Entladung in der gräßlichen Wunde fand, mußte aus einer früheren Zeit im Leben des Admirals herrühren. Ferner ließ sich mit einiger Gewißheit annehmen, daß der Mörder entweder die Gewohnheiten seines Opfers kannte oder daß er dessen Vertrauen besaß. Ein Mann wird ermordet aufgefunden, im Boot des Pfarrers, ermordet am selben Abend, an dem er zum Dinner im Pfarrhaus war; in seiner Tasche steckt ein Exemplar ausgerech-

net der Zeitung, auf die er abonniert ist; der Mord steht irgendwie in Verbindung mit seinem – angeblich oder tatsächlich erfolgten – Besuch in einem nahen Hotel, wo ein Verwandter oder Bekannter des Opfers derzeit logiert. All das verrät eine Kenntnis der entsprechenden Umstände; der geheimnisvolle Bilderbuch-Chinese kann also von der Verdächtigenliste gestrichen werden, er hätte die Tat so nicht verübt. Das beschränkte die Suche auf jene Personen, die etwas über den Admiral wußten. Wer kam da in Frage? Zunächst seine Nachbarn: Neddy Ware (viel wußte der allerdings nicht), dann der Pfarrer nebst Söhnen und dieser Sir Wilfrid Denny, der einstweilen noch eine unbekannte Größe war. Auch Penistones Dienstboten, aber die hatten bis jetzt zu irgendwelchem Verdacht keinen Anlaß gegeben. Ferner seine Familienangehörigen sowie alle jene, die etwas mit seinem Vermögen zu schaffen hatten: Elma, der ominöse Walter, Holland und Mr. Dakers. Wer von ihnen besaß ein Motiv, und zwar ein gewichtiges? Elmas Motiv war schwach, sie wollte bloß frei über ihr Geld verfügen. Holland hatte ein stärkeres, nämlich: die Hürde zu überwinden, die seiner Heirat im Wege stand – aber reichte das als Mordmotiv aus? Das wohl nur und erst, wenn sich nachweisen ließ, daß der maschinengeschriebene Ehekonsens gefälscht war. Mr. Dakers kam eigentlich überhaupt nicht in Frage. Und Walter (sofern er noch lebte) war ohne Zweifel ein harter Bursche, doch was hatte er praktisch zu gewinnen, wenn sein Onkel von der Bildfläche verschwand? Dies Fehlen eigentlicher Motive war ein Moment, das Inspektor Rudge stutzig machte – konnte etwa irgendein Freund oder Gast von Sir Wilfrid Denny in die Sache verwickelt sein? – Memo: Baldmöglichst über Denny ermitteln.

19. *Warum wurde als Mordwaffe ein Messer benutzt?* Erstechen bedeutete für gewöhnlich Tötung im Affekt oder in Notwehr; vorsätzliche Morde wurden in der Regel mit einer zuverlässigeren Waffe verübt. Die Ver-

wendung eines Messers ließ hier darauf schließen, daß das Verbrechen an einem Ort geschah, wo ein Schuß zu hören gewesen und daraufhin jemand gekommen wäre, beispielsweise unweit vom Haus. Grice war den ganzen Tag unterwegs gewesen und hatte die Wunde noch nicht näher untersucht; inzwischen hatte sich aber herausgestellt, daß das norwegische Messer verschwunden war. Wenn dieses Messer die Mordwaffe sein konnte, sah es so aus, als hätte ein Mord ursprünglich nicht im Plan des Täters gelegen, zumindest nicht ein Mord dieser Art.

20. *Warum wurde die Leiche in einem Boot gefunden?* Die Annahme, der Mord sei im Boot verübt und die Leiche dann, aus Angst oder Ekel, dort liegen gelassen worden, führte zu nichts. Zunächst einmal ist es sehr schwierig, jemanden in einem Boot umzubringen; man muß dazu mit im Boot sein, was bedeutet, daß man einander ständig im Auge und damit keine Chance zu einem überraschenden Angriff hat. Außerdem mußte im vorliegenden Falle ja Blut geflossen sein, und an dem weißen Bootsanstrich fanden sich keine Blutspuren. Die Leiche war also vorsätzlich in das Boot gelegt worden. Aber warum? Weil man sie so leichter wegschaffen konnte? Das war natürlich denkbar; doch angenommen, eine Leiche muß unbedingt im Boot transportiert werden, so heißt das ja nicht, sie muß auch unbedingt darin liegen bleiben. Warum wurde sie nicht, mit ein paar Steinen beschwert, über Bord geworfen? Zwar hätte das Verschwinden des Admirals zunächst Alarm ausgelöst, doch die Bestätigung des Hotels, daß er noch abends in Whynmouth auf dem Wege zum Londoner Nachtzug gesehen worden war, hätte alle Mordgerüchte zerstreut, und bis der Fluß den Toten herausgab, hätte der Mörder längst über alle Berge – beispielsweise in China – sein können. Ein Mörder will instinktiv immer sein Opfer verstecken, zunächst jedenfalls; dieser hier hatte die Leiche bewußt zur Schau gestellt, mit der Gewißheit, daß man sie am nächsten

Morgen finden würde. Was hatte das zu bedeuten? Es ließ zumindest den Schluß zu, daß alle Umstände, unter denen der Tote gefunden wurde, bewußt arrangiert waren; der Täter war überzeugt gewesen, daß kein Verdacht auf ihn fallen würde, sofern die von ihm hinterlassenen Spuren den Verdacht nachhaltig auf andere lenkten. Aus diesem Gedankengang heraus war auch das Boot zu erklären. Ein Boot treibt mit der Fluß- oder Gezeitenströmung mehr oder minder gleichmäßig weiter; einen frei im Wasser treibenden Körper jedoch hätte ein überhängender Zweig oder eine Sandbank aufhalten können. Möglicherweise wollte der Täter durch die Situation, in der man die Leiche fand, glauben machen, der Mord habe zu einer anderen Uhrzeit und an einem anderen Ort stattgefunden, als es tatsächlich der Fall gewesen war. Am besten ließ man sich einmal von Neddy Ware sagen, durch welche Kombinationen von Zeit und Ort das Boot dorthin gelangt sein konnte, wo er es fand; zum Beispiel: wann hätte es vor Whynmouth oder Fernton Bridge oder dem Pfarrhaus sein können, und wo würde es sich um halb elf, halb zwölf, halb eins in der Nacht etwa befunden haben. – Memo: Nochmals Neddy Ware aufsuchen.

21. *Warum wurde die Leiche ausgerechnet in diesem Boot gefunden?* Die Antwort bot sich geradezu an: um den Verdacht auf den Pfarrer zu lenken; zweifellos lag deswegen auch der Hut im Boot. Die Annahme, daß der Pfarrer, falls er etwas mit dem Mord zu tun hatte, seine Beteiligung daran so auffällig hätte dokumentieren lassen, war lächerlich. Aber andererseits, war die Vermutung, der Täter habe den Pfarrer als Sündenbock benutzt, nicht ebenso lächerlich? Unfaßbar, wie ungeschickt das Netz an dieser Stelle geknüpft war. Der Bluff, den Pfarrer als Täter erscheinen zu lassen, schien doch gar zu simpel; der doppelte Bluff wiederum, nämlich vorzuspiegeln, man habe die Täterschaft des Pfarrers nur vorspiegeln wollen, war zu kompliziert. Dennoch, wozu sonst sollte das Boot

des Pfarrers überhaupt in die ganze Geschichte hineingebracht worden sein? Vielleicht zeigte es nur, daß der Mörder vom anderen Flußufer gekommen war und sich mit einem geborgten Boot einfach die Mühe des Umwegs über die Brücke hatte ersparen wollen. Ebensowohl konnte es aber auch ein Zeichen sein, daß der Mörder beabsichtigt hatte, die Polizei gerade das glauben zu machen, während er in Wirklichkeit von der Rundel-Croft-Seite her ans Werk ging. Mit diesem Indiz, so sehr es die Phantasie reizte, war also nicht viel anzufangen.

22. *Warum hatte der Pfarrer seinen Hut nicht bei sich?* Darauf – einmal angenommen, Mount wäre der Täter – ließ sich nicht so leicht eine Antwort finden. Der eine pflegt einen Hut zu tragen, der andere nicht; ersterer dürfte das Fehlen der ihm gewohnten Kopfbedeckung als unangenehm empfinden. So müßte der Mörder, sich mit der Hand über die Stirn streichend, eigentlich prompt gesagt haben: »Herrje, wo ist denn mein Hut?« Möglicherweise hatten Mörder und Opfer auch ohne ihr Wissen die Hüte getauscht; Holland hatte ja den Eindruck gehabt, die Kopfbedeckung des Admirals – wenn er es gestern abend gewesen war – habe wie ein Priesterhut ausgesehen. Und wiederum angenommen, der Mörder war vom Pfarrhaus her gekommen, dann konnte er in der Gartenlaube den Hut gefunden und zu irgendeinem Zweck an sich genommen haben – zum Beispiel, um sein Gesicht zu verbergen. – Memo: Prüfen, ob in oder an dem Hut noch Haare zu finden (nicht sehr wahrscheinlich).

23. *Warum wurde der Schlüssel zur Verandatür im Boot des Admirals gefunden?* Die Sache mit diesem Schlüssel war so rätselhaft nicht. Als Elma ihren Onkel verließ, der noch sein Boot einschließen wollte, nahm sie den Schlüssel wahrscheinlich mit und ließ ihn oben an der Verandatür stecken, von außen, damit der Admiral später ins Haus kommen konnte. War er tatsächlich ins Haus gegangen? Allem Anschein nach ja, nämlich um seinen

Mantel zu holen. Dann hatte er wohl, sofern er lebend wieder herausgekommen war, die Verandatür von außen versperrt und den Schlüssel eingesteckt. Er konnte ihm dann ohne weiteres aus der Tasche gefallen sein, als seine Leiche ins Boot gelegt wurde. Die andere Möglichkeit: wenn der Admiral gar nicht mehr bis ins Haus gelangt, sondern bereits im Garten umgebracht worden war, dann hatte sich der Täter, auf der Suche nach dem Geheimdokument, zweifellos mit Hilfe des Schlüssels Einlaß verschafft. Nachdem er die Dokumente einmal hatte (und der Admiral tot war), konnte er mit dem Schlüssel nichts mehr anfangen und mußte ihn auf irgendeine Art wieder loswerden.

24. *Warum war das Boot des Admirals, gegen alle Gewohnheit, am Bug vertäut?* Hier lag ein Indiz von echter Beweiskraft vor. Es zeigte, daß auch dieses Boot im Geschehen jener Augustnacht irgendeine Rolle spielte. Entweder war der Admiral damit unterwegs gewesen und irgendwo überfallen worden, oder aber der Mörder hatte ihn erst in seinem Garten ins Jenseits befördert und sich dann zweier Boote bedient, um sich die Leiche vom Hals zu schaffen und zugleich sein Entkommen zu sichern. Und aus irgendeinem – bestimmt absolut unerfindlichen – Grund war es ihm wichtiger gewesen, das Boot des Admirals und nicht das Boot des Pfarrers zurückzulassen. Warum er gedacht haben mochte, das würde unverfänglicher aussehen, blieb sein Geheimnis. Aber in dem Zusammenhang ergab sich eine weitere Überlegung: Elma wußte doch sicherlich, daß ihr Onkel in punkto Bootvertäuen diese kleine Marotte hatte; sollte also entweder sie oder ein unmittelbar von ihr beauftragter Dritter den Mord auf dem Gewissen haben, wäre schwer einzusehen, wieso man am Morgen das Boot anders vertäut fand als sonst.

25. *Warum ist ein Stück von der Leine verschwunden?* Eigentlich schade, dachte Rudge, daß er diese Frage nicht unmittelbar auf die Frage 20 hatte folgen lassen; es hätte

sich gereimt. In seiner Jugend hatte er manchmal angefangene Limericks zu Ende gedichtet, sich deswegen aber nie für einen Dichter gehalten, und daß er sich jetzt wie der junge Ovid vorkam, weil ihm schon unbewußt Verse gelangen, das war eine neue Erfahrung für ihn. Ja, also diese Leine. Es war ein so auffallend kurzes Stück, das da fehlte, viel weniger als man normalerweise abschneiden würde, wenn man für einen ungewöhnlichen Zweck einen Strick braucht – beispielsweise, um jemandem die Hände zu fesseln. Nein, das Boot des Pfarrers war erst von seiner Vertäuung losgeschnitten und dann erneut festgemacht worden, entweder an einem anderen Pfahl oder einem anderen Boot, und auch beim zweiten Mal hatte man, statt den Knoten zu lösen, das Seil mit dem Messer abschneiden müssen. Das war unverständlich, denn im allgemeinen kann jemand einen Knoten, den er gemacht hat, auch wieder aufknüpfen – sofern es ein und dieselbe Person ist. Hier mochte ein Mißgeschick vorliegen; zum Beispiel konnten sich zwei Seile verwickelt haben und dann im Wasser gequollen sein; oder es war vielleicht plötzlich Eile geboten, so daß zum Aufknoten keine Zeit mehr blieb. Aber wenn man sich diese Vorleine, so wie sie war, einmal genauer ansah, mußte man zu dem Schluß kommen, daß sie zweimal gekappt worden war, und zwar beim zweiten Mal von einer anderen Person, die kleiner war als die erste. Der Pfarrer etwa, der ziemlich groß war, könnte die Leine als erster gekappt haben, aber wenn er das Boot auch wieder eigenhändig vertäut hätte, dann doch selbstverständlich in einer Höhe, in der er einen Knoten auch bequem hätte lösen können. Der zweite, als eine neue Figur in der Geschichte, sei mit XN benannt, der erste Seilabschneider mit X. Nun, möglicherweise war dann XN ganz einfach der Admiral. Aber wenn man vielleicht, abgesehen vom Admiral, doch zwei Personen annehmen wollte, X und XN, die beide im Geschehen der Nacht eine Rolle gespielt hatten, dann konnte XN auch Holland sein; nur war der so groß, daß er wahrscheinlich das Boot sogar aus der ersten Vertäuung hätte losmachen können.

26. *Warum hatte der Tote einen Mantel an?* Wenn sich der Admiral wirklich nach Whynmouth begeben und wirklich beabsichtigt hatte, mit dem Nachtzug wegzufahren, dann leuchtete ein, daß er sich für die kalten Frühmorgenstunden einen Mantel mitgenommen hatte. Rudge mochte jedoch an diesen Eisenbahn-Reiseplan nicht so recht glauben. Wenn der Admiral hin und wieder nach Whynmouth oder irgendwo anders hin ruderte und auch mit dem Boot wieder zurückfahren wollte, nahm er immer einen Übergangsmantel mit, lediglich vorsichtshalber, um sich nicht zu erkälten, wenn er vielleicht, vom Rudern erhitzt, im Freien irgendwo warten oder länger mit jemandem reden mußte. Allerdings war der Ulster, den der Tote trug, weit und locker geschnitten, eine Art »Raglan« wohl, wie das in den Geschäften hieß. Der Mörder hätte also durchaus, wenn er im Umgang mit Leichen nicht zimperlich war, dem Toten diesen Mantel als glaubhaftes Kleidungsstück anziehen können. Was folgte daraus? Vermutlich hatte der Mörder auch hier wieder ein Stück »Szenerie« gebastelt: nachdem er die Idee, der Admiral habe mit dem Nachtzug nach London gewollt, erst einmal aufgebracht hatte, baute er sie nun weiter aus, indem er sein Opfer in die passende Reisekleidung steckte.

27. *Und warum hatte er die Zeitung in der Tasche?* Wenn der Admiral wirklich eine Eisenbahnfahrt geplant hatte und deshalb ins Haus gegangen war, um sich seinen Mantel zu holen, wäre es da nicht das Selbstverständlichste von der Welt gewesen, daß sein Blick auf die griffbereit vor ihm liegende Zeitung gefallen wäre und er sich auf der Stelle das geliebte Blatt in den Mantel gestopft hätte? Die Bahnverbindung zwischen Whynmouth und London ist nicht eben eine Schnellstrecke, und die meisten Whyn-

mouther Fahrgäste bewaffnen sich vor dem Einsteigen mit irgendwelcher Lektüre. Aber das hatte der Admiral nicht getan; die Zeitung, die man am Morgen nach dem Verbrechen in seinem Hause fand, war sein reguläres Postbezugs-Exemplar, denn es trug den – von Mr. Tolwhistle wieder einmal falsch geschriebenen – Vermerk: »Admiral Pennistone«. Woher stammte das nicht bezeichnete Exemplar? Die Läden und Bücherstände in Whynmouth waren um neun Uhr abends alle geschlossen, und Straßenverkäufer gab es nicht mehr; Whynmouth ist ein verschlafenes Nest, und der letzte Optimist, der noch bis vor einigen Monaten mit sogenannten »Spätausgaben« zu hausieren versuchte, hatte längst Pleite gemacht. Der Admiral hatte das Lordmarshall nicht betreten, konnte also dort auch nicht an eine Zeitung geraten sein, die er dann mitnahm. Wenn er diese Abendausgabe wirklich zu Lebzeiten schon besaß, so folgte daraus, daß er an dem Abend noch woanders gewesen sein mußte. Vielleicht bei Sir Wilfrid Denny, der Gedanke lag nicht so fern. War ihm aber die Zeitung erst nachträglich in die Tasche geschoben worden, so konnte das nur in der Absicht geschehen sein, die Beweisspur zu fälschen. In welcher Hinsicht zu fälschen? In punkto Zeit, durch die Vorspiegelung, der Mord habe erst – sagen wir – nach neun Uhr abends und nicht bereits vor neun Uhr stattgefunden? Aber das würde ja die faktische Mordzeit auf einen unmöglich frühen Zeitpunkt verlegen. Dann also in punkto Ort: tatsächlich war das Verbrechen irgendwo unweit von Whynmouth geschehen; der Mörder wollte jedoch, indem er dem Toten die »Gazette« in die Tasche steckte, den Anschein erwecken, als habe der Mord in Whynmouth selbst stattgefunden, oder zumindest während das Opfer von dort auf dem Nachhauseweg war. So gesehen, paßte das Beweisstück genau in die bereits erwogene Schlußfolgerung – daß nämlich der Mörder, fälschlicherweise, glauben machen wollte, der Admiral sei an dem Abend in Whynmouth gewesen. Unterstellte man diese Absicht, so ergab sich daraus eine weitere Überlegung: der Mörder mußte jemand sein, der Whynmouth nicht kannte, oder jedenfalls nicht das Whynmouth von heute. Ein Ortsansässiger – der unauffindbare Sir Wilfrid zum Beispiel – wäre nicht dem Irrtum erlegen, es gäbe hier noch um elf Uhr nachts eine »Gazette« zu kaufen.

28. *Welcher Art waren die mit »X« bezeichneten Dokumente?* Daß es Geheimdokumente und daß sie wichtig waren, das verstand sich von selbst. Weitaus bemerkenswerter war eigentlich die Tatsache, daß es überhaupt Hinweise auf eine Sache X in den Akten gab. Der Admiral, obwohl einer der wenigen Männer seines Berufes, die nicht offen bekannt hätten, daß sie ihr gutes Gedächtnis systematischem Training verdankten, war bestimmt keineswegs vergeßlicher als andere Leute; warum also sollte er bei derart hochwichtigen Papieren den schriftlichen Hinweis benötigen, wo er sie aufbewahrte? Wenn aber die Vermerke schon nicht dem Admiral selbst dienen sollten, wem dann? Gesetzt den Fall, es wurde einmal sein Schreibtisch aufgebrochen – versprach es da nicht größere Sicherheit, wenn er sowohl Vorhandensein als auch Aufbewahrungsort einer »Akte X« überhaupt totschwieg? Es sah fast so aus, als hätte der Admiral mit dem Schicksal, das ihn schließlich ereilen sollte, gerechnet – da war ja auch noch der geladene Revolver im Schreibtisch –; damit gerechnet, daß früher oder später ein Polizist in seinen Sachen herumwühlen und einen Fingerzeig brauchen würde, der ihm verriet, daß irgendwo noch geheime Papiere lagen. Und daß da irgendetwas mit Sir Wilfrid war und mit dem Neffen Walter. Möglicherweise mit China im Hintergrund. Erpressung? Dann müßte freilich Sir Wilfrid das Opfer sein und nicht etwa Walter; einem Mann, der aus dem Gesichtskreis seiner Umwelt verschwunden ist, kann man nicht mit Bloßstellung drohen.

29. *Wurden die Dokumente vernichtet? Oder gestohlen? Und von wem?* Es war nicht auszuschließen, daß sich Penistone irgendwann gewisser Papier entledigt hatte, die ihm oder einer ihm nahestehenden Person hätten schaden können. Näher lag jedoch die Vermutung, daß der Mörder obendrein noch ein Dieb war. Aber – und das war ein wichtiger Punkt – wer immer die Sachen entwendet hatte, es mußte so gut wie zwangsläufig jemand sein, der ins Haus gehörte; am Schreibtisch ließ nichts darauf schließen, daß er erbrochen worden war, das Geheimfach unter dem verschiebbaren Boden wies keinerlei Spuren von Gewaltanwendung auf. Wenn es also der Schurke von gestern abend war, der die Dokumente genommen hatte, so mußte er genau gewußt haben, wo sie lagen, und brauchte nur zuzugreifen.

Uff! Wieder ein Stück Beweisführung abgeschlossen; damit waren die Hinweise, die den gestrigen Abend betrafen, komplett. Dem Inspektor war der linke Fuß eingeschlafen, er stampfte eine Weile durchs Zimmer und versuchte, sich in Gedanken zurechtzulegen, was noch zu tun blieb. Ach ja, er mußte noch prüfen, wie die diversen Personen, gegen die eventuell ein Verdacht bestand, sich seit der Entdeckung der Leiche verhalten hatten. Besonders auffallend war daran zweifellos etwas, das man geradezu als Landflucht bezeichnen konnte – alle waren sie plötzlich nach London gefahren. Ja, also los:

30. *Warum war Elma Fitzgerald so überstürzt nach London gefahren?* Der Schluß, daß ihre Flucht eine Reaktion auf die Mordnachricht war, schien zwingend. Elma war keine Frühaufsteherin, und daß sie an diesem Morgen so zeitig aus dem Bett fand, daran war Rudge ja selber schuld gewesen. Die Züge ab Whynmouth verkehren – wie auf den meisten Eisenbahnstrecken – so, daß man nur ungern später als zehn Uhr morgens die Fahrt nach der Haupt-

stadt antritt; danach fuhren fast nur noch Bummelzüge, und Tagesrückfahrkarten kamen dann nicht mehr in Frage. Somit mußte man sich, wenn man nach London wollte, auf eine frühe Abreise einrichten. Nun, Elma war zwar früh abgereist, darauf eingerichtet jedoch hatte sie sich nicht; sie war einfach auf und davon. Aber nicht etwa, um Holland zu treffen – sofern sie seine Nachricht von gestern abend nicht verfehlt hatte, wußte sie ja, daß er in Whynmouth war. Sie war auch nicht zu Mr. Dakers gegangen; obwohl Holland, der ihr ja nachgefahren war, diesen Plan natürlich durchkreuzt haben konnte. – Memo: Abwarten, was sie morgen sagt.

31. *Warum war auch Holland nach London gefahren?* Das war schon einfacher. Ob Elma nun schuldig war oder nicht, und ob er sie dafür hielt oder nicht, auf jeden Fall wollte er sie sehen und mit ihr die Lage beraten. Doch angenommen, Holland selber war unschuldig, dann sah es doch so aus, als hätte er Elma für schuldig gehalten. Sonst hätte er der Polizei nicht gleich etwas vorgelogen.

32. *Warum auch Sir Wilfrid?* Hier war bemerkenswert, daß Sir Wilfrid, sofern die Angaben über seinen Verbleib stimmten, gleichsam die Vorhut bildete. Er war »mit dem ersten Zug« nach London gefahren, und der ging – wann doch gleich? Ja, kurz nach sieben etwa, jedenfalls lange bevor Elma aus den Federn war; da war zwar die Leiche bereits entdeckt, aber Gerüchte von ihrem Auffinden konnten ihn kaum schon erreicht haben. Entweder also hatte ihn die »Nachricht«, die ihn abberief, zugleich von der Tragödie in Kenntnis gesetzt – die Quelle konnte nur Neddy Ware, der Pfarrer oder jemand von Rundel Croft gewesen sein –, oder aber er war abgefahren und hatte von dem Verbrechen noch nichts gewußt... oder zumindest nicht gewußt, daß es entdeckt war. Ja, ja, das mochte alles nur Zufall sein; auf jeden Fall mußte man den Mann erst einmal selber hören. Aber was für ein seltsamer Mensch mußte Penistone gewesen sein, wenn sein Tod

seine Freunde in Panik Reißaus nehmen ließ, anstatt sie in Trauer und Mitgefühl zu vereinen!

33. *Warum auch der Pfarrer?* Auch das konnte wiederum Zufall sein; vielleicht war Mount bloß zu irgendeinem Bischof gefahren, um sich mit ihm über baufällige Kanzeln zu unterhalten. Doch es lag wohl näher, daß seine Abreise ebenfalls mit dem allgemeinen Aufbruch in Zusammenhang stand. Nun, welche besondere Wendung in der Geschichte konnte den Pfarrer zu seiner »Hegira« bewogen haben? Man hatte die Leiche entdeckt, und er war ruhig – relativ ruhig – geblieben. Auch das Verschwinden von Elma und Holland ließ ihn noch kalt. Durch welchen Umstand konnte eine neue Sachlage eingetreten sein? Es sah ganz so aus, als hätte der Pfarrer selbständig eine Entdeckung gemacht – eine Entdeckung, die er lieber für sich behielt.

34. *Hat der Pfarrer alles gesagt, was er weiß?* Merkwürdig doch, wie verschieden die Menschen beim Verhör reagierten. Elma Fitzgerald strahlte eitel Feindseligkeit aus; sie nahm es so offensichtlich übel, überhaupt etwas gefragt zu werden, daß sich schwer sagen ließ, ob jeweils der oder jener Fragepunkt ihr besonders zu schaffen machte. Hollands joviale Spötterei war zweifellos seine Art, er konnte das einfach nicht lassen. Es machte ihn zu einem schwierigen Verhörpartner, weil man bei ihm nie wußte, was man ernst nehmen konnte und was nicht. Mr. Mount, nun, der bemühte sich offenbar – und zwar aus Gewissensgründen –, die Wahrheit zu sagen. Aber er hatte eine so merkwürdig zögernde Art, daß man denken konnte, er sei sich vielleicht nicht recht klar darüber, welchen Teil der Wahrheit er sagen sollte; nicht recht klar, wie er die eine Frage beantworten mußte, damit nicht die nächste auf ein Terrain führte, das zu betreten er nicht gewillt war. Er nahm es eben mit der Wahrheit genau; aber die Genauen in dieser Welt können oft schlimmer sein als die Ungenauen.

35. *Warum hat der Pfarrer seinen Garten gegossen?* Möglicherweise war er ein schlechter Gärtner und es war einfach aus Versehen passiert. Aber wenn man ganz weit gehen und unterstellen wollte, daß der Pfarrer irgendwie mit der Sache zu tun hatte, dann lautete natürlich die Frage: wollte er etwa Spuren verwischen? Der Phantasie sind bekanntlich keine Grenzen gesetzt, doch wohin führte das hier? Wenn Spuren, dann sicher nicht seine eigenen; denn hätte er selbst Spuren hinterlassen, so hätte er es gewußt und bestimmt so viel gesunden Menschenverstand besessen, sie früher am Morgen zu beseitigen, sie dann zu beseitigen, wenn nicht gerade die Polizei in der Nähe war. Die gleiche Überlegung, obschon nicht ganz so zwingend, galt auch für Spuren eines etwaigen Dritten, von dessen Anwesenheit zu dem Zeitpunkt, als sie entstanden, Mount gewußt haben mochte. Trotzdem, irgendeine Ahnung, von wem und wie sie in seinen Garten gekommen waren, hatte er wohl gehabt, andernfalls würde sein so empfindlicher Gerechtigkeitssinn ihn bewogen haben, die Polizei darauf hinzuweisen. Weit hergeholt, aber wert, in Betracht gezogen zu werden.

36. *Warum lag die Pfeife des Admirals im Arbeitszimmer des Pfarrers?* Vermutlich, weil der Admiral sie aus Versehen dort hatte liegen lassen. Offenbar war er beim Weggehen in Eile gewesen, und auch dem korrektesten Offizier kann dergleichen einmal passieren. Und er benutzte ja, wie Holland erklärt hatte, nicht nur die eine Pfeife. Aber Rudges Denkapparat war mittlerweile so heißgelaufen, daß er schon allem und jedem Bedeutung beimaß. Und gerade diese Pfeife – es konnte doch sein, daß der Admiral sie absichtlich dort gelassen hatte, als Grund und Vorwand, nochmals ins Pfarrhaus zurückzukommen (was er offenbar aber nicht tat); oder auch, daß der Pfarrer seinerseits sie an einem Platz fand, wo sie gar zu verräterisch werden konnte, und sie deshalb woandershin legte. Rudge, in dem vielleicht unbewußt ein verhinderter

Theologe steckte, sah mittlerweile in Mr. Mount einen Mann, der zwar nicht direkt log, doch durchaus nichts dabei fand, den andern im Irrtum zu lassen (weniger fachlich ausgedrückt: an der Nase herumzuführen).

37. *Warum hatten Holland und Elma es mit der Heirat so eilig?* Daß die Heiratslizenz bereits vorlag, ehe der Mord geschah, galt als erwiesen. Doch das mußte nicht unbedingt heißen, sie hätten den Mord kommen sehen oder davon gewußt; Hollands Darstellung – daß Elma ihm brieflich mitgeteilt hatte, er dürfe mit dem Konsens des Admirals rechnen, und daß er in dieser Hoffnung die Lizenz besorgt hatte – schien ohne weiteres glaubhaft. Man konnte verstehen, daß praktisch Eile geboten war, nachdem der Admiral – der ja noch lebte – seine Einwilligung nur so zögernd gegeben hatte; wer konnte wissen, wann er sich womöglich wieder anders besann? Als er dann tot war, fiel dieser Grund weg, und eigentlich hätte es der Anstand geboten, noch eine Weile zu warten; außerdem wäre es, laut Mr. Dakers' Aussage, auch klüger gewesen. Irgend einen Beweggrund mußte es da wohl geben, doch welchen? An diesem Punkt, das gestand Rudge sich ein, war ihm der Fall zu hoch.

38. *Warum hat Holland das Gespräch, das er mit dem Admiral zu später Stunde geführt haben will, anfangs verschwiegen?* Die vorgebrachte Erklärung, daß er die ganze Geschichte von seinem nächtlichen Ausflug nur deswegen nicht erwähnt habe, weil er gerade in Eile war und lästigen Fragen entgehen wollte, diese Erklärung klang auffallend schwach. Angenommen, seine erste Geschichte war wahr und die zweite gelogen, wieso stellte er seine Glaubwürdigkeit durch diesen wunderlichen Rückzieher selbst in Frage? War es jedoch umgekehrt, warum blieb er dann nicht bei seiner einmal geäußerten Lügengeschichte? Mit dem maschinenschriftlichen Konsens in der Tasche konnte er doch ebensogut behaupten, Elma habe bereits am frühen Abend, noch vor der Dinnerparty, das

Dokument in Empfang genommen; welchen Grund gab es, so nachdrücklich darauf zu bestehen, daß dieses Dokument erst um Mitternacht abgefaßt worden sei? Es sah aus, als müsse im Laufe des Tages irgend ein Indiz aufgetaucht sein, durch das Hollands Aussage, er habe im Hotel Lordmarshall den Schlaf des Gerechten geschlafen, sich mit der Echtheit der getippten Konsenserklärung nicht mehr vereinbaren ließ. Was für ein Indiz konnte das gewesen sein? Rudge zermarterte sich das Gehirn über die Frage – aber vergeblich.

39. *Warum war der getippte Ehekonsens getippt?* Im Arbeitszimmer des Admirals gab es keine Schreibmaschine; die in den Ordnern abgehefteten Schriftstücke, soweit nicht mit der Hand geschrieben, waren lauter Durchschläge, offenbar von einer Bürokraft angefertigt. Doch davon abgesehen, der Ungeübte, der ja schon mit dem Einspannen und Zurechtrücken des Papiers seine liebe Not hat, nimmt nur dann Zuflucht zur Schreibmaschine, wenn es sich um einen Text von einiger Länge, mindestens vier oder fünf Zeilen, handelt. Nicht sehr wahrscheinlich also ... außer, das Dokument war gefälscht. (Bloß eine Unterschrift nachzumachen ist ja viel leichter, als eine ganze handgeschriebene Zeile zu fälschen.) Möglicherweise war die »Zustimmung« auch durch Drohungen oder Tätlichkeiten erpreßt worden, wobei nahelag, daß der Erpresser auch schon die Formulierung bereitgehabt und dadurch die ganze Sache beschleunigt hatte. – Memo: Mrs. Holland fragen, wo und von wem getippt.

Und nachdem damit alle Gedanken zu Papier gebracht waren, begab Inspektor Rudge sich zur Ruhe und tröstete sich, wie wir alle bisweilen, mit der trügerischen, doch so menschlichen Hoffnung, daß er am nächsten Morgen mit einer Erleuchtung aufwachen werde. Doch die Nacht brachte keinen Rat. Zwar träumte er von dem Verbrechen und sah den Hergang in allen Einzelheiten mit an; aber in seinem Traum hatte sich Mrs. Davis den Mord ausgedacht, das Opfer war Mr. Dakers, die Mordwaffe eine zusammengerollte Zeitung und der Schauplatz des ganzen Geschehens das Charing Cross Hotel. Woraus er den einwandfreien Schluß zog, daß Traumweisheit ihre Grenzen hat.

9. Kapitel

Besuch bei Nacht
Von Freeman Wills Crofts

Als Inspektor Rudge am anderen Morgen erwachte, war ihm nicht ganz geheuer. Irgendwie hatte er das Gefühl, daß dies kein Tag wie alle anderen war und daß schwere Aufgaben seiner harrten. Dann fiel es ihm wieder ein: heute hatte er ja seine große Chance! Mit einem Satz war er aus dem Bett.

Während er frühstückte, machte er sich den Tagesplan. Zuallererst hatte er mit seinen zwei Chefs zu sprechen. Superintendent Hawkesworth war gerade in Urlaub gewesen, als der Mord geschah, und obwohl Rudge ihm danach sofort telegraphiert hatte, erwartete man ihn erst heute morgen zurück. Der Chef Constable Major Twyfitt war ebenfalls auswärts gewesen, war aber gestern abend zurückgekommen; auch er wollte natürlich über die Vorgänge unterrichtet werden. Dann mußte noch die Absprache mit dem Untersuchungsrichter wegen der Zeugeneinvernahme getroffen werden, und danach, hoffte Rudge, würde er der einen oder anderen Ermittlung nachgehen können, die er sich gestern abend überlegt hatte.

Es beunruhigte ihn einigermaßen, daß er noch nicht dazu gekommen war, für eine ordnungsgemäße Identifizierung der Leiche zu sorgen. Rudge selbst zweifelte zwar nicht daran, daß der Tote der Admiral war, aber es war nicht erwiesen, und der Nachweis war seine Aufgabe. Die

Frage nach der gesicherten Identität war bestimmt die erste, die der Super ihm stellen würde, und sie war vermutlich einstweilen die einzige, die den Untersuchungsrichter interessierte.

In der Hoffnung, vielleicht Dakers zu treffen, ging Rudge zum Lordmarshall hinüber. Dakers war der Mann, den er zur Identifizierung brauchte. Und zufällig kam Dakers gerade heraus, als Rudge schon fast im Hoteleingang war. Er nahm es als ein gutes Omen für den Tag.

»Guten Morgen, Sir«, sagte er freundlich. »Da habe ich aber Glück. Ich dachte mir gerade, ob ich Sie vielleicht sprechen könnte.«

Dakers war höflich, aber nicht gerade freundlich. Er schien nicht entzückt über die Begegnung. »Um was geht es?« fragte er kurz.

»Um die Identifizierung der Leiche, Sir. Darf ich fragen, wie lange Sie den Admiral kannten?«

»Wie lange?« wiederholte der Anwalt bedächtig. »Lassen Sie mich überlegen. Einundzwanzig, zwei-, ungefähr zweiundzwanzig Jahre, es können auch dreiundzwanzig sein.«

»Spielt keine Rolle, Sir. Und während dieser Zeit haben Sie sich in gewissen Abständen gesehen, nehme ich an.«

»In unregelmäßigen Abständen, ja.«

»Dürfte ich Sie dann bitten, Sir, daß Sie, so bald es geht, mit mir nach Lingham hinausfahren, wo der Tote jetzt liegt, damit wir sehen, ob Sie ihn ordnungsgemäß identifizieren können?«

»Ich habe noch nicht gefrühstückt.«

»Ich sagte ja, so bald es geht, Sir. Wäre Ihnen zehn Uhr recht?«

Dakers stimmte zu. »Da ist noch etwas«, fuhr Rudge fort, »wonach ich Sie bei der Gelegenheit fragen möchte. Es handelt sich um das Einverständnis des verstorbenen Admirals zur Vermählung seiner Nichte. Liegt Ihnen das zufällig vor?«

»Sie meinen die maschinenschriftliche Erklärung?«
»Ja, Sir.«
Dakers stutzte. »Wieso sind Sie daran interessiert?«
»Aus dem gleichen Grund, Sir, aus dem vermutlich auch Sie daran interessiert sind« versetzte Rudge prompt. »Wir möchten ja wohl beide Klarheit darüber haben, daß sie wirklich vom Admiral stammt.«
»Ach, Sie meinen«, sagte Dakers eisig, »Mrs. Holland lügt oder fälscht, oder beides zusammen?«
»Nein, Sir«, erwiderte Rudge, ohne sich aus der Ruhe bringen zu lassen. »Mrs. Holland hat nie behauptet, sie vom Admiral bekommen zu haben, das hat nur Mr. Holland gesagt. Glauben Sie mir, ich frage in Mrs. Hollands Interesse. Soviel ich weiß, muß das Dokument noch beglaubigt werden, bevor sie die Erbschaft antreten kann, und je eher feststeht, daß es echt ist, desto besser; darauf hatte ich nur hinweisen wollen.«
Dakers wurde, wenn möglich, noch eisiger.
»Besten Dank, Inspektor, aber ich pflege die Interessen meiner Klienten auch ohne die Hilfe der Polizei zu wahren.«
Rudge zuckte die Achseln. »Wie Sie wollen, Sir. Aber vergessen Sie bitte nicht, die Polizei muß dieses Dokument prüfen, und ich wollte nur zu bedenken geben, daß es uns allen Zeit und Mühe ersparen würde, wenn Sie in der Sache möglichst mit uns zusammenarbeiten wollten. Aber es liegt natürlich bei Ihnen. Also, dann bis um zehn, Sir.«
Auf dem Revier wurde Rudge bereits von Superintendent Hawkesworth erwartet, und nach ein paar Minuten erschien auch Chief Constable Twyfitt. Rudge gab sofort einen detaillierten Bericht über alles, was sich ereignet und was er unternommen hatte, einschließlich seiner Vorschläge für die nächsten Schritte. Die beiden Männer hörten ihn an, ohne zu unterbrechen; Hawkesworth machte sich dabei ausgiebig Notizen.

»Allright, Rudge, Ihr Vorgehen war soweit richtig, scheint mir«, sagte der Superintendent und sah seinen Vorgesetzten an.

»Ich meine auch«, pflichtete Major Twyfitt ihm bei. »Meines Erachtens hat Rudge gute Arbeit geleistet. Und was er vorschlägt, klingt alles plausibel.«

»Ja, aber ein Mann allein schafft das nicht«, meinte Hawkesworth entschieden. »Wir müssen die Arbeit aufteilen. Also legen wir erst mal fest, wer was übernehmen soll, und dann können Sie, Rudge, sich weiter um die Identifizierung kümmern.« Zügig schrieb er einiges nieder. »So«, sagte er dann, »das dürfte genügen. Ich selbst übernehme die China-Geschichte. Ich werde mich mit dem Auswärtigen Amt und der Admiralität in Verbindung setzen, auch mit diesem Zeitungsmenschen und mit allen Stellen oder Personen, die mir dazu noch einfallen. Dann werde ich mir Denny vorknöpfen, bestimmt gibt es zwischen den Zeiten irgend einen Zusammenhang. Sergeant Appleton setzen wir auf Holland an – was der so treibt hierzulande; was er in China macht, geht ja wieder mich an. Falls nötig, kann Appleton auch zum Yard gehen und sich dort Unterstützung holen. Nebenbei kann er nachprüfen, ob die beiden wirklich in London geheiratet haben. – Constable Hempstead hat sich anscheinend bewährt?«

»O ja, Sir, durchaus. Nicht auf den Kopf gefallen, der Hempstead.«

»Sehr gut, dann geben wir ihm mal eine Chance. Wir lassen ihn den Fluß absuchen, beide Ufer, die ganze Strecke, die das Boot getrieben sein könnte. Er soll auf jederart Spuren achten, besonders auf etwaige Fußabdrücke am Ufer, Anzeichen für einen Kampf, Stellen, wo man die Leiche hätte ins Boot heben können, undsoweiter, und auch nach diesem fehlenden Stückchen Leine soll er sich umsehen. Da hat er genug zu tun. Sie, Rudge, übernehmen Rundel Croft und die Leute dort, ausgenommen den Toten, der wohl in mein Ressort fällt. Ist damit fürs erste alles geregelt?«

»Ja, Sir, alles klar.«

»Gut, dann an die Arbeit. Sie wollen zum Untersuchungsrichter, sagten Sie? In Sachen Identifizierung und Zeugentermin, nehme ich an?«

»Genau, Sir.«

Eine Viertelstunde später trafen Rudge und Dakers in dem Linghamer Gasthaus ein, wo der Tote lag. Dakers war wieder besserer Laune und hatte sich während der Fahrt angeregt mit Rudge unterhalten.

»Nun, Sir?« fragte dieser, nachdem der Anwalt eine Weile auf das leblose Antlitz gestarrt hatte.

Dakers schrak auf wie aus einem Tagtraum. »Aber ja«, sagte er ohne jedes Zögern, »das ist Admiral Penistone. Überhaupt kein Zweifel.« Er schien bewegt. »Armer alter Knabe«, murmelte er. »Daß ich ihn so wiedersehen muß. Wir waren nicht immer ein Herz und eine Seele – die Menschen sind nun mal, wie sie sind. Aber ich kann ihm nur Gutes nachsagen.« Mit einem Seufzer wandte er sich ab. »Sie wollen sicher, daß ich seine Identität auch bei der Vernehmung bezeuge?«

»Dann brauchte Mrs. Holland es nicht zu tun«, erklärte Rudge.

»Ja, gut. Wann ist der Termin?«

»Morgen um zehn, Sir.«

»Ich werde da sein.«

»Vielen Dank, Sir. Ach – Sir.« Rudge lächelte, als wisse er, daß er jetzt etwas Dummes sagte. »Ich nehme doch an, der Verstorbene ist wirklich Mrs. Hollands Onkel gewesen. Hier, sehen Sie, hat ja niemand die Familie gekannt. Wie Sie wissen, sind sie erst vor einem Monat hierher gezogen.«

»Natürlich war er das«, versetzte Dakers gereizt. »Ich fürchte, Inspektor, mit derlei Mätzchen werden Sie nicht weit kommen.«

»Wir müssen nach allem fragen, Sir, das wissen Sie doch. Jedenfalls danke ich Ihnen, Sir, daß Sie ihn identifiziert haben. Wo darf ich Sie hinbringen?«

Sie fuhren wieder zum Lordmarshall, und Dakers stieg aus. Rudge wollte schon wenden, da hielt ihn der Anwalt mit einer Handbewegung zurück.

»Dieser Ehekonsens, Inspektor. Ich habe darüber nachgedacht und sehe eigentlich keinen Grund, weshalb Sie ihn nicht einsehen sollten. Im Augenblick habe ich ihn noch nicht, aber sobald ich ihn habe, lassen ich es Sie wissen.«

Rudge bedankte sich nochmals, und man trennte sich. Bis jetzt, fand der Inspektor, war der Tag gut verlaufen, und er kam sichtlich voran. Von seinen Theorien schieden einige bereits aus, und aus dem Brei von Spekulationen, in dem der ganze Fall steckte, begannen sich greifbare Fakten zu kristallisieren.

Die Sache beim Untersuchungsrichter war schnell erledigt. Eine komplette Vernehmung sämtlicher Zeugen war anscheinend nicht möglich, und Mr. Skipworth pflichtete Rudge darin bei, daß es im Augenblick ja nur darum ging, die Dinge rein verfahrensmäßig voranzubringen, damit die Freigabe der Leiche zur Bestattung erfolgen konnte. Grundsätzlich hatten sie sich auf diesen Modus bereits telefonisch geeinigt und sich eigentlich nur getroffen, um das vorhandene Beweismaterial durchzugehen und sich zu versichern, daß kein neuer Umstand aufgetaucht war.

Den Rest des Tages widmete Rudge der Bemühung, Informationen über den Rundel-Croft'schen Haushalt zu sammeln. Viel brachte er nicht in Erfahrung, aber er stellte vorsorglich für jede Person im Haus eine Reihe Fragen zusammen, die, falls er eine Antwort darauf bekam, von Nutzen sein mußten. Unter den Papieren des Admirals fand er dessen frühere Adresse in Cornwall und telefonierte sofort mit dem dortigen Distriktskommissar, um sich alles sagen zu lassen, was der über die Familie wußte.

Er befragte Elma Holland noch einmal, leider jedoch mit geringem Erfolg. Er stellte fest, wo die Dienstboten – das Butler-Ehepaar und Elmas derzeitige Zofe – vorher gearbeitet hatten und schrieb an die jeweiligen Arbeitgeber mit der Bitte um nähere Auskunft. Zuletzt inspizierte er noch das gesamte Haus, was jedoch, wie sich zeigte, verlorene Liebesmüh war.

Kurz vor zehn Uhr am nächsten Morgen betrat Rudge den Saal, wo die Voruntersuchung stattfinden sollte. Um die Wahrheit zu sagen, untersuchungsrichterliche Verhöre waren für ihn Formalitäten, die ihn aufs äußerste langweilten. Glatte Zeitverschwendung, fand er, ja Zeitverlust, denn in der gleichen Zeit hätte man mit mehr Gewinn die normale Ermittlungsarbeit fortsetzen können.

Wie erwartet, brachte die Prozedur wenig Interessantes. Die elf Geschworenen geruhten nicht einmal, einen Blick auf die Leiche zu werfen, und als sie vereidigt waren, wurden sofort die Zeugen gehört.

Als erster berichtete Neddy Ware haarklein, wie er die Leiche gefunden hatte. Dann beeidete Mr. Dakers, daß er den Toten gesehen und als den Konteradmiral Hugh Lawrence Penistone identifiziert hatte. Er umriß kurz dessen Lebenslauf, sagte, woher er ihn kannte, und setzte sich dann wieder. Der nächste war Dr. Grice; er gab eine Stichwunde im Herzen als Todesursache an, herrührend von einem Dolch oder Messer mit langer, schmaler Klinge. Die Leichenschau habe ergeben, daß der Admiral für sein Alter in relativ guter gesundheitlicher Verfassung gewesen sei.

Und damit war die ganze Sache auch bereits zu Ende. Der Untersuchungsrichter erklärte, daß die Voruntersuchung auf heute in drei Wochen vertagt werde, um der Polizei weitere Ermittlungen zu ermöglichen.

Wieder einmal konnte Rudge über die Dreistigkeit seines Reporterfreundes von der »Gazette« nur staunen. Der

Kerl löcherte ihn förmlich mit seinen ständigen Fragen nach Neuigkeiten. Daß Rudge immer kurzangebundener wurde, bewirkte nicht das geringste; erst eine Drohung, er werde das ganze Material an die Konkurrenz geben, brachte den Mann zur Raison.

Noch jemand legte eine erstaunliche Wißbegier an den Tag, und zwar unser Mr. Mount. Mount war nach Rudge als erster im Saal erschienen. Das war in gewisser Hinsicht nicht verwunderlich, denn Rudge hatte dem Pfarrer ja selbst gesagt, daß seine Anwesenheit bei der Voruntersuchung erforderlich sei. Aber aufgrund des Beschlusses, an diesem Vormittag lediglich die Identifizierung der Leiche zu Protokoll zu nehmen, hatte man Mount weder vorgeladen noch ihn offiziell über Ort und Uhrzeit in Kenntnis gesetzt. Wie auch immer, der gute Mann war gekommen, und nicht nur das – man sah deutlich, daß ihn nicht nur die Neugier plagte, sondern auch Angst.

Rudge wurde beim Hinausgehen also auch noch vom Pfarrer gelöchert. Unter dem fadenscheinigen Vorwand, als Geistlicher zwangsläufig um das Befinden seiner Pfarrkinder besorgt zu sein, suchte Mount um jeden Preis dahinterzukommen, wie weit die polizeiliche Kenntnis des Falles gediehen sei. Aber mit Mount, diesem Kind, wurde ein gewiefter Inspektor wie Rudge noch allemal fertig. Bereitwillig, glaubhaft den Ehrlichen spielend, gab er dem Pfarrer Antwort, wobei er ihm einschärfte, das ihm Anvertraute nur ja für sich zu behalten. Er wußte, wenn der gute Pfarrer sich das Gehörte später durch den Kopf gehen ließ, würde er Mühe haben herauszufinden, was ihm eigentlich anvertraut worden war.

Rudge fragte sich jetzt, ob er diesem Mount nicht zu wenig Beachtung geschenkt hatte. Zu Hause ging er in aller Ruhe noch einmal seine Notizen durch und schrieb sich alles heraus, was er über den Pfarrer wußte.

Einerseits stand Mount offensichtlich mit den Bewohnern von Rundel Croft bereits auf vertrautem Fuß. Andererseits war in seinem, Mounts, Boot der Tote gefunden worden und, bedeutsamer noch, Mounts Hut hatte im Boot gelegen. Dann war da Mounts plötzliche Reise nach London gewesen, vorher das komische Gartengießen, und jetzt dies auffallende Interesse am Stand der Ermittlungen. Je länger Rudge über das alles nachdachte, desto stärker drängte sich ihm der Schluß auf, daß Mount irgendwie mit der Sache zu tun haben mußte.

Er dachte die verschiedenen Punkte der Reihe nach durch. Das einzige, woraus vielleicht neue Aufschlüsse über diesen Mann zu gewinnen waren, schien ihm die Reise nach London zu sein. Er rief sich nochmal alle Einzelheiten in Erinnerung.

Mount hatte ihm zwischen zwölf und eins den Brief geschickt, in dem er ihm schrieb, daß er am Nachmittag unbedingt in einer dringenden Angelegenheit, die seine geistlichen Pflichten betraf, in die Stadt mußte. Nun, diese Erkenntnis war ihm anscheinend sehr plötzlich gekommen. Er, Rudge, hatte am Vormittag noch mit Mount gesprochen, aber da hatte er von einer dringenden Angelegenheit kein Wort gesagt. Rudge wußte nicht viel über kircheninterne Dinge, bezweifelte aber, daß beim Klerus dergleichen Usus war. Wenn Geistliche in Berufsangelegenheiten nach London mußten, handelte es sich doch meistens um Konferenzen, die stets etliche Zeit im voraus angesetzt wurden, oder um eine Audienz bei einem Würdenträger, die ebenfalls nicht von heute auf morgen zu arrangieren war. Er vermochte nicht recht zu glauben, daß die hier in Rede stehenden geistlichen Pflichten allzu viel mit der Kirche zu schaffen hatten.

Was tun, fragte er sich. Mount stand im Ruf höchster Redlichkeit, und er würde die Sache, wenn man ihm die Pistole auf die Brust setzte, bestimmt wunschgemäß aufklären. Doch nein, erkannte er dann, der Pfarrer würde nichts dergleichen tun. Er, Rudge, hatte ja nichts in der Hand, was zwingend eine Antwort verlangte.

Mount war ziemlich überstürzt in die Stadt gefahren. Aber Elma auch, Holland auch, und Denny auch. War es denkbar, daß all diese Fahrten nichts miteinander zu tun hatten? Plötzlich kam Rudge der Gedanke, daß es vielleicht nicht das Schlechteste war, wenn er Mounts Bleiben und Treiben in London nachzuprüfen versuchte. Viel Zeit würde es nicht in Anspruch nehmen, und möglicherweise erbrachte es etwas, das wesentlich war.

Rudge ging also zum Polizeirevier und unterbreitete Superintendent Hawkesworth seinen Gedankengang. Hawkesworth konnte sich der Idee nicht verschließen und war damit einverstanden, daß Rudge für einige Tage abgelöst wurde.

»Am besten geben Sie denen beim Yard ein paar Hinweise, was Sie vorhaben«, riet Hawkesworth. »Ich rufe dort an und sage, Sie kämen vorbei.«

Die erste Frage war nun: wie war Mount gereist? Er besaß zwar ein Auto, aber die meisten Leute, die rechnen mußten, fuhren mit dem Zug, weil auf die lange Strecke die Eisenbahn ja viel billiger war. Mount war um ein Uhr noch im Pfarrhaus gewesen, und abends um neun hatte er Rudge aus dem Charing Cross angerufen. Demnach gab es zwei – und nur zwei – Züge, die er benutzt haben konnte: den zwei Uhr fünf ab Whynmouth, der Waterloo Station um fünf-fünfundvierzig erreichte, und den vier Uhr fünfundzwanzig, der um acht-fünfunddreißig dort eintraf.

Rudge machte den Anfang damit, daß er die Redaktion der Whynmouther Lokalzeitung aufsuchte und sich ein Foto von Mount beschaffte. Dann ging er zum Bahnhof und begann seine Nachforschungen. Es stellte sich schnell heraus, daß man Mount an dem betreffenden Tag dort gesehen hatte. Sowohl dem Schalterbeamten als auch dem Fahrkartenkontrolleur war er aufgefallen, und zwar aus dem gleichen Grund. Er hatte offenbar ein Billett nach London gelöst, war dann aber mit keinem der Londoner

Züge gefahren, sondern hatte einen Zug um ein Uhr dreißig genommen, der in Passfield Junction Anschluß an den punkt elf Uhr von Waterloo abgehenden West-Express hatte. Beiden Beamten hatte Mount erklärt, er wolle die Fahrt unterbrechen und werde mit einem späteren Zug nach London weiterfahren.

Während Rudge im erstbesten Bummelzug saß, der nach Passfield Junction rumpelte, machte er sich in Gedanken die Situation im Geographischen klar. Die Hauptstrecke des westlichen Abschnitts der Southern Railway verlief Waterloo – Whynmouth – Devon. Sie berührte Whynmouth selbst jedoch nicht, sondern ging gut zehn Meilen weiter landeinwärts an der Stadt vorbei. Whynmouth war der Endbahnhof einer Nebenlinie, die an eben dieser sogenannten Passfield Junction, einer kleinen Überlandstation rund fünfzehn Meilen vor London, von der Hauptstrecke abzweigte. Die Whynmouth am nächsten gelegene Stadt an der Hauptstrecke war Drychester, in Richtung Exeter zwölf Landstraßenmeilen von Whynmouth entfernt. Es gab keine direkte Bahnverbindung zwischen den beiden Orten; man mußte immer über Passfield Junction.

An jeder der kleinen Stationen zwischen Whynmouth und Passfield Junction sprang Rudge aus dem Zug und erkundigte sich, ob jemand den Pfarrer an dem fraglichen Tag habe aussteigen sehen. Doch erst am Knotenpunkt Passfield selbst konnte man ihm etwas sagen.

Mr. Mount war dem Stationsvorsteher flüchtig bekannt, und dieser glaubte gesehen zu haben, daß der Pfarrer an dem bewußten Tag in einen Dritter-Klasse-Waggon des West-Express eingestiegen war. Daraufhin ging Rudge zum Fahrkartenschalter, wo er erfuhr, daß nur drei Billetts dritter Klasse für diesen Zug verkauft worden waren – eine Einfachfahrt nach Exeter und zwei Rückfahrkarten nach Drychester. Danach schien ziemlich klar, daß Mount nach Drychester gelöst hatte.

Rudge kam pünktlich in Drychester an, hatte hier jedoch weniger Glück. Drychester war ein belebter Bahnhof, ganz anders als das kleine Überlandstellwerk. Niemand hier kannte Mount, und niemandem war ein Geistlicher seines Aussehens aufgefallen.

Es sprach jedoch alles dafür, daß Mount um zwei Uhr vierzig in Drychester eingetroffen war. Wenn das stimmte, hatte er den ersten der beiden Züge nach London nicht mehr erreichen können und mußte daher den späteren genommen haben, der um vier Uhr fünfzig von Drychester abfuhr. Das hieß, daß er volle zwei Stunden und zehn Minuten in Drychester zugebracht hatte. Was konnte er in dieser Zeit gemacht haben?

Rudge fiel nichts dazu ein. Er dachte einen Moment daran, zur Kirche hinunter zu gehen und sich beim Kirchenpersonal zu erkundigen, aber er war nicht gerade wild darauf, daß seine Ermittlungstätigkeit hier sich herumsprach. Schließlich entschied er sich für das aussichtslose Experiment, die Taxifahrer vor dem Bahnhof zu befragen; vielleicht hatte sich Mount an sein Ziel fahren lassen – wahrscheinlich war es nicht.

Mit dem Foto des Pfarrers bewaffnet, fragte sich Rudge durch die Schlange der Taxifahrer. Er hatte sich wenig davon versprochen und war daher angenehm überrascht, als er mit einemmal fündig wurde. Aber er ahnte nicht, noch lange Zeit später nicht, wie tief und wie ergiebig der Brunnen war, den er da angezapft hatte.

Als er einem der Männer, einem kleinen dürren Kerl, der aussah wie eine Ratte, das Foto zeigte, kam eine Reaktion.

»He«, sagte der Mann, »den Mister habe ich mal gesehen. Ja, hab ich. Aber nicht hier. War in Lingham.«

»So«, sagte Rudge, »in Lingham? Das nützt mir leider nichts, ich suche ihn hier.«

»Hier hab ich 'n nicht gesehn, Chef. Hab'n überhaupt nur einmal gesehn, in Lingham.«

Rudges Gesicht, Mounts Geschick und die Geschicke noch einiger weiterer Personen hingen an einem Haar. Rudge wollte schon weitergehen zum nächsten Fahrer, aber zu seinem Glück tat er es nicht. Zu seinem Glück stellte er die alles entscheidende Frage: »Wann war denn das?«

»Letzten Dienstag, am Abend«, antwortete der Taximann. »War 'n Haus hinter Lingham, vielleicht 'ne halbe Meile vom Dorf, den Fluß runter.«

»Neben der Kirche?«

»Genau, Chef.«

»Und um wieviel Uhr war das?«

Der Mann überlegte. »Zwölfe vielleicht. Oder 'ne Kleinigkeit drüber.«

Rudge stockte das Herz. Zwölf Uhr oder kurz nach zwölf in der Mordnacht, das war in der ganzen Sache ein äußerst kritischer Zeitpunkt. Um Mitternacht mußte das Drama, das mit Admiral Penistones Tod endete, sich bereits angebahnt haben. Und was um diese Zeit der Pfarrer getrieben hatte, das wollte Inspektor Rudge doch gar zu gern wissen.

»Am besten erzählen Sie mir mal die ganze Geschichte«, schlug er dem Fahrer vor, bewußt beiläufig, damit der seine Erregung nicht merkte.

Aber was dann herauskam, klärte die Dinge keineswegs auf, sondern ließ alles erst recht unverständlich erscheinen. Offenbar war der Mann in besagter Nacht, der Mordnacht, noch im Dienst gewesen, als der letzte Zug aus London, der Sieben-Uhr-Zug ab Waterloo ankam. Er lief um zehn Uhr zwanzig ein, und das Taxi bekam einen Fahrgast. Einen weiblichen, es war eine zierliche Frau mittleren Alters, die sich flink und lebhaft bewegte und die, soweit der Fahrer in dem ziemlich schwachen Licht der Straßenlaternen erkennen konnte, gut gekleidet und ausgesprochen hübsch war. Eine recht attraktive Dame, hatte er zweifelsohne gedacht. Sie wollte zu einem Haus in Lingham gefahren werden, das sie ihm zeigen würde, dort sollte er ein paar Minuten warten und sie dann wieder nach Drychester zum Hotel Angler's Arms bringen.

Das klang soweit ganz plausibel, fand Rudge, außer daß die Stunde für einen Besuch reichlich spät war. Die Zugverbindungen von London her waren ihm geläufig; der letzte Zug, der Anschluß nach Whynmouth hatte, fuhr um halb sechs von Waterloo ab. Der Londoner Siebenuhrzug hielt nicht in Passfield Junction; mit dem konnte ein Passagier nur nach Whynmouth gelangen, wenn er in Drychester für die zwölf Meilen ein Auto nahm.

»Ja, ich höre«, sagte Rudge. »Nur weiter.«

Der Mann hat die Dame also nach Lingham gefahren, und sie hat ihn zu dem betreffenden Haus, gleich neben der Kirche, gelotst. Sie bittet ihn, mit dem Wagen unten an der Straße zu warten, damit die Kinder, sagt sie, nicht durch das Motorgeräusch aus dem Schlaf geschreckt werden. Es dauert nicht lang, sagt sie noch, dann ist sie in Richtung Haus verschwunden. Das muß ein paar Minuten vor elf gewesen sein.

Der Taxifahrer richtet sich also aufs Warten ein, und warten muß er dann in der Tat. Die »paar Minuten« sind schon drei- oder viermal herum, und immer noch keine Spur von der Dame. Er wird langsam ungeduldig, steigt aus und geht ein Stück die Einfahrt hinauf, bis er das Haus sehen kann, das vorher durch eine Hecke verdeckt war. Das Haus liegt still und dunkel, anscheinend ist niemand mehr auf. Dem Taxifahrer wird angst um sein Geld; er geht weiter zum Haus und klopft an die erstbeste Tür. (Der Seiteneingang, Rudge kannte ihn ja.) Lange Zeit rührt sich nichts, aber der Taxifahrer klopft immer weiter und immer lauter. Endlich geht oben ein Fenster auf, und der Pfarrer steckt den Kopf heraus. Wer ist da, jemand krank? Der Taxifahrer macht ihm klar, nein, es ist niemand krank, und der Pfarrer sagt, er kommt runter. Er kommt also runter und will wissen, was los ist. Der Taxifahrer fragt ihn, ob sein Fahrgast, die Dame, nicht bald rauskommt. Er hat morgen ganz früh eine Fahrt und keine Lust, hier am Gartentor zu übernachten. Der Pfarrer kennt die Dame anscheinend nicht, will sie aber beschrieben haben, und da weiß er auf einmal doch, wer sie ist. Zuerst ist er irgendwie ganz aus dem Häuschen, aber dann sagt er, ach so, ja, ist sicher die Freundin von seiner Haushälterin, und der Taxifahrer soll bitte noch einen Augenblick warten, er wird mal fragen, wann sie losfahren will. Der Pfarrer bleibt drei, vier Minuten weg, kommt dann wieder und sagt, die Dame hat einen Ohnmachtsanfall gehabt, und das Taxi hatten sie in der Aufregung ganz vergessen. Der Dame geht's immer noch nicht so gut, sie kann heute abend nicht mehr nach Drychester zurückfahren, sie bleibt hier bei der Haushälterin, und der Pfarrer wird das Taxi bezahlen. Das tut er dann auch. Der Taxifahrer fährt zurück nach Drychester, ja, und das war's.

Eine neue Komplikation! Rudge fluchte innerlich. Statt sich endlich zu entwirren, verwickelten sich die Fäden immer mehr.

»Hören Sie«, sagte er, »Sie sind doch durch den Ort Lingham gefahren?«

»Stimmt, Chef.«

»Haben Sie da irgendwo angehalten?«

»Aber nur 'ne Minute, höchstens. Ich hab gehalten, damit die Dame mir zeigt, wo ich hinfahren muß.«

Das war immerhin etwas. Das mußte der Wagen gewesen sein, den Constable Hempstead gesehen hatte. Wenn man so wollte, war Hempsteads Bericht der Beweis für diese Geschichte.

Rudge verschob alle weiteren Überlegungen auf später und ging zum Hotel Angler's Arms, wohin es vom Bahnhof nicht weit war. Und dort brachte er einiges in Erfahrung, was ihm seinen Argwohn voll und ganz berechtigt erscheinen ließ.

Dem Vernehmen nach war an dem fraglichen Abend etwa um sieben Uhr im Hotel ein Telegramm angekommen, in Waterloo aufgegeben und des Inhalts, daß der Absender, eine Mrs. March, mit dem nächsten Zug in Drychester eintreffen werde und darum ersuche, ihr für die Nacht ein Zimmer zu reservieren. Auch bat sie, das Haus unverschlossen zu halten, da sie nach Ankunft erst noch einen Besuch machen müsse und deshalb nicht vor Mitternacht dort sein könne, eventuell werde es auch noch später. Man hatte das Zimmer weisungsgemäß bereitgehalten, und der Portier war bis fast zwei Uhr nachts aufgeblieben, aber die Dame war nicht erschienen, und man hatte seither auch nichts mehr von ihr gehört.

Das erhärtete zweifellos die Geschichte von der Dame, die vom Pfarrhaus Lingham eigentlich hatte nach Drychester zurückfahren wollen. Soweit schien die Sache – bona fide – zu stimmen; die Details würden sich unschwer im Pfarrhaus noch feststellen lassen. Bis dahin aber durfte Rudge nicht sein eigentliches, akutes Anliegen aus den Augen verlieren: was hatte Mount in Drychester gewollt?

Er holte das Foto hervor und fragte den Geschäftsführer des Hotels, ob er diesen Mann schon einmal in natura gesehen habe. Und da kam die Information, die alle seine Verdachtsmomente gegen Mount mit einem Schlag wieder aufleben und ihn sich selber dazu beglückwünschen ließ, daß er dieser Spur nachgegangen war.

Mount war nämlich, wie sich herausstellte, am Tage nach Eingang des Telegramms im Hotel erschienen, und zwar mußte er nach Rudges Berechnung, in Drychester angekommen, unmittelbar vom Bahnhof hiergegangen sein. Er hatte angegeben, daß er eine delikate Nachforschung für einen Angehörigen seiner Pfarrgemeinde betreibe; es handle sich um einen Ehekonflikt, Einzelheiten werde ihm der Direktor wohl ersparen. Die Gattin seines Pfarrschützlings habe sich gestern abend, vielleicht um eine Versöhnung herbeizuführen, mit ihrem Mann treffen und anschließend im Angler's Arms übernachten wollen. Sie sei jedoch ausgeblieben, und sein Freund mache sich große Sorgen um sie. Da er, der Freund, sich und seine Familie nicht bloßstellen wolle, komme er nicht selbst, sondern habe ihn, den Pfarrer, damit beauftragt, sich hier im Hotel nach ihr zu erkundigen. Ob ihm der Direktor wohl irgendwie sagen könne, was mit der Dame sei? Unter welchem Namen sie abgestiegen sein mochte, hatte der Pfarrer nicht angeben können.

Der Geschäftsführer kannte zwar Mount nicht persönlich, hatte ihn aber zuweilen in der Kirche amtieren sehen, hatte ihn daher für vertrauenswürdig gehalten und ihm alles gesagt, was er selber wußte. Mr. Mount hatte sich bedankt und war gleich wieder gegangen.

Rudge war eigentlich überzeugt, daß diese Fragen alles waren, was Mount nach Drychester geführt hatte, um aber ganz sicher zu gehen, suchte er noch die Kirche auf und fragte, sich als ehemaliges Pfarrmitglied ausgebend, den Küster, ob er jemals wieder etwas von seinem früheren Pfarrer, dem Reverend Philip Mount gehört hätte; so weit er wüßte, habe der neuerdings hier in der Gegend eine Pfarrei. Nach dieser Einleitung war es nicht schwer, das Gespräch in die gewünschte Bahn zu lenken, und Rudge gelangte schnell zu der Überzeugung, daß sich der Pfarrer an dem fraglichen Tag nicht in der Kirche hatte blicken lassen.

Er erwischte noch den letzten Abendzug in die Stadt. Am anderen Morgen war er früh bei Scotland Yard, wo er seinen Kollegen mitteilte, daß er im Charing Cross Hotel und vielleicht auch noch anderswo ein paar Ermittlungen anstellen wolle. Man fragte ihn, ob er Unterstützung benötige, und als er verneinte, sagte man ihm, er habe freie Hand, solle aber ruhig anrufen, wenn er nicht weiterkomme.

Im Bewußtsein dieser Zusicherung begab sich Rudge

nun ins Charing Cross Hotel. Hier konnte er anhand seines Fotos ohne Schwierigkeit feststellen, daß Mount an dem Abend, an dem er Rudge angerufen hatte, offensichtlich mit dem Acht-Uhr-fünfunddreißig-Zug in Waterloo angekommen und dann tatsächlich um kurz vor neun im Hotel eingetroffen war. Soweit man wußte, war er am Abend nicht mehr ausgegangen. Am anderen Morgen hatte er nach dem Frühstück seine Rechnung bezahlt und das Hotel verlassen. Verlassen – ja, wie denn?

Bis jetzt hatte Rudge leichtes Spiel gehabt. Seine Erkundigungen an der Rezeption sowie bei Kellnern und Zimmermädchen hatten prompt erbracht, was er wissen wollte. Aber das hier war ein härterer Brocken. Vergebens fragte er Gepäckdiener und Liftboys aus; der Chefportier erinnerte sich zwar, den Pfarrer gesehen zu haben, wie oder womit dieser jedoch abgereist war, konnte er nicht mehr angeben. Möglich, daß er oder sonst jemand von der Rezeption ihm ein Taxi besorgt hatte, aber man besorgte so viele Taxis hier – nein, genau ließ es sich nicht sagen.

Rudge bohrte weiter, doch seine Mühe war von keinerlei Erfolg gekrönt. Mount war abgereist, soviel stand fest; aber niemand wußte, auf welche Weise.

Rudge trat hinaus auf den Bahnhofsvorplatz. Aller Wahrscheinlichkeit nach war Mount, wohin immer er gewollt hatte, zu Fuß gegangen. Allerdings konnte er auch einen Omnibus oder die Untergrundbahn benutzt haben. Wenn dies der Fall war, sah Rudge keine Möglichkeit, ihm auf die Spur zu kommen; dann würde er eben wieder nach Hause fahren und auf die Chance hoffen müssen, daß er aus Mount vielleicht eine Erklärung herausbekam. Eine solche Erklärung konnte Mount natürlich verweigern, und Rudge wußte nicht, wie er sie aus ihm herauskriegen sollte. Nein, es war schon ungleich besser, wenn er, Rudge, selbst herausfand, was Mount hier in London gemacht hatte.

Er fragte sich, ob Mount nicht doch ein Taxi genommen hatte. Vielleicht wußten die Hotelboys es bloß nicht mehr, oder aber Mount war hinaus auf den Platz gegangen und hatte sich selber eins herbeigewinkt. Er würde sich, beschloß Rudge, einmal bei den Fahrern umhören, die in der Nähe des Hotels ihre Standplätze hatten.

Er machte sich unverzüglich ans Werk. Aber das Werk zog sich, wie er feststellen mußte, in die Länge. Einem Mann nach dem andern hielt er sein Foto mit der Frage hin, ob der Betreffende den Pfarrer gefahren habe. Und ein Mann nach dem anderen schüttelte den Kopf und erklärte, er habe den Herrn noch nie gesehen.

Aber Rudge gab auch hier nicht auf. Diese Fragepraktik war seine einzige Hoffnung, und solange er nicht ganz sicher war, daß sie zu nichts führte, würde er nicht davon ablassen. Doch dann endlich fand seine Ausdauer ihren gerechten Lohn: ein Taxi kam von einer Fahrt zurück und stellte sich an den Schluß der Reihe. Rudge trat neben den Wagen und hielt sein Foto ins Fenster.

Der Fahrer wollte nicht gleich mit der Sprache heraus. Er hatte Mount gesehen, das schon, aber er wußte ja nicht, was Rudge das anging. Natürlich nicht, aber ein kleines Bakschisch ließ seine Bedenken schwinden, und er packte aus. Demnach war er von Mount auf dem Bahnhofsplatz herangewinkt worden und hatte ihn zu einer Privatpension in der Judd Street gefahren. Die Hausnummer wußte der Mann nicht mehr, er würde das Haus aber wiederfinden.

»Dann finden sie mal«, sagte Rudge und stieg ein.

Nach kurzer Fahrt hielten sie vor dem Fremdenheim Friedlander, und zwei Minuten darauf interviewte Rudge bereits dessen Leiterin. Ja, der Geistliche auf dem Foto war an besagtem Vormittag dagewesen. Er hatte Mrs. Arkwright zu sprechen verlangt; die Dame wohnte seit gut drei Wochen im Haus. Aber sie war am Abend zuvor plötzlich weggegangen und noch nicht zurückgekommen, so daß der Geistliche recht enttäuscht war. Er hatte seinen Namen und seine Adresse hinterlassen, Reverend Philip Mount, Pfarrhaus Lingham, Whynmouth, Dorset, und hatte Mrs. Arkwright auszurichten gebeten, daß sie ihn anrufen möge, sobald sie zurück sei. Dann war er wieder gegangen.

Rudge lenkte das Gespräch auf diese Mrs. Arkwright. Die Hausdame war ziemlich zugeknöpft, aber Rudge hörte doch eine ganze Menge heraus. Mrs. Arkwright war mittleren Alters, zierlich gewachsen, munter und temperamentvoll im Auftreten. Sie sah ausgesprochen gut aus und war auch stets gut gekleidet. Obwohl sie bestimmt nicht reich war, hatte sie anscheinend ihr Auskommen. Die Hausdame war sich nicht sicher, ob sie nicht womöglich Französin war. Sie hatten in der Pension einen Gast aus Frankreich, ein junges Mädchen, und Mrs. Arkwright parlierte mit ihr in Französisch ebenso fließend, wie sie mit den anderen Englisch sprach.

Rudge fand, daß er vorankam. Soviel schien bereits klar: diese Mrs. Arkwright hatte am Abend vor dem Mord London verlassen und war nach Drychester gereist. Unterwegs hatte sie sich auf geheimnisvolle Weise in jene Mrs. March verwandelt, die zum Pfarrhaus gefahren und dort spurlos verschwunden war.

Rudge hätte sich gern das Zimmer der Dame und ihre Habseligkeiten angesehen, aber er besaß keinen Durchsuchungsbefehl, und anders, dachte er, war es wohl nicht zu machen. Doch konnte er mittels diplomatischer Nachhilfe immerhin der Hausdame ein paar weitere Informationen entlocken.

Mrs. Arkwright war von freundlichem Wesen und bei den Hausgästen ausgesprochen beliebt. Aber viele eigene Freunde – womit die Hausdame Personen meinte, die nur zu Besuch kamen – hatte sie nicht. Eigentlich, mußte die Hausdame sogar sagen, besaß Mrs. Arkwright nur einen einzigen Freund, einen Herrn, der sie in unregelmäßigen

Zeitabständen besuchte. Er war groß, von eleganter Erscheinung, und sein Gesicht war tiefbraun, so als hätte er längere Zeit in einem heißen Land zugebracht. Der Hausdame war noch selten ein dermaßen gutaussehender Mann begegnet. Er nannte sich Mr. Jellett.

Rudge schwirrte der Kopf, als er die Pension verließ und automatisch auf die nächste U-Bahn-Station zusteuerte. Etwas an dieser ganzen Geschichte war doch recht sonderbar. Daß diese Mrs. Arkwright oder March in der Mordnacht zum Pfarrhaus gefahren war, daran gab es wohl keinen Zweifel. Aber sehr zu bezweifeln war, daß sie Mount dort getroffen hatte. Nach seinen Äußerungen gegenüber dem Taxifahrer schien er gar nicht gewußt zu haben, daß sie überhaupt da war. Zugleich aber fand Rudge das Märchen von dem Besuch bei seiner Haushälterin und dem Ohnmachtsanfall ebensowenig glaubhaft. Doch wie auch immer – wo war die Frau geblieben? Es schien fast, als hätte Mount das selber gern gewußt, und vielleicht waren seine Reisen nach Drychester und London nichts weiter gewesen als der Versuch, es herauszufinden.

Rudge konnte sich des Eindrucks nicht erwehren, daß zwischen dem Pfarrer und dieser Frau geheime Machenschaften im Gange gewesen waren. Ob er sie nun am Abend der Mordnacht gesprochen hatte oder nicht, irgendein Umstand mußte veranlaßt haben, daß er sie am folgenden Tag hatte sprechen wollen. Und daß eine solche Geheimniskrämerei um das Ganze gemacht wurde, ließ nichts Gutes ahnen.

Jetzt fiel Rudge auch wieder ein, was die geschwätzige Wirtin vom Lordmarshall ihm gesagt hatte: der Mann, Mount nämlich, hat viel durchgemacht. Seine Frau ist mit einem anderen Mann durchgegangen. Konnte es sein, daß...?

Rudge pfiff durch die Zähne. Wenn diese Mrs. Arkwright-March in Wirklichkeit Mrs. Mount war, so ließen sich damit die mysteriösen Vorgänge zumindest in etwa begründen. Vielleicht hatte sich eine besondere Frage, möglicherweise die einer Scheidung, erhoben und eine sofortige Aussprache nötig gemacht. Das würde sowohl den Besuch im Pfarrhaus als auch Mounts anschließende Fahrt nach London erklären, obschon es wohl kaum erklärte, wieso Mount nicht gewußt haben wollte, daß seine Frau da war. Oder doch, es erklärte auch das – Rudge merkte, daß er etwas nicht richtig gedeutet hatte: in der erregten Debatte über eventuelle Scheidung konnte das Taxi durchaus vergessen worden sein, und als Mount dann den wartenden Fahrer antraf, hatte er wohl, damit kein Gerede entstand, die Geschichte mit der Haushälterin erfunden.

Rudge erschien diese Theorie einigermaßen vielversprechend, so daß sie wohl weiteres Nachforschen rechtfertigte. Nicht ganz klar war ihm allerdings, was sie eigentlich mit Admiral Penistones Tod zu tun hatte, aber da legten ja das Boot, der Hut und vor allem die Neugier des Pfarrers bei der Voruntersuchung einen Zusammenhang nahe.

Wie in aller Welt, fragte sich Rudge, war über Mounts treulose Ehefrau etwas in Erfahrung zu bringen? Er sann eine Weile darüber nach, dann ging er zum Yard zurück und ließ sich Crockford's Kirchenjahrbuch vorlegen. Wie daraus ersichtlich, hatte Mount seinen Posten in Lingham seit zehn Jahren inne und war zuvor Hilfsgeistlicher einer Pfarrei in Hull gewesen. Rudge ließ sich sofort mit dem Superintendent von Hull verbinden und bat um eine Personenbeschreibung von Mrs. Mount sowie, falls möglich, ein Bild von ihr.

Zwei Stunden später bereits war die Antwort da: Personenbeschreibung und Bild lägen vor und würden dem Yard zugestellt.

Am Montagmorgen ging beides ein. Das Foto stammte aus einer Lokalzeitung und zeigte Mrs. Mount inmitten der Damen eines Wohltätigkeitskomitees. Beim Lesen der Personenbeschreibung durchlief Rudge eine Welle tiefer Befriedigung. Offensichtlich war er auf der richtigen Spur.

Binnen einer halben Stunde war er erneut in dem Fremdenheim in der Judd Street. Er bedauerte, die Leiterin nochmals stören zu müssen, aber vielleicht wollte sie so gut sein und ihm sagen, ob sich auf diesem Gruppenbild Mrs. Arkwright befand?

Die Leiterin zögerte etwas, doch als er bemerkte, das Bild sei zehn Jahre alt, hatte sie keine Zweifel mehr. Ja, diese vierte Dame von links war einwandfrei Mrs. Arkwright.

Hochzufrieden mit sich, fuhr Rudge mit dem nächsten Zug, der von Waterloo abging, nach Drychester und suchte, um aber auch alles getan zu haben, seinen Freund, den Taxifahrer, auf. Hier fand er nicht ganz so viel definitive Bestätigung, doch räumte der Fahrer immerhin ein, daß die Dame auf dem Foto durchaus sein Fahrgast gewesen sein konnte.

In dem erhebenden Bewußtsein, etwas getan, nein, etwas vollbracht zu haben, kam Rudge am Nachmittag wieder ins Polizeirevier Whynmouth, um Superintendent Hawkesworth von seinen Fortschritten zu berichten. Hawkesworth jedoch war gegenüber erbrachter Leistung leider von jener enttäuschenden Kurzsichtigkeit, wie Vorgesetzte sie so oft an den Tag legen.

»Na und?« sagte er, als Rudge geendet hatte. »Das ist doch bloß schmutzige Wäsche. Meinetwegen, dieser verwünschte Pfarrer mag mit seiner Frau Karussell fahren oder sich von ihr scheiden lassen oder was immer Sie wollen, aber in der Frage, wer den alten Penistone umgebracht hat, hilft uns das keinen Deut weiter. Was schlagen Sie als nächsten Schritt vor?«

»Ich dachte daran, Mount aufzusuchen, Sir, und ihn um eine Erklärung zu bitten.«

Hawkesworth runzelte die Stirn. »Erklärung wofür?«

»Eine Erklärung darüber, wo Mrs. Mount an dem Abend geblieben ist. Das Boot war verschwunden, es steht mit dem Mord in Zusammenhang, also wer hat es genommen? Vielleicht Mrs. Mount? Ich meine, Sir, unter diesen Umständen könnten wir auf einer Erklärung bestehen.«

Der Superintendent überlegte, dann nickte er kurz.

»Also gut, versuchen Sie es. Nachdem Sie schon so weit gegangen sind, kommt's darauf jetzt auch nicht mehr an.«

Rudge kochte, als er zum Pfarrhaus Lingham hinausfuhr. So ging's einem immer, wenn man sich Mühe gegeben und alles besonders gut gemacht hatte. Was dachte dieser Hawkesworth sich eigentlich? Es war doch bei Gott sonnenklar, daß diese Information über Mrs. Mount von allergrößter Bedeutung war! Ihr unmotivierter Besuch im Pfarrhaus am Mordabend; ihr unmotiviertes Verschwinden, kaum daß sie dort war; Mounts Ahnungslosigkeit oder vermeintliche Ahnungslosigkeit in der ganzen Geschichte. Das Boot, der Hut, Mounts plötzliches Bestreben, seine Frau zu finden; Mounts Ausreden, damit man seine wirklichen Machenschaften nur ja nicht gewahr wurde – geistliche Pflichten, hatte er Rudge gesagt; Ehekonflikt eines Pfarrmitglieds, hatte er dem Hotelleiter in Drychester gesagt; familiäre Mitteilungen, hatte er der Hausdame in der Judd Street gesagt...

Nein, das Ganze war wirklich nicht hasenrein, und er mußte jetzt unbedingt brauchbare Informationen aus Mount herausholen. Wieder etwas besänftigt, steuerte er auf das Pfarrhaus zu.

10. Kapitel

Das Waschbecken
Von Edgar Jepson

Police Constable Richard Hempstead hing neuerdings geradezu rührend an seiner Tante, der guten Mrs. Emery. Zwar hatte er sich, seit sie in ihre alte Heimat zurückgekehrt war und auf Rundel Croft wohnte, von Anfang an als guter Neffe gezeigt, doch mit Maßen und keineswegs bis zu rührender Anhänglichkeit. Auch jetzt entsprang diese rührende Anhänglichkeit wohl kaum rein verwandtschaftlichen Gefühlen, sondern war auf zweierlei Umstände zurückzuführen: zum einen hatte er das deutliche Gefühl, genauer gesagt, den dringenden Verdacht, man müsse das Geheimnis des Mordes an Admiral Penistone in Rundel Croft suchen, und zum anderen befand er sich ausgesprochen wohl in Jennie Mertons Gesellschaft.

Wenn er Streife ging, ließ er sich alle möglichen Gründe einfallen, um schnell einmal bei der Tante vorbeizuschauen; sie war ja mit Emery und Jennie allein, und womöglich war eingebrochen oder es waren Hühner gestohlen worden; oder aber er hatte sie im Zusammenhang mit dem rätselhaften Fall irgend etwas Unwichtiges zu fragen oder ihr über die Fortschritte, die die Polizei bei der Lösung machte, irgend etwas Unwichtiges zu sagen. Er verfügte über eine gehörige Portion Phantasie, was ihm vermutlich im Zeugenstand nicht selten von Nutzen war. Wenn er dienstfrei hatte, kam er nach Neffenart einfach zum Tee oder zum Abendessen.

Man darf bezweifeln, daß Mrs. Emery, die gleich den Ehehälften mehr oder minder aller Emerys dieser Welt ihr gerüttelt Maß an gesundem Weiberverstand besaß, die Zutunlichkeit ihres Neffen etwa dessen zartem Familiensinn zuschrieb. Sie bemerkte sehr wohl, daß Jennie immer gleich zur Stelle war, wenn er kam – die Fenster im oberen Stockwerk des Hauses, wo sie meistens zu tun hatte, boten freien Blick über die Einfahrt –, und ihm die Tür aufmachte. Auch hatte sie einmal gehört, wie Jennie, als sie mit ihm von der Hoftür zur Küche ging, zu ihm sagte: »Aber nich' doch, Mr. Hempstead!«

Nun, in Mrs. Emerys Augen war Jennie ein braves Mädchen, wie junge Mädchen heutzutage eben sind; sie hatte, das merkte man immer wieder, Talent zum Kochen, und daß eine Frau kochen konnte, war ja die Hauptsache für den Ehemann. Außerdem, Dick hatte sich schon als Junge nichts sagen lassen, immer mit dem Kopf durch die Wand, und die Schlechteste war sie bestimmt nicht. Und überhaupt, welches Recht hatte eine Tante, den Traum einer jungen Liebe zu stören?

So kam es, daß Hempstead sich in Rundel Croft herumtreiben konnte, wie es ihm beliebte, denn Elma Holland und ihr Mann standen ihm dabei nicht im Wege. Und wenn er sich dort manchmal nicht allein, sondern in Gesellschaft von Jennie herumtrieb, fühlte sich dadurch niemand gestört. Außerdem war es praktisch, einen Mann wie ihn zur Hand zu haben, denn in einem so großen Haus ging immer mal wieder etwas kaputt, und Hempstead verstand es, seine Hände zu gebrauchen. Schon bald gewöhnte sich Mrs. Emery daran, ihn all die Kleinigkeiten richten zu lassen, um die sich früher der Admiral gekümmert hatte, etwa eine neue Feder in ein ausgeleiertes Schloß zu montieren oder eine Türkante nachzustreichen – von der die Farbe abgeblättert war –, kurzum, alles so tipptopp in Schuß zu halten, wie der Admiral es verlangt hatte. Hempstead war ein nützlicher Gast.

Von seiner Meinung, die Lösung für den rätselhaften Mord sei in Rundel Croft zu suchen, hatte er auch Jennie zu überzeugen vermocht, und obwohl sie ihm ohnehin beim Suchen geholfen oder sich doch immer wieder nach dem Stand der Dinge erkundigt hatte, half sie ihm nun, dank dieser Meinungsgleichheit, mit wahrer Begeisterung.

In aller Gründlichkeit durchsuchten sie gemeinsam das ganze Haus bis ins letzte Eckchen und Winkelchen, insbesondere das Arbeits- und Schlafzimmer des Admirals sowie Elma Hollands Schlafraum und Boudoir, wobei sie vor allem Jagd auf das fehlende weiße Kleid machten, das Elma zum Dinner im Pfarrhaus getragen hatte.

»Sehen Sie, Jennie, ich sage ja gar nichts gegen Ihre Vermutung, sie hätte es an dem Morgen eingepackt und mit nach London genommen«, meinte er. »Aber es kann doch auch sein, daß sie es ganz klein zusammengerollt und in irgendeine Nische oder Ecke gestopft hat, und wenn das stimmt und wir finden es, dann fresse ich meinen Helm, wenn wir nicht auch einen wichtigen Hinweis dran finden. Wer weiß, vielleicht sogar Blutflecke.«

»Wer weiß«, stimmte Jennie nachdenklich zu.

Sie fanden diverse Nischen und Winkel, wo man das Kleid gut hätte verstecken können; aber das Kleid fanden sie nicht.

Am Montagnachmittag dann, als sie gerade mit dem Tee fertig waren (und ungefähr um die Zeit, als Inspektor Rudge auf dem Polizeirevier Whynmouth Bericht erstattete), sagte Mrs. Emery: »Ach, Dick, da ist was mit dem Waschbecken oben im Bad, vielleicht schaust du es dir mal an, eh du gehst. Miss Elma hat sich schon neulich beschwert, als sie wiederkam, daß das Wasser so langsam abläuft, und jetzt ist es vollends verstopft und läuft überhaupt nicht mehr ab. Ist eigentlich 'ne Sache für den Installateur, ich weiß, aber vielleicht kannst du doch was dran machen.«

»Kleinigkeit, Tantchen«, sagte Hempstead in typisch männlichem Optimismus. »Da muß man bloß den Siphon saubermachen.«

Er trank seinen Tee aus – er brauchte dazu immer länger als Onkel Emery und die beiden Frauen –, suchte sich aus dem Werkzeugkasten das Notwendige heraus, ging mit Jennie ins Badezimmer hinauf und machte sich an die Arbeit.

Es war keine schwierige Sache. Als er das Linoleum anhob, sah er, daß sich die Fußbodenplatte über dem Abfluß wegnehmen ließ, damit der unvermeidliche Installateur leichter an den Siphon konnte. Er schraubte die Platte los und hob den Deckel ab. Der Siphon steckte voller Haare, und er ging daran, sie herauszuholen. Überrascht darüber, wie hart die Haare waren, hielt er inne und sah sie genauer an.

»Das ist ja komisch«, sagte er. »Wenn ich den Bart am Kinn des Admirals nicht gesehen hätte, würde ich sagen, er hat ihn sich abrasiert.«

»Genauso hat der Bart vom Admiral ausgesehen«, bestätigte Jennie. »Bloß daß der grauer war.«

Sorgsam las Hempstead den Rest der Barthaare aus dem Siphon und legte alles in die kleine Emailleschüssel, die er sich für den Unrat aus dem Abflußrohr mit heraufgebracht hatte. Dabei machte er ein sehr, sehr nachdenkliches Gesicht.

Schließlich meinte er: »Tantchen sagt, Mrs. Holland hat sich beschwert, daß es so schlecht ablief, als sie nach der Hochzeit aus London zurückkam. Ich glaube aber nicht, daß in der Zeit, nachdem die Leiche des Admirals entdeckt worden war, noch irgend jemand das Becken benutzt hat.«

»Das glaube ich auch nicht«, sagte Jennie.

»Wenn sich also irgend jemand hier den Bart abgenommen hat, hieße das – « Hempstead brach ab und überlegte.

Er hatte bereits genug gesagt. Es hatte keinen Zweck, groß darüber zu reden. Außerdem wollte er es erstmal zu Ende denken.

»Ich sage am besten nichts davon, auch nicht Onkel und Tante«, meinte er. »Vielleicht ist es wichtig.«

»Natürlich nicht«, sagte Jennie. »Und schon gar nicht Ihrer Tante. Da wüßte es heute abend das ganze Dorf.«

»Und Sie könnten mir bitte ein Stück Packpapier geben. Ich kann ja das Haarzeug nicht vor dem Küchenherd trocknen, ohne daß meine Tante was merkt.«

»Nein, das geht nicht«, sagte Jennie und ging das Packpapier holen.

Sie kam sofort damit zurück. Hempstead drückte das Wasser aus dem Haarbüschel, wickelte es in das Packpapier und verstaute das Ganze in seiner Tasche. Dann gingen sie in die Küche hinunter.

»Tantchen, hat in Mrs. Hollands Abwesenheit, also während sie zur Trauung in London war, irgend jemand das Waschbecken oben benutzt?« fragte Hempstead.

»Nicht, daß ich wüßte«, sagte Mrs. Emery.

»Jedenfalls habe ich dir den Abfluß saubergemacht, und jetzt läuft's wieder tadellos ab«, sagte er und empfahl sich.

Tief in Gedanken, das Ganze wieder und wieder überlegend, suchte er nach Inspektor Rudge.

Er fand ihn vor dem Pfarrhaus, zeigte ihm seinen Fund und erzählte ihm, wo er ihn gemacht hatte.

»Das ist aber wirklich komisch«, sagte der Inspektor. »Im Abflußrohr des Waschbeckens im Badezimmer von Rundel Croft. So, so.«

Hempsteads Augen leuchteten auf, als er merkte, von welch ungeahnter Tragweite seine Entdeckung war.

»Ja, Sir. Und Mrs. Holland hat sich schon beklagt, als sie nach ihrer Heirat aus London zurückkam, daß das Wasser so langsam ablief, aber niemand scheint das Becken benutzt zu haben, während sie weg war. Eigentlich können noch keine Barthaare im Abfluß gewesen sein, als der Admiral am Abend seiner Ermordung zum Dinner ins Pfarrhaus ging. Und seit Mrs. Holland am Morgen nach dem Mord wegfuhr, war bestimmt niemand mit einem Bart im Haus.«

»Damit wollen Sie sagen, daß, wer immer sich diesen Bart abrasiert hat, ihn in der Mordnacht abrasiert haben muß?« fragte der Inspektor mit gedankenvollem Stirnrunzeln.

»Ganz recht, Sir.«

»Mr. Holland hat nicht zufällig einmal einen Bart getragen?« meinte der Inspektor.

»Nein, Sir. Ich bin ihm in der Zeit, als er Mrs. Holland den Hof machte, drei- oder viermal begegnet, und da hat er genauso ausgesehen wie jetzt.«

»Aha«, sagte der Inspektor und fuhr im Stirnrunzeln fort.

Dann sagte er: »Eins steht fest. Wer auch immer an jenem Abend das Lordmarshall aufgesucht und nach Mr. Holland gefragt hat, dieser Mann trug einen Bart. Mir scheint aber ziemlich sicher, daß das nicht der Admiral war, und damit dürfte die Frage gelöst sein. Der Mann mit dem Bart, wer immer es war, ist wieder nach Rundel Croft gegangen und hat ihn sich abrasiert.«

»Richtig, Sir«, sagte Hempstead.

»Nun, das war ihm aber nur möglich, wenn er irgend jemand auf Rundel Croft sehr gut kannte, und das kann nur der Admiral oder Mrs. Holland gewesen sein. Wenn der Admiral da noch lebte, war vielleicht er es; wenn nicht, war es eben Mrs. Holland«, sagte der Inspektor.

»Aber der Admiral kann es kaum gewesen sein, Sir, weil derjenige, der sich den Bart abgenommen hat, ihn abgenommen hat, weil er nicht wollte, daß jemand erfuhr, daß er sich für den Admiral ausgegeben hatte«, sagte Hempstead.

»Genau, und der Admiral wollte wahrscheinlich auch

nicht, daß jemand sich für ihn ausgab. Aber es war jemand, der einen von den beiden gekannt hat, soviel ist sicher.«

»Aber Rundel Croft wäre doch wohl der letzte Ort gewesen, wo jemand, der den Mord verübt hat, sich hätte sehen lassen«, wandte Hempstead ein.

»Hm«, sagte der Inspektor. »Wenn Sie wüßten, was für blödsinnige Dinge ich Mörder schon habe tun sehen. Übrigens gibt es Leute, man nennt sie Kriminologen, die behaupten, ein Mörder kehre immer an den Ort seiner Tat zurück.«

»Tut er das wirklich?«

»Nein, tut er nicht«, sagte der Inspektor.

Er schwieg, die Möglichkeiten erwägend, die Hempsteads Entdeckung eröffnete.

Dann resümierte er mit fröhlicher Gelassenheit: »Also, was wir brauchen, das ist ein Mann mit Bart, der sich den Bart abrasiert hat. Wo habe ich doch unlängst einen Mann getroffen, der keinen Bart mehr hatte? Ich glaube, ich kenne einen.«

11. Kapitel

Im Pfarrhaus
Von Clemence Dane

Rudge läutete, und da sich nichts rührte, läutete er noch einmal. Er hörte den schrillen Klingelton drinnen im Haus, aber er hörte keine Schritte. Es war, als hätte der Sommerfriede, der über dem Garten lag, auch das Haus eingeschläfert. Sämtliche Jalousien waren heruntergelassen, und Rudge konnte deutlich hören, wie in der Halle die alte Standuhr tickte. Als er durchs Schlüsselloch spähte, stellte er fest, daß erstens kein Schlüssel im Schloß steckte und zweitens niemand in der Halle zu sehen war. Kein schuldbeladener Pfarrer stand hinter der Tür auf den Zehenspitzen und fragte sich bebend, ob er aufmachen sollte oder nicht. Vielleicht saßen alle friedlich beim Tee, aber von munterem Tassengeklapper und Löffelgeklirr war nichts zu vernehmen. ›Ach so‹, dachte Inspektor Rudge, ›die Hausmädchen trinken sicher im Garten Tee. Frauen nehmen ja oft ihre Näherei mit ins Grüne. Ich geh mal ums Haus.‹

Er ging ums Haus. Der saubere, gepflasterte Hinterhof lag jedoch gleichfalls verlassen da, und auch in dem angrenzenden Schuppen war niemand. Die Küchentür war verschlossen, aber es steckte eine weiße Karte daran, eine Art Trauerkarte, auf der geschrieben stand: BIN HALB SIEBEN ZURÜCK.

Also so war das. Enttäuscht, denn ungeachtet seines Diensteifers hätte Inspektor Rudge gegen eine Tasse Tee nichts einzuwenden gehabt, zog er wieder ab. Das laute Echo seiner Schritte unterbrach die Stille, als er den Hof verließ und in einem weiten Bogen durch den Garten ging. Er wußte, eigentlich hätte er geradewegs wieder auf die Straße hinausgehen müssen; außer in Ausübung seiner Amtspflicht hatte er kein Recht, sich hier aufzuhalten. Doch bis er wieder herkommen konnte, mußte er volle zwei Stunden totschlagen. Heldenmütig beschloß er, eine Runde durchs Dorf zu machen, da oder dort eine Frage fallen zu lassen (so wie man in Cockney-Englisch die H's fallen läßt) und vielleicht diesen Dorfpropheten, den alten Wade, zu besuchen in der Hoffnung, daß ihm ein paar Brosamen Information zuteil würden. Aber es war so entsetzlich heiß. Warum sich so abschinden? Im übrigen, stand da nicht in der Gartenecke, wie ein Prügelknabe an die Mauer gebunden, ein Reineclaudenbaum?

Wenn Inspektor Rudge eine Schwäche hatte, dann war es die für diese trügerische Frucht, die grüne Reineclaude. Der Großstädter kennt Reineclauden nur in verpackter oder transportgeschädigter Form, und er weiß, daß er drei geschmacklose, viel zu früh gepflückte Früchte in Kauf nehmen muß, um die wunderbare Süße eines einzigen vollreifen Exemplars zu erhalten. Aber als kleiner Junge war Tommy Rudge vor dreißig Jahren bei seiner Großmutter irgendwo oben in Norfolk gewesen und hatte dort von genau so einer Mauer aus Norfolk-Reineclauden gegessen. Leise kitzelte die Zauberhand der Erinnerung den Inspektor am Gaumen. Dort war der Baum, dort waren die Früchte, eine wie die andere mit dem goldgelb klaffenden Reifemal auf der jadefarbenen Wange. Mit einem einzigen Satz übersprang der Inspektor die Jahre und drei Fuß Salatbeet, und dann pflückte er, pflückte und aß, daß der Saft ihm von Kinn und Fingern tropfte; die Steine spuckte er einfach irgendwohin.

Dabei sah er auf einmal etwas aufblitzen und blickte zu Boden. Sofort gab sich das glitzernde Etwas als ein Splitterchen Flaschenglas zu erkennen, das in der Sonne glänzte. Aber das war es nicht, was seine Aufmerksamkeit so erregte, daß er nach dem ersten flüchtigen Blick nicht mehr wegsehen konnte – da lagen ein paar Reineclaudensteine, die nicht er dorthin gespuckt hatte, die aber auch noch nicht trocken waren. Daneben lag ein zusammengeknülltes Taschentuch mit Obstflecken, und in dem Erdreich unter dem Baum waren Fußabdrücke, deutliche kleine Fußspuren. ›Schuhgröße vier‹, schätzte Rudge automatisch, ›und französische Absätze, sieh einer an!‹

Ohne sich von der Stelle zu bewegen, bückte er sich, zog das Taschentuch zu sich heran und schüttelte es. Es fiel sofort auseinander, weil es noch feucht war; unverkennbar hatte sich jemand damit den Fruchtsaft von den Händen gewischt. Balancierend, um nicht auf die angrenzenden Fußspuren zu treten, richtete er sich auf und untersuchte sein Fundstück.

Es war verschmiert, und es war zerknüllt, aber es war aus feinem Stoff und zierlich bestickt. ›Zwei-fünfzehn das Dutzend‹, schätzte der präzise Inspektor, der schon als Kind das Talent besessen hatte, die verrücktesten Dinge in Erfahrung zu bringen, und dessen Mutter, zu ihrer Zeit Kammerzofe in gutem Hause, immer dafür gesorgt hatte, daß diese Dinge dann auch haargenau stimmten. ›Zweifünfzehn regulär, im Ausverkauf weniger‹, wiederholte Rudge seine Schätzung, und während er noch versonnen die Ecken befühlte, entdeckte er plötzlich in einer derselben, klein und sauber von der Randstickerei abgesetzt, das Monogramm »C«.

Sehr nachdenklich glättete er das Taschentuch und faltete es zusammen. Dann entnahm er seinem Notizbuch ein sauberes Briefkuvert, schob das Tüchlein hinein und verstaute das Ganze in seiner Brusttasche. Noch nachdenklicher blickte er sich um, starrte erneut auf die Obststeine, schüttelte den Kopf, begutachtete eingehend nochmals die Fußabdrücke, schüttelte wieder den Kopf, und stieg endlich, jetzt ebenso behutsam wie er vorher stürmisch gekommen war, mit einem hochausgreifenden Schritt über das Beet hinweg auf den Gartenpfad. Dort begann er würdevoll auf und ab zu schreiten.

Die Nachmittagssonne fiel noch so prall auf seine gebeugten Schultern, daß der blaue Serge-Anzug wie abgewetzt glänzte, was blauer Serge im Sonnenlicht immer tut. Ein neugieriges Rotkehlchen, das seinen Schritt wohl für den des Gärtners hielt, flog von Busch zu Busch neben ihm her. Er ging so langsam, daß die Heidekraut-Astern, die sich über den Pfad neigten und die er im Vorübergehen beiseite schob, Zeit hatten, ihm beleidigt gegen den breiten Rücken zu schlagen. Ja, der Inspektor war tief in Gedanken, und es waren nicht nur Gedanken. Vielmehr, und das war ihm bisher in seinem bewegten Leben nur selten passiert, trieb er bereits vom seichten Ufer des gesunden Menschenverstandes in die bodenlosen Tiefen der Intuition hinaus. Ihm war ganz seltsam zumute: er spürte seinen – wie er zu sagen pflegte – »kleinen Finger« am Werk. Irgend etwas, irgendwo und irgendwie, stimmte hier nicht; Inspektor Rudge wußte es einfach. Soweit er hatte feststellen können, war niemand im Haus; er hatte in die Halle gespäht und niemanden dort gesehen, und die Karte an der Hoftür erklärte es ja. Trotzdem: hielt sich vielleicht doch jemand im Haus versteckt? Aber warum das? Es ergab keinen Sinn. Und Inspektor Rudge konnte sich ja auf nichts stützen, nicht einmal auf die eigene scharfe Logik, nicht mal auf seine Fähigkeit, zwei und zwei zusammenzuzählen und zweiundzwanzig daraus zu machen. Nein, er hatte nichts als das Taschentuch mit dem obstfleckigen Beweis, daß jemand vor ganz kurzer Zeit im Garten gewesen war, und seinen »kleinen Finger«, der ihm sagte, daß eben irgend etwas nicht stimmte.

Im Haus war also, soweit er festgestellt hatte, niemand, aber er hatte das ganz sonderbare Gefühl, daß jemand im

Garten war. Und dieses Gefühl war so stark, daß er zweimal sogar stehenblieb und sich blitzschnell umdrehte, um auf die blumenüberwachsene Schönheit des langen, schnurgeraden Pfades zu starren. Natürlich kein Mensch weit und breit, nur die liebe Sonne lachte ihm ins Gesicht. Rot, weiß, blau und gelb flammte die Hitze aus den Polstern von Fieberkraut, frisch erblühten roten Tausendschönchen und Phlox. Die hohen Stockrosen standen regungslos in der dichten, sonnensatten Luft. Sonnenschein, bunte Blumenpracht, was sollte daran nicht stimmen? Ein Pfarrhausgarten an einem Nachmittag, einem Spätnachmittag im August, was stimmt daran nicht? Er drehte sich um und nahm seine langsame Wanderung wieder auf. Nein, irgend etwas stimmte nicht.

Wenn das Monogramm »C« sich auf Mrs. Mount bezog, dann war Mrs. Mount während der letzten Viertelstunde im Garten ihres früheren Ehemannes gewesen und hatte ihres früheren Ehemannes Reineclauden gegessen, ganz gemütlich und sich ganz zu Hause fühlend. Und jetzt war sie – ja, wo? Im Haus? Wozu das? Aber es konnte schon sein. Er hatte nie ihre Handschrift gesehen, und möglicherweise hatte sie dieses BIN HALB SIEBEN ZURÜCK auf die Trauerkarte geschrieben. Eine solche Karte konnte sie aber nur gehabt haben, wenn sie im Hause gewesen war. Im Arbeitszimmer eines Pfarrers waren solche Karten zu finden, doch wohl kaum in einer modischen Damenhandtasche. Hatte also sie die Nachricht geschrieben, geschrieben im Arbeitszimmer ihres Ex-Mannes, wohl wissend, daß die Dienstboten Ausgang hatten? Und für wen war die Nachricht bestimmt gewesen? Für diesen komischen Kauz von Pfarrer, oder für den schönen Unbekannten, der sie manchmal in ihrem Hotel besuchte? Und warum ausgerechnet halb sieben? Aber vielleicht hatte doch nicht sie die Nachricht geschrieben. Vielleicht hatte eines der Hausmädchen sie geschrieben? Oder der Pfarrer?

Er dachte daran, nochmals zur Hoftür zu gehen und sich die verräterische Karte zu holen, ließ es dann aber sein. Die Karte sollte jemandem etwas mitteilen; wenn nun dieser Jemand noch unterwegs war, sie also noch nicht gelesen hatte? Besser, man ließ den Dingen ihren Lauf.

Ohne Bedauern gab der Inspektor jeden Gedanken an eine Schwitztour durch das verschlafene Dorf, an fruchtloses Palavern mit Hinz und Kunz und an ein erneutes Interview mit dem alten Neddy Ware wieder auf. Nicht so ganz ohne Bedauern entsagte er damit dem angenehmen Finale der Tour; mit der geplanten Einkehr in der Dorfschenke und einem herzhaften Zug köstlichen brunnenkühlen Bieres war es nun also nichts. Stattdessen tat der Inspektor, was ihm Vernunft und Amtspflicht geboten: er vertauschte den offenen Gartenweg mit einem Rasenstreifen, der in eine Hecke mündete, und kroch dort zwischen die Lorbeerbüsche. Die Hecke zog sich, bei den Gemüsebeeten beginnend, rund um den ganzen Vorgarten, so daß Rasen und Haus durch einen zwölf Fuß breiten Gürtel aus Blattwerk vor den Blicken der Straßenpassanten geschützt waren.

Der Inspektor wußte, was er zu tun hatte. Er sah auf die Uhr: es ging erst auf sechs. Wenn in der Zeit bis halb sieben, dem Termin auf der Karte, irgend jemand zum Pfarrhaus kam – Inspektor Rudge sollte es nicht entgehen. Das Lorbeergebüsch war staubig, Lorbeer ist sogar draußen auf dem Land immer staubig, und der Boden darunter war es nicht minder. In dem Schlupfwinkel war es stickig und unerträglich heiß. Dennoch, Inspektor Rudge würde hier ausharren, bis entweder der Schreiber der Karte nach Hause kam oder der vorgesehene Leser sich einfand.

Er machte es sich so bequem, wie es irgend ging; zu rauchen wagte er allerdings nicht, aber für dergleichen Notfälle hatte er Kaugummi bei sich, und zum Zeitvertreib malte er Kästchen und Kringel auf den Boden; die Erde war locker und trocken wie Sand. Als die Schatten länger wurden, kühlte die Luft etwas ab, doch statt der Hitze plagten ihn jetzt die Mücken. Und erst als die Uhr der Dorfkirche sieben geschlagen hatte, wurden sein Opfermut und seine Geduld belohnt. Stimmen drangen an sein Ohr, munter und gar nicht leise. Das Einfahrtstor (das er nicht sehen konnte) quietschte und schlug wieder zu. Dann hörte er, wie sich jenseits der undurchdringlichen Mauer aus Lorbeer und Stechapfelbüschen, die den Rasen vom Hauseingang trennte, Schritte näherten. Zwei Gestalten, ganz ins Gespräch vertieft, kamen um die Biegung, bewegten sich auf den Eingang zu, wo der Schatten des Hauses sie aufnahm, und dann zog die größere von beiden die Türglocke.

Inspektor Rudge riß vor Verblüffung das Lorbeergestrüpp zur Seite. Die Hollands, alle beide, Mann und Frau! Die hatte er zu allerletzt erwartet, hier und um diese Stunde. Was redeten sie, was wollten sie? Er hörte die Glocke anschlagen, aber was sie sprachen, konnte er nicht verstehen, und die Haustür lag so im Schatten, daß er auch ihre Gesichter nicht deutlich sah. Sollte er auftauchen und sie ins Kreuzverhör nehmen?

Während er noch überlegte, machten sie auf der Türschwelle kehrt, und Hollands Stimme ertönte, klar und verständlich:

»Wir können ja warten.«

Seine Frau trat neben ihn auf den Kiesweg.

»Wie spät ist es denn jetzt?«

Ihr Mann sah auf die Armbanduhr.

»Grade sieben vorbei.«

Elma schien unschlüssig.

»Ich will nicht den ganzen Weg umsonst gemacht haben.«

»Hast du mal dran gedacht«, sagte Holland etwas gereizt, »daß das auch eine Falle sein kann?«

»Eine Falle? Wieso das denn?«

»Nun ja –« Er zögerte. »Wieviel weiß Célie?«

»Ach, mach nicht so ein Theater, Arthur. Es ist heiß, und ich habe keine Lust, mich verrückt zu machen. Setzen wir uns ein bißchen hierher.« Damit ging sie über den Rasen und ließ sich in die schäbige Hängematte fallen, die zwischen zwei Ästen einer riesigen Zeder hing; ihr Mann warf sich daneben ins Gras.

Gut zehn Minuten saßen die beiden so und schwiegen fast die ganze Zeit. Inspektor Rudge verwünschte sein Pech. Neun von zehn Frauen hätten sich in diesen zehn Minuten des Müßigseins um Kopf und Kragen geredet. Aber nein, er mußte es ausgerechnet mit einer Verdächtigen zu tun haben, die das konnte, was er noch bei keiner Frau erlebt hatte: stillsitzen und den Mund halten. Den hielt sie sogar noch, als sie sich, des Stillsitzens offenbar müde, plötzlich aufrichtete – keiner der beiden Beobachter erfuhr, weshalb. Als sie dann aber die Beine herumschwang, sich erhob und in Richtung Haus schlenderte, stand ihr Mann sofort auch auf und gesellte sich zu ihr. Hatte sie ihm ein Zeichen gegeben? Wußte sie, daß sie beobachtet wurde? fragte Rudge sich. Aber er war ganz sicher, daß er sich nicht gerührt hatte; dennoch verhielt er sich weiterhin ganz still. Elma Holland, dachte der Inspektor, war es durchaus zuzutrauen, daß sie ihrerseits ihm eine Falle stellte. Mittlerweile waren die beiden wieder beim Haus angelangt, und jetzt scholl Hollands Stimme über den Rasen:

»Nanu, die Tür steht ja offen!«

»Dann haben wir sie sicher nicht kommen sehen«, antwortete die Frauenstimme. »Komm, laß uns hineingehen. Irgendwo muß sie ja sein.« Und die beiden verschwanden.

Inspektor Rudge seufzte erleichtert auf. Endlich konnte er sich wieder bewegen, durfte gähnen, sich strecken und konnte endlich das arme Bein entlasten, auf dem er mit seinem ganzen Gewicht gelegen hatte und das, auch noch angewinkelt, schon ganz gefühllos geworden war. Jetzt stach es darin wie mit tausend Nadeln. Er begann es gerade sanft zu massieren, als ihm plötzlich der Atem stockte: da war ein Laut gewesen, der sich, sehr leise zwar, aber unverkennbar, angehört hatte wie ein Schrei. Rudge saß da wie versteinert. Und während er mühsam aufstand und Anstalten machte, sich den Weg ins Freie zu bahnen, ertönte ein zweiter Schrei, näher jetzt, lauter und sehr viel durchdringender; dann wollten die Schreie gar nicht mehr enden, und aus dem Schatten der offenen Haustür stürzte eine Gestalt: Elma Holland.

Einmal draußen, schienen sie die Kräfte zu verlassen; sie taumelte noch ein paar Schritte vorwärts, als wollte sie sich durch eine unsichtbare Hecke kämpfen. Ihr Gesicht war so weiß wie die gekalkte Hauswand, und als ihr Mann, der im nächsten Augenblick aus dem Haus gestürzt kam, bei ihr war, fiel sie ihm wie ein Sack in die Arme.

Der Inspektor war kaum langsamer, und während er aus dem Gebüsch hervorbrach und über den Rasen lief, eilte ihm der Gedanke schon voraus: was konnte sie gesehen haben, das eine Frau wie sie so mitnahm? Als er bei den beiden anlangte, die einander festumschlungen hielten, bemerkte er, wie Hollands Hände aussahen, und ergänzte das bereits gerufene »Lassen Sie mich vorbei!« schnell durch ein »Und rühren Sie sich nicht von der Stelle!«. Damit war er auch schon an den beiden vorbei, rannte die Treppe hinauf, stürzte den Flur entlang und riß die Tür zum Eßzimmer auf. Leer! Ebenso der Salon. Aber die Tür zum Arbeitszimmer des Pfarrers stand offen. Rudge ging hinein und blickte sich fieberhaft um.

Es war sehr still in dem Raum, der von Sonnen- und Schattenstreifen durchzogen war, sehr kühl und sehr dunkel. Die dämmrige Kühle tat wohl, nach dem gleißenden Licht auf dem Rasen draußen. ›Still wie in einer Gruft‹, dachte der Inspektor, ›was gibt es denn hier zu schreiben?‹ Dann, als er näher zum Schreibtisch trat, der wie eine Brustwehr schräg vor dem Fenster stand, sah er, weshalb Elma Holland geschrien hatte.

Am Boden hingestreckt zwischen Schreibtisch und Wand lag eine tote Frau. Ihre weit offenen Augen waren glasig wie die Augen einer kunstvollen Wachsfigur, und auf ihren Wangen hob sich das Rouge in hektischen Flecken von der bleichen Haut ab. Ihre Hände waren über der Brust ineinandergelegt, aber nicht zu einer Gebärde des Friedens, sondern eher wie in einem Krampf letzter Willensanspannung. Sie hielten den Griff eines Messers umklammert, dessen Klinge tief in den blutigen Rüschen ihres geblümten Sommerkleids stak.

12. Kapitel

Die Dinge klären sich

Von Anthony Berkeley

1

Ohne auf die Blutlache auf dem Teppich zu achten, kniete Rudge sich neben die Frau. Sie war noch warm, das Blut aus der Wunde noch nicht geronnen. Aber sie war ohne Zweifel tot.

Eine Stimme von der Tür her ließ den Inspektor aufblicken.

»Sie muß es getan haben, als wir hier nebenan waren. Wir haben sie fallen hören«, sagte Holland ernst, doch ohne eine Spur von Panik.

Rudge runzelte die Stirn. »Hatte ich Sie nicht angewiesen, draußen zu bleiben, Sir?«

»Ach, zum Teufel mit Ihren Anweisungen, Mann. Hier hat sich eine Frau erstochen, da geht es ja wohl nicht nach der Etikette. Können wir irgend etwas tun? Ist sie denn überhaupt tot, sind Sie sicher?«

Rudge erhob sich langsam. »Tot ist sie, daran besteht kein Zweifel. Sie muß gestorben sein, während Sie hier im Haus waren.«

»Dann ist sie mir unter den Händen gestorben«, sagte Holland düster.

Rudge sah die blutige Hand des anderen an, und Holland nickte.

»Ich habe sie nur kurz hochgehoben«, sagte er. »Ich

dachte mir gleich, daß sie tot ist, deshalb habe ich ihre Hände und die Waffe so gelassen, wie sie waren.«

»Das war vernünftig, Sir.«

»Sie wissen sicher, wer sie ist? Die französische Zofe meiner Frau – Célie.«

»Ach«, sagte Rudge. »Da werde ich Ihnen und Mrs. Holland ein paar Fragen stellen müssen.«

»Aber nicht jetzt«, sagte Holland in dem herrischen Ton, den er manchmal hatte. »Meine Frau ist noch ganz verstört. Begreiflicherweise. Ich dulde nicht, daß sie mit Fragen behelligt wird, bevor sie sich nicht ein bißchen erholt hat.«

Rudge hob ein wenig die Augenbrauen, sagte dann aber nur: »Ich muß Sie bitten, und zwar Sie beide, das Grundstück vorerst nicht zu verlassen. Wo ist Mrs. Holland jetzt?«

»Ich habe sie draußen in die Hängematte unter der Zeder gebracht. Ich muß wieder zu ihr. Wir warten dort auf Sie, Inspektor. Selbstverständlich werden wir Ihnen alles sagen, was wir wissen.«

Auf dem Kies draußen waren Schritte zu hören, die sich rasch dem Hauseingang näherten. »Ist da jemand?« rief eine Stimme. Im nächsten Augenblick erschien die Gestalt des allgegenwärtigen Reporters von der »Evening Gazette« im Türrahmen. Holland schob sich, etwas vor sich hinmurmelnd, an ihm vorbei und ging aus dem Haus.

Auf der Hornbrille des Reporters blitzte munter ein Sonnenstrahl, der zum Fenster hereinfiel. »Hallo, Inspektor, Sie hatte ich hier nicht erwartet. Ist der Pfarrer da?« Dann sah er, was zu Rudges Füßen am Boden lag. »Um Gottes willen – was ist das?«

»Soweit ich weiß, Mademoiselle Célie«, gab Rudge trocken zur Antwort. »Mrs. Hollands ehemalige Zofe. Aber ich muß Sie bitten, mir jetzt keine Fragen zu stellen, wenn Sie so freundlich sein wollen. Sie kriegen Ihre Story schon noch, dafür werde ich sorgen. Es gibt – « Er brach ab, weil draußen wieder Schritte ertönten. Beide Männer horchten gespannt. Wieder kamen die Schritte unmittelbar auf das Haus zu und näherten sich dann dem Arbeitszimmer. Der Pfarrer trat ein.

»Nanu, Inspektor«, sagte er überrascht. »Ich wußte gar nicht, daß Sie auch kommen würden. Hat denn – o nein!« Einen Moment schien er wie gelähmt vor Entsetzen. Dann warf er sich mit einem leisen Aufschrei neben der Toten auf die Knie. »Celia!«

»Bitte berühren Sie sie nicht, Sir.« Rudge bückte sich, wie um die Tote vor der Fürsorge des Pfarrers zu schützen.

Der sah mit schmerzverzerrtem Gesicht zu ihm auf. »Ist sie tot?«

»Leider ja, Sir.«

»Sie hat doch nicht – Hand an sich gelegt?«

»Es sieht ganz so aus, Sir.«

Mr. Mount vergrub das Gesicht in den Händen und verharrte wohl eine Minute so, regungslos. Als er sich wieder etwas gefaßt hatte, fragte er:

»Sie wissen, Inspektor, wer dieses arme Kind ist?«

»Sie ist bereits als Mrs. Hollands ehemalige französische Zofe identifiziert worden, Sir.«

»Ja.« Der Pfarrer schwieg eine Weile, als müsse er sich zu etwas durchringen. »Inspektor, es gibt vieles um diese Tragödie, das ich Ihnen nicht sagen kann. Das Beichtgeheimnis verschließt mir den Mund. Aber so viel, wenn es der Gerechtigkeit zu dienen vermag, so viel kann ich Ihnen sagen: dieses arme Wesen ist meine Frau. Und ich fürchte, daß leider ich es gewesen bin, der sie zu dieser schrecklichen Tat getrieben hat.«

2

»Sie, Sir?« fragte der Inspektor scharf. »Wieso denn das?« Dann sah er, daß der Mann von der Zeitung immer noch dastand, und setzte hinzu: »He, ich hab doch gesagt, Sie sollen verschwinden.« Er war schon im Begriff, den Kerl an der Schulter zu packen und zur Tür hinauszubefördern – womit er für die mannigfachen Empfindungen, die in ihm brodelten, ein physisches Ventil gehabt hätte –, da erkannte er an dem kreideweißen Gesicht und den flatternden Händen des andern, daß nicht berufliche Sensationsgier ihn hatte bleibenlassen; der Mann konnte sich kaum auf den Beinen halten. Rudge legte ihm also nicht strafend, sondern behutsam die Hand auf den Arm und führte ihn zur Tür. »Sind doch Soldat gewesen, oder?«

Der Reporter brachte ein zittriges Lächeln zustande. »Schon, aber wir haben ja nicht auf – auf Frauen geschossen. Verzeihung, aber ich glaube, mir wird schlecht.«

Jetzt nahm sich der Pfarrer der Sache an; er drängte sich am Inspektor vorbei und führte den Mann zu einer gleich neben der Haustür gelegenen kleinen Toilette. »Bleiben Sie hier, bis Ihnen besser ist«, nickte er ihm zu und ging mit dem Inspektor wieder ins Zimmer.

»Mancher kann eben kein Blut sehen«, bemerkte dieser. »Sie wollten mir noch etwas sagen, Sir?«

Sie standen nebeneinander und blickten auf die Tote hinab. »Armes Ding, armes Ding«, murmelte der Pfarrer. »Die Mutter meiner Söhne, Inspektor. Vielleicht war ich zu hart mit ihr, zu kleinlich. Aber was hätte ich tun sollen? Mein Glaube verbietet ausdrücklich die Ehescheidung. Was Gott verbunden hat, das soll der Mensch nicht scheiden... Daran läßt sich nicht rütteln.«

»Sie wollte die Scheidung von Ihnen?« Rudge fragte es leise in die Grübeleien des Pfarrers hinein, die wohl weniger für ihn, den Inspektor, bestimmt und mehr eine Art Selbstgespräch waren.

»Ja. Ich habe den Namen des Mannes, der sie verleitet hat, mit ihm zu gehen, nie erfahren; sie wollte ihn mir nicht sagen, vielleicht war es besser so. Aber er scheint gut zu ihr gewesen zu sein, auf seine Art.« Man merkte, der Pfarrer gab sich alle Mühe, gerecht zu sein. »Jedenfalls war er ihr treu. Und sie ihm. Sie wollten heiraten. Sie hatten von Anfang an heiraten wollen. Aber ich konnte es nicht mit meinem Gewissen vereinbaren, ihr die Scheidung zuzugestehen. Letzten Dienstag dann, in der Mordnacht, da...«

»Ja?« Rudge hielt fast den Atem an. Endlich würde er über die geheimen Vorgänge jener Nacht etwas erfahren.

»Da suchte sie mich hier auf, spät am Abend, und hat mich wieder gedrängt und beschworen, es mir doch noch einmal zu überlegen. Sie war sehr erregt, verzweifelt, ganz außer sich...«

»Ach«, flüsterte Rudge nur.

»Ich gab mir die größte Mühe, sie zu beruhigen. Zumal im Hinblick auf das, was ich ihr antworten mußte.«

»Sie haben Ihre Weigerung wiederholt?«

»Was blieb mir denn anderes übrig«, sagte der Pfarrer kläglich. »Ich wußte doch, daß ich keine Wahl habe. Das Verbot ist eindeutig. Es war mir schrecklich, ihr das sagen zu müssen. Aber das Gewissen«, setzte er mit einem matten Lächeln hinzu, »macht auch den Schwächsten stark.«

»Und wieviel Uhr war es, als Ihre Gattin kam?« Auch dem Inspektor war es schrecklich, den Mann unter diesen Umständen so verhören zu müssen, aber auch an seiner Pflicht ließ sich nicht rütteln.

»Ich habe kurz nach Mitternacht mit ihr gesprochen.«

»Nach unseren Informationen ist sie aber bereits gegen elf Uhr hier eingetroffen«, sagte Rudge milde.

Eine leichte Röte überflog die hageren Wangen des Pfarrers. »Ich wiederhole, ich habe sie erst kurz nach Mitternacht gesprochen. Viertel nach zwölf ungefähr, wenn ich mich recht erinnere. Ich habe sie hierher in mein Arbeitszimmer gebracht, und wir haben fast eine Stunde geredet.«

»Und was hat sie in der Zeit von elf Uhr bis viertel nach zwölf gemacht?«

Der Mund des Pfarrers wurde schmal. »Das kann ich Ihnen nicht sagen, Inspektor.«

»Soll das heißen, daß Sie es mir nicht sagen wollen, Sir, oder daß Sie es nicht wissen?«

»Ich kann mich dazu nicht äußern.«

Die beiden Männer sahen einander unverwandt an.

Rudge ließ das Thema fallen. »Und heute nachmittag? Hatte sie sich bei Ihnen angesagt?«

»Ja, für sieben Uhr, zusammen mit Mr. und Mrs. Holland. Leider habe ich mich verspätet, unglücklicherweise. Sonst hätte ich – « Seine Stimme zitterte. »Wer weiß, vielleicht hätte ich das hier verhindern können.«

»Und Sie waren – wo?«

»In der Blumenausstellung Ferrers-Abbas. Die Dienstmädchen sind noch dort und meine Jungs auch. Das Haus war völlig leer.«

»Um was ging es Mrs. Mount denn bei dieser Verabredung?«

»Das hat sie mir nicht gesagt, jedenfalls nicht ausdrücklich.«

»Sie konnten es sich aber denken, Sir?«

»Ich glaube«, sagte der Pfarrer etwas verlegen, »sie wollte über gewisse Informationen sprechen, die sie im Zusammenhang mit Admiral Penistones Tod zu haben glaubte.«

»Und Sie wissen, was das war?«

In die Miene des Pfarrers kam etwas Verstocktes; Rudge, dem allmählich die Geduld ausging, fand im stillen nur das Wort Renitenz dafür. »Ich habe Ihnen soeben gesagt, Inspektor, daß mir über gewisse Dinge Schweigen auferlegt ist. Und das gehört dazu.«

Wieder sahen die beiden einander an.

Doch diesmal löste sich die Situation von selbst. Erneut wurden auf dem Kies draußen Schritte laut, nunmehr gefolgt vom Bimmeln der altmodischen Türglocke im hinteren Teil des Hauses.

Der Pfarrer ging hinaus in den Flur, und Rudge folgte ihm.

In der offenen Haustür stand ein kleiner, älterer Mann, zu dessen nicht gerade frischgebügeltem Anzug der flotte graue Filzhut, der verwegen auf seinem Kopf saß, nicht so recht passen wollte. »Ah, Mount«, sagte er. »Tut mir leid, daß ich so höllisch spät dran bin. Hat das Treffen schon stattgefunden?«

»Das Treffen?« wiederholte der Pfarrer verständnislos.

»Ja. Um sieben, hieß es, sollte ich hier sein. Ich hab am Telefon nicht ganz mitbekommen, worum es eigentlich geht, aber die – die Dame hat es ziemlich dringend gemacht.«

»Sie – sie hat Sie angerufen?«

»Ja.« Der Ankömmling wirkte ausgesprochen peinlich berührt. »Hörte sich an wie der reinste Schauerroman. Ja, und sie hat sich auch noch als Ihre Frau ausgegeben.«

»Das war sie«, sagte der Pfarrer dumpf. Dann, sich zu Rudge umwendend: »Inspektor, ich glaube, Sie kennen Sir Wilfrid Denny noch nicht?«

»Vom Sehen schon, Sir. Sehr erfreut, Sir Wilfrid. Gut, daß Sie wieder da sind. Ich hätte Sie schon längst gern gesprochen.«

»Wegen dieser schrecklichen Geschichte in Rundel Croft? Ja, selbstverständlich. Ich bin heute nachmittag erst zurückgekommen. Ich habe ja nicht geahnt, daß Sie mich sprechen wollten, sonst wäre ich schon früher gefahren. Ich hatte in Paris zu tun.«

»Denny ...«

Offenbar wollte der Pfarrer dem anderen jetzt von der neuerlichen Tragödie berichten, deshalb entfernte sich

Rudge, um dabei nicht zu stören. Aus purer Neugier machte er die Tür zu dem Waschraum auf, wo man den maladen Reporter abgestellt hatte, und schaute hinein. Er war leer. Offensichtlich hatte der Bursche sich wieder erholt.

Noch einmal gab Rudge seiner Neugier nach, bevor er ins Arbeitszimmer zurück ging, um bei der Leiche Posten zu beziehen und den Super und Dr. Grice anzurufen. Er trat ein paar Schritte vors Haus und blickte zu der großen Zeder hinüber. Was er sah, befriedigte ihn vollauf. In der Hängematte saßen, Seite an Seite, Mr. und Mrs. Holland; Mr. Holland hatte den Arm um seine Frau gelegt, und Mrs. Hollands Kopf ruhte an seiner Schulter. Und gerade als Rudge hinübersah, richtete sie sich auf und gab ihrem Mann einen Kuß.

›Sie ist also doch ein Mensch‹, dachte Rudge und wandte sich diskret ab. ›Endlich ist ihr aufgegangen, daß sie ihn schon die ganze Zeit liebt. Na ja, manche brauchen halt erst einen Schock, damit sie drauf kommen.‹

3

Rudge hatte Superintendent Hawkesworth Meldung erstattet.

Chief Constable Major Twyfitt war nach Hause gefahren, hatte zum Glück jedoch Hawkesworth, den er sonst bis zur Kreisstadt mitnahm, noch dagelassen. Gemeinsam hatten sie, nachdem auch Dr. Grice eingetroffen war, das Haus durchsucht, dabei aber nichts gefunden, was den Todesfall näher beleuchtet hätte. Jetzt organisierte der Superintendent gerade den Abtransport der Leiche, und Rudge hatte Zeit und Gelegenheit, ein paar Worte mit dem Ehepaar Holland zu wechseln.

Mrs. Holland saß immer noch in der Hängematte. Daß sie sehr mitgenommen war, sah man ihr an, aber sie wirkte doch schon wieder so gefaßt, daß Rudge, der seine Fragen gern stellte, solange ein Erlebnis noch frisch war, es glaubte verantworten zu können, wenn er sie, ungeachtet Hollands Verbot, schon jetzt befragte. Bewußt zwanglos setzte er sich neben die beiden ins Gras.

»Ich weiß, Sir, es ist ein etwas unglücklicher Zeitpunkt, aber verstehen Sie bitte, daß ich meine Arbeit tun muß. Also, wären Sie wohl so freundlich, mir vor allen Dingen zu sagen, was Sie über diese heutige Verabredung wissen? Wann hat Mrs. Mount sie mit Ihnen getroffen, und was für einen Grund hat sie dafür angegeben?«

Rudge hatte seine Frage an Elma gerichtet, die Antwort gab jedoch Holland. »Sie hat uns heute kurz nach dem Lunch im Lordmarshall angerufen und hat uns gebeten, sie hier zu treffen. Weswegen, das hat sie uns nicht gesagt.«

»Aber Sie konnten es sich in etwa denken?«

»Nein.«

»Wer hat mit ihr telefoniert – Sie, Mr. Holland?«

»Nein«, sagte Holland – ein wenig zögernd, wie es Rudge vorkam. »Meine Frau.«

»Aha.« Jetzt wandte Rudge sich ausschließlich an Elma Holland. »Und welche Vermutung hatten Sie, Madam, was hinter diesem Vorschlag steckte?«

»Gar keine.« Elma war so kurzangebunden wie immer.

»Sie haben auch nicht gefragt?«

»Nein.«

»Aber Sie müssen sich doch gewundert haben, daß Ihre ehemalige Zofe Sie im Pfarrhaus treffen wollte?«

»Ich dachte mir, daß sie vielleicht ein Problem hätte und einen Rat von mir wollte. Und daß sie lieber nicht ins Hotel käme, wo man sie hätte erkennen können.«

»Und warum wollte sie nicht erkannt werden?«

Elma zuckte die Achseln. »Das kann ich Ihnen nicht sagen.«

»Wußten sie, daß sie Mrs. Mount war?«
»Natürlich nicht.«
»Das ist Ihnen vollkommen neu?«
»Vollkommen.«
»Würden Sie«, fragte Rudge vorsichtig, »in dieser Tatsache etwas sehen, das vielleicht irgendwie den Tod Ihres Onkels erklären könnte?«
»Wohl kaum«, versetzte Elma. »Obwohl es natürlich erklärt, warum sie mich – die Stellung bei mir so plötzlich verlassen hat.«
Rudge nickte. »Ja, das allerdings. Übrigens, Sie sagten, sie hätte vielleicht ein Problem gehabt. Wirkte sie am Telefon so?«
»Sie wirkte bewegt«, sagte Elma langsam. »Ja, so kam sie mir vor.«
Aber auch wieder nicht so bewegt, dachte Rudge, um nicht vor der von ihr einberufenen Konferenz noch Reineclauden zu essen.
»Und der Gedanke«, fuhr er fort, »daß der Rat, den sie Ihrer Meinung nach brauchte, sich vielleicht auf etwas bezog, das mit dem Mord an Ihrem Onkel zusammenhing, dieser Gedanke ist Ihnen nicht gekommen, Mrs. Holland?«
»Nein«, antwortete Elma kalt. »Warum?«
Rudge hätte ihr mehr als nur einen Grund für seine Frage angeben können. Stattdessen fragte er, langsam und betont: »Wie viel hat Célie gewußt?«
Der Schuß saß. Elma wurde erst bleich, dann rot, und warf ihrem Mann einen unmißverständlichen hilfesuchenden Blick zu. Holland reagierte sofort.
Wie er jedoch reagierte, das überraschte Rudge. Er brauste weder auf, noch versuchte er das Gespräch zu beenden, sondern er bemerkte lediglich: »Komisch, daß Sie das sagen, Inspektor; genau das habe ich nämlich meine Frau vor noch nicht einer Stunde auch gefragt. Auch ich hatte es für denkbar gehalten, daß sie uns vielleicht

irgend etwas im Zusammenhang mit dem Tod des Admirals mitteilen wollte. Aber meine Frau hat steif und fest behauptet, daß sie nichts gewußt haben kann.«

»Kann sie auch nicht«, sagte Elma, hörbar erleichtert.

Rudge sah die beiden nacheinander an. Er wußte sehr wohl, daß Mrs. Holland nichts dergleichen behauptet hatte, jedenfalls nicht bei dieser Gelegenheit. Vielleicht war er da nicht ganz klug vorgegangen. Mit seinem Versuch, die beiden durch einen Überfall zum Reden zu bringen, hatte er zu erkennen gegeben, daß er Zeuge ihrer Unterhaltung gewesen war, während sie vor dem Haus gewartet hatten; außerdem hatte Holland ihn natürlich aus dem Gebüsch kommen sehen. Daß er in Wirklichkeit gar nichts gehört hatte, auch nicht, als Elma dann in der Hängematte lag, konnten sie ja nicht wissen. Trotzdem war Holland aber bei seiner Frage nicht im geringsten erschrocken gewesen. Er hatte Rudge seelenruhig das Heft aus der Hand genommen und mit einer bewundernswert unverbindlichen Antwort gekontert, so daß Elma wieder beruhigt war. Rudge mußte sich damit begnügen, daß er sie ja doch, wenn auch nur für einen Moment, aus der Fassung gebracht hatte. Die beiden mußten irgend etwas wissen – aber Rudge sah ein, daß nicht die geringste Aussicht bestand, es durch direktes Fragen aus ihnen herauszubekommen.

Um sie nicht vollends kopfscheu zu machen, versuchte er es jetzt anders. »Würden Sie mir bitte einmal der Reihe nach erzählen, was sich abgespielt hat, als Sie ins Haus kamen, Sir. Sie haben, glaube ich, bemerkt, daß die Eingangstür offenstand, und sind Mrs. Holland ins Haus gefolgt, nicht?«

Holland lächelte ein wenig. »Jawohl, Inspektor, wie Sie von Ihrem Lorbeerbusch aus gesehen haben. Übrigens«, fuhr er, nun wieder ernsthaft, fort, »haben Sie etwa geahnt, daß so etwas passieren würde? Wenn ja, dann...«

»Ich habe nichts geahnt, Sir, ebensowenig wie Sie. Aber würden Sie jetzt freundlicherweise zur Sache kommen?«

»Also, ich folgte meiner Frau in den Flur. Wir dachten, daß Célie – Mrs. Mount, meine ich – gekommen sein mußte, weil die Tür ja offenstand. Wir haben zuerst in den Salon geschaut und sind dann ins Eßzimmer gegangen. Ich glaube, als wir im Eßzimmer waren – Sie wissen ja, es liegt neben dem Arbeitszimmer –, da hörten wir einen Schrei – «

»Einen entsetzlichen Schrei«, warf Mrs. Holland schaudernd ein.

»Ja, es klang schrecklich. Ich habe nie zuvor etwas so Furchtbares, wahrhaft Furcht-Erregendes, gehört. Als hätte ein Tier geschrien. Ich stürzte aus dem Eßzimmer und wollte ins Arbeitszimmer, aber ich war noch nicht ganz an der Tür, da hörte ich diesen dumpfen Aufschlag, da muß sie wohl zusammengebrochen sein. Ja, und da lag sie dann, auf dem Teppich, und alles war schon voll Blut. Und wie gesagt, in meinem Arm ist sie dann gestorben.«

»O Gott.« Wieder schauderte Elma.

»Aha. Vielen Dank, Sir. Und was sagen Sie, Mrs. Holland? Stimmt das mit Ihren Wahrnehmungen überein?«

»Ich glaube schon, ja. Ich persönlich hätte vielleicht gesagt, daß wir sie bereits fallen hörten, bevor mein Mann in das Zimmer lief – aber ich bin nicht ganz sicher.«

»Und Sie, Sir?«

Holland überlegte. »Ich weiß es nicht, es kann sein. Ich glaube, wir standen zuerst einfach da, wie betäubt, wissen Sie. Ja, vielleicht hörten wir sie fallen und ich bin danach erst gelaufen. Wenn ich mir's jetzt wieder vorstelle – ich kann nicht mit Sicherheit sagen, ob vor oder nach dem Aufschlag. Aber praktisch macht es doch keinen Unterschied, eine Sekunde oder zwei, höchstens.«

»Und Sie, Madam, sind Ihrem Mann dann ins Arbeitszimmer gefolgt?«

»Ja, und da – da –« stammelte Elma und schlug die Hände vors Gesicht; sie bebte am ganzen Körper.

Holland sprang auf. »Inspektor«, sagte er mit leiser Stimme, »verschwinden Sie.«

Rudge verschwand.

Auf jeden Fall hatte er nicht damit gerechnet, noch mehr zu erfahren.

4

»Natürlich war es Selbstmord«, brummte der Superintendent. »Der Arzt sagt, den Dolch kann nur eine Lebende so gepackt haben; es sind ausschließlich ihre Fingerabdrücke darauf; die Hollands waren im Zimmer nebenan, als sie es tat, und haben sie ja auch fallen hören; Rudge hatte die Haustür im Auge, die Hoftür war sowieso die ganze Zeit von innen verschlossen; und als das Haus durchsucht wurde, war niemand zu finden. Also bitte«, schloß der Superintendent beißend, »wenn es kein Selbstmord war, was denn dann.«

Rudge sagte nichts, aber seine ohnehin roten Backen wurden noch eine Spur röter.

»Sie sind nicht einverstanden, Rudge?« fragte der Chief Constable.

»Nein, Sir, bedaure, das bin ich nicht. Ich sehe die Sache so: würde eine Frau, die im Begriff ist sich umzubringen, vorher noch in aller Gemütsruhe Reineclauden essen? Das paßt doch nicht zusammen.«

»Sie wollen also behaupten, Holland hätte sie umgebracht?« fragte der Superintendent scharf. »Sonst kommt ja niemand in Frage.«

»Nein, Sir, das will ich auch nicht behaupten.«

Es war am Vormittag nach dem Ereignis, und die Unterredung fand auf dem Polizeirevier Whynmouth statt. Es lag Spannung in der Luft, und die Atmosphäre wurde immer gereizter. Seit mindestens einer halben Stunde schon debattierte man über die Frage, ob und wieso Mrs. Mounts Tod auf Selbstmord oder aber auf Mord beruhe, und noch war man zu keinem Ergebnis gekommen. Der Superintendent erklärte: einwandfrei Selbstmord, und der Chief Constable mußte zugeben, daß er die Logik auf seiner Seite hatte; Inspektor Rudge wiederum hielt obstinat an Mord fest, doch aufgefordert, dafür Beweise zu nennen, faselte er bloß irgend etwas von »zusammenpassen« und »dafür einen Riecher haben«; kein Wunder, daß ihn der Superintendent nicht ernst nahm. Major Twyfitt hatte sich bisher beharrlich an die vornehmste Pflicht eines Chefs gehalten, zwischen zwei streitenden Untergebenen den ruhenden Pol zu bilden, wußte indessen nicht, wie lange er das noch würde durchhalten können.

Jetzt hielt er es für geraten, die Diskussion in andere Bahnen zu lenken. »Schön, Rudge«, sagte er begütigend, »wenn Sie die Dinge so sehen, werden Sie ja tunlichst noch Beweismaterial sammeln, das Ihre Theorie stützt. Im übrigen denke ich, wir überlassen die Sache vorerst dem Untersuchungsrichter. Nun zu dem Mord an Admiral Penistone. Sie sagten uns gestern abend, es handle sich bei der Toten um die Zofe Célie Blanc; damit ist unstreitig auch das Pfarrhaus in die Vorgänge einbezogen – das vermuteten Sie ja von Anfang an. Ferner haben Sie uns berichtet, was Hempstead in Rundel Croft im Badezimmer gefunden hat. Nun, haben Sie irgendwelche Vorstellungen, wohin uns das alles führen soll?«

»Jawohl, Sir«, antwortete der Inspektor grimmig. »Davon habe ich sogar eine sehr deutliche Vorstellung.«

»Ah, das ist gut. Und wie sieht die aus?«

»Wenn Sie erlauben, Sir, möchte ich darüber erst sprechen, wenn ich noch etwas mehr Beweismaterial beisammen habe«, erwiderte Rudge mit einem Seitenblick auf den Superintendent.

»Ja, ja, selbstverständlich. Hauptsache, Sie verfolgen ein klares Konzept. So, und der Superintendent hat von der Admiralität nunmehr die Details von diesem Hongkong-Vorfall erhalten, über den Sie ja Näheres wissen wollten. Geben Sie Rudge die Fakten, Superintendent.«

Superintendent Hawkesworth zog ein gefaltetes Schriftstück aus der Brusttasche, faltete es auseinander und las in ausdruckslosem Ton vor:

»Captain Penistone war 1911 in Hongkong in einen peinlichen Vorfall verwickelt. Gemäß eigenem Eingeständnis folgte er einem Mädchen, das von einem Chinesen belästigt wurde, ins Innere eines billigen, bei den Behörden bereits in üblem Ruf stehenden Lokals. An Weiteres erklärte er später sich nicht erinnern zu können. Beobachtet wurde jedoch, daß er in der Gesellschaft von Seeleuten teils britischer, teils sonstiger Nationalität sowie von chinesischen Kulis im Zustande fortgeschrittener Trunkenheit gröhlend durchs Lokal tanzte; am folgenden Morgen wurde er, noch immer unter Opium- und Alkoholeinwirkung stehend, von einigen seiner Leute, die ihn erkannt hatten, an Bord seines Schiffes getragen. Unter Berücksichtigung seiner Führungsakte stellte man Captain Penistone nicht vor ein Kriegsgericht, sondern überließ es ihm, selbst seinen Abschied zu nehmen. Bei Ausbruch der Feindseligkeiten mit Deutschland meldete Penistone sich als Kriegsfreiwilliger und wurde angesichts der gespannten Lage vorübergehend wieder als Captain in Dienst gestellt. Aufgrund seiner hohen Verdienste während des ganzen Krieges wurde seitens der Admiralität der bedauerliche Vorfall von Hongkong aus seinem Dienstregister gelöscht. Penistone, nunmehr Admiral, äußerte jedoch Dienstälteren gegenüber mehrfach seinen Verdruß über die Angelegenheit und gab der Vermutung Ausdruck, es bestünden gewisse, nie in Erscheinung getretene Hintergründe, zu deren Aufklärung er die Muße seines Ruhestandes nutzen wolle. Ob tatsächlich

Gründe oder Beweise für diese Vermutung bestanden, ist hier nicht bekannt.«

»Danke«, sagte Rudge. »Also einem Mädchen ist er nachgestiegen, aha. Damit dürfte ein Punkt ja geklärt sein, Sir: diese Akte X!«

»Sie meinen, die Akte X enthielt die Beweise, die seine Behauptung erhärten, daß das Ganze eine Schikane war?« nickte der Chief Constable. »Ja, zu diesem Schluß bringt es uns wohl.«

»Es bringt Ihnen noch etwas, Rudge«, setzte Hawkesworth hinzu. »Es bringt ein Motiv! Die Papiere waren doch aus dem Ordner verschwunden, nicht? Offenbar wurden sie nach dem Mord vom Mörder herausgenommen. Mit anderen Worten, der Admiral hatte recht. Er hatte Beweise, und die drohten jemanden zu belasten, der nicht belastet werden wollte. Also wurde der Admiral umgebracht, damit er nicht reden konnte. Damit haben wir einen deutlichen Hinweis: der Mörder muß jemand sein, der 1911 in Hongkong war. Sehe ich das richtig so?«

»Durchaus«, pflichtete Rudge bei. »Absolut richtig, Sir. Kann nicht anders sein. Aber eines verstehe ich nicht, und zwar Mr. Hollands Darstellung, er hätte den Admiral an dem Abend gesprochen, und zwar in dessen Arbeitszimmer, mit einer Menge Papierkram auf dem Schreibtisch, und nach Mitternacht. Nach dem, was der Doktor sagt, müßte der Mörder genau um die Zeit nach der Akte X gesucht haben.«

»Was er vielleicht auch getan hat«, sagte der Superintendent kryptisch.

»Falls Sie Holland meinen, Sir«, sagte Rudge und kam damit auf ein altes Problem zurück, »warum war er überhaupt so erpicht darauf, uns diese Geschichte zu erzählen, wo es doch keinerlei Beweis dafür gab, daß er nicht friedlich im Lordmarshall in seinem Bett gelegen und geschlafen hat?«

»Ich meine nicht Holland«, sagte der Superintendent kurzangebunden. »Ich meine den Mann, den Holland gesehen hat. Den Mann, den er fälschlicherweise für den Admiral gehalten hat. Den Mann, der – nun zum dritten Mal – den Admiral gespielt hat.«

»Zum dritten Mal?«

»Ja. Einmal im Arbeitszimmer, einmal am Eingang zum Lordmarshall, und einmal – in Hongkong!«

»Donnerwetter!« Rudge gab so viel aufrichtige Bewunderung zu erkennen, daß der Superintendent ihm sein Geschwätz zum Thema Mrs. Mount wieder verzieh. »Das nenne ich Denkarbeit. Kompliment, Sir, wenn ich das sagen darf.«

»Sie können sich drauf verlassen, das ist der Mörder«, sagte der Superintendent geschmeichelt, und sein Ton ließ erkennen, daß das an Denkarbeit noch nicht alles war.

»Aber Moment mal«, rief der Inspektor ganz aufgeregt, »das bedeutet ja, daß Mrs. Holland auch mit drinhängt. Holland hat zugegeben, daß sie auch im Arbeitszimmer war.«

»Und haben Sie nicht schon immer gedacht, daß Mrs. Holland eine ganze Menge mehr weiß, als sie sagt?«

»Ich habe nie gedacht, daß sie tatsächlich in den Mord verwickelt sein könnte«, gestand Rudge.

Der Superintendent erhob sich mit triumphierender Miene und schloß einen Aktenschrank auf. Er nahm ein Päckchen heraus, und aus dem Päckchen zog er ein weißes Seidenkleid. Seine großen Hände wirkten sonderbar fehl am Platz auf dem zarten Gewebe, als er das Kleid nun vor den Augen des Inspektors über einen Bürostuhl drapierte. Seine Absicht dabei war klar; auf den rostfarbenen Schmierfleck, der in Hüfthöhe die eine Seite verunzierte, brauchte er nicht erst hinzuweisen. »Da, das verschwundene weiße Kleid. Habe mir einen Durchsuchungsbefehl für ihr Zimmer im Lordmarshall geben lassen und es ganz hinten in einem Schubfach gefunden«, resümierte er kurz.

»Ich wußte doch, daß sie etwas weiß!« entfuhr es Rudge.

»Warum in aller Welt heben sich die Leute die Beweise ihrer Schuld bloß immer auf?« meinte Major Twyfitt.

»Unser Glück, daß sie's tun, Sir«, sagte Hawkesworth. Und zu Rudge gewandt: »Wohlgemerkt, daß sie von Anfang an mitbeteiligt war, glaube ich nicht. Aber Beihilfe hat sie dann doch geleistet, ganz sicher. Und das gibt uns einen weiteren Hinweis. Erkennen Sie ihn?«

»O ja«, nickte Rudge. »Auf den Bruder Walter. An den habe ich die ganze Zeit schon gedacht.«

»So? Tatsächlich?« sagte der Superintendent, etwas aus dem Konzept gebracht. »Warum haben Sie dann nichts davon gesagt?«

»Keine Beweise«, erwiderte der Inspektor schlagfertig.

»Jetzt jedenfalls dürfte es auf der Hand liegen«, schaltete der Chief Constable sich ein. »Und wir dürfen wohl unterstellen, wenn jemand den Admiral gespielt hat, ob nun in Hongkong oder hier, kann es nur Walter Fitzgerald gewesen sein. Die beiden müssen sich sehr ähnlich gesehen haben. Auch dafür haben wir Beweise, Rudge. Zwei Zeugen haben am Mordtag in Whynmouth einen Mann gesehen, den sie aus der Entfernung für den Admiral hielten, und erst als sie dicht bei ihm waren, haben sie gemerkt, daß der Mann sehr viel jünger war.«

»Ach ja, Sir? Das bringt mich auf einen Gedanken. Darf ich einmal kurz London anrufen?«

»Selbstverständlich.«

Rudge zog sein Notizbuch zu Rate, verlangte sodann die Nummer der Pension Friedlander und erbat das Gespräch als dringend. Nach kaum zwei Minuten war die Verbindung da. Rudge nannte seinen Namen und sagte: »Sie erinnern sich noch an unser Gespräch über Mrs. Arkwright? Wie Sie mir sagten, bekam sie nur von einem einzigen Menschen manchmal Besuch, einem hochgewachsenen Mann mit sonnenverbranntem Gesicht. Sagen Sie, trug dieser Mann einen Bart? Er trug einen Bart – ah ja, vielen Dank.« Er legte auf.

Die beiden anderen sahen ihn fragend an.

»Wieder ein Glied in der Kette.« Rudge konnte seine Genugtuung nicht verbergen. »Der Mann, der mit Mrs. Mount auf und davon ist und von dem der Pfarrer nie erfahren hat, wie er hieß – dieser Mann war ebenfalls Walter Fitzgerald.«

»Ah!« Zweistimmiges atemloses Erstaunen.

»Die Sache bekommt Gesicht.«

Der Superintendent räusperte sich. »Also, nach meiner Theorie hat sich an dem Abend folgendes abgespielt. Dieser Mann, dieser Walter Fitzgerald, geht nach – Ja, was gibt's? Ach so, kommen Sie herein.« Ein lautes Klopfen an der Tür hatte ihn mitten im Satz unterbrochen.

Mit selbstzufriedener Miene trat Police Constable Hempstead ein, in der Hand ein kurzes Stück Seil aus Manilahanf, das mit einem zweiten kurzen Stück Seil zusammengeknotet war. »Hoffentlich störe ich nicht, Sir«, sagte er zu Major Twyfitt, »aber ich dachte, Sie wollen sicher gleich Bescheid wissen. Ich habe heute morgen von Rundel Croft bis zur Mündung hinunter beide Flußufer gründlich abgesucht, aber das hier ist alles, was ich gefunden habe.«

»Das fehlende Stück Leine!« rief Rudge. »Wo war denn das? Entschuldigung, Sir«, fügte er mechanisch an den Chief Constable gerichtet hinzu, der nachsichtig nickte.

»Hing im Gebüsch, etwa auf halber Strecke, auf der Pfarrhausseite.«

»Bravo«, sagte der Chief Constable, Hempstead das Seil abnehmend, und sogar Hawkesworth knurrte beifällig.

»Haben Sie auch in den Häusern am Fluß mal herumgefragt?« erkundigte sich Rudge.

»Ich bin in jedem Haus gewesen, Sir. Niemand hat was

gesehen oder gehört. Aber ich habe was anderes festgestellt.«

»So? Was denn?«

»Ja, also – Sie haben mir doch diese Fotos gegeben, Sir, von den Fingerabdrücken auf den Rudern im Boot des Admirals, erinnern Sie sich? Ja, ich glaube, ich weiß jetzt, von wem die stammen.« Hempstead brachte ein Blatt Papier zum Vorschein, das der Superintendent an sich nahm, noch ehe jemand anders danach greifen konnte.

Rasch zog er ein zweites Blatt Papier aus der Brusttasche und verglich die Fotos auf beiden kurz miteinander. Dann blickte er auf. »Ein und derselbe Mann. Wer ist es, Hempstead?«

Hempstead strahlte vor Wichtigkeit. »Neddy Ware, Sir.«

Als Rudge zu einem verspäteten Lunch das Polizeirevier verließ, hatte er einige Nüsse zu knacken. Die Sache nahm ihm allmählich zu große Ausmaße an. Inzwischen schien ja bereits halb Lingham in den Mord verwickelt zu sein oder zumindest Beihilfe geleistet zu haben. Erst der Pfarrer, dann Elma Holland, und nun sogar Neddy Ware. Zu Neddy Wares Ungunsten sprach auch noch etwas anderes. Unter den Fußspuren am Ufer, von denen Gipsabgüsse gemacht worden waren, hatten sich etliche eindeutig als vom Admiral, einige andere als von seiner Nichte stammend erwiesen, und ein paar weitere hatten die breite, derbe Sohle genagelter Stiefel gezeigt, wie sie in Rundel Croft niemandem außer vielleicht einem Gärtner gehören konnten; aber es konnten sehr wohl die Stiefel auch von Neddy Ware sein. Die Abdrücke waren gut, und der Super wollte nach dem Lunch noch selbst überprüfen, ob sie von Neddy Ware stammten oder nicht; aber eigentlich hegte daran niemand mehr einen Zweifel.

Der hatte es faustdick hinter den Ohren, der Neddy Ware. Zerknirscht gestand der Inspektor sich ein, daß er sich von dem Alten total hatte einwickeln lassen. Gewiß,

Ware hatte ihm bis ins Kleinste genau über alles, was den Fluß und seine Gezeiten anging, Auskunft gegeben (wie er sie freilich von jedem, der damit Bescheid wußte, hätte erfragen können) und dabei auch in Punkten, die unter Umständen gegen ihn sprachen, nichts unterschlagen. Aber die Spekulationen, die er geäußert und die der Inspektor, ohne sich dessen bewußt zu sein, praktisch genauso für bare Münze genommen hatte? Jetzt im nachhinein waren, selbst wenn er sein Notizbuch zu Hilfe nahm, Spekulation und Faktum nur schwer voneinander zu trennen, doch schien es zwei Leitgedanken zu geben, die Ware ihm geschickt vermittelt und die er daraufhin jeder Theorie über das Verbrechen als selbstverständliche Basis zugrundegelegt hatte: erstens, daß der Admiral, falls er in jener Nacht sein Boot überhaupt benutzt hatte, damit flußabwärts gerudert sein müsse, und zweitens, daß er Whynmouth nicht unter einer Stunde Fahrzeit hätte erreichen können. Nun, was war von diesen beiden Voraussetzungen zu halten?

Die erste entbehrte eigentlich jeder Grundlage. Warum mußte der Admiral unbedingt flußabwärts gefahren sein? Sicher, nur dann konnte das ungesteuerte Boot in der entsprechenden Zeit zu der Stelle treiben, an der es gefunden wurde. Aber war es wirklich an dieser Stelle gefunden worden? Und zur angegebenen Zeit? Alles, was Ware in seiner Version berichtet hatte, war jetzt mit äußerster Vorsicht zu werten.

Und die zweite Voraussetzung, die Dauer der Fahrt? Der Wasserweg Rundel Croft – Whynmouth betrug etwa zwei und dreiviertel Meilen. Der Admiral mußte irgendwann zwischen zehn Uhr fünfzehn und halb elf aufgebrochen sein. Um diese Zeit, das hatte Ware selbst gesagt, war die Ebbe am stärksten. Sollte ein kräftiger Mann, von einer rasch ziehenden Störmung getragen, ein Ruderboot nicht schneller als in gemächlichem Wandertempo voranbringen können? Dumme Frage, natürlich konnte er das.

Doppelt so schnell. Also erledigt. Neddy Ware hatte die Polizei über den Zeitpunkt, zu dem der Admiral an dem Abend in Whynmouth eingetroffen sein konnte (vorerst einmal angenommen, er hatte in dem anderen Punkt die Wahrheit gesagt und der Admiral war tatsächlich flußabwärts gerudert), offenbar täuschen wollen. Aber warum zum Kuckuck wollte er das?

Hier schob der Inspektor unwillkürlich den Teller mit seinem Stachelbeerpfannkuchen weg und ließ ein lukullisches Meisterstück seiner Wirtin kalt werden.

Rudge konnte sich nur zwei Gründe denken; einmal, daß vielleicht irgendwer für halb zwölf ein Alibi hatte, aber für elf Uhr keins; und zum andern, daß die Polizei glauben sollte, der Mann, der kurz nach elf Uhr im Lordmarshall gewesen war, sei ein Schwindler gewesen – und genau das glaubte sie dann ja auch. Aber in diesem Fall müßte der Mann in Wirklichkeit doch der Admiral...

Nein, das wurde zu kompliziert. Rudge notierte sich die Frage für später und wandte sich etwas anderem zu.

Noch ein Argument sprach dafür, den zeitlichen Ablauf der Ereignisse um rund eine halbe Stunde vorzuverlegen. Kurz nach Mitternacht hatte sich der Bruder, Walter Fitzgerald, bereits im Arbeitszimmer des Admirals befunden. Mit der zugegebenen halben Stunde hätte er bequem Zeit gehabt, dorthin zu gelangen, seine Schwester in Kenntnis zu setzen und um Mitternacht mit der Suche nach dem Aktenstück X zu beginnen. Ohne die halbe Stunde fand der Inspektor den Fahrplan doch reichlich knapp.

So, nun hatte er schon auf eine ganze Reihe seiner neununddreißig fraglichen Punkte eine Antwort gefunden. Rudge blätterte sein Notizbuch durch und überlas sie noch einmal; vielleicht ließen sich über Neddy Ware noch weitere Rätsel lösen.

Und so war es auch, die Frage sechsundzwanzig nämlich: Warum hatte der Admiral einen Mantel getragen? Rudge vergegenwärtigte sich noch einmal das Problem.

Wenn er in der fraglichen Nacht, die eine sehr warme gewesen war, das Boot selbst gerudert hatte, warum sollte er dabei einen Mantel angehabt haben? Aber angenommen, er hatte nicht selbst gerudert? Angenommen, Neddy Ware hatte das Boot nicht nur zurückgebracht, sondern war auch zusammen mit dem Admiral darin weggefahren? Dem lohnte es sich nachzugehen. Wenn diese Annahme stimmte, mußte Neddy Ware nicht nur wissen, wohin der Admiral gegangen war, sondern auch, wer ihn umgebracht hatte. Aber wie in aller Welt ließ sich feststellen, *ob* sie stimmte? Denn aus Neddy Ware kriegte man über diesen Punkt ganz bestimmt nichts heraus.

Nun, da gab es nur eine Möglichkeit. Der Pfarrer hatte doch in seinem Gartenhaus gesessen. Er konnte Augenzeuge gewesen sein. Der Verdacht, daß der Pfarrer von seiner Laube aus irgend etwas gesehen hatte, war Rudge schon früher gekommen. Man mußte den guten Mann eben zum Reden bringen, das war alles.

Und jetzt fiel Rudge doch noch über seinen Stachelbeerkuchen her, leerte mit ein paar Riesenbissen den Teller bis auf den letzten Krümel, schickte rasch noch etwas Brot und Käse hinterher, lief auf die Straße hinunter und warf sich in seinen Wagen.

Mr. Mount war zu Hause und gerade selbst mit dem Essen fertig. Er empfing Rudge in seinem Arbeitszimmer.

Der Inspektor kam gleich zur Sache. »Tut mir leid, Sie schon wieder zu stören, Sir, aber unsere jüngsten Ermittlungen haben ergeben, daß Admiral Penistone Rundel Croft um viertel nach zehn mit dem Boot noch einmal verlassen hat. Sie saßen zu der Zeit doch in Ihrer Laube und konnten den Fluß überblicken. Haben Sie ihn drüben ablegen sehen?«

Der Pfarrer antwortete wie aus der Pistole geschossen. »Ja, Inspektor, wenn Sie mich so direkt fragen, ja, ich hab ihn gesehen.«

»Danke, Sir. Es hat wohl wenig Sinn, Sie zu fragen, warum Sie mir das nicht schon früher gesagt haben. Ich habe Sie zwar nicht ausdrücklich danach gefragt, aber Sie mußten doch wissen, daß diese Information wichtig ist.«

»Doch, das will ich Ihnen gerne sagen. Ich hatte Angst, durch mein Zeugnis Ihren Verdacht womöglich auf einen Unschuldigen zu lenken.«

»Ich verstehe, Sir. Dann wissen Sie also, wer Admiral Penistone umgebracht hat?«

»Nein«, versetzte der Pfarrer, »das weiß ich nicht. Aber ich glaube zu wissen, wer es nicht getan hat.«

»Nun, lassen wir das. In welche Richtung ist der Admiral denn gefahren, Sir? Flußaufwärts oder flußabwärts?«

»Flußabwärts.«

»Und Neddy Ware hat gerudert?«

Der Pfarrer machte zuerst ein erschrockenes, dann ein unglückliches Gesicht. »Inspektor, wenn Sie dem alten Ware unterstellen, er – «

»Tue ich ja nicht, Sir. Nicht den Mord.«

»Ihr Wort darauf?«

»Mein Wort, Mr. Mount.«

»Gut, dann kann ich es Ihnen ja sagen. Ware hat den Admiral tatsächlich an dem Abend gerudert; ich war selber höchst überrascht, das zu sehen. Ich hatte keine Ahnung gehabt, daß die beiden sich überhaupt kennen. Aber gerade deswegen habe ich von meiner Beobachtung nichts gesagt. Als Pfarrer, sehen Sie, verfügt man zwangsläufig über eine gewisse Menschenkenntnis, und ich würde beide Hände dafür ins Feuer legen, daß der alte Ware einer solchen Tat absolut unfähig ist. Ich kenne ihn doch, seit er in Lingham lebt, und diese meine Information, fürchtete ich, hätte Sie auf eine völlig falsche Fährte gebracht. Nur deshalb habe ich Ihnen gegenüber geschwiegen; aber bei Neddy Ware habe ich meinen ganzen Einfluß geltend gemacht und ihn beschworen, er solle doch aus freien Stücken zu Ihnen gehen und Ihnen alles sagen, was er von den Vorgängen jener Nacht aus eigener Kenntnis weiß, was immer es sei. Ich muß leider sagen, daß ich mich getäuscht habe.«

»Er hat es abgelehnt, zur Polizei zu gehen?«

»Nicht nur das. Er bestreitet auch, überhaupt im Boot gewesen zu sein; er sagt, ich hätte mich geirrt.«

»Wir haben einwandfreie Beweise, daß er im Boot gewesen ist, Sir; seine Fingerabdrücke sind an den Rudern.«

»Ja, ich war auch ganz sicher, daß ich recht hatte.«

»Na, da müssen wir uns Ware eben selber vorknöpfen.«

»Ich bezweifle, daß Sie viel aus ihm herausbekommen.«

»Das werden wir sehen, Sir. Bei der Gelegenheit, sind Sie ganz sicher, daß es nichts mehr gibt, was Sie uns im Zusammenhang mit der Mordnacht noch zu sagen hätten, ohne daß es zwangsläufig irgend jemanden belasten würde?«

»Nichts«, sagte der Pfarrer fest.

6

Der Inspektor verließ das Pfarrhaus in einigermaßen gehobener Stimmung. Nicht nur war seine Vermutung bestätigt worden, daß Ware das Boot gerudert hatte, sondern endlich existierte auch ein Beweis, daß die Fahrt flußabwärts gegangen war. Sonderbar, daß der alte Ware darauf auch so nachdrücklich bestanden hatte. Abgesehen von der einen fälschlichen Behauptung in bezug auf die Fahrzeit sah es nun aus, als hätte Ware überhaupt nicht versucht, ihn zu täuschen – eher fast, als hätte er ihn auf die richtige Spur bringen wollen. War es nicht denkbar, daß ihm sein schuldhaftes Wissen schwer zu schaffen machte, daß er zwar inständig wünschte, Penistones Mörder gefaßt zu sehen, daß er ihn zugleich aber, wie ein Schuljunge, nicht direkt anzeigen wollte? Wenn man es recht bedachte, war das eigentlich die einzige Erklärung für sein Verhalten. Aber das war dann auch wieder bedauerlich; Rudge kannte Neddy Ware gut genug, um zu wissen: wenn der Alte es sich in den Kopf gesetzt hatte, den Mörder nicht preiszugeben, würde ihn wohl keine Macht der Welt dazu bewegen können.

Doch wie auch immer, versuchen mußte man es. Nachdem Rudge in aller Eile Major Twyfitts Erlaubnis zu einer nochmaligen Befragung eingeholt und dabei erfahren hatte, daß die Theorie mit den Fußspuren stimmte, fuhr er zu Wares Hütte hinaus.

Der Alte sonnte sich gerade im Garten und schien über den Besuch ehrlich erfreut.

»Na, Mr. Rudge, noch immer nicht klar mit den Gezeiten?«

Rudge setzte sich zu ihm auf die Bank. »Nein, Ware, diesmal sind es nicht die Gezeiten, es geht um was Wichtigeres. Ich möchte von Ihnen gern wissen, was Sie am vorigen Dienstagabend, dem Abend, bevor der Admiral umgebracht wurde, mit ihm zusammen gemacht haben.«

Der alte Ware bot ein Bild unschuldigen Erstaunens. »Ich? Ich war nicht mit ihm zusammen. Wie kommen Sie denn auf die Idee, Mr. Rudge? Ich kannte ihn noch nicht mal vom Sehen. Habe ich Ihnen neulich nicht gesagt, daß ich ihn gar nicht erkannt habe?«

»Doch, das haben Sie gesagt, aber ich kann Ihnen das leider nicht glauben. Zumal nicht, weil Sie in Hongkong waren, als es dort diesen Skandal um ihn gab; deshalb müssen Sie das alles gewußt haben, obwohl Sie mir nichts davon gesagt haben. Hören Sie, Ware, ich will Ihnen nicht drohen, sowas liegt mir fern; andererseits muß ich Ihnen aber offen sagen, wir haben Beweise dafür, daß Sie Admiral Penistone am vergangenen Dienstagabend um viertel nach zehn in Rundel Croft abgeholt haben und mit ihm flußabwärts gerudert sind. Ich will Ihnen diese Beweise auch nennen: Sie sind beim Ablegen gesehen worden, auf den Rudern befinden sich Ihre Fingerabdrücke, und am Ufer waren Ihre Fußspuren. Sie sehen also, Sie können sich da nicht herausreden. Und ich muß Ihnen ja wohl nicht sagen, daß Sie sich damit auch in eine ungute Lage brächten. Wohlverstanden, ich glaube nicht, daß Sie was mit dem Mord zu tun haben, aber andere könnten es glauben.«

»Wie schön, Mr. Rudge, daß Sie das nicht glauben«, sagte Ware trocken.

»Aber andere könnten es glauben«, wiederholte Rudge, »und die werden's auch glauben, wenn Sie uns nicht sagen, was Sie über den betreffenden Abend wissen. Nun mal los, Ware.«

Neddy Ware zog ein paarmal an seiner Pfeife, bevor er antwortete. »Sie sind wohl ganz sicher, daß es Mord gewesen ist, was, Mr. Rudge?«

»Na, glauben Sie etwa, es wäre Selbstmord gewesen? Und wie dieser Dolch durch einen Unglücksfall in seine Brust gekommen sein soll, kann ich mir auch nicht vorstellen. Unfall, Selbstmord oder Mord – eines davon muß es ja gewesen sein.«

»O nein, muß es nicht«, versetzte Ware. »Muß es noch lange nicht.«

»Was wollen Sie damit sagen? Meinen Sie etwa, der Admiral wäre auf andere Weise ums Leben gekommen?«

»Ich? Ich meine gar nichts. Es ist Ihre Sache, herauszufinden, auf welche Weise der Admiral gestorben ist. Ich sage bloß, nicht immer wenn einer stirbt, ist es eine von Ihren drei Sachen. Wenn einer aufgehängt wird – ha? Was ist es dann, Mr. Rudge – Unfall, Mord oder Selbstmord?«

»Ach, hören Sie auf«, sagte Rudge ungeduldig. »Ich möchte lediglich folgendes wissen: was haben Sie am letzten Dienstagabend gemacht, und wohin haben Sie den

Admiral mit dem Boot gebracht? Es liegt in Ihrem eigenen Interesse, daß Sie mir antworten, daß muß ich wohl nicht wiederholen.«

Wieder dachte Ware lange nach, diesmal so lange, daß der Inspektor schon glaubte, er würde überhaupt keine Antwort bekommen; doch wußte er aus Erfahrung, daß in dergleichen kritischen Augenblicken schweigendes Abwarten die beste Taktik war.

Endlich nahm der Alte die Pfeife aus dem Mund. »Diese Frau da. Was ist eigentlich mit der? Mal heißt es, sie ist die Frau von Mr. Mount, und dann heißt es wieder, sie war die französische Zofe von der Nichte des Admirals.«

»Beides«, sagte Rudge nur; dieses Ablenkungsmanöver ärgerte ihn, aber er hielt es für besser, den Alten gewähren zu lassen.

»So? Das ist aber komisch. Und jetzt heißt es auch noch, sie hat sich umgebracht.«

Ware drehte sich plötzlich um und sah dem Inspektor voll ins Gesicht. »Ist das wahr, Mr. Rudge? Hat sie sich umgebracht? Und was ist das dann, he? Unfall, Selbstmord oder Mord?«

»Der Super und Major Twyfitt sind der Meinung, daß es Selbstmord war«, sagte Rudge, ohne hinzuzufügen, daß er selbst diese Meinung nicht teilte.

»Aha«, sagte Ware und beschäftigte sich wieder mit seiner Pfeife.

Und wieder sagte sich der Inspektor, daß Geduld eine Tugend sei.

Aber dann tat Neddy Ware etwas, das seinen Gesprächspartner in Erstaunen versetzte. Er kam von sich aus auf das Thema Dienstagabend zurück. »Also was ich gemacht habe, wollen Sie wissen, Mr. Rudge? Na schön, ich seh ja, wie viel Sie schon wissen, da kann ich es Ihnen auch sagen. Hätt's Ihnen schon längst gesagt, aber ich wollte nicht, daß Sie vielleicht irgendwas Komisches von mir denken. Deswegen hab ich am folgenden Morgen auch angegeben, ich kenne ihn nicht. Ja, also es war so, wie Sie sagen. Ich hab den Admiral abgeholt. Er hat mir am Nachmittag fünf Shilling versprochen, ich hab grad bei ihm in der Nähe geangelt, wenn ich ihn nach dem Abendbrot nach Whynmouth rudere; er wollte sich nach dem vielen Essen nicht mehr so anstrengen, verstehen Sie.«

»Und wohin haben Sie ihn gebracht?« fragte Rudge begierig.

»Na, da wo er hinwollte eben, nach Whynmouth. Ich hab ihn am Landeplatz abgesetzt, und er fragte mich noch, wie er am schnellsten zum Lordmarshall kommt. Danach hab ich nichts mehr von ihm gesehen.«

»Sie haben nicht auf ihn gewartet?« fragte Rudge enttäuscht.

»Nein. Er hat gesagt, es wird spät, und er käme dann sicher mit dem Auto zurück.«

»Sie haben also das Boot dort gelassen und sind zu Fuß nach Hause gegangen?«

»Nein, nein. Ich bin zurückgerudert und hab ihm das Boot fein säuberlich in sein Bootshaus gebracht.«

»Bug oder Heck voraus?«

»Kann ich nicht mehr sagen. Wahrscheinlich Bug. Das geht leichter. Warum, Mr. Rudge?«

»Ach, nur so. Haben Sie sonst noch etwas gemacht?«

»Hab noch mal kurz drübergewaschen zum Schluß, das war alles.«

»Um wieviel Uhr sind Sie in Whynmouth gewesen?«

»Kann ich nicht genau sagen. So um elfe rum..«

»Und Sie haben das Boot fast drei Meilen gegen die Strömung zurückgerudert. Wie lange haben Sie dazu gebraucht?«

»Knapp zwei Stunden. Muß so ungefähr – ja, muß fast ein Uhr geworden sein, nach Ihrer Zeit, bis ich das Boot an seinem Platz hatte.«

»Und dann sind Sie gleich nach Hause gegangen?«

»Ja, Mr. Rudge. Und das ist auch alles, was ich weiß. Bin ja nur froh, daß Sie mich nicht verdächtigen, ich hätte den Admiral umgebracht. Egal, was die anderen denken mögen.«

Rudge bohrte noch ein Weilchen weiter, brachte aber nichts mehr aus dem Alten heraus. Als er wieder zum Wagen ging, war er mit seinem Ergebnis nicht sonderlich zufrieden. Wie weit konnte man Neddy Ware Glauben schenken? Akzeptierte man seinen Bericht als wahr, so würde daraus hervorgehen, daß der Mann, der an jenem Abend das Lordmarshall aufgesucht hatte, tatsächlich der Admiral gewesen war – das mochte ja stimmen. Aber der Rest der Geschichte, fand Rudge, klang weniger glaubhaft. War es zum Beispiel wahrscheinlich, daß der Admiral nur wegen der vierzig Minuten flußabwärts dem alten Ware diese Zwei-Stunden-Tour zumutete, die er gegen die Strömung wieder zurückrudern mußte? Denkbar war es natürlich, doch irgendwie konnte sich Rudge nicht des Gefühls erwehren, daß Wares Darstellung hier etwas von der Wahrheit abwich. Warum zum Beispiel war er, nachdem er erst so spät ins Bett gekommen war, am anderen Morgen schon so früh aufgestanden, um fischen zu gehen? Es sah fast so aus, als hätte er gewußt, was er fangen würde.

Aber nun ja, im Augenblick war da nichts weiter zu machen, und immerhin, dachte Rudge, durfte jetzt als gesichert gelten, daß der Admiral an dem Abend nirgendwo anders gewesen war als in Whynmouth. Wen aber hatte er dort getroffen?

Wen, wenn nicht – seinen Mörder?

Auch Walter Fitzgerald war in Whynmouth gewesen. Mit etwas Glück würde man seinen Aufenthalt dort überprüfen können. Kurzum, alle Zeichen schienen nunmehr auf Whynmouth zu deuten. Und infolgedessen steuerte nun auch Inspektor Rudge seinen schäbigen kleinen Zweisitzer nach Whynmouth.

7

Trotzdem gingen seine Gedanken während der Fahrt andere Wege; ihn beschäftigte immer noch Mrs. Mounts Tod. Je länger er darüber nachdachte, um so weniger wollte ihm die Version Selbstmord gefallen, von der Major Twyfitt und der Super so ohne weiteres überzeugt gewesen waren. Die Sache mit den kurz zuvor noch verzehrten Reineclauden war nur einer von mehreren Hinweisen, die im einzelnen nicht viel besagen mochten, aber zusammengenommen überwältigend zeigten, daß eine Selbstmordabsicht nicht bestanden hatte. Allem Anschein nach war Mrs. Mount irgendwie in den Mord am Admiral mitverwickelt gewesen, jedenfalls mußte sie etliches darüber gewußt haben – zu viel wahrscheinlich nach Meinung desjenigen, der sie erstochen hatte. Für ihn, dachte Rudge, wäre ihr Selbstmord wirklich zu schön gewesen, um wahr zu sein. Zumal so kurz vor dieser Zusammenkunft, die sie ja selber einberufen hatte und mit der sie ohne Zweifel beabsichtigt hatte, sich die Last ihres Wissens wenigstens zum Teil von der Seele zu schaffen. Daß Mrs. Mount ihren Mann, die Hollands und Sir Wilfrid Denny zusammengetrommelt hatte, um sich ihnen nur noch als Leiche zu präsentieren, das war doch einfach undenkbar. Das wäre ja geradezu schwarzer Humor gewesen – bestimmt nicht Mrs. Mounts Art.

Nein, daß sie gerade zu diesem Zeitpunkt gestorben war, wäre alles in allem für Walter Fitzgerald eine allzu glückliche Fügung gewesen.

Aber wie hatte er es bewerkstelligt? Hier war der Inspektor, wie er sich selber eingestehen mußte, vollkommen überfragt. Er hatte doch zusammen mit dem Superintendent das Haus vom Keller bis zum Boden durchsucht, nachdem auf seinen Anruf hin Verstärkung gekommen war, und sie hatten nichts gefunden. Überdies wußte er genau, daß niemand aus dem Haus entkommen war, solange er sich in der Nähe des Arbeitszimmers aufgehalten hatte. Er hatte sowohl die Haustür als auch den Küchentrakt ständig im Auge gehabt, von der Einfahrt gar nicht zu reden. Wenn Walter Fitzgerald wirklich der Täter war, dann war er unerhört raffiniert vorgegangen.

Die ganze Fahrt über schlug der Inspektor sich mit der Sache herum, doch er stand wie vor einer Mauer.

Auch mit seinem anderen Vorhaben in Whynmouth hatte er kein Glück. Obwohl er den ganzen Nachmittag in sämtlichen Hotels, Gasthäusern, Pensionen und Kneipen der Stadt Erkundigungen anstellte, fand er von seinem bärtigen Galgenvogel keinerlei Spur. Der Kerl schien überhaupt nicht in Whynmouth logiert zu haben.

Nun, das spielte eigentlich auch keine Rolle. Der Admiral hatte ihn zwar vermutlich hier treffen wollen, doch das hieß ja nicht unbedingt, daß er hier ein Quartier gehabt haben mußte. Wieso das Zusammentreffen nicht in Rundel Croft stattfinden sollte, das war in etwa begreiflich: der Admiral hatte eben den Neffen nicht im Haus haben wollen.

Rudge bedauerte jetzt, daß er so wenig über diesen Neffen wußte. Es schien unmöglich, von irgend woher etwas über den Burschen zu erfahren. Und es war mehr als sinnlos, sich an die einzige Person zu wenden, die eine wirklich brauchbare Auskunft über ihn hätte geben können, an Mrs. Holland. Außerdem stand sie derzeit, als der Beihilfe verdächtig, sowieso wieder auf der schwarzen Liste. Blieb als letzte Hoffnung Sir Wilfrid Denny.

Rudge stellte seinen Wagen in Whynmouth ab und nahm die Fähre hinüber nach West End.

Sir Wilfrid war in seinem Garten und besprühte gerade die Rosen mit Tabaksaft, gegen die Blattläuse. Rudge, selbst ein Rosenfreund, vermerkte mit Interesse, daß der kleine Rosengarten der einzige Teil des Grundstücks war, der nicht ganz so vernachlässigt wirkte.

Sir Wilfrid nickte ihm grüßend zu. »Tag, Inspektor. Ich

hatte Sie fast schon erwartet heute. Da – haben Sie je sowas Wunderschönes gesehen?« Er legte zwei Finger unter den Kelch einer halb erblühten Emma-Wright-Rose und bog sie zu Rudge herüber.

»Wundervoll, Sir«, pflichtete dieser ihm aufrichtig bei.

»Sie verliert nur so schnell die Farbe, wenn sie einmal offen ist«, sagte Sir Wilfrid bedauernd. »Das ist der Fehler bei diesen neuen Züchtungen, sie werden alle gleich blaß. Geht doch nichts über die alten Sorten. Da drüben das Rosa, sehen Sie nur. Das erreicht keine neue Art, auch nicht annähernd, so einen Rosaton.«

»Ich mochte die Madam-Abel schon immer besonders gern«, nickte Rudge.

Sir Wilfrid sah strahlend zu ihm auf. »Sie sind auch Rosenkenner, Inspektor? Prächtig, ich führe Sie mal herum. Dies hier ist meine jüngste Erwerbung, die Mrs.-G.-A.-van-Rossem. Kennen Sie sie? Ich bin nicht so ganz glücklich damit. Der übliche Farbenmischmasch, der heute anscheinend so beliebt ist. Ich muß sagen, mir ist eine Rose in ihrer Originalfarbe lieber. Die Mabel-Morse da zum Beispiel... Nein? Finden Sie nicht?«

»Doch, Sir, Sie haben recht. Voll und ganz. Aber offen gestanden, ich wollte eigentlich etwas ganz anderes mit Ihnen besprechen.«

»Ach ja«, nickte Sir Wilfrid, in die irdische Welt zurückkehrend. »Der arme Admiral Penistone. Ich weiß, Sie sagten, Sie wollten mich etwas fragen. Ja?«

»Es geht mir um seinen Neffen. Walter Fitzgerald. Können Sie mir irgend etwas über ihn sagen?«

»Walter Fitzgerald?« Sir Wilfrid machte ein erstauntes Gesicht. »Nein, über den weiß ich eigentlich nichts. Ich war mit dem Admiral ja nie näher befreundet, Inspektor. Wir kannten uns zwar lange Jahre, aber mehr ist nie daraus geworden. Vermutlich«, fügte Sir Wilfrid mit einem Lächeln hinzu, »ist es nicht mir allein so gegangen mit Admiral Penistone.«

»Waren Sie nicht in Hongkong, Sir, als er dort stationiert war?«

Sir Wilfrid nickte ernst. »Ja. Und als es dort einen gewissen Vorfall gab. Aber das wissen Sie sicher alles schon.«

»Ja, wir haben davon gehört. Ist der Admiral Ihnen gegenüber je wieder auf diesen Vorfall zu sprechen gekommen, Sir?«

»Allerdings. Mehr als einmal«, versetzte Sir Wilfrid trocken.

»Ja, ich weiß, die Sache hat ihm zugesetzt. Er war der Meinung, es steckte noch einiges mehr dahinter, was nie herausgekommen ist. Glauben Sie das auch, Sir?«

»Ich wünschte, ich könnte es glauben«, sagte Sir Wilfrid mit etwas gequälter Miene. »Aber die Tatsachen lagen allzu klar. Und der Fall ist von seiten der Behörden sehr eingehend untersucht worden, das weiß ich zufällig. Ich hatte immer den Eindruck, Admiral Penistone hat sich da in seinem Stolz etwas eingeredet. Verstehen Sie, er war ein Ehrenmann durch und durch, und daß ihm da einmal in seinem Leben eine Entgleisung passiert war, das hat er einfach nicht wahrhaben wollen.«

»Sie könnten sich also nicht vorstellen, daß bei dieser Sache vielleicht jemand anders der Schuldige war, der nur als Admiral Penistone auftrat?«

»Ausgeschlossen. Für jeden, der eine, wenn auch nur geringe Ahnung von den Usancen beim Militär hat, ist diese Vorstellung einfach Unsinn. Im übrigen, es waren ja einige von seinen eigenen Leuten dabei, die konnten sich nicht dermaßen täuschen. Nein, tut mir leid, Inspektor, daß ich das sagen muß – aber Captain Penistone hatte den Skandal einzig und allein sich selbst zuzuschreiben. Alle dort waren dieser Meinung. Aber wie auch immer, das sind doch jetzt alte Kamellen. Mit seinem Tod kann das nichts zu tun haben.«

»Nein, sicher nicht«, sagte der Inspektor vorsichtig.

»Und Sie können mir also nichts über diesen Neffen sagen – deswegen bin ich eigentlich hier. Wußten Sie, daß er zu jener Zeit auch in Hongkong war?«

»Ach ja, richtig, jetzt fällt es mir wieder ein. Ja, er ist mal zum Essen bei uns gewesen. Großer, gutaussehender Bursche. Ich seh ihn noch vor mir. War auch amüsant und nett. Wie ich gehört habe, ist er dann ziemlich auf den Hund gekommen. Schade.«

»Trug er einen Bart, Sir?«

»Einen Bart?« wiederholte Sir Wilfrid verblüfft. »Nein, ich glaube nicht. Aber genau kann ich es nicht mehr sagen. Warum?«

»Ach, nur so nebenbei. Sie haben ihn also nie wiedergesehen?«

»Nein. Er war, glaube ich, nur das eine Mal bei uns. Möcht's aber nicht beschwören. Wir hatten immer so viel Besuch, damals«, Sir Wilfrid sagte es beinahe wehmütig. »Möglich, daß er nochmal gekommen ist, aber ich kann mich nicht daran erinnern.«

»Gut, Sir, ich danke Ihnen. Aber nun noch etwas anderes. Waren Sie am vergangenen Dienstagabend zufällig hier im Garten?«

»An dem Abend vor Admiral Penistones Tod? Ja, so gut wie sicher war ich im Garten. Aber auch das möcht' ich nicht beschwören. Grundsätzlich mache ich, wenn es nicht regnet, immer nochmal einen Rundgang durch meine Rosen, abends nach Tisch. Wenn ich mich recht erinnere, hat es am Dienstag nicht geregnet, also bin ich wohl hier im Garten gewesen. Warum fragen Sie?«

»Weil wir wissen, daß der Admiral an dem Abend, ungefähr um elf Uhr, mit seinem Boot in Whynmouth angelegt hat, und der Anlegeplatz ist ja Ihrem Garten fast genau gegenüber. Ich dachte, der Zufall hätte vielleicht gewollt, daß Sie ihn gesehen hätten und das bezeugen könnten.«

»Nein«, sagte Sir Wilfrid entschieden. »So spät kann ich

nicht mehr hier draußen gewesen sein. Übrigens hatte ich, glaube ich, an dem Abend ein paar Freunde bei mir. Komisch, nicht, daß man nicht mehr genau zusammenbekommt, was vor einer Woche war. Aber was sagen Sie da, der Admiral wäre an dem Abend in Whynmouth gesehen worden? Ich war der Meinung, er ist irgendwo weiter flußaufwärts getötet worden.«

»Weshalb waren Sie dieser Meinung, Sir?«

»Nun, ich weiß auch nicht. Trieb denn das Boot nicht flußabwärts, als man es um vier Uhr früh fand? Ich dachte nicht anders, als daß es demnach von weiter landeinwärts herkam.«

Ein klein wenig von oben herab legte ihm der Inspektor nun die Gezeitencapricen des Whynflusses dar und unterstrich seine Ausführungen dadurch, daß er mit Sir Wilfrid über dessen reichlich verwahrlosten Rasen zum Ufer hinunterging und ihm das Ganze sozusagen vor Ort illustrierte. Der kleine Sir Wilfrid hörte brav zu und schien Besserung zu geloben.

Nach beendetem Unterricht verabschiedete der Inspektor sich mit der glücklosen Überlegung, daß ihn selber dieser Besuch über eigentlich nichts unterrichtet hatte. Sir Wilfrids private Meinung zur »Denkarbeit« des Superintendent ließ sich wohl kaum als Information bezeichnen.

Nachdem er, noch voll im Blickfeld des Hausherrn, durch den Haupteingang das Grundstück verlassen hatte, schlug Inspektor Rudge einen Haken und begab sich außen herum zum Hintereingang. Dort brachte er mittels wohldosierter, verbrämter Fragen nach und nach in Erfahrung, daß Sir Wilfrid, soweit bekannt, den ganzen Dienstagabend das Haus nicht verlassen, sondern vielmehr zwei Freunde bei sich empfangen hatte. »Nämlich, aus der Karaffe war bißchen was raus, ja, und morgens waren drei Gläser beim Abwasch, und dann all die Zigarettenstummel in den Aschenbechern, so viele kann einer allein gar nicht rauchen, also müssen sie schon zu dritt – nicht?« Rudge pflichtete bei: sie mußten.

Wie wir bereits bemerkten, Inspektor Rudge ließ nie etwas ungeprüft.

8

Auf dem Nachhauseweg schaute Rudge noch beim Polizeirevier Whynmouth vorbei und erfuhr, daß sich Appleton telefonisch aus London gemeldet hatte. Seinem Bericht zufolge war es nicht schwer gewesen, sich über Holland zu informieren. Holland hatte in seinen Kreisen offenbar einen sehr guten Namen. Mehrere bedeutende Herren hatten Appleton gegenüber in höchsten, geradezu blumigen Lobestönen von ihm gesprochen. Allem Anschein nach kannte man ihn, nicht nur im ganzen Orient, sondern auch in London, als den Prototyp des britischen Handelsmannes: energisch, entschlossen, todanständig und zuverlässig – ein Mann, auf dessen Wort man, auch ohne Unterschrift, blanko vertrauen konnte; was er sagte, das tat er auch, und was er tat, das tat er stets eine Idee besser als andere. Appleton war beeindruckt gewesen und hatte daraus kein Hehl gemacht.

Auch hinsichtlich der Heirat war kein Zweifel mehr offen. Sie war auf einem Standesamt im Londoner Westend erfolgt, Appleton hatte das Register eingesehen und mit dem Beamten gesprochen, der ihm den Mann und die Frau präzise beschrieben hatte; die beiden seien ihm aufgefallen, sagte er, weil sie so gar keine Durchschnittstypen gewesen seien.

»Ph«, machte Rudge insgeheim. ›Aber wenn der Super recht hat, dann hat er Beihilfe geleistet. Oder jedenfalls seine Frau, was ja fast immer auf eins herauskommt. Irgendwo ist da was faul.‹

Er ging nach Hause zum Abendessen.

Wie immer kam er bei seinem einsamen Mahl wieder ins Sinnieren. Im großen und ganzen war er mit seinem Tagewerk heute nicht unzufrieden. Es stimmte nicht, daß er bei Sir Wilfrid Denny gar nichts erfahren hatte. Im Gegenteil; als er jetzt das Gespräch nochmals überdachte, schien es ihm immerhin einen überaus wertvollen Hinweis vermittelt zu haben, der eventuell noch ganz beachtliche Resultate zeitigen mochte – so beachtliche, daß er, als er sich über deren Möglichkeit klar wurde, wieder mal Angst bekam, seine durch die Ereignisse der vergangenen Woche heißgelaufene Phantasie könnte hoffnungslos mit ihm durchgehen. Und doch ...

Aber Spekulationen führten zu nichts. Er mußte diese Ermittlungslinie auf Eis legen, bis es Beweise gab, die sie stützten. Inzwischen wollte er sich noch einmal Mrs. Mounts Tod durch den Kopf gehen lassen.

Es gab einen Punkt, der schwerwiegend gegen Mord sprach, und den hatte Superintendent Hawkesworth natürlich entsprechend herausgestrichen. Nach Meinung des Polizeiarztes hätte der Mörder, falls Mrs. Mount erstochen worden war, nicht flüchten können, ohne von oben bis unten mit Blut bespritzt gewesen zu sein; das dünne Kleid, das sie getragen hatte, hätte den Blutstrom, der aus einer so gelagerten Wunde geflossen sein mußte, kaum aufhalten können – wie ja der Zustand des Teppichs deutlich bewies. Jemand, der solche Blutspuren an sich hatte, war aber nirgends gesehen worden. Und deshalb, argumentierte der Superintendent mit abschätziger Logik, gab es diesen Jemand auch nicht.

Rudge, der nach wie vor an seiner Mordtheorie festhielt, glaubte jetzt einen Weg zu sehen, der um dieses Dilemma herumführte, und zwar einen Weg, der außerdem wie gemacht schien, noch einige weitere Besonderheiten des Todesfalls zu erklären. Furchtbar einfach: Mrs. Mount war von hinten erstochen worden und nicht von vorne, von einem Gegenüber. Das sprach dafür, daß ihr

Mörder ein Mann gewesen sein mußte – doch davon war der Inspektor längst überzeugt. Wenn er recht hatte und Mrs. Mount tatsächlich einem Mord zum Opfer gefallen war, dann war der Mann, der sie umgebracht hatte, auch der Mörder von Admiral Penistone. Daran gab es für Rudge keinen Zweifel. Und dieser Mann hatte sie getötet, um ihr den Mund zu stopfen, bevor sie ihn mit einer Aussage belasten konnte.

Die Waffe, von der man sich bei den Ermittlungen immer so viel verspricht, gab hier keinerlei Aufschluß. Mr. Mount hatte das Messer, das man seiner Frau aus der Brust gezogen hatte, sofort als sein eigenes identifiziert; es war ein Brieföffner aus Stahl mit scharfer Spitze, der immer auf seinem Schreibtisch lag. Aus dieser Tatsache war lediglich zu schließen, daß ursprünglich keine Mordabsicht bestanden hatte; vielmehr mußten im Verlaufe des Gesprächs – und ein solches hatte zweifellos stattgefunden – Umstände aufgetreten sein, die einen Mord unumgänglich machten. Aber das war kein Argument, auf das man sich stützen konnte.

Was den Haupteinwand des Superintendent gegen die Mordtheorie anging, nämlich daß Mord ausgeschlossen sei, weil sich kein Mörder aus dem Haus entfernt haben konnte, andererseits aber auch kein Mörder im Haus gefunden worden war, so hatte Rudge keine Lust, sich damit weiter aufzuhalten. Er hatte längst eine Theorie, die das widerlegte. Rudge glaubte nämlich gar nicht, daß der Mörder überhaupt flüchtig war.

Nach beendeter Mahlzeit erhob er sich und begann ziellos im Zimmer herumzuwandern. Das Ganze ließ ihn nicht ruhen. Irgend etwas mußte jetzt unternommen werden, aber er wußte nicht so recht was. Schließlich ging er nach unten, setzte sich in sein Auto und fuhr nach Rundel Croft. Er wollte am Bootshaus in Ruhe ein Pfeifchen rauchen und übers Wasser schauen – vielleicht half das.

Es half; allerdings hätte es der Pfeife dabei gar nicht

bedurft. Ganz automatisch warf der Inspektor nämlich, sobald er im Bootshaus angekommen war, ein sozusagen amtliches Auge auf das Boot des Admirals, wobei ihm sogleich etwas in eben dieses Auge fiel. Eingeklemmt zwischen zwei Planken am Bug steckte etwas Rotes. Ein helles, lebhaftes Rot. Rudge beugte sich darüber. Es war eine blühende Baldriandolde, nicht mehr ganz frisch – die Blüten ließen ein wenig die Köpfe hängen –, aber auch noch nicht vertrocknet.

»Höh«, sagte Rudge.

Das war nun wirklich interessant. Er wußte, wo er zuletzt Baldrian hatte blühen sehen: heute nachmittag erst, in Sir Wilfrids Garten. Dort stand ein dicker Strauch, dicht über dem Wasser, auf der einen Seite des Landestegs. Und soviel Rudge wußte, wuchs sonst nirgendwo am Fluß Baldrian. Aber das eigentlich Interessante war, daß diese Dolde noch nicht im Boot gewesen sein konnte, als man es am Morgen nach dem Mord untersucht hatte; Appleton wäre sie bestimmt nicht entgangen, und ihr relativ frischer Zustand bewies es ja auch. Es gab nur zwei Möglichkeiten: entweder war das Boot heute benutzt worden und hatte im Vorbeigleiten die Blume zufällig mitgerissen, oder aber jemand hatte sie vorsätzlich dorthin gesteckt.

Rudge überdachte beides einen Moment, dann zupfte er die Blume heraus. Der Stengel ließ sich gerade und glatt aus der Ritze ziehen, in der er steckte; unmöglich konnte er durch Zufall so haarscharf da hineingerutscht sein. Blieb also nur die andere Möglichkeit: jemand wollte den Verdacht auf Sir Wilfrid Denny lenken.

Jetzt kam Leben in Rudge. Er wußte genau, wer die Baldrianblüte ins Boot gesteckt hatte. Er lief zum Haus hinauf, wo er Constable Hempstead antraf, rührend und rührig wie immer. Rudge hatte nur eine einzige Frage, die er an die ganze in der Küche vereinte Gesellschaft richtete – die Antwort bekam er von Constable Hempstead.

»War dieser Reporter von der ›Evening Gazette‹ heute hier?«

»Ja, Sir. Ich habe ihn heute morgen vom anderen Ufer aus gesehen. Er war in der Nähe des Bootshauses.«

Rudge sprang in seinen Wagen, raste mit einem Tempo, das er sich grade noch zu fahren getraute, zum nächsten Polizeirevier und besorgte sich einen Durchsuchungsbefehl. Dann fegte er weiter zum Lordmarshall.

»Ist der Reporter von der ›Evening Gazette‹ im Haus?« fragte er den Portier.

»Mr. Graham? Nein, Mr. Rudge, der ist nach dem Dinner noch einmal weggegangen.«

»Welche Zimmernummer hat er?«

»Siebzehn.«

»Danke. Nein, kommen Sie nicht mit rauf. Und sagen Sie niemandem was von der Sache.«

Der Portier nickte gewichtig.

Rudge hatte gut eine halbe Stunde zu tun; niemand störte ihn. Als er schließlich wieder ging, hatte er jedoch nichts weiter in der Tasche als einen Zettel, auf den er mit der Reiseschreibmaschine, die auf einem Tisch am Fenster stand, mühsam ein paar Sätze getippt hatte.

Nachdem er das Hotel so unauffällig wie möglich verlassen hatte, sah er sich draußen suchend um. Auf der anderen Straßenseite ging ein Mann auf und ab. Rudge nickte ihm zu, und der andere folgte ihm um die nächste Ecke.

»Sie sind beide drin«, sagte er leise, als er den Inspektor eingeholt hatte. »Haben zu Abend gegessen und sind nicht mehr ausgegangen.« Seit das blutige Kleid entdeckt war, ließ Superintendent Hawkesworth das Ehepaar Holland ständig überwachen.

Rudge nickte: »Die meine ich jetzt nicht. Ich möchte, daß Sie auf jemand anders ein Auge haben. Auf diesen Reportertyp von der ›Evening Gazette‹. Haben Sie ihn schon mal gesehen?«

»Der mit dem kurzen Haar und der Brille?«
»Ja. Er nennt sich Graham.«
»Heißt er nicht so, Mr. Rudge?«
»Nein. In Wirklichkeit«, sagte Rudge, »heißt er Walter Fitzgerald.«

9

»Sie hätten mich gestern abend anrufen sollen, Rudge«, sagte Major Twyfitt mit leisem Tadel. »Oder zumindest hätten Sie den Superintendent verständigen müssen. Der Kerl hätte ja abhauen können.«

»Ich hatte die ganze Nacht einen Mann hinter dem Lordmarshall und einen davor, Sir«, verteidigte sich Rudge.

Der Superintendent sagte nichts, aber seine Miene sprach Bände.

»Seit wann wußten Sie, daß dieser Graham Fitzgerald ist?«

»Mit Bestimmtheit erst, seit ich festgestellt habe, daß die Schriftprobe, die ich in seinem Zimmer getippt habe, und die Einwilligung des Admirals zu Mrs. Hollands Heirat von ein und derselben Maschine stammen. Den Verdacht hatte ich natürlich schon länger«, Rudge sagte es mit einem Seitenblick auf den Superintendent, »und zwar seit Hempstead in Rundel Croft im Waschbeckenabfluß die Barthaare gefunden hat; da ist mir eingefallen, daß das Gesicht von diesem Reporter ums Kinn herum viel heller war als die Stirn. Ich dachte erst, er hätte sich vielleicht irgend eine künstliche Sonnenbräune verpaßt.«

»Und Sie sagen, Sie haben gestern abend bei der ›Evening Gazette‹ angerufen?«

»Ja, Sir, und er schreibt tatsächlich für die. Und er hatte einen Bart, als Sie ihn das letzte Mal gesehen haben. Der Herausgeber sagte mir aber, daß er nicht ihr ständiger

Polizeireporter ist, der ist im Augenblick krank. Deshalb waren sie an dem Morgen nach dem Mord auch gleich einverstanden, als Fitzgerald ihnen am Telefon sagte, daß er an Ort und Stelle gewesen ist und ob er für sie berichten soll. Obwohl ich glaube, daß er kein fester Angestellter war, sondern eher ein freier Mitarbeiter, aber die mochten das wohl, was er brachte. Gezeichnet hat er mit ›Graham‹.«

»Ja, unter dem Vorwand konnte er natürlich an Ort und Stelle sein und auf dem laufenden bleiben, wie sich alles entwickelte. Von seinem Standpunkt aus gar nicht so dumm. Und er weiß nicht, daß Sie ihn verdächtigen? Sind Sie da ganz sicher?«

»Ich habe keinen Grund anzunehmen, daß er es wüßte, Sir.«

»Das wollen wir nur hoffen«, polterte der Superintendent los. »Denn wenn er Wind gekriegt hat und abhaut – na, Rudge, dann sind Sie aber dran.«

»Für eine Festnahme, fand ich, reichten die Beweise nicht aus«, verteidigte sich Rudge. »Gestern noch nicht.«

»Aber jetzt reichen sie aus?«

»Nun, das müssen Sie und der Major entscheiden«, erwiderte Rudge liebenswürdig. »Aber ich habe inzwischen nicht die Daumen gedreht, Sir, das dürfen Sie mir glauben.« Es war die volle Wahrheit. Rudge war in der vergangenen Nacht überhaupt nicht ins Bett gekommen.

»Dann sagen Sie uns doch, was Sie gemacht haben, Mann«, sagte der Superintendent gereizt.

Rudge räusperte sich. »Vielleicht gehe ich am besten den Fall nochmal durch, mehr oder minder so, wie ich ihn bis gestern abend gesehen habe. Ich meine nicht die Fakten, die kennen wir ja. Ich meine die Gedankengänge, auf die mich die Fakten gebracht haben.«

Die beiden anderen schwiegen; er nahm es als Aufforderung.

»Also, zunächst fragte ich mich natürlich, warum lag

die Leiche des Admirals überhaupt in einem Boot? Wenn schon ein Boot zur Verfügung stand, hätte man sie doch einfach aufs Meer hinausbringen und versenken können, mit ein paar Steinen dran oder so. Der einzige Grund, den ich mir denken konnte, war der, daß ein falscher Anschein erweckt werden sollte, und der einzige falsche Anschein, den ich mir denken konnte, bestand darin, daß die Leiche flußabwärts getrieben wäre anstatt flußaufwärts – mit anderen Worten, daß der Mord weiter oberhalb Lingham verübt worden wäre. Das brachte mich auf die Theorie, daß er de facto in Whynmouth verübt wurde, oder doch irgendwo zwischen Whynmouth und Lingham. Jedenfalls habe ich mich auf dieses Gebiet konzentriert.«

»Jaja«, warf Major Twyfitt ein, »aber das ist doch ein reichlich magerer Grund, eine Leiche nicht zu versenken und dadurch jede Mordspur überhaupt zu beseitigen.«

»Dieser Gedanke ist mir auch gekommen, Sir«, bestätigte Rudge, eine Spur selbstgefällig. »Ich war ganz sicher, daß es noch einen anderen Grund gab, und ich glaube, ich kenne ihn jetzt. Der alte Ware hat mich darauf gebracht. Ich bin so gewiß wie nur was, daß er mehr weiß, als er gesagt hat, und ich bin auch ziemlich sicher, daß er weiß, wer den Admiral umgebracht hat. Auf jeden Fall hat er mir einen Wink gegeben. Er meinte, woher ich denn wüßte, daß es überhaupt ein Mord gewesen ist.«

»Was?« fragte der Superintendent.

»Kein Mord!« rief der Major aus.

»Das habe ich nicht gesagt, Sir«, versetzte Rudge schnell. »Ich sage bloß, der alte Ware scheint nicht an Mord zu glauben. Ob es einer war oder nicht, das muß sich natürlich erst rausstellen, aber ich nehme auf meinen Eid, daß Ware glaubt, es war keiner.«

»Ihr Beweis dafür?« fuhr der Superintendent ihn an.

»Habe ich nicht, Sir. Ich habe lediglich den Eindruck. Aber ich kenne Neddy Ware einigermaßen, und wenn er's auch mit dem Fischereischein für seine Forellen nicht so genau nimmt, einen Mord würde er nicht decken, da wette ich meinen Kopf. Und deshalb würde ich dafürhalten, daß er nicht mitgemacht hat, als die andern vielleicht die Leiche versenken wollten oder dergleichen Mätzchen. Ich glaube, daß das Boot überhaupt seine Idee war.«

»Sie glauben dies und glauben das«, knurrte der Superintendent. »Beweisen Sie doch mal was.«

»Das kann ich nicht«, entgegnete Rudge unerschrocken. »Und ich sag ja auch nur, wie ich mir die Sache vorstelle. Aber ich gebe zu bedenken, Sir, daß an Wares Bemerkung was dran sein könnte; und wenn ja, dann sähe der Fall doch bedeutend anders aus.«

»Es ist eine Möglichkeit«, gab Major Twyfitt zu.

Der Superintendent, der schon seinen Mordfall davonschwimmen sah, zog lediglich ein Gesicht.

»Trotzdem, wir müssen so vorgehen, als stünde außer Frage, daß es sich um Mord handelt«, erklärte der Chief Constable.

»Selbstverständlich, Sir. Also, ich rekonstruiere weiter. Wir sehen den Admiral, wie er von Neddy Ware flußabwärts nach Whynmouth gerudert wird; eine Stunde später rudert sein Neffe, der Zeitungsfritze, im Boot des Pfarrers hinterher, und sein Fahrgast ist Mrs. Mount.«

»Was?« fragte der Chief Constable verblüfft, der sich nicht erinnern konnte, irgend etwas derartiges bereits gehört zu haben. »Was erzählen Sie uns denn da?«

»Das liegt doch auf der Hand, Sir. Und dafür«, Rudge sagte es mit einem boshaften Blick auf seinen Superintendent, »dafür gibt es sogar Beweise. Wir wissen nämlich, daß Mrs. Mount etwa um elf Uhr im Pfarrhaus eintraf; wir wissen ferner, daß der Pfarrer erst einige Zeit nach Mitternacht mit ihr gesprochen hat; wir wissen, daß das Boot des Pfarrers in dieser Nacht unterwegs war; wir wissen ziemlich sicher, daß Fitzgerald bei der Sache seine Hand im Spiel hatte; und wir wissen, daß Fitzgerald Mrs.

Mounts Liebhaber war. Was folgt aus alledem? Nun, dieser Fitzgerald, der weiß, daß sie in der Nacht kommen will, um mit dem Pfarrer über die Scheidung zu reden, fängt sie im Garten ab, geht mit ihr in die Laube, wo er ihr sagt, sie müßten zusammen dem Admiral nach Whynmouth nachfahren – es ist durchaus möglich, daß die beiden Männer sogar verabredet waren –, nimmt den Hut des Pfarrers mit für den Fall, daß man sie beim Ablegen sieht (nichts verändert so sehr wie ein Hut), steckt das Norwegermesser ein, das die Jungs in der Laube vergessen haben, um damit die Leine – nein«, unterbrach Rudge seinen Gedankengang, »sie ist zurückgelaufen und hat das Messer geholt, als die beiden merkten, daß sie den Knoten nicht aufbekamen.«

»Woher zum Teufel wollen Sie das wissen?«

»Wissen nicht, Sir. Aber wenn sie zurückgelaufen ist, würde das eine Menge erklären. Es kam mir von Anfang an komisch vor, daß der Pfarrer am nächsten Tag seinen Garten in der prallen Sonne so wild gegossen hat. So ein schlechter Gärtner kann Mr. Mount gar nicht sein. Aber angenommen, sie hat Fußspuren auf den Beeten hinterlassen, als sie in der Eile das Messer holte – mit einem richtig kräftigen Wasserstrahl konnte man die verwischen, und zwar weniger auffällig als mit Harke und Rechen; der Garten wurde ja ständig beobachtet von unseren Leuten drüben beim Bootshaus von Rundel Croft. Er hat sogar die Laube innen ein bißchen ausgespritzt; vielleicht hatte sie Puder verschüttet, das tun Frauen ja gelegentlich.«

»Möglich wäre es«, stimmte der Chief Constable interessiert zu. »Durchaus möglich.«

Der Superintendent schwieg.

»Also, jedenfalls, wie schon gesagt, haben wir da Fitzgerald, der hinter dem Admiral her ist. Er dürfte nach Whynmouth hinunter, meiner Schätzung nach, dreißig bis vierzig Minuten gebraucht haben. Danach ist da eine

Lücke von, sagen wir, fünfzehn bis zwanzig Minuten; in dieser Zeit wird der Admiral umgebracht und die Sache mit den zwei Booten gedeichselt. Die Leiche kommt ins Boot des Pfarrers, die beiden Leinen werden zusammengebunden, und irgend jemand rudert das Ganze flußaufwärts. Aber wer? Fitzgerald nicht, der hat nicht die Zeit dazu, wir finden ihn ja kurz nach Mitternacht schon in Rundel Croft. Mrs. Mount auch nicht; sie befindet sich zu dieser Zeit im Pfarrhaus.«

»Ware«, nickte der Chief Constable. »Ja, das leuchtet ein.«

Der Superintendent schwieg.

»Jawohl, Sir, Neddy Ware«, sagte Rudge, dem die Sache jetzt richtig Spaß machte. »Und der schneidet zwei Stunden später, als er in Rundel Croft ankommt, die beiden Leinen wieder auseinander, und zwar nicht mit dem Norwegermesser, sondern mit seinem eigenen, das längst nicht so scharf ist.«

»Das sieht einem Seemann aber nicht ähnlich«, wandte der Major ein, »eine Leine kappen anstatt den Knoten zu lösen.«

»Aber angenommen, der stammte gar nicht von einem Seemann, Sir? Angenommen, es war eine Landratte, die einfach irgend einen Knoten gemacht hat, der sich dann in der Strömung des Wassers so richtig festgezurrt hat? Davon abgesehen, wenn Sie mich fragen, war der alte Ware da in einer Laune, in der sogar ein Seemann lieber das Messer nimmt.«

»Mag sein«, gab der Chief Constable zu. »Weiter.«

Der Superintendent schwieg.

»Fitzgerald muß mit dem Auto auf der Whynmouther Seite zurückgefahren sein, weil er ja Mrs. Mount zu ihrer Unterredung am Pfarrhaus absetzen mußte. Dort hat er den Wagen dann aber stehen lassen, solange er drüben in Rundel Croft war. In dem Punkt, Sir, habe ich zuerst einen kleinen Schnitzer gemacht. Ich dachte mir zwar, er mußte ein Auto haben, aber weil er ja nur in Rundel Croft gewesen sein konnte, ließ ich auch nur auf der dortigen Seite nach einem Wagen fahnden. Als Sergeant Appleton gestern abend wieder da war, habe ich ihn auf die andere Seite geschickt. Und da fand er zwei Zeugen, die – der eine um zwölf Uhr fünfzehn, der andere um zwölf-vierzig – neben der Pfarrhauseinfahrt ein Auto ohne Licht bemerkt haben, innen, hinter der Lorbeerhekke, von der Straße aus nicht zu sehen.«

»Wie konnten es die Zeugen denn sehen, wenn es von der Straße aus gar nicht zu sehen war?«

»Was sehen die Leute auf dem Land nicht alles, Sir! Irgend eine einleuchtende Erklärung hätten sie bestimmt dafür. Aber Sie wissen so gut wie ich, das Auto könnte beim Pfarrer im Keller gestanden haben, mit einer Zeltplane drüber, irgend wer hätte es auch dort gesehen. Ist uns doch nur von Nutzen.«

Major Twyfitt lachte. »Schon gut, Rudge. Aber wie ist Fitzgerald denn über den Fluß gekommen?«

»Er muß geschwommen sein. Es gibt keine andere Möglichkeit. Ich nehme an, er hat sich schnell ausgezogen, die Kleider in seinen Mantel gerollt, das Bündel über den Fluß geworfen – der ist an der Stelle ja nur vierzig Fuß breit – und ist hinterhergeschwommen. Ja, und da war er dann und hat sich in aller Gemütsruhe das Aktenstück X gesucht, und seine Schwester hat ihm dabei geholfen. Aber da kreuzt plötzlich Holland auf und klopft an die Verandatür. Die beiden müssen ganz schön erschrocken gewesen sein. Aber er hat sofort geschaltet, flüstert ihr zu, sie soll ihn gleich wieder wegschicken, hat sich dann im Dunkel gehalten und Holland nur schnell den getippten Ehekonsens übergeben. Da war der dann vor Freude so aus dem Häuschen, daß er überhaupt nicht gemerkt hat, wie jung der Admiral plötzlich aussieht. Dann schnappt sich Fitzgerald die Papiere, vernichtet sie, geht nach oben und rasiert sich den Bart ab. Danach schwimmt er wieder rüber, holt Mrs. Mount ab und fährt mit ihr im Auto weg. Ich habe nicht feststellen können, wohin sie gefahren sind, aber vermutlich nach London – eben möglichst weit weg.«

»Sie meinen also, Holland war ehrlich davon überzeugt, daß er an dem Abend den Admiral vor sich hatte?«

»Ja, Sir. Allerdings weiß er inzwischen vermutlich die Wahrheit; aber da wußte er sie nicht.«

»Damit wird auch er der Beihilfe verdächtig.«

»Ja, Sir. Obwohl er wahrscheinlich die gleiche Version zu hören bekommen hat wie Neddy Ware – daß es kein Mord gewesen ist. Und wie Mrs. Holland auch. Das würde erklären, warum sie gar nicht überrascht schien, als ich das erste Mal hinkam und ihr sagte, ihr Onkel sei tot; als ich ihr dann aber sagte, daß er ermordet worden ist, war sie ganz schön aus dem Häuschen.«

»Das stimmt alles gut zusammen, Rudge«, lobte Major Twyfitt.

Endlich sagte auch der Superintendent etwas. »Haben Sie die Waffe gefunden?«

»Nein, Sir«, sagte Rudge.

»Aha«, sagte der Superintendent.

»Aber das hier habe ich gefunden.« Rudge zog ein längliches braunes Päckchen aus der Brusttasche. Als er es aufmachte, kam ein langes, schlankes Norwegermesser zum Vorschein, schon ziemlich angerostet.

Der Superintendent griff begierig danach. »Da haben Sie ja die Mordwaffe!«

»Nein, Sir.«

»Wo haben Sie das her, Rudge?« schaltete Major Twyfitt sich ein.

»Aus einem Büschel Löwenmäulchen im Garten des Pfarrers, Sir.«

»Haben Sie dort danach gesucht?«

»Ja, Sir. Es war heller Mondschein vergangene Nacht.«

»Hören Sie, Rudge«, sagte der Chief Constable, der

offenbar nie die Geduld verlor, »haben Sie heute nacht im Pfarrgarten in einem Büschel Löwenmäulchen nach diesem Messer gesucht?«

»Ja, Sir. Sehen Sie, ich hatte mir folgendes überlegt. War die Tat geplant, oder war sie es nicht? Irgendwie, nach Wares Andeutung undsoweiter, glaubte ich nicht daran, daß sie geplant war. Jedenfalls ließ sich das ja leicht feststellen. Wenn Fitzgerald vorgehabt hätte, den Admiral in jener Nacht umzubringen, dann hätte er dieses Messer behalten und mitgenommen, denn er mußte doch sofort sehen, daß es für seinen Zweck geradezu ideal war. Hatte er das aber nicht vorgehabt, dann hatte er es, dachte ich mir, höchstwahrscheinlich gleich wieder in den Garten geworfen, nachdem er die Leine damit gekappt hatte. Also habe ich mich heute nacht auf Mr. Mounts Grundstück, gut einen Steinwurf weit um seinen Anlegepfahl herum, ein bißchen umgesehen.« Rudge war sich mittlerweile seiner Sache so sicher, daß er nicht umhin konnte, seinen Chef höchst unamtlich anzugrinsen.

Major Twyfitt lächelte zurück. »Gute Arbeit, Rudge.«

Der Superintendent war nicht zufrieden. »Was wir brauchen«, nörgelte er, »ist die Mordwaffe.«

»Die habe ich auch gefunden, Sir.«

Rudge förderte aus seiner Tasche ein weiteres braunes Päckchen zutage und aus diesem ein weiteres Messer, ein gewöhnliches Klappmesser, wie es Matrosen und Streckenarbeiter benutzen. »Es sind aber keine Fingerabdrükke drauf«, sagte er, als er es auf den Tisch legte.

»Und wo haben Sie das gefunden?«

»In einem Baldrianstrauch, Sir, an der Grenze von Sir Wilfrid Dennys Garten, dicht überm Wasser.«

»Bei Sir Wilfrid Denny?«

»Ja, Sir. Die Sache war so.« Rudge berichtete, wie er im Boot des Admirals die Baldriandolde entdeckt hatte, die noch nicht dort gewesen war, als Sergeant Appleton das Boot untersuchte. »Die reinste Schatzsuche«, fügte er hinzu, »hat man erst mal ein Stück, muß es auch noch mehr geben. Der Baldrian war so ein Stück, also habe ich weitergesucht und den Schatz da gefunden. Aber es ist keiner, es ist ein Köder. Ist ja nicht mal Blut an dem Ding, bloß Rost. Die echte Mordwaffe liegt natürlich am Meeresgrund.«

»Glauben Sie?«

»Flüsse«, sagte Rudge, »kann man doch absuchen.«

»Und Sie meinen, diese zwei Köder hat Fitzgerald ausgelegt?«

»Ich bin davon überzeugt, Sir.«

»Jetzt wird's aber Zeit«, bemerkte der Superintendent, »daß wir Master Fitzgerald Handschellen anlegen.«

Rudge sah auf die Uhr. »Ich erwarte ihn um halb zwölf. Also noch eine Viertelstunde. Ich sagte ihm, ich hätte eine ganz besondere Information für ihn, wenn er um die Zeit vorbeikäme.«

»Ob er kommt?« meinte der Chief Constable zweifelnd. »Gehen Sie da auch kein Risiko ein?«

»Sergeant Appleton beschattet ihn, Sir.«

»Wehe, wenn uns Fitzgerald durch die Lappen geht, Rudge«, brummte Superintendent Hawkesworth.

»Wird er nicht, Sir. Gibt es sonst noch etwas, worüber ich Ihnen Bericht erstatten soll, ehe er kommt?«

»Haben Sie über diese Zeitung etwas herausgebracht, die Penistone in der Tasche hatte?«

»Nein, Sir. Er muß das Exemplar in Whynmouth eingesteckt haben, vielleicht im Lordmarshall. Ich glaube nicht, daß dem große Bedeutung zukommt.«

»Sie meinen also, daß es wirklich der Admiral war, der im Lordmarshall gewesen ist?« fragte Major Twyfitt.

»Ja, Sir. Ich weiß, der Superintendent war anderer Meinung, aber wir haben ja nachgewiesen, daß er in Whynmouth war; warum soll er's dann nicht gewesen sein. Ich nehme an, daß er die bevorstehende Unterredung für nicht ganz ungefährlich hielt und daß er Holland zur

Sicherheit mitnehmen wollte. Als der Portier ihm aber sagte, daß Holland bereits im Bett läge, hat er ihn nicht nochmal raustrommeln wollen und als Erklärung das erste beste gesagt, was ihm einfiel. Natürlich dachte er gar nicht dran, mit dem Zug wegzufahren, aber irgendwas mußte er ja sagen.«

»Hm«, machte der Superintendent, nicht eben begeistert darüber, daß ein kleiner Inspektor ihm diesen lichtvollen Gedanken weggeschnappt hatte.

»Und der Schlüssel im Boot des Admirals?« frage der Major.

»Kann ihn der Admiral nicht selbst dort verloren haben, Sir? Warum muß man denn«, meinte Rudge, »immer nach komplizierten Erklärungen suchen, wenn's eine einfache gibt. Das galt auch, fand ich«, setzte er mit Unschuldsmiene hinzu, »für Penistones Besuch im Lordmarshall, obwohl ich weiß, daß Mr. Hawkesworth da anderer Ansicht war.«

Mr. Hawkesworths breites Gesicht zeigte so viel rechtschaffene Entrüstung, daß der Chief Constable schnell das Gespräch auf ein anderes Thema lenkte.

»Und Mrs. Mounts Tod, Rudge? Sind Sie da mit Ihrer Mordtheorie weitergekommen?«

»Nicht so weit, daß ich Mord beweisen könnte«, sagte Rudge etwas zögernd, »aber ich kann Ihnen eine Mordanklage entwickeln, wenn Sie sie hören wollen; wobei mir allerdings klar ist, daß wir beim gegenwärtigen Stand der Dinge niemals vor Gericht damit durchkämen.«

»Lassen Sie hören.«

»Wenn es Mord gewesen ist, Sir, dann war der Hergang folgendermaßen. Mrs. Mount arrangiert dieses Treffen; sie hält es nicht länger aus und will alles aufdecken. Die Hollands wissen bereits etwas; sie ist drauf und dran, ihnen noch mehr zu erzählen. Dahingestellt, wieviel der Pfarrer weiß, aber wenn sie zu Ende gesprochen hat, wird er eine Menge mehr wissen. Das paßt natürlich einem gewissen Jemand nicht in den Kram. Er kriegt Wind von der Sache und geht hin, um sie am Reden zu hindern. Er muß ganz kurz vor mir gekommen sein. Sie läßt ihn ins Haus, und es kommt zu einer Auseinandersetzung zwischen den beiden. Plötzlich sehen sie mich die Einfahrt heraufkommen. Er schnappt sich den Brieföffner vom Schreibtisch und bedroht sie damit: wehe, wenn sie auch nur einen Laut von sich gibt. Also schweigt sie. Beide sehen, wie ich mich im Lorbeergebüsch verstecke. Dann, ungefähr eine Stunde später, kommen die Hollands, und er macht es wieder genauso. Die Hollands setzen sich draußen hin, und die Situation ist nochmal für ein paar Minuten gerettet. Aber allmählich wird er nervös, und sie ist schon ganz hysterisch; jetzt ist ihr alles zuzutrauen. Damit sie nur ja nicht schreit, muß er ihr die ganze Zeit, während die Hollands und ich draußen im Garten sind, das Messer vor die Brust halten. Und wie macht er das? Er läßt es sie selber halten, beide Hände ums Heft und die Spitze genau auf ihr Herz gerichtet. Er legt eine Hand darüber, so daß sie nicht weg kann, er sie aber auch nicht andauernd im Auge behalten muß. Sie ist bereits halb tot vor Angst; sie hat begriffen, daß es um ihr Leben geht, deshalb wehrt sie sich nicht, sondern läßt ihn machen. Dann nähern sich die Hollands wieder dem Haus. Aus ihren Worten entnimmt er, daß die Eingangstür offen steht; die muß er vorher wohl nicht richtig zugemacht haben. Die Hollands kommen ins Haus; er hört sie erst in den Salon, dann ins Eßzimmer gehen; gleich werden sie ins Arbeitszimmer kommen. Jetzt geht es ums Ganze, ihr Leben oder seins. Was tut er? Er tritt hinter Mrs. Mount, hat jetzt beide Hände auf ihren Händen, die den Brieföffner halten, und mit einem blitzschnellen Ruck treibt er ihr das Ding in die Brust. Sie schreit auf, er läßt sie zu Boden fallen und springt hinter die Tür, wo er sich mit dem Taschentuch die Hände abwischt. Nun kommen die Hollands ins Zimmer; Mrs. Holland rennt wieder hinaus,

Holland bleibt einen Augenblick stehen und läuft ihr dann nach. In dem Moment gehe ich über den Rasen. Der Mörder hat nur Sekunden, um in den Waschraum neben dem Hauseingang zu verschwinden. Was er auch tut. Das Grundstück verlassen kann er jetzt nicht, wenn er nicht bemerkt werden will. Aber«, schloß Rudge, etwas außer Atem, »er braucht ja nur abzuwarten, bis die Luft rein ist, sich dann aus dem Haus und um die Ecke zu schleichen, ein bißchen auf dem Kies zu scharren und in aller Unschuld wieder hineinzugehen. Und genau das, Sir, hat er wohl auch gemacht.«

Als Rudge geendet hatte, herrschte zunächst Schweigen.

Superintendent Hawkesworth brach es als erster wieder, indem er ganz friedfertig fragte: »Können Sie beweisen, daß er nicht die Einfahrt heraufgekommen ist? Die zwei draußen auf dem Rasen –?«

»Die hätten ihn von dort aus nicht sehen können. Die Hausecke ist dazwischen.«

»Außerdem würden die auch nichts sagen.«

Erneut herrschte Schweigen. Dann fragte Rudge, etwas zaghaft: »Mr. Hawkesworth, wer soll die Verhaftung vornehmen, Sie oder ich?«

»Machen Sie das lieber. Sie haben so viel in dem Fall geleistet«, sagte der Superintendent, der trotz allem ein fairer Mann war, »da meine ich, Sie sollten auch das Verdienst daran haben. Das Verdienst hat ja immer derjenige, der die Verhaftung vornimmt. Das heißt«, fügte er mechanisch hinzu, »wenn es Major Twyfitt recht ist.«

»Aber gewiß, gewiß«, sagte dieser, auch er ein Gentleman.

»Ich bin ganz Ihrer Meinung. Rudge hat seine Sache sehr gut gemacht. Hat uns eine Menge Arbeit erspart, von Scotland Yard ganz zu schweigen.«

»Vielen Dank, Sir«, sagte Rudge bescheiden. Er sah auf die Uhr: es war fast halb zwölf.

»Ja, ich glaube, jetzt können wir nur noch warten«, meinte der Chief Constable. Allen dreien war nun doch nicht ganz wohl.

Aber sie brauchten nicht lange zu warten. Noch ehe der große Zeiger auf halb stand, steckte ein Polizist den Kopf zur Tür herein und verkündete in schallendem Flüsterton, ein Mr. Graham sei da, um wie verabredet Mr. Rudge zu treffen.

»Er soll hereinkommen«, nickte der Major.

Mit seiner ganzen gewohnten Selbstsicherheit trat der bürstenköpfige Reporter ein, grüßte alle drei strahlend und erntete ein dreifaches knappes Nicken. »Na, Inspektor, was gibt's?« sagte er. »Sie hatten doch irgend eine Rosine für mich. Sehr nett von Ihnen.«

»So kann man's auch nennen«, sagte Rudge trocken. »Ich werde gleich eine Verhaftung vornehmen.«

»Verhaftung!« Fitzgerald starrte ihn an. »Oh! Wegen Admiral Penistones Tod?«

»Wegen Mordes an Admiral Penistone«, versetzte Rudge eisig. »Und wegen noch etwas anderem.«

»Ah so. Äh – sehr nett von Ihnen, daß Sie mich da einweihen.« Seine Selbstsicherheit war auf einmal etwas ins Wanken geraten. Unaufgefordert ließ er sich auf einem Stuhl nieder, als wären ihm plötzlich die Knie weich geworden. Die drei anderen sahen ihn schweigend an.

Wieder steckte der Polizist den Kopf zur Tür herein. »Sir Wilfrid Denny möchte, wie verabredet, zu Mr. Rudge.«

»Führen Sie ihn herein, Gravestock«, sagte Rudge und stand auf. Zu seinen Vorgesetzten sagte er, kurz erklärend: »Ich habe Sir Wilfrid gebeten, sich freundlicherweise herzubemühen, damit wir ihn über – gewisse Dinge befragen können.«

Die anderen nickten.

Rudge wollte Sir Wilfrid entgegengehen, doch als er an

der Tür ankam, stand der bereits auf der Schwelle. Rudge war groß, Sir Wilfrid klein. Daher war es Sir Wilfrid, der auf dem Fußboden landete. Mit allen Anzeichen der Bestürzung und unter wärmsten Entschuldigungen half Rudge ihm wieder auf die Beine und klopfte ihn ab.

»Verzeihen Sie, Sir, verzeihen Sie vielmals. Sehr unachtsam von mir. Kennen Sie Major Twyfitt? Und Superintendent Hawkesworth? Bitte entschuldigen Sie, daß ich Sie herbemüht habe, aber es gab ein paar kleine Fragen, die wir gern mit Ihnen besprochen hätten, um einen strittigen Punkt zu klären. Es handelt sich um eine Baldriandolde, die in Admiral Penistones Boot zwischen zwei Planken gefunden wurde. Nun, ich habe das Flußufer weit und breit abgesucht, aber der einzige Baldrianstrauch, der unmittelbar am Wasser wächst, steht in Ihrem Garten. Wir wollten Sie daher fragen, ob Sie von dieser Blütendolde vielleicht irgendwie etwas wissen.«

Sir Wilfrid fuhr mit den Händen in seine Manteltaschen und starrte Rudge verblüfft an. »Nein, davon weiß ich nichts.«

»Und von dem Messer, das in dem Baldrianstrauch gefunden wurde und das Blutspuren trägt, wissen Sie auch nichts?«

Sir Wilfrid sah Major Twyfitt an, sah Superintendent Hawkesworth an, sah Walter Fitzgerald an. Dann hustete er. »Ich habe es noch nie gesehen«, sagte er.

»Danke, Sir. Das ist alles, was wir Sie fragen wollten. Und nun habe ich eine unangenehme Pflicht zu erfüllen.«

Rudge machte eine Pause und sah Sir Wilfrid durchdringend an. Sir Wilfrid hustete erneut, diesmal heftiger.

»Sir Wilfrid Denny«, sagte Rudge, »ich verhafte Sie wegen Mordes an Hugh Lawrence Penistone und Celia Mount, und ich mache Sie darauf aufmerksam, daß alles, was Sie von jetzt an sagen, gegen Sie verwendet werden kann.«

»Wohl kaum«, versetzte Sir Wilfrid trocken. »Nun, ich gratuliere Ihnen, Inspektor. Wie haben Sie denn das herausgefunden?« Er setzte sich in munterer Nonchalance auf die Tischkante.

»Hören Sie, Denny«, ließ Major Twyfitt sich unbeholfen vernehmen, nur langsam aus der Sprachlosigkeit zurückfindend, in die es ihn und offenbar auch den Superintendent versetzt hatte. »Hören Sie, ich weiß nicht, ob... ich meine, Sie sagen besser jetzt nichts. Ihr Anwalt...«

»Ich weiß genau, was ich tue«, gab Sir Wilfrid zurück. »Er hat mich wohl verraten, was?« Er nickte zu Fitzgerald hinüber, der wie angewurzelt auf seinem Stuhl saß.

»Darf ich Sie so verstehen, Sir Wilfrid, daß Sie eine Aussage machen wollen?« warf Rudge mit ausgesuchter Höflichkeit ein, obwohl die Frage sich im Grunde erübrigte.

»Ja, sicher will ich eine Aussage machen. Ich habe sie alle beide getötet, ich sag's Ihnen am besten gleich. Ich weiß nicht, ob es Zweck hat, wenn ich hinzufüge, daß es nicht meine Absicht war, den Admiral zu töten; getötet habe ich ihn ja wohl, aber es ist in Notwehr geschehen. Er ging mit dem Schürhaken auf mich los.«

Der Superintendent am Tisch hatte hastig nach einem Blatt Papier gegriffen und wie wild zu schreiben begonnen.

»Und warum haben Sie Mrs. Mount getötet, als Sie glaubten, daß sie Sie verraten würde?« fragte Rudge.

»Also wirklich, Rudge«, sagte der Chief Constable unglücklich. »Ich glaube, wir sollten keine Fragen mehr... Sir Wilfrid sollte wirklich erst seinen Anwalt sprechen.«

»O nein, ich beantworte alle Fragen. Warum ich sie getötet habe? Weil ich nicht ins Gefängnis wollte, was sonst. Daß es Notwehr war, wie hätte ich das beweisen sollen? Angesichts der Umstände mußte doch jeder glauben, ich hätte zum Mord Grund genug gehabt.«

»Sie meinen, weil Sie an der Hongkong-Geschichte beteiligt waren?«

»Ich sehe, Sie sind bereits über alles im Bilde. Ja, deshalb. Aber die Sache mit Mrs. Mount tut mir leid. Ich – ich habe da wohl den Kopf verloren. Mich in meiner Panik hinreißen lassen. Entsetzlich, so etwas – aber«, fuhr er, zu Walter Fitzgerald gewandt, leiser fort, »aber es hilft ja wohl nichts, wenn ich Ihnen sage, daß ich mein Leben gäbe, um es ungeschehen zu machen.«

Fitzgerald stand wortlos auf, trat zum Kaminsims und legte den Kopf auf die Hände.

»Am besten, Sie beeilen sich mit der Niederschrift«, sagte Sir Wilfrid zum Superintendent. »Wir haben nicht viel Zeit. Übrigens hatte der Admiral eine Zeit lang den Verdacht, daß ich an der Hongkong-Sache beteiligt war. Irgendwie gelang es mir, ihn davon wieder abzubringen. Aber dann ist mir Ware auf den Pelz gerückt.«

»Ware?«

»Ja. Der hat die ganze Zeit von der Sache gewußt – obwohl ich nie dahintergekommen bin, wo er es herhatte. Deswegen hat er sich nach seiner Pensionierung hier niedergelassen.«

»Er hat Sie also erpreßt?«

»Nun ja, Sie würden es wahrscheinlich so nennen; aber es handelte sich immer nur um ein oder zwei Pfund, hin und wieder, und er hat mir auch nie gedroht. Nur er wußte eben davon, und damit er die Sache für sich behielt, habe ich ihm ab und zu ein paar Pfund in die Hand gedrückt, das ist alles. Aber dann ist er eines Tages an Penistone geraten, und ob der nun besser gezahlt oder bei ihm an ›Pflicht‹ und ›Ehre‹ etcetera appelliert hat, das weiß ich nicht, jedenfalls muß Ware ausgepackt haben. Daraufhin ist Penistone zu mir gekommen, Gift und Galle spuckend, wie Sie sich denken können, und hat mir einen Riesentanz gemacht. Er hat mich so in die Enge getrieben, daß ich es nicht mehr abstreiten konnte. Da muß er wohl rot gesehen haben, denn er ging einfach blindwütig mit dem Schürhaken auf mich los. Ich packte den erstbesten Gegenstand, es war zufällig ein Bajonett, das ein Neffe mir mal als Kriegsandenken geschenkt hat, duckte mich unter dem Schürhaken weg und traf ihn zuerst. Dann bin ich hinunter zum Fluß, wo Ware mit dem Boot auf Penistone wartete, und da waren in einem anderen Boot gerade Fitzgerald und Mrs. Mount angekommen.«

»Moment bitte, Sir Wilfrid«, unterbrach der Superintendent. »Um wieviel Uhr war das?«

»Ach, so zirka zwanzig vor zwölf, glaube ich. Ich sagte den dreien, was oben passiert war und daß wir den Toten wegschaffen müßten. Ich muß nicht ganz bei Sinnen gewesen sein, fürchte ich, denn ich habe partout nicht auf Ware und Fitzgerald hören wollen, die mich beide drängten, doch die Polizei anzurufen und die Sache offen und ehrlich zu melden. Es sei Totschlag in Notwehr, meinten sie, und es könne mir gar nichts passieren. Aber ich wußte doch, dann käme dieses ganze Hongkong-Debakel heraus und ich würde bestimmt meine Pension verlieren; und ich rechnete auch ganz zwangsläufig mit einer Mordanklage. Fitzgerald willigte schließlich ein, mich zu decken, aber wir hatten noch sehr viel Mühe, bis wir Ware dazu überreden konnten. Endlich sagte er, gut, wenn man nicht direkte Lügen von ihm verlange, sondern nur, daß er verschwieg, mit dem Admiral an diesem Abend unterwegs gewesen zu sein, würde er mich nicht verraten; er wisse dann eben von nichts. Ich war zu aufgeregt, um zu überlegen, wie wir es machen sollten; Fitzgerald hat alles arrangiert, wie Sie sicher von ihm wissen. Ware hat darauf bestanden, die Leiche nicht zu verstecken; es sollte alles möglichst unkompliziert und einleuchtend sein. Also sind wir ins Haus gegangen, haben uns erst mal reihum mit einem Schluck gestärkt, dann haben wir den Toten ins Boot des Pfarrers gebracht und ein Stück Plane darübergelegt. Ware sollte das Boot irgendwo weiter flußaufwärts vertäuen, dann Penistones Boot in sein Bootshaus zurückbringen und anschließend das Boot mit dem Toten wieder ablegen und treiben lassen. Inzwischen wollte Fitzgerald in Rundel Croft Penistones Akten durchsehen und alles mich belastende Material, das er vielleicht dort hatte, vernichten. Soviel ich weiß, hat er das getan. Am nächsten Tag habe ich mich aufgemacht und bin nach Paris gefahren, weil ich einfach nicht nur herumsitzen und abwarten konnte. Fitzgerald hat mich dort benachrichtigt, daß anscheinend gegen mich kein Verdacht bestand, deshalb bin ich zurückgekommen.«

»Und Mrs. Mount?«

Mit belegter Stimme schilderte Sir Wilfrid den Hergang. Er entsprach im einzelnen fast genau dem, was Rudge bereits angenommen hatte, nur daß Sir Wilfrid betonte, auch da habe ihm jede Mordabsicht ferngelegen. Mrs. Mount habe sich, als sie die Hollands nebenan hörte, mit aller Gewalt zu befreien versucht, und in dem Kampf habe er sie unwillkürlich fester gepackt und ihr so den Brieföffner in die Brust gestoßen. Was er danach gemacht habe, sei völlig planlos gewesen; er sei einfach in schierer Panik vom einen Versteck zum andern gerannt, wie es sich gerade ergeben habe.

Mehr hatte er nicht zu sagen.

Major Twyfitt schüttelte den Kopf. »Ich hätte nicht zulassen sollen, daß Sie etwas aussagen, bevor Sie mit Ihrem Anwalt gesprochen haben.«

»Lieber Freund«, entgegnete ihm Sir Wilfrid, und es klang beinahe fröhlich, »machen Sie sich keine Gedanken. Ich werde vor keinem Richter mehr stehen. Haben Sie mein Husten gehört, kurz bevor Ihr Mann mich verhaftet hat? Beim zweiten Mal habe ich unter der Hand etwas in den Mund gesteckt, das ich mir für einen Notfall wie diesen in Paris besorgt habe. Ich werde noch schätzungsweise zehn Minuten zu leben haben.«

Major Twyfitt sprang entsetzt auf, ebenso der Superintendent. Es ist immer schlimm für die Polizei, wenn es einem Gefangenen glückt, sich vor ihrer Nase das Leben zu nehmen.

Rudge war jedoch als erster neben Sir Wilfrid. »Gut«, sagte er, »aber für diese zehn Minuten müssen wir Sie leider noch in Gewahrsam nehmen. Würden Sie bitte mitkommen?« Damit faßte er den andern beim Arm und führte ihn aus dem Zimmer.

Als er zurückkam, telefonierte der Superintendent gerade frenetisch nach einem Arzt, der aber nicht zu erreichen war. »Er ist in der Zelle«, sagte Rudge kurz. »Regen Sie sich nicht auf, Sir, wir brauchen keinen Arzt. Ich wußte, was er in seiner linken Manteltasche hatte. Ich habe sowas erwartet. Deshalb habe ich ein Pulver zurechtgemacht, das genauso aussieht, und habe die beiden Dinger bei dem Zusammenprall an der Tür vertauscht. Das hier ist seins.« Rudge brachte ein schmales weißes Briefchen zum Vorschein.

»Woher wußten Sie denn, wie sein Pulver aussah?« fragte der Chief Constable.

»Ich hab gestern abend ein bißchen spioniert, Sir, durch die Läden von Sir Wilfrids Wohnzimmerfenster. Ich sah, wie er sich das Ding da zurechtmachte, und ich konnte mir denken, wofür. Und daß es die linke Tasche war, wußte ich, weil er beim Hereinkommen die Hand darin hatte. Was Sir Wilfrid geschluckt hat, das waren bloß drei Natrontabletten.«

11

Major Twyfitt ließ sich wieder in seinen Bürosessel fallen. Alle drei hatten anscheinend vergessen, daß immer noch Walter Fitzgerald, ganz gebrochen, an der Kaminwand lehnte.

»Haben Sie bereits gestern abend gewußt, daß es Denny war?«

»Gewußt will ich nicht sagen, Sir. Vermutet hatte ich es, und zwar seit der Unterredung mit ihm in seinem Rosengarten. Da hatte er es so furchtbar eilig, mich nur ja wissen zu lassen, daß er den Admiral kaum gekannt hätte, und über die Gezeiten schien er mir auffallend ahnungslos, er als gebildeter Mann, der auch noch unmittelbar am Fluß wohnt; das hab ich ihm nicht so recht abgenommen. Außerdem wurde ja über böses Blut zwischen ihm und dem Admiral gemunkelt, und da er zur selben Zeit wie Penistone in Hongkong gewegen ist, dachte ich mir, er könnte vielleicht in die alte Geschichte verwickelt gewesen sein, und zwar auf der falschen Seite. Übrigens hat er mir auch ein bißchen zu stark betont, daß der Admiral auch nicht gerade ein Unschuldslamm gewesen ist. Und obwohl er noch wußte, daß Mr. Fitzgerald gut aussah, wußte er nicht mehr, ob er einen Bart getragen hat oder nicht.«

»Dann haben Sie uns heute morgen an der Nase herumgeführt, als Sie uns sagten, Ihr ganzer Verdacht richte sich gegen – Sie wissen schon –?«

»Das habe ich nicht gesagt, Sir. Ich habe keinen Namen genannt. Für mich stand praktisch fest, daß es Denny war, aber was hätte es genützt, Ihnen das schon zu sagen? Ich hatte ja keine Beweise. Ursprünglich hatte ich dran gedacht, den – den anderen in Sir Wilfrids Gegenwart zu verhaften; meine Überlegung war, wenn er's getan hat, wird er es dann prompt sagen. Aber das wäre vielleicht doch schiefgegangen. Als ich dann gestern abend sah, wie er sich dieses Pulver zurechtmachte, da wußte ich mit Bestimmtheit, daß er es war; also dachte ich, ich riskier's und verhafte ihn. Wenn es klappte, gut; wenn nicht – «

»Wären Sie erledigt gewesen«, sagte der Superintendent streng.

»Aber es hat ja geklappt, Sir. Irgendwie«, gab Rudge zu, »habe ich mich eben darauf verlassen, daß es klappen wird, wenn Sir Wilfrid nur glaubt, er hätte seine Tabletten intus.«

»Sehr unorthodox, Rudge«, bemerkte der Chief Constable. »Absolut unprofessionell. Aber verdammt raffiniert.«

»Danke, Sir.«

»So, und was machen wir mit Mr. Fitzgerald da drüben? Ich glaube, wir hätten ein paar Fragen an ihn.«

Walter wandte sich um. »Nur zu«, sagte er. »Ich sage Ihnen alles, was Sie wissen wollen. Gott sei Dank, daß es vorbei ist. Es war ein Alptraum, das können Sie mir glauben. Ich wußte doch, daß Sie hinter mir her waren.«

»Nun, also – « sagte Superintendent Hawkesworth und begann seine Fragen zu stellen.

Was Fitzgerald von den nächtlichen Vorgängen berichtete, stimmte genau mit Rudges Darstellung überein, nur waren Walter und Mrs. Mount in der Nacht nicht mehr bis nach London gefahren. Nach etwa vierzig Meilen waren sie in einen Wald abgebogen und hatten im Wagen geschlafen – soweit beide schlafen konnten. Während der folgenden Tage hatte Mrs. Mount dann immer stärker darauf gedrängt, daß Denny sich stellen solle, und hatte sogar ihrem Mann unter dem Siegel des Beichtgeheimnisses einiges von den Vorfällen erzählt; und der hatte versprochen, auch seinerseits auf Sir Wilfrid sowie auf Ware einzuwirken, daß sie zur Polizei gehen und wahrheitsgemäß alles sagen sollten.

Holland war die ganze Zeit ahnungslos gewesen. Elma hatte die Wahrheit gewußt, Holland hingegen wußte auch jetzt noch nicht, wer den Admiral umgebracht hatte; er hatte Fitzgerald einfach auf sein Wort hin geglaubt, daß er es nicht gewesen war. Zu der Sache mit dem getippten Ehekonsens war es folgendermaßen gekommen. Holland hatte Fitzgerald zufällig im Fernen Osten kennengelernt, hatte gemerkt, daß er den Halt verloren hatte und am Verlottern war, und wollte ihm, weil er ihn sympathisch fand, wieder auf die Beine helfen. Walter gestand ihm dann, ohne allerdings den Vorfall in Hongkong zu erwähnen, daß ein Verfahren gegen ihn schwebte –

»Der Haftbefehl wegen Urkundenfälschung?« warf der Superintendent ein.

»Davon wissen Sie? Also schön – ja.«

Aufgrund dieses schwebenden Verfahrens konnte sich Walter in England nicht blicken lassen und folglich auch seine Erbschaft nicht einkassieren. Holland versprach, sich der Sache anzunehmen. Er intervenierte bei der Firma in Hongkong, die sich angesichts der inzwischen verstrichenen Zeit dazu bereiterklärte, die Klage zurückzuziehen, wenn Walter ihnen das Geld zurückzahlte. Das war jedoch nicht möglich, solange er nicht im Besitz seiner Erbschaft war, und sich das Geld, eine beträchtliche Summe, von Holland vorstrecken lassen, wollte er auch wieder nicht. Holland erklärte sich daher zu dem Versuch bereit, in England Kontakt mit dem Admiral aufzunehmen und für eine Versöhnung zu sorgen, damit die Familie das Geld vorstrecken konnte; gleichzeitig versprach er, mit Elma zu reden und ihr zu versichern, daß schließlich alles noch in Ordnung kommen würde.

Walter war während all der Jahre, die er im Ausland lebte, mit Elma in Verbindung geblieben, und als der Admiral dann den weiteren Kontakt mit ihm zu unterbinden versuchte, war Mrs. Mount als Elmas Zofe ins Haus gekommen, wodurch sie sowohl ein Dach über dem Kopf hatte als auch die Verbindung zwischen den beiden aufrecht erhalten konnte.

Der Admiral begegnete Holland als einem Freund Walters mit Vorbehalt und wollte anfänglich nichts mit ihm zu tun haben. Holland sah, daß es Zeit brauchen würde, ihn umzustimmen, und richtete sich auf eine lange Geduldsprobe ein. Inzwischen hatte er Elma kennengelernt und sich augenblicklich in sie verliebt.

Nun war es an Walter, Holland einen Gefallen zu tun. Er war inzwischen nach England gekommen und hatte sich in London eine Unterkunft gesucht. Mrs. Mount fuhr unverzüglich auch dorthin, und er quartierte sie unter dem Namen Arkwright in seiner Nähe ein. Als er von Hollands Neigung für Elma erfuhr, war er hocherfreut, denn da er seine eigene Labilität kannte, hatte er immer befürchtet, auch Elma könnte irgendwann einmal den Halt verlieren, wenn sie sich nicht an einen Menschen mit einer starken Persönlichkeit band. Er hatte Elma, die selber nicht verliebt war, immer wieder heftig dazu gedrängt, sie solle sich doch zu einer Verbindung mit Holland bereitfinden, und da sie sah, wie viel ihrem Bruder daran gelegen war, willigte sie schließlich ein. Der Admiral jedoch erwies sich als ein Hindernis: er wollte nicht zulassen, daß sich Elma mit einem Menschen verband, der ein Freund von Walter war. Hollands Beziehung zum Admiral hatte sich zwar gebessert, aber gewonnen war dieser noch keineswegs.

Inzwischen versuchte auch Elma, etwas für Walter zu tun. Er und Celia Mount hätten schon längst gern geheiratet, aber der Pfarrer wollte sich nicht scheiden lassen. Elma hatte zu bemerken geglaubt, daß Mr. Mount ein gewisses Interesse an ihr zeigte. Sie suchte dieses Interesse bewußt zu schüren, um ihn durch ihren Einfluß vielleicht doch noch zu einer Einwilligung in die Scheidung zu bewegen. Aus diesem Grund legte sie, wann immer sie damit rechnen konnte, Mount zu treffen, besonderen Wert auf ihr Äußeres. Walter wußte davon nichts, Holland jedoch beobachtete mit Kummer, wie ungeniert seine Verlobte dem Pfarrer Avancen machte; den Grund dafür hatte sie ihm ja nicht genannt. Er ließ Walter daher wissen, daß seine Geduld jetzt zu Ende sei, er werde nach London fahren und sich eine Lizenz besorgen, und die werde er auch benutzen, mit oder ohne Zustimmung des Admirals. Und er fuhr.

Walter war überzeugt, das würde den Admiral erst recht in Harnisch und Elma wahrscheinlich um den Zugang zu ihrem Vermögen bringen. Er wußte von seiner Schwester, wie sehr seinem Onkel der Vorfall in Hongkong nachging, und er beschloß, das auszunutzen, um die Einwilligung zur Heirat der beiden zu bekommen. Er fertigte einen Ehekonsens in Maschinenschrift aus, nahm all seinen Mut zusammen und suchte den Onkel am Nachmittag vor dessen Tod kurz nach der Teezeit auf; damit das Treffen geheim blieb, paßte er ihn im Garten ab.

Er hatte den Admiral seit Jahren nicht mehr gesehen, und dieser weigerte sich zuerst, ihn überhaupt anzuhören. Als Walter jedoch erklärte, er könne ihm sagen, wie die Sache damals in Hongkong wirklich verlaufen sei, änderte sich sein Ton. Daraufhin machte ihm Walter sein Angebot: die Wahrheit gegen den Ehekonsens. Der Admiral zögerte keinen Augenblick; er unterschrieb auf der Stelle. Danach erzählte Walter ihm alles. Freilich mußte er dabei Denny opfern, aber schließlich war Denny ein Verbrecher, der Walter auf schäbige Weise hereingelegt hatte; und Elmas Hochzeit, von Hollands Glück ganz zu schweigen, durften nicht länger aufs Spiel gesetzt werden, damit Denny sein Gesicht behielt.

Der Admiral war außer sich vor Wut. Er tobte, fluchte, brüllte und stampfte. Es gelang Walter nur mit großer Mühe, ihn zu beruhigen, und er nahm ihm das Versprechen ab, daß er sich drüben beim Pfarrer von der ganzen Sache nichts anmerken lassen würde. Zu guter Letzt hatte der Admiral ihm dieses Versprechen gegeben und war, für den folgenden Tag blutige Rache schwörend, ins Haus verschwunden, um sich umzuziehen.

Walter hatte ursprünglich am nächsten Tag in aller Frühe nach West End fahren und Denny warnen wollen; auf den Gedanken, daß der Admiral noch am selben Abend irgend etwas unternehmen könnte, war er gar nicht gekommen. Als er jedoch im Garten des Pfarrers heimlich auf Mrs. Mount wartete, mit der er dort verabredet war, hatte er Penistone zusammen mit Ware – der zweifellos unterwegs ausgehorcht werden sollte – im Boot ablegen sehen und war nervös geworden. Er mußte natürlich warten, bis Mrs. Mount kam, dann besprach er die Sache mit ihr, und sie beschlossen, gemeinsam sofort hinterherzurudern. Das Gespräch mit dem Pfarrer konnte auch später noch stattfinden, wenn sie wieder zurück waren; es war ohnehin nicht mit dem Pfarrer vereinbart gewesen, sondern quasi als Überraschungsangriff auf sein Gewissen geplant gewesen. Also legten sie ab – was ganz so vor sich ging, wie Rudge es dargestellt hatte.

Alles Weitere hatten sie von Denny selber erfahren. Als Walter wieder nach Rundel Croft kam, brachte er seiner Schwester behutsam bei, der Onkel sei durch einen Unglücksfall ums Leben gekommen. Sie war erschüttert, riß sich aber zusammen und half ihm dabei, die Dokumente zu suchen.

»Sie hatte Blut am Kleid«, sagte der Superintendent.

»Das hat sie mir später gesagt. Das muß von meiner Hand gewesen sein. Sonst noch eine Frage?«

»Ja, der Baldrianzweig«, sagte Rudge.

Walter nickte. »Den habe ich dort hingesteckt. Der Tod meines Onkels konnte Totschlag in Notwehr gewesen sein – was ich glaube; aber als dann Celia... Ich wollte«, sagte Walter geradeheraus, »Sie auf die richtige Spur bringen. Denny sollte hängen.«

»Warum sind Sie dann nicht gekommen und haben uns gesagt, was Sie wußten?« fragte Rudge.

»Ich konnte den Kerl doch nicht anzeigen«, versetzte Walter.

»Ach«, sagte Rudge. Er sah beim besten Willen nicht, wo da der Unterschied lag.

»Sagen Sie mal«, begann der Superintendent jetzt unvermittelt, »was hat sich eigentlich abgespielt damals in Hongkong? Sie haben sich für Ihren Onkel ausgegeben, nicht?«

Walter wurde rot. »Ja. So war es. Ich war an dem Abend bei Denny zum Dinner, und er hat mich stockbetrunken gemacht. Er meinte, es wäre doch ein Mordsspaß, wenn ich mal eine Kapitänsuniform anziehn würde, er hätte zufällig eine da; und ich sollte damit in so eine Opiumspelunke gehen und dort 'ne richtig tolle Gröhl- und Tanznummer abziehen, womöglich würde man mich noch für meinen Onkel halten, das wäre, meinte er, doch der Witz des Jahrhunderts. Er wußte, daß mein Onkel mich haßte und umgekehrt, oder zumindest, daß wir einander nicht grade liebten. Na, mich hat die Sache nicht schlecht gejuckt, ich war ein dummer junger Bengel damals, da ist man für sowas ja gleich zu haben. Denny gab mir also die Uniform und brachte mich selber noch runter in die Kaschemme. Ich brauchte mich nicht groß anzustrengen bei meiner Nummer, sternhagelblau wie ich war.

Am nächsten Tag mußte ich für meine Firma eine Reise ins Landesinnere machen, meilenweit weg von Zeitungen oder dergleichen. Denny wußte das, nicht umsonst hatte er ausgerechnet diesen Abend gewählt. Ich war ein paar Monate unterwegs; als ich wiederkam, war die ganze Sache gelaufen. Jetzt blies mir Denny auf einmal den Marsch, ich hätte mich idiotisch benommen, mich strafbar gemacht undsoweiter, und er dächte nicht dran, mich da rauszuhauen. Der Schaden sei nun mal passiert, ich solle eben kurztreten und den Mund halten. Mir kam es irgendwie komisch vor, aber ich habe mich einschüchtern lassen und ihm gesagt, na gut, ich bin still.

Auf die Wahrheit bin ich erst Jahre später gekommen, und auch da nur durch Zufall. Folgendes steckte dahinter: zu der Zeit damals war in Hongkong eine Riesenbande von Opiumschmugglern am Werk. Denny war beim Zoll und steckte mit dem Ring unter einer Decke, erpreßt vielleicht oder auch gekauft. Mein Onkel hatte Wind von der Sache gekriegt und war den Brüdern schon auf der Spur. Entweder mußten sie verduften oder ihn loswerden, und da sind sie wohl auf den Trick verfallen. Mein Onkel wurde irgendwie in die bewußte Straße gelockt und von so 'ner kleinen Schickse geködert, die mit 'nem Chinesen herumtat, als würde er sie mißhandeln. Mein Onkel ging ihr dann nach, wurde drinnen mit einem Sandsack niedergeschlagen und auch noch betäubt, seine Klamotten haben sie mit Whisky und Opium getränkt. Und ich Kindskopf war inzwischen auch schon mit drin. Ich trug damals einen Bart, hatte Puder aufgelegt und mir ein paar Runzeln auf die Backen gemalt, so habe ich haargenau ausgesehn wie mein Onkel, kein Mensch wäre drauf gekommen, daß er's nicht war, nicht mal er selber. Tja, alles in allem war das recht trickreich ausgedacht. Sonst noch Fragen?« Er schlenderte auf die Tür zu.

»Wir können ihn nicht weglassen«, zischelte der Superintendent aufgeregt.

»Was werfen wir ihm denn vor?« zischelte Major Twyfitt zurück.

»Beihilfe.«

»Nicht zum Mord«, grinste Walter, der offenbar außerordentlich gute Ohren hatte. »Und zur Notwehr kann man nicht Beihilfe leisten.«

»Die Notwehr muß noch bewiesen werden«, sagte der Superintendent scharf.

»So? Na, so lange können Sie mich nicht festhalten.« Mit einer flinken Wendung war er zur Tür hinaus.

Hawkesworth sprang auf. »Er darf uns nicht entkommen«, polterte er, »Rudge, Mann, hinterher! Was wir ihm vorwerfen, weiß ich nicht, aber da läuft ja auch noch der Hongkonger Haftbefehl gegen ihn.«

Walter jedoch war schon durch die Wache und bis zum Tor gelangt. Am Bürgersteig parkte ein offener Wagen mit laufendem Motor. Als Walter auftauchte, warf der Fahrer den Gang ein, der Wagen setzte sich mit einem Ruck in Bewegung, und Walter sprang auf den Rücksitz.

»Walter Fitzgerald«, rief der Superintendent, aus dem Tor stürzend, »ich – «

»Gern laß ich dich nicht ge-he-hen, doch leider muß es sein«, sang Walter spöttisch aus dem fahrenden Auto. »By-by, Superintendent. Post an mich über meine Schwester.«

Elma, die vorn neben Holland saß, winkte begeistert zustimmend.

Der Superintendent stürzte zum Telefon. »Die kommen keine drei Meilen weit«, sagte er grimmig.

Major Twyfitt tupfte ihm auf die Schulter. »Wozu der Aufwand? Hören Sie, wir brauchen ihn doch gar nicht. Wir haben ja den Richtigen. Soll er ruhig gehen, wo er hin will, da ist er bestimmt besser aufgehoben als bei uns.«

Mit beleidigter Miene ließ der Superintendent das Telefon los. »Wie Sie meinen, Sir, selbstverständlich. Aber eigentlich hätten wir ihn festhalten müssen. Ja, Gravestock?«

Der stämmige Polizist sah ganz verstört aus. »Könnten Sie bitte mitkommen zu den Zellen, Sir? Ich glaube, da stimmt was nicht mit dem Häftling Denny.«

Schweigend zogen die drei Polizeibeamten zu der entsprechenden Zelle.

»Allerdings stimmt was nicht mit ihm«, sagte gleich darauf der Superintendent. »Er ist tot. Das stimmt nicht mit ihm. Rudge!«

Völlig konsterniert zog Rudge das Briefchen aus der Tasche und machte es hastig auf. »Nein«, sagte er dann erleichtert, »das sind die von ihm. Geschluckt hat er meine Natrontabletten, nichts weiter.«

»Und woran ist er dann gestorben?«

»Er ist einfach gestorben«, sagte Major Twyfitt und sah auf die stille Gestalt hinab. »Er war alt. Er wußte, er würde bald sterben – und jetzt war es eben soweit.«

Eine Weile herrschte betroffenes Schweigen.

»Und sein Geständnis unterschrieben hat er auch nicht«, sagte der Superintendent mißbilligend.

Lösungen

1/von Canon Victor L. Whitechurch

Keine Lösung

2/von G. D. H. und M. Cole

Keine Lösung

3/von Henry Wade

Im Jahre 1919, kurz nach Kriegsende, wird Admiral Penistone (noch jung, infolge brillanter militärischer Leistungen rasch befördert) in einem übel beleumundeten Hongkonger Lokal in einen Krawall verwickelt. Die Sache ist ehrenrührig. Angesichts seiner Kriegsverdienste stellt man ihn jedoch nicht vor ein Militärgericht, sondern die Admiralität legt ihm nahe, seinen Abschied zu nehmen. An dem Krawall beteiligt waren noch drei weitere Engländer: 1) Walter Fitzgerald, jung charakterschwach, Probleme mit Drogen und Alkohol; 2) dessen Freund und Firmenpartner Vanyke, ein Mann in mittleren Jahren; 3) ein Großkaufmann namens Holland. Im Verlaufe der Schlägerei wird Fitzgerald von irgendwelchen Chinesen getötet, was aber den Instanzen der Navy, die sich mit Penistone zu befassen haben, zunächst nicht bekannt ist.

Holland, der über das Testament von Fitzgerald senior einiges weiß, erpreßt Penistone, wobei sein Preis »die Hand Ihrer Nichte Elma« ist. Elma, eine Frau von nur sporadisch auftretender Gefühlswärme, verliebt sich vorübergehend in Holland, was jedoch wieder abflaut, und möchte (als die Geschichte beginnt) von dem Verlöbnis zurücktreten. Dies der eigentliche Grund, daß der Admiral über seine Nichte verärgert ist.

Elma macht sich nun an den Pfarrer heran, der zwar schon fünfzig, aber ein gutaussehender und vitaler Mann ist. An dem bewußten Abend überredet sie ihn, nachdem sie angeblich nach Hause gegangen ist, noch zu einer romantischen Bootsfahrt den Fluß hinauf. Der »Schock«, mit dem der Pfarrer auf die Mordnacht reagiert, erklärt sich weitgehend aus seiner Sorge, daß das kleine »Abenteuer« herauskommen könnte.

Nachdem Penistone das Bootshaus verschlossen und noch im Freien seine Zigarre aufgeraucht hat, geht er in sein Arbeitszimmer und wird dort von seinem Butler Emery umgebracht. Emery ist in Wirklichkeit nämlich Vanyke und glaubt, Penistone treffe moralisch und vielleicht sogar faktisch die Schuld am Tod seines »armen jungen Freundes Walter«. »Emery« zieht dem Toten den Mantel wieder an, damit es so aussieht, als sei er im Freien umgebracht worden. Die Abendzeitung (das Exemplar, das um neun Uhr abends zugestellt wird) hat Blutspritzer abbekommen, deshalb steckt er sie, aus demselben Grund, in die Manteltasche. Um halb drei Uhr nachts trägt er die Leiche ins Bootshaus, das er mit dem Schlüssel des Admirals aufschließt, rudert zum anderen Ufer hinüber, hievt die Leiche ins Boot des Pfarrers (in dem von der galanten Fahrt her versehentlich noch dessen Hut liegt) und schneidet die Leine los. (Das alles, um einen Mord auf dem Grundstück des Pfarrhauses vermuten zu lassen – oder um zumindest eine falsche Spur zu legen.) Wie von P.C. Hempstead angenommen, fährt sich das Boot während der Ebbe fest und wird von der Flut zurückgetrieben. Das Rundel-Croft-Boot wäscht Emery aus, weil er befürchtet, daß es Blutflecke hat.

Elma ist wahrscheinlich nach London gefahren, um mit ihrem Anwalt zu sprechen. In der Zwischenzeit könnte Emery ihr Kleid und ihre Schuhe versteckt haben, um noch zusätzlich Verwirrung zu stiften.

Neddy Ware hat vermutlich von der Hongkong-Geschichte etwas gewußt.

4/von Agatha Christie

Die wirkliche Elma Fitzgerald ist tot, und ihr Bruder Walter schlüpft in ihre Kleider und Identität, weil er polizeilich gesucht wird und daher unter seinem eigenen Namen keinen Anspruch auf seine Erbschaft erheben kann. Mit Holland ist er in irgendwelchen fernen Erdteilen einmal befreundet gewesen. Es gelingt Walter nicht, seinen Onkel in punkto Geld zu einer definitiven Äußerung zu bewegen; deshalb gibt er als Druckmittel vor, mit Holland verlobt zu sein – dann wird der Admiral das Geld ja herausrücken müssen. Der Admiral hat jedoch, was Walter nicht weiß, damit spekuliert und hat es verloren.

Walter, der früher einmal Schauspieler war, kann den Admiral mühelos täuschen, weil der seine Nichte seit ihrer Kindheit nicht mehr gesehen hat. Mit Holland macht er sich keine weiteren Umstände, tut aber jeweils sein Bestes bezüglich Make-up und Kleidung, wenn man in der Nachbarschaft eingeladen ist, wo er mit geradezu künstlerischer Hingabe den Vamp spielt.

Der Admiral nun erhält, kurz bevor sie zum Dinner ins Pfarrhaus gehen, einen anonymen Brief von »Célie«, des Inhalts, daß »Elma« ein Mann sei. Er steckt das Kuvert ungeöffnet ein und liest das Schreiben erst später, während er wartet, bis »Elma« sich vom Pfarrer verabschiedet hat.

Auf der Heimfahrt im Boot sagt er Walter sofort die Wahrheit auf den Kopf zu und erklärt, er werde ihn der Polizei übergeben. Walter weiß, daß mit dem Admiral nicht zu spaßen ist, und während das Boot ins Bootshaus fährt, ersticht er ihn.

Er geht ins Haus hinauf und wartet, bis alles still ist. Dann macht er sich als Admiral Penistone zurecht, zieht einen dicken Mantel an, steckt die Abendzeitung in die Tasche und zeigt sich so im Lordmarshall, wo die Beleuchtung schlecht und der Hausdiener ein beschränkter Bauernbursche ist. Er verlangt nach Holland, sagt dann aber, daß er nicht warten könne.

Er begibt sich wieder nach Rundel Croft. Später geht er zum Bootshaus hinunter, rudert das Boot über den Fluß, legt die Leiche in das andere Boot und kappt die Leine, in der Überzeugung, daß es aufs Meer hinaustreiben wird. Und da das Boot des Admirals bis dahin wieder im Bootshaus ist, wird man annehmen, denkt er, daß der Admiral zu Fuß weggegangen und mit dem Zug in die Stadt gefahren ist. Aber das Boot mit der Leiche treibt nur ein Stück weit meerwärts, dümpelt dann gegen das Ufer und kommt später flußaufwärts wieder zurück.

Als der Mord entdeckt ist, macht »Walter-Elma« sich mit dem weißen Kleid, an dem Blutflecke sind, schleunigst aus dem Staub. Im Vertrauen auf sein selbstgeschaffenes Alibi will er später mit einer guten Ausrede wiederkommen.

Der Pfarrer hatte am Abend sein Boot tatsächlich noch einmal benutzt. Er hat sich bei Fernton Bridge mit seiner Ex-Frau getroffen. Er war schrecklich besorgt darum, daß es nur ja kein »Gerede« gab; daher sein sonderbares Verhalten.

5/von John Rhode

Der sogenannte Admiral Penistone war ein Schwindler. Ich stelle ihn mir als gewerbsmäßigen Erpresser vor (daher die Stapel von Zeitungsausschnitten), der bereits etliche Leute in der Hand hatte, darunter Sir Wilfrid Denny, den »Penistones« unaufhörliche Forderungen bereits zum armen Mann gemacht haben.

Denny beschließt, ihn zu ermorden. Er bringt in Erfahrung, daß »Penistone« für den Abend des Neunten ein Treffen mit Holland verabredet hat, und lauert ihm bei der Fernton Bridge auf. Als er kommt, hält Denny ihn an, sagt, er habe Dringendes mit ihm zu besprechen, oder vielleicht, daß er »Penistone« das verlangte Geld geben will – kurzum, schließlich sind beide im Boot, Denny im Heck, »Penistone« sitzt gegenüber und sieht ihm beim Rudern zu. Als sie fast an der Eisenbahnbrücke sind (siehe Karte), steht Denny plötzlich auf, beugt sich vor, wie zum nächsten Ruderschlag, und stößt »Penistone« den Dolch in die Brust.

Unter der Brücke, zwischen den Pfeilern, wo man in der Dunkelheit nicht gesehen werden kann, verläßt er das Boot. In Whynmouth geht er dann, damit seine Anwesenheit um diese Uhrzeit (elf) dokumentiert ist, in irgend ein Hotel. Ungesehen verläßt er es wieder und begibt sich zum Lordmarshall, wo er sich – was in dem schlecht beleuchteten Vestibül nicht weiter schwierig ist – als »Penistone« ausgibt, um wissen zu lassen, daß »Penistone« zu der Zeit noch am Leben ist. Dann kehrt er in sein erstes Hotel zurück, wo er bis nach Mitternacht bleibt. Damit hat er sich, so gut es ging, ein Alibi geschaffen.

Die Leiche bleibt unter dem Schutz der Brücke trokken. Als die Strömung nachläßt, rudert Denny flußaufwärts, schafft die Leiche ins Boot des Pfarrers, dreht bei und geht an Land. Als er den Hut des Pfarrers bemerkt, legt er ihn zur Irreführung neben die Leiche ins Boot. Im übrigen verfährt er so, wie Neddy Ware es sich vorgestellt hat.

Er bringt das Boot des Admirals zurück ins Bootshaus von Rundel Croft, wobei er den Fehler macht, es mit dem Bug voraus einzufahren. Dann geht er zu Fuß nach Hause, zum West End. Seine plötzliche Reise nach London gilt dem Testament des alten John Martin Fitzgerald – eine Sache, die näherer Aufklärung noch bedarf.

6/von Milward Kennedy

1. Vier Männer betreiben Waffenlieferungen an China: Mr. X (Hauptaktionär und Geschäftsführer), Admiral Penistone (Waffenexperte und Chinakenner, aus der Navy in Ungnade ausgeschieden, finanziell geringer beteiligt), Sir Wilfrid Denny (vormals beim chinesischen Zoll tätig) und Holland (der Mann für Direkt-Transaktionen). Holland ist begreiflicherweise nicht bereit, der Polizei über seine Arbeit Aufschluß zu geben.

2. Der Admiral möchte seinen finanziellen Anteil erhöhen, mit anderen Worten: Mr. X ausbooten. Er verhandelt darüber mit Sir Wilfrid und Holland.

3. Sir Wilfrid verhält sich zögernd; er lehnt es ab, offiziell etwas zu unternehmen, und warnt heimlich Mr. X.

4. Mr. X, der dem Admiral bereits nicht mehr traut und auf dessen Aktionen ein Auge haben möchte, hat seine Mätresse dazu überredet, sich als französische Zofe bei Elma Fitzgerald zu verdingen.

5. Als der Admiral nach Rundel Croft zieht, fürchtet a) Sir Wilfrid, daß Mr. X denken könnte, auch er, Denny, wolle ihn hereinlegen, und entdeckt b) die »französische Zofe«, daß genau gegenüber auf dem anderen Flußufer ihr Ehemann wohnt, dem sie vor zehn Jahren durchgebrannt ist. Sie verläßt Hals über Kopf das Haus und sagt Mr. X auch, warum.

6. Sir Wilfrid teilt Mr. X mit, daß der Admiral eine Zusammenkunft der drei Geschäftspartner arrangieren möchte. Holland hat anscheinend bereits zugestimmt. Sir Wilfrid erhält die Weisung, ebenfalls zuzustimmen und dafür zu sorgen, daß das Treffen an »neutralem« Ort stattfindet, etwa in der Nähe von (aber nicht auf der) Fernton Bridge. Außerdem soll er niemanden wissen lassen, daß er mit Holland und dem Admiral geschäftlich zu tun hat.

7. Der Admiral will sein Placet, daß sich Elma mit Holland vermählt, nur erteilen, wenn dieser in seine »geschäftlichen« Pläne einsteigt und sich zudem bereit erklärt, einen Teil von Elmas zu erwartendem Kapital in das neue Unternehmen zu stecken, das er, der Admiral, ins Leben zu rufen gedenkt. Vielleicht will er ihm auch ganz gern das Geld von Elmas Bruder »anlegen« helfen. Der Bruder, schon immer ein Vagabund, ist spurlos verschwunden, hat aber noch vor so kurzer Zeit von sich reden gemacht, daß es nicht möglich ist, ihn »für tot zu erklären«.

8. Mr. X, von Sir Wilfrid über Zeit und Ort des anberaumten »Geheimtreffens« in Kenntnis gesetzt, kommt im Auto dort hin; er trägt eine Chauffeur-Uniform und Fechthandschuhe. Er hat darauf bestanden, daß die »französische Zofe« zum Pfarrer geht und sich mit ihm arrangiert, damit sie gegebenenfalls ihren Posten in Rundel Croft wieder einnehmen kann. X selbst will sich, während sie im Pfarrhaus ist, in Rundel Croft (dessen Räumlichkeiten ihm dank Beschreibung durch die »französische Zofe« vertraut sind) Einlaß verschaffen und diverse Dokumente herausholen, die sich auf die »China-Verträge« beziehen.

9. Während die »französische Zofe« beim Pfarrer ist, geht Mr. X durch den Garten hinunter zum Fluß, in der Absicht, mit dem Boot des Pfarrers überzusetzen. Da trifft er den Admiral, der mit seinem eigenen Boot noch einmal zurückgekommen ist und eben anlegt.

10. Der Admiral hat sich nach dem Dinner im Pfarrhaus schleunigst verabschiedet, weil er Elma nach Hause bringen und dann zu seinem »Geheimtreffen« gehen will. Er räumt wie gewöhnlich sein Boot auf und stellt dabei fest, daß er seine Pfeife im Pfarrhaus vergessen hat und daß sein Zigarrenetui leer ist. Er holt sich aus dem Haus seinen Mantel, weil er zu Fuß zur Fernton Bridge gehen möchte; aber es macht ja praktisch nichts aus, wenn er rasch noch zum Pfarrhaus hinüber rudert, sich die Pfeife holt und dann von dort aus hingeht. Die Entfernung ist praktisch die gleiche (wie die Karte zeigt).

11. Mr. X und der Admiral kommen ins Gespräch. Mr. X zeigt ihm die Abendzeitung mit den neuesten Berichten aus China. Der Admiral, der an das »Geheimtreffen« denkt, ist etwas nervös. Sie setzen sich in die Laube. Und siehe da, dort liegt nicht nur der Hut des Pfarrers, sondern auch das Messer. Das Gespräch endet im Streit, und Mr. X tötet den Admiral durch einen Messerstich. Die Zeit: etwa elf Uhr.

12. Mr. X überlegt sich, daß die Vorkehrungen, die er für alles getroffen hat, auch einen Mord auffangen. Zufällig hat er sogar Sir Wilfrid gesagt, er soll ausdrücklich den Namen des Admirals erwähnen, wenn er im Hotel nach Holland verlangt; dadurch sieht es so aus, als wäre der Admiral um elf Uhr noch am Leben und in Whynmouth gewesen.

13. X sucht sich den Verandatürschlüssel, setzt mit dem Boot des Admirals über (die Leiche bleibt in der Laube liegen), holt aus dem Arbeitszimmer die Dokumente, schließt wieder ab und kommt im Boot des Admirals zurück – dabei läßt er aus Versehen den Schlüssel fallen. Er nimmt an, daß der ins Wasser gefallen ist; ein Streichholz anzuzünden und nachzusehen, getraut er sich nicht.

14. Er setzt sich ins Auto und wartet. Als die »französische Zofe« zurück kommt (und er kann sich darauf ver-

lassen, weder sie noch der Pfarrer werden über das Rendezvous reden), sagte er ihr, sie soll ruhig ohne ihn zur Fernton Bridge und von dort aus in Richtung Rundel Croft weiterfahren. Als er sicher ist, daß im Pfarrhaus alles schläft, trägt er den Toten hinunter ins Boot des Pfarrers, läßt das Messer neben (nicht in) der Leiche und gibt der ganzen Fracht noch den Hut des Pfarrers bei. Es ist ursprünglich seine Absicht gewesen, das Boot loszumachen und driften zu lassen, dann fällt ihm aber ein, daß der Fluß womöglich Gezeiten hat und es somit vielleicht gar nicht bis ins Meer gelangt. Deshalb beschließt er, alles so zu lassen, wie es ist. (Die Leiche ist bis fast um ein Uhr »unter Verschluß« gewesen, und blutete nicht mehr, als sie ins Boot gelegt wird.) Mr. X setzt im Boot des Admirals (das er dann verkehrt herum festmacht) abermals über, pirscht durch den Garten von Rundel Croft zum Auto und fährt mit der »französischen Zofe« davon.

15. Das Ausbleiben des Admirals läßt sowohl Holland als auch Sir Wilfrid nichts Gutes ahnen. Sie warten lange, doch schließlich geht Sir Wilfrid nach Hause. (Als Mr. X am nächsten Morgen anruft, um sich »zu erkundigen«, wie das Treffen verlaufen ist, fährt er schleunigst nach London.) Holland beschließt, auf der Stelle mit dem Admiral reinen Tisch zu machen. Er schlägt den Weg nach Rundel Croft ein, sieht in der Nähe der Einfahrt ein Auto stehen und entscheidet sich für den Umweg über das Pfarrhaus. Die ganze Sache ist ihm nicht geheuer, und er möchte nicht gesehen werden. Weil er um keinen Preis auffallen will, kommt er nur langsam vorwärts. Zu seinem Entsetzen findet er dann die Leiche im Boot des Pfarrers; es ist mittlerweile zwei Uhr. Ihm wird klar, daß er sich in Gefahr befindet – er hat kein Alibi; der Admiral kann irgend jemandem gesagt haben, daß sie sich bei der Brücke treffen wollten; da ist die Unstimmigkeit mit dem Testament und der Heirat. Er überlegt sich alles genau. Bis zum Flutwechsel wird es, wie er vermutet, nicht mehr

lange dauern, dann geht die Strömung wieder flußaufwärts, also »von der Brücke weg« sozusagen. Das muß er abwarten. Aber das Warten ist qualvoll, er wird immer nervöser, immer ungeduldiger, endlich wegzukommen. Gegen drei Uhr läßt die Strömung nach. Er schneidet die Leiche ab; nicht, weil er etwa den Knoten da oben nicht aufbekäme, sondern weil ihm einfach im Augenblick danach zumute ist – es scheint immerhin schneller zu gehen, als wenn man ihn aufmacht. Das Messer wirft er in den Fluß, weil er an die Fingerabdrücke denkt.

16. Holland will nun so tun, als hätte er die Nacht in seinem Hotel verbracht. Er mußt unbedingt mit Elma sprechen, sobald er schicklicherweise in Rundel Croft erscheinen kann. Er ist noch vor dem Inspektor dort. Emery muß ein bißchen »bearbeitet« werden, ebenso Jennie Merton. Damit erklärt sich, daß es so lange dauert, bis dem Inspektor aufgemacht wird. Elma und Holland sind sich schnell einig: außer ihnen kann niemand bezeugen, daß der Admiral gezögert hat, ihrer Heirat zuzustimmen; Holland war der geschätzte, willkommene Bräutigam. Damit verliert das Motiv »Testament« an Gewicht; ohnehin läßt sich einwenden, daß Elma ja bald das Geld ihres Bruders erbt. Wenn sie jetzt heiraten, kann man sie nicht mehr zur Aussage gegen ihren Ehemann zwingen – und nur sie kann sagen, was der Admiral nach dem Dinner im Pfarrhaus noch vorgehabt hat. Die Heiratslizenz haben sie schon, denn die Umstände (der Waffenschmuggel, die »Besprechungen« des Admirals, undsoweiter) ließen es geraten erscheinen, für eine kurzfristige Heirat gerüstet zu sein. Sie reisen nach London ab.

17. Das »Lieblingsabendkleid« ist nie versteckt worden. Als Lieblingskleid war es aber das Richtige für den Anlaß in London; und aus eben dem Grund wollte Elma es auch nicht von der neuen, noch unerprobten Zofe einpacken lassen. Sie hat es eigenhändig zusammengefaltet, auf ein Regal gelegt und nach ihrer Unterredung mit dem

Inspektor als letztes in den Koffer getan. Was ihre äußere Erscheinung angeht, so legt sie darauf (wie manch ein anderer auch) Fremden gegenüber mehr Wert als bei Freunden und Verwandten. (Im Fall des Inspektors fehlte ihr natürlich die Zeit dazu.) Das Theater, das sie bei der Befragung spielte, war wie nicht anders zu erwarten, teils gut und teils schlecht.

18. Und der Pfarrer: als die Polizei bei ihm auftaucht, ist es seine einzige Sorge, daß von dem Wiedersehen mit seiner Frau nichts bekannt werden darf. Vor allem (fast sein erster Gedanke) muß er an seine Söhne denken. Sein Hut kann und darf damit nichts zu tun haben; er wird bei seiner Geschichte bleiben: er weiß nichts von einem Mord und kann mit keinem Mord in Verbindung gebracht werden – und wenn herauskommt, daß die »französische Zofe« da war, gibt es bloß unnötige Komplikationen. Aber dann, nachdem er seine »Um-Zehn-Uhr-war-alles-ruhig«-Geschichte so wacker verfochten hat, ist auf einmal das Messer verschwunden, und er entdeckt verdächtige dunkle Flecken in seiner Laube. Also wird er den Garten gießen, und wenn ihm ein bißchen der Schlauch dabei ausrutscht, beweist das nur, daß er sich eben auf weltliche Dinge nicht so versteht.

7/von Dorothy L. Sayers

John Martin Fitzgerald, Rechtsanwalt zu Winchester, heiratet im Jahr 1888 Mary Penistone und hat zwei Kinder mit ihr: Walter, 1889 geboren, und Elma, geboren 1898.

Im Jahre 1909 kommt es zwischen Walter und seinem Vater zu Unstimmigkeiten, und der damals Zwanzigjährige verläßt das Land. Er geht nach China und wird Büroangestellter bei einer Tabakfirma in Hongkong, wo er, zwar attraktiv und gutaussehend, aber zu Müßiggang und Ausschweifung neigend, in den Opiumschmuggel gerät.

Der Assistant Commissioner beim chinesischen Zoll war ein Mann namens Wilfrid Denny, den die Extravaganzen seiner Frau in Schwierigkeiten gebracht hatten, so daß er bei einem großen chinesischen Geldverleiher hoch in der Kreide stand. Denny entdeckte bald, daß dieses »Darlehen« sich abzahlen ließ, indem er immer ein Auge zudrückte, wenn Opium den Zoll passierte. Das brachte ihn in Kontakt mit Walter, der sich bald in der Lage sah, den schwachen und etwas törichten Denny zu erpressen. Denny war damals um die vierzig.

Im Jahr 1911 war ein Captain Penistone Kommandant des in Hongkong stationierten Kreuzers »Huntingdonshire«. Er war der Onkel des jungen Fitzgerald, und alles Opium, das aus dem Land geschmuggelt werden sollte, mußte an Penistone vorbei. Sein Vorgänger war relativ einfach hinters Licht zu führen gewesen, aber Penistone war wachsam und unbestechlich. Er war damals dreiundvierzig, ein energischer, aber freundlicher Mann, tüchtig als Offizier und beliebt bei seinen Leuten. Da es unmöglich war, ihn zu schmieren, mußte man ihn loswerden. Im Einverständnis mit Denny verwickelt Walter, der seinen Onkel kennt und diese Kenntnis zu nutzen weiß, ihn in irgendeine kompromittierende Affäre (z. B. mit einer Frau oder in Verbindung mit Ausfälligkeiten gegen die Eingeborenen). Penistone, obwohl in Wirklichkeit schuldlos, steht danach zumindest im Licht gröbster Pflichtverletzung und wird aufgefordert, seinen Abschied zu nehmen.

Penistone erfuhr nie, wer hinter seinem Mißgeschick steckte – er hatte nicht einmal gewußt, daß Walter in Hongkong war. Doch er wurde von da an ein anderer, ein tief verbitterter Mann. Während des Krieges wird er wieder zum Militär zugelassen und erhält, bevor er endgültig in den Ruhestand tritt, in Anerkennung seiner Verdienste den Rang eines Admirals. Aber er grübelt unablässig darüber nach, wie es zu seinem »Mißgeschick« gekommen sein mag, und als der Krieg vorbei ist, beschließt er, der Angelegenheit auf den Grund zu gehen. Er sammelt systematisch Informationen über alles und jeden, der möglicherweise an dem Komplott gegen ihn beteiligt gewesen sein könnte – ein Unterfangen, das die in China herrschenden Nachkriegswirren nicht eben leichter machen. Aber er kann nicht anders, er ist von der Sache wie besessen.

Unterdessen setzt Walter seine illegalen Aktivitäten fort und läßt sich im Jahr 1914 eine Urkundenfälschung zuschulden kommen. Gerade rechtzeitig bricht der Krieg aus und bewahrt ihn vor dem Gefängnis. Er kann verschwinden und wird Soldat. Aber das Verfahren gegen in läuft weiter, und wenn er überlebt, muß er mit seiner Ergreifung und einer langen Haftstrafe rechnen. Er trifft daher Maßnahmen, um unterzutauchen. Er schreibt den typischen »Liebe-Eltern-verzeiht-mein-Schweigen-ich-habe-ein-neues-Leben-begonnen-und-kämpfe-fürs-Vaterland«-Brief nach Hause, dem er für den Fall, daß ihm etwas zustoßen sollte, ein Testament zu Elmas Gunsten beilegt.

Nach dem Massaker von Loos im September 1915 desertiert Walter und verschwindet. Er gilt als »vermißt, wahrscheinlich gefallen«. Der alte Fitzgerald, dem es längst leid tut, daß er zu Walter, dem »lieben armen Jungen«, so hart war, ist allmählich recht krank und altersschwach. Da er zu Geld gekommen ist, schreibt er sein Testament neu, läßt aber die früheren, zu Walters und Elmas Gunsten getroffenen Verfügungen bestehen; denn Walter ist schon einmal wieder aufgetaucht, vielleicht geschieht es auch ein zweites Mal. (Siehe Kapitel VII.)

Inzwischen hat Walter es geschafft, tatsächlich wieder aufzutauchen, aber an einem anderen Ort und unter einem anderen Namen. Er hält heimlich Verbindung mit Elma, für die er nach wie vor der geliebte und bewunderte »große Bruder« ist – eine strahlende Kindheitserinnerung. Wenn Walter in Schwierigkeiten ist, dann muß irgendein schlechter Mensch daran schuld sein, der ihn da hineingebracht hat. Walter weiht Elma in seinen Plan ein: man soll ihn für tot erklären lassen, und wenn Elma in den Besitz seines Erbteils gekommen ist, soll sie ihm das Geld, unter seinem neuen Namen, aushändigen.

1916 stirbt Vater Fitzgerald. Aber bis 1918/19 kann man nicht viel unternehmen; erst da werden die britischen Kriegsgefangenen entlassen, und danach erst wird die Todeserklärung vermißter Kriegsteilnehmer vom Gericht anerkannt.

Alles ist bedacht, alles vorbereitet für Walters »Tod«, da taucht unliebsamerweise jemand auf, der Walter vom Beginn seiner Militärzeit her kennt und der steif und fest behauptet, ihn 1918 in Budapest gesehen zu haben. Er weiß nicht, welchen Namen Walter damals geführt hat, hält aber daran fest, daß er sich in der Person nicht getäuscht haben kann. Das Gericht weigert sich unter diesen Umständen, die Todeserklärung anzuerkennen. Anmerkung: Erst jetzt wird es für Elma notwendig, daß sie heiratet, um Walter mit Geld versorgen zu können. Was ihre einstweiligen Mittel angeht, siehe Kapitel VII. Zu der Zeit kommt übrigens die Sache mit der Urkundenfälschung ans Licht (Kapitel VII).

Die Zeit vergeht. Walter lebt, nunmehr als Mr. X im Ausland munter drauflos – in der Hauptsache von dem, was seine Gerissenheit und sein Charme ihm einbringen. Im Jahr 1920 verführt er in Monte Carlo eine Mrs. Mount, die dort bei Freunden lebt und etwas Geld hat. Walter ist wieder mal knapp bei Kasse, sonst würde er sich nicht mit einer Pfarrersfrau abgeben. Als er sie vollständig ausgenommen hat, läßt er sie sitzen; mag sie allein weitersehen. Sie nimmt in Paris eine Stellung als Hausmädchen an.

Das Leben wird immer härter für Walter, es geht mehr und mehr mit ihm bergab. Da hört er eines Tages, daß

Denny wieder in England ist, mit einem Adelstitel und einer Pension. Das ist die Idee: er wird Denny erpressen! Was er dann auch tut – wohl wissend, daß Denny nicht wagen wird, ihn anzuzeigen, denn dann kommt die alte Chinageschichte heraus und Dennys Pension ist futsch.

Walters Devise lautet: Zahlst du, halt ich den Mund. Zahlst du nicht mehr, verpfeif ich dich. Mir geht's sowieso dreckig, mich schert's keinen Deut, ob sie mich einbuchten oder nicht, aber du, Freundchen, bist dann der Dumme. Und der unselige Denny zahlt: seine ganzen Ersparnisse gehen drauf – der Ertrag aus den Schmuggelgeschäften –, und von seiner schmalen Pension muß er weiterzahlen.

Inzwischen ist der Admiral (der nunmehr in Cornwall lebt) dank seiner intensiven Nachforschungen endlich der alten Hongkong-Geschichte auf der Spur. Ein gewisser Arthur Holland, der unter dem Deckmantel nicht nachprüfbarer Exportgeschäfte bisweilen in China geheimdienstliche Aufträge durchführt (wahrscheinlich mischt er in der Nachkriegspolitik der Chinesen mit), hat ihm ein paar wichtige Informationen gegeben. Dem Admiral kommt der Verdacht, daß a) Walter lebt, b) Walter nicht schuldlos an seiner, des Admirals, unrühmlichen Entlassung war und c) auch Denny etwas damit zu schaffen hatte.

Walter wird immer kühner. Er hat sich einen Bart wachsen lassen und kleidet sich anders, und eines Tages steht er vor Dennys Tür. Jetzt wird Denny ihn nicht mehr los und muß ihn auch noch in seiner neuen Identität als Mr. X gesellschaftlich etablieren. Und wehe, wenn er das nicht tut!

Er verfolgt Denny auf Schritt und Tritt. Denny weiß aber (aus Walters gelegentlichen mitteilsamen Momenten) genau, daß es in England einen Mann gibt, dem »Mr. X« auf keinen Fall zu begegnen wünscht, und das ist Mr. Mount. Mr. Mount nämlich weiß über »Mr. X« (als Mr.

X) Dinge, mit denen er ihm jederzeit die Hölle heiß machen kann. Denny befragt Crockford's Kirchenjahrbuch, stellt fest, daß Mount einen Posten in Lingham hat, und mietet sich in nächster Nähe ein Haus. Als Walter von einer Auslandsreise zurückkommt, sitzt Denny mitten in der Höhle des Löwen. Walter bemüht sich, ihn zu verscheuchen, doch Denny bleibt sitzen.

Inzwischen aber taucht eine neue Gefahrenquelle auf. Denny schreibt Walter davon in heller Aufregung: er hat etwas vom Admiral gehört. Und zwar fängt der Admiral – nach all diesen Jahren! – dummerweise auf einmal an, über die Hongkong-Geschichte Fragen zu stellen, die doch längst tot und begraben war. Und es sieht ganz so aus, als hätte er einen bestimmten Verdacht. Er, Denny, tut sein Möglichstes, unbefangen und liebenswürdig zu sein, aber es ist alles furchtbar schwierig.

Walter hat das Gefühl, daß ein bißchen Detektivspielen nicht schaden kann. Er stöbert seine Verflossene, Mrs. Mount, auf, die ihm nach wie vor jeden Gefallen tut, und schickt sie unter dem Decknamen Célie Blanc als französische Zofe zu seiner Schwester. Sie soll möglichst viel darüber in Erfahrung bringen, wer ins Haus kommt und was der Admiral treibt, und sie soll zwischen Walter und Elma als Kontaktperson fungieren. Denn weil der Admiral den Verdacht hat, daß Elma weiß, wo Walter ist, hält er sie jetzt unter strenger Kontrolle und überwacht ihre Korrespondenz.

Für Elma ist Walter natürlich der arme Junge, dem immer Unrecht geschieht und der nie eine Chance kriegt. Sie will unbedingt, daß er sein Geld bekommt, ob auf redliche oder unredliche Weise. Nachdem der Plan mit der Todeserklärung schiefgegangen ist, möchte sie ihm nun ihren eigenen Anteil zukommen lassen. Glücklicherweise hat Holland sich rettungslos in ihre mürrische Schönheit verliebt. Obwohl sie selber eigentlich die Ehe ablehnt, ist sie doch bereit, Holland zu heiraten, damit sie das Geld bekommt. Der Admiral durchschaut dieses Spiel weitgehend und versucht daher, die Heirat zu hintertreiben. Elma traut natürlich auch Holland nicht – der ist ein Werkzeug des Admirals. Alle haben sie sich verschworen, dem armen Walter vorzuenthalten, was ihm gehört. Sie bricht also den Briefwechsel mit Walter offiziell ab und straft den Admiral mit der verdienten Verachtung.

Der Admiral hat Holland gesagt, wenn er Elma heiratet, wird sie wahrscheinlich das ganze Geld diesem Halunken von einem Bruder schicken. Doch Holland, der sie wirklich liebt, sagt, daß er Elma haben will und nicht ihr Geld. Sagt der Admiral: »Sie kriegen meine Zustimmung nicht.« Kontert Holland: »Das ist mir egal.« Aber Elma ist es nicht egal. Sie heiratet ihn, um über ihr Geld verfügen zu können. Die Sache zieht sich hin. Elma verhält sich wechselnd, bald ermuntert sie Holland, bald stößt sie ihn zurück. Wenn sie sich zu liebevoll zeigt, wird er auf eine Heirat ohne die Zustimmung des Admirals dringen; gibt sie sich zu kühl, springt er womöglich ab. Sie hat nicht viel Gelegenheit, einen Freier zu finden; er ist zur Zeit der einzige weit und breit – also muß sie ihn sich nach Möglichkeit warm halten.

Mrs. Mount ist eine Frau von der weichen Art, und sie ist Walter noch immer verfallen. Zwar weiß sie vermutlich, daß er in Wirklichkeit Fitzgerald ist, glaubt aber genau wie Elma, daß ihm schweres Unrecht geschehen ist. Walter wiederum ist überzeugt, sie um den Finger wickeln zu können, und hat sie überdies mit dem Versprechen geködert, daß er sie, wenn sie ihm zu seinem Geld verhilft, heiraten wird.

So weit, so gut. Der Admiral kommt zu der Überzeugung, daß Denny der einzige Mensch ist, der ihm de facto helfen kann, Walter zu finden und die China-Geschichte aufzuklären. In einem seiner üblichen Blitzentschlüsse erwirbt er Rundel Croft und verfrachtet den ganzen Hausstand mit Sack und Pack nach Lingham.

Das paßt Walter nun gar nicht in den Kram, und Mrs. Mount ist wie vom Donner gerührt, als sie gewahr wird, daß sie plötzlich mit ihrem einstigen Ehemann nicht nur im selben Dorf, sondern praktisch Tür an Tür wohnt. (Ich glaube nicht, daß Walter Mrs. Mount gegenüber je erwähnt hat, wo ihr Mann lebt – wozu auch –, und bis sie Gelegenheit hat, Walter zu sagen, wohin der Umzug geht, hat der bereits stattgefunden. Möglich ist aber auch, daß Mrs. Mount Bescheid wußte und Walter zunächst nur nichts gesagt hat, weil sie mit dem Gedanken liebäugelte, ihre beiden Jungs wiederzusehen. Vielleicht macht dieser Gedanke das Ganze glaubhafter, zumal er auch Mrs. Mounts gefühlsbetontem Naturell eher entspricht.)

Der Pfarrer sieht und erkennt seine Frau natürlich, und ist zutiefst erschüttert. Er hat eine heimliche Unterredung mit ihr, bei der er von seinem früheren Einfluß auf sie ein gut Teil zurückgewinnt, zumindest als Pfarrer, vielleicht sogar auch als Mann. Er fragt sie freundlich nach Walter (den er allerdings nur unter dem Namen X kennt) – lebt sie denn noch mit ihm zusammen? Sie hat nie um die Scheidung gebeten, und er, der Pfarrer, würde ja nicht daran denken, sich seinerseits von ihr scheiden zu lassen, grundsätzlich nicht. Für ihn bleibt sie in Ewigkeit seine Frau; aber wenn sie die Scheidung verlangt, sollen seine religiösen Prinzipien ihr nicht im Wege stehen. Sein Verständnis und seine Lauterkeit rühren sie, und sie gesteht ihm, daß X nicht immer gut zu ihr war, doch jetzt habe sie Hoffnung, daß er sie vielleicht doch noch heiratet, wenn seine »Angelegenheiten« sich regeln lassen. Mrs. Mount (die immer dem momentanen Einfluß erliegt) ist nach diesem Gespräch ziemlich durcheinander. Auch beunruhigt sie, was sie im Hause des Admirals so alles hört, und es kommen ihr Bedenken, ob sie sich da nicht auf eine ungute und gefährliche Sache eingelassen hat, bei der es nicht bloß um »Anspruch« und gutes »Recht« geht. Mittlerweile kann sie sich über Walters Person und Charakter eigentlich kaum mehr Illusionen machen. Sie ringt sich dazu durch, nochmal zum Pfarrer zu gehen, und vertraut ihm unter dem Siegel des Beichtgeheimnisses an, was sie von der Geschichte weiß.

Der Pfarrer ist streng mit ihr. Sie kann nicht erwarten, daß er ihr die Absolution erteilt. Denn sie bereut ja nicht – sie hat nur Angst. Sie hintergeht ihren Brotherrn und beteiligt sich an einer Verschwörung, die Recht und Gesetz umgehen will. Es ist ihre Pflicht, mit Walter zu brechen und dem Admiral alles zu sagen.

Bezeichnenderweise tut Mrs. Mount weder das eine noch das andere. Sie will so nicht weitermachen, aber sie wagt auch nicht, offen mit dem Admiral zu reden – sie geht einfach weg von Rundel Croft und sagt Walter nur, daß ihr Mann sie wiedererkannt hat und die Situation unmöglich ist. Walter ärgert sich, begreift aber zugleich, daß er ihr nicht mehr vertrauen kann. Er sagt, sie solle nicht albern sein. Warum sollten Elma und Holland nicht heiraten? Und um nichts anderes ging es doch schließlich. Und dann holt er noch eine genaue Beschreibung der Räumlichkeiten von Rundel Croft und vom Pfarrhaus aus ihr heraus.

Vierzehn Tage später hört Walter wieder von Denny. Der Admiral ist der Wahrheit bereits bedrohlich nahe. »Alte Freunde« haben ihn besucht: man hat irgend etwas herausgekriegt. Der Admiral muß zum Schweigen gebracht werden.

Walter ist derselben Meinung. Er macht einen Plan. Man muß

a) den Admiral umbringen,

b) Beweise für seinen (Walters) Tod erfinden, Datum kurz nach dem Tod des alten Fitzgerald,

c) erreichen, daß Elma den Vermögensanteil von Walter erbt, kraft Walters Testament von 1915.

Dann kann ihm und Denny nichts mehr passieren, und Walter bekommt das ganze Geld zur freien Verfügung in die Hand. Wenn Denny mitmacht, soll er seinen Anteil davon bekommen. Walter läßt nun seiner Schwester Elma durch Denny einen Brief übermitteln. Er schreibt ihr darin, daß er einen Weg gefunden hat, den Admiral festzunageln und ihn dazu zu zwingen, ihrer Vermählung mit Holland zuzustimmen. Sie soll Holland aber nichts davon wissen lassen (der könnte solche Methoden für unter seiner Würde halten und sich widersetzen); sie soll ihm nur sagen, daß sie ihn heiraten wird, Admiral hin oder her. Und daß Holland eine Lizenz besorgen soll und daß sie am Morgen des 10. August zur Trauung nach London kommt.

Damit ist der Plan fertig: Admiral ermorden, belastendes Material vernichten, und alles ist herrlich und in Freuden.

Der Mord

1. Holland trifft mit dem Acht-Uhr-fünfzig-Zug unerwartet in Whynmouth ein, um den Admiral aufzusuchen. Ihn quält der Gedanke, daß er Elmas Zukunftsaussichten schaden könnte, wenn er sie heiratet, und er will dem Admiral eine letzte Gelegenheit geben, doch noch Ja zu sagen, bevor es zu spät ist. Er ruft vom Hotel aus an, Mrs. Emery ist am Apparat. Sie sagt ihm, Elma und der Admiral sind zum Dinner ausgegangen und werden wahrscheinlich so bald nicht zurück sein. Das ist dumm, aber er will alles getan haben; deshalb wird er über Nacht bleiben und später nochmal versuchen, den Admiral zu erreichen; wenn er dann auch kein Glück hat, wird er morgen früh eben nach London fahren und sein Vorhaben durchführen. Er ißt im Lordmarshall zu abend und macht dann einen Spaziergang; dabei wird er von Denny gesehen.

2. Denny hat dem Admiral mitgeteilt, daß er über Walter und die China-Geschichte etwas herausgefunden hat,

das ihn, den Admiral, bestimmt interessieren wird. Er ist da auf einen Mann gestoßen, der etwas weiß. Dieser Mann ist aber »in Schwierigkeiten« und kann nicht offiziell in Erscheinung treten, doch wenn der Admiral nach seiner Dinner-Einladung zu dem alten verlassenen Bootshaus an der Fernton Bridge kommen will, werden Denny und »der Mann« ihn dort erwarten. Der Admiral beißt prompt an, und das Stelldichein wird auf genau elf Uhr fünfzehn vereinbart. Walter hat (via Denny) Elma über das alles in Kenntis gesetzt, wobei aber sie in »dem Mann« natürlich den großen Unbekannten vermutet, der den Admiral »festnageln« und ihm den Ehekonsens abpressen will. Umgekehrt glaubt natürlich der Admiral, daß Elma von alledem keine Ahnung hat.

3. Der Mordplan ist folgender: Denny soll zu Fuß zu dem alten Bootshaus gehen, dort um elf Uhr fünfzehn den Admiral treffen und ihn in irgend eine Unterhaltung verwickeln. Inzwischen geht Walter zum Lordmarshall, wo er auch so um viertel nach elf herum eintrifft. Dank seinem Bart und seiner Familienähnlichkeit mit dem Onkel wird man ihn dort, in dem schlechten Licht, ohne weiteres für den Admiral halten. Er wird irgend eine Nachricht dort hinterlassen. (Als Walter von Denny erfährt, daß Holland in Whynmouth ist, kommt das den beiden sehr gelegen. Walter wird nach ihm fragen, was zugleich andeutet, daß Holland in die Sache verwickelt sein kann – falls mit dem ganzen Plan irgend etwas schiefgeht.) So ist gesichert, daß der Admiral vorhatte, mit dem Elf-Uhr-fünfundzwanzig-Zug abzureisen. Walter wird dann mit Dennys Wagen zur Fernton Bridge fahren (rund drei Minuten Fahrzeit) und dort den Admiral, während Denny ihn ablenkt, mit einem stumpfen Gegenstand erschlagen. Der Tote muß alsdann zum Bahnübergang gebracht werden, dessen Schranken vom Stellwerk aus automatisch funktionieren. Das Ganze sollte nicht länger als sieben Minuten dauern (gerechnet etwa eine Minute

fürs Niederschlagen, drei Minuten für den Weg vom alten Bootshaus zum Auto und nochmals drei Minuten für die Fahrt zum Bahnübergang – das reicht sogar bei Tempo Fünfunddreißig, aber das kurze Stück von rund fünfviertel Meilen können sie ruhig auch viel schneller fahren). Um elf Uhr zweiundzwanzig also tragen sie den Toten im Schutz der Dunkelheit durch eine Zaunlücke auf den Bahndamm und legen ihn auf das Gleis der Weststrecke. Um elf Uhr vierundzwanzig kommt von London her der West-Express durch, der nicht in Whynmouth hält. Wenn sie nur etwas Glück haben, verstümmelt er die Leiche, woraus man schließen wird, daß der Admiral beim Überqueren der Gleise hinter dem Zaun (ein Abkürzungsweg vom Lordmarshall zu den Zügen in Richtung London) tödlich verunglückt ist. (Siehe Karte.)

Walter wird sodann weiterfahren nach Rundel Croft, um mit Elma zu sprechen, die ihn erwartet. Er wird ihr sagen, daß die Zusammenkunft stattgefunden hat und daß der Admiral angesichts der Dinge, die durchgesickert sind, gleich nach London abgereist ist, vorher aber noch schnell ihrer Eheschließung zugestimmt hat. Dabei wird Walter ihr den von ihm selbst getippten, fingierten Ehekonsens aushändigen. Elma soll sich beeilen und Holland sofort heiraten, denn Walter braucht unbedingt Geld, und die Zeit drängt.

4. Dieser schöne Plan geht jedoch schief. Vielmehr geschieht folgendes: Mrs. Mount, die unter anderem durch ihr Gespräch mit dem Pfarrer den Verdacht geschöpft hat, daß Walter womöglich schlimmere Dinge treibt als sie ihm bisher jemals zugetraut hatte, will auf eigene Faust ein bißchen Detektiv spielen. Ich könnte mir denken, daß sie vielleicht irgend eine Mitteilung Dennys über Ort und Zeit des geplanten Treffens mit dem Admiral abgefangen hat. Sie wohnt ja in London entweder mit Walter zusammen oder in einer Unterkunft, die er ihr besorgt hat. Sie entdeckt nun a), daß er gar nicht ernstlich

die Absicht hat, sie jemals zu heiraten, und b), daß es einen Plan gibt, den Admiral noch am selben Abend zu beseitigen. Sie beschließt, diesen zu warnen. Es gibt keinen Zug mehr nach Whynmouth (der um acht Uhr fünfzig ist weg, und der Express hält dort nicht), also nimmt sie ein Taxi und läßt sich nach Lingham bringen.

Sie fährt aber nicht bis nach Rundel Croft, weil sie Walter nicht begegnen möchte, der vielleicht dort ist (die Einzelheiten des Plans kennt sie nicht). Sie will versuchen, den Pfarrer zu sprechen und ihn zu warnen. In Lingham läßt sie den Chauffeur an der Einfahrt zum Pfarrhaus halten und dort auf sie warten, sie hat nur ein paar Minuten zu tun. Um genau zehn Uhr vierzig ist sie am Pfarrhaus (also etwas früher, als der Polizist in Kapitel VI meinte, aber er sagte ja nur ungefähr um dreiviertel elf). Läuten mag sie nicht (die Jungs! Das Personal!) – aber vielleicht ist der Pfarrer unten im Garten und raucht seine Gutenachtpfeife (sie hat seine Gewohnheiten nicht vergessen). Sie schleicht sich in die Laube hinunter. Niemand da – nur der Hut des Pfarrers, und auf dem Tisch Peters Messer. Sie überlegt, was sie machen soll. Ihm Steinchen ans Schlafzimmerfenster werfen? (Aber welches Fenster ist es?) Oder soll sie das Boot nehmen und es doch riskieren, nach Rundel Croft zu fahren? Sie spielt mit dem aufgeklappten Messer, und es kommt ihr der Gedanke, daß sie es vielleicht noch als Waffe brauchen kann, wenn sie, so ganz allein, Walter gegenübertreten muß. Plötzlich hört sie das unverwechselbare Geräusch von Rudern, die in den Dollen knarren. Sie läuft hinunter zum Bootshaus und sieht im Halbdämmer der Sommernacht, wie der Admiral flußaufwärts davonrudert. Bestimmt fährt er zu der verhängnisvollen Zusammenkunft! In der Laube hat sie noch rasch nach etwas gegriffen, was sie für ihre schwarze Handtasche hält, was in Wirklichkeit aber der Hut des Pfarrers ist. Sie zieht mit der Heckleine das Boot des Pfarrers zu sich heran, weil die Strömung aber so stark und die neue Leine so steif ist, will es ihr nicht gelingen, die Schlinge über den Pfahl zu streifen. Also kappt sie die Leine mit Peters Messer, und dabei wahrscheinlich fällt ihr das Messer in den Fluß, wo es später gefunden wird. Sie dreht die Dollen zurecht, legt die Ruder ein und rudert dem Admiral nach, der mittlerweile flußaufwärts schon weit voraus ist. (Sie könnte ja rufen, aber der Admiral wird vermutlich nicht reagieren – oder sie befürchtet vielleicht, daß jemand aufmerksam werden würde. Die Jungs! Das Personal!)

5. Der Mantel. – Der Admiral hat beschlossen, per Boot zu dem Treffen zu fahren. Den Wagen aus der Garage zu holen macht Lärm, und zu Fuß geht er grundsätzlich nicht, weil er vom Krieg her ein steifes Bein hat. (Damit wird übrigens auch die Vermutung plausibel, daß er nicht in der kurzen Zeit zu Fuß nach Whynmouth gegangen sein kann.) Er wartet im Bootshaus, bis Elma mit Sicherheit weg ist, und überlegt sich inzwischen, daß er doch lieber einen Mantel mitnimmt, weil ihm beim Rudern warm wird und das Gespräch in dem alten Bootshaus vielleicht eine Zeit dauern kann. Er geht ins Haus hinauf, holt den Mantel und schließt beim Hinausgehen die Verandatür wieder ab. Dann macht er das Boot klar. Die Strömung zieht stark flußabwärts, er wird es in einer halben Stunde leicht schaffen bis Fernton Bridge; rudern kann er, der alte Knabe.

6. Mrs. Mount schafft es nicht, den Fluß genau so schnell hinunterzufahren wie er. Zwar ist sie früher mit ihrem Mann auch immer gerudert, aber sie hat keine Übung mehr. Tatsächlich erreicht der Admiral Fernton Bridge bereits nach fünfundzwanzig Minuten, also um elf Uhr zehn; Denny erwartet ihn schon. Fünf Minuten später trifft Mrs. Mount ein. Sie sieht das Boot, nicht aber den Admiral. Sie macht an den verrotteten alten Planken fest, schleicht vorsichtig um das Bootshaus herum, das baufällig ist und glitschig vor Nässe, und sieht an der

Rückwand Denny und den Admiral stehen. Nun, Denny traut Walter jede Schandtat zu; es kann durchaus sein, daß der ihn genauso erledigen will wie den Admiral. Deshalb hat er sich heute abend mit einem Messer bewaffnet – zweifellos ein Relikt aus seinen Chinatagen. Mrs. Mount ruft dem Admiral zu: »Vorsicht, Admiral! Man will Sie umbringen!« Der Admiral (der seinerseits Denny jede Schandtat zutraut), geht mit erhobener Faust auf Denny los. Der Trottel Denny verliert den Kopf, zückt sein Messer und ersticht den Admiral. Mrs. Mount schreit auf und fällt in Ohnmacht.

7. In diesem dramatischen Augenblick tritt Walter auf, der seinerseits alles programmgemäß erledigt hat. Zu seinem Entsetzen findet er den Admiral bereits tot, und das auch noch mit einer Wunde im Leib, wie sie beim besten Willen und aller Phantasie nicht von einer Lokomotive herrühren kann – dazu Mrs. Mount, die im Hintergrund schreit! Er ist wütend, auf sie, auf Denny, und es entspinnt sich im Flüsterton eine gereizte Debatte. Denny sagt, daß er nicht anders konnte. Walter sagt, daß Denny ein verdammter Idiot ist. Denny meint, sie könnten doch weitermachen wie vorgesehen – in dem ganzen Durcheinander fällt die Stichwunde vielleicht gar nicht auf. Während sie noch die Zeit verplempern, sich gegenseitig alles mögliche an den Kopf werfen und dazwischen Mrs. Mount zu beschwichtigen versuchen, damit sie nicht die Leute auf der Straße zusammenschreit, hört man von fern ein Rollen und Rumpeln, und der Elf-Uhr-vierundzwanzig-Zug donnert über die Eisenbahnbrücke. Zu spät! Der einzige Zug, der heute abend noch kommt, ist der Elf-fünfundzwanzig, und dafür reicht die Zeit jetzt auch nicht mehr.

8. Also was tun? Da stehen sie, mit zwei Booten, einem Auto, einer Leiche und einer hysterischen Frau. Das Einfachste wäre es, den Admiral friedlich ins Meer hinaustreiben zu lassen, doch bei der gegenwärtigen Strömung

ist der binnen einer halben Stunde unten im Hafen. Irgend jemand findet ihn, und sofort werden in Rundel Croft Nachforschungen angestellt – Walter muß aber unbedingt noch ins Haus und die Schriftstücke holen. Außerdem würde man dann gleich die Flußufer absuchen und die Blut- und Fußspuren bei der Fernton Bridge entdecken. Nein, es ist besser, es so aussehen zu lassen, als sei das Verbrechen an andrer Stelle begangen worden. Das Boot des Pfarrers, der Hut des Pfarrers – warum schafft man die ganze Fuhre nicht wieder nach Rundel Croft und überläßt es dem Pfarrer, sich irgendwie aus der Geschichte herauszureden. Walter wird mit dem Wagen zum Haus fahren, die Dokumente holen und die fingierte Heiratserlaubnis dort lassen. Mrs. Mount und der Unglücksrabe Denny müssen die beiden Boote, Strömung hin, Strömung her, eben so gut es geht zurückbringen.

9. »Übrigens«, bemerkt Walter, »wie kommt denn Mrs. Mount hierher?« Nach einigem Drängen und Drohen bekommt er die Geschichte aus ihr heraus. Verdammt! Der Taxichauffeur muß weg! Schöne Bescherung – es ist bereits Mitternacht (so lange haben sie sich herumgestritten), also allerhöchste Zeit. Walter setzt sich ins Auto und fährt zum Pfarrhaus. Kein Taxi mehr da! Das ist komisch und ärgerlich, aber nun ist erst recht Eile geboten. Er fährt über die Fernton Bridge wieder nach Rundel Croft, wo er den Wagen unauffällig abseits der Straße parkt. Er schließt mit Elmas Schlüssel die Verandatür auf, geht ins Arbeitszimmer und macht sich auf die Suche nach den Dokumenten.

10. Das Taxi. – Unterdessen ging dem Chauffeur allmählich die Geduld aus. Sein Fahrgast hat etwas von »ein paar Minuten« gesagt, und nun wartet er bereits eine Stunde. Anscheinend hat ihr niemand aufgemacht. Das Pfarrhaus ist dunkel wie ein Grab. Er kann sich des Gefühls nicht erwehren, daß er geprellt worden ist. Er hupt ein paarmal laut, geht dann zum Haus hinauf und

hämmert gegen die erstbeste Tür, die er findet; es ist der Seiteneingang. Der Pfarrer, der darüber sein Schlafzimmer hat (Personal und Söhne schlafen zur Flußseite hin), schaut aus dem Fenster. Was ist? Liegt irgendein Pfarrkind im Sterben? Nach der – ihm – unverständlichen Antwort des Chauffeurs hält er es für geraten, hinunterzugehen und nachzusehen, was los ist. Sagt der Chauffeur: Bleibt die Dame noch lange, er muß wieder zu seinem Standplatz, es wollen schließlich noch mehr Leute fahren. – Welche Dame? fragt der Pfarrer. – Die Dame, die eben hier reingegangen ist. Beschreibt die Dame. Kriegt er denn nun sein Geld? Wenn nämlich nicht – gibt eindeutig zu verstehen, daß er dann Krach schlägt. Der Pfarrer, der die Dame nach der Beschreibung mit größtem Unbehagen erkennt, denkt kurz nach. Es darf um keinen Preis Aufsehen geben. Er murmelt irgend eine Erklärung und bezahlt den Mann, nachdem er sich die Adresse der Taxigarage hat geben lassen. Dann geht er wieder ins Haus und denkt nach. Wo ist seine Frau hin? Warum ist sie hergekommen? Vielleicht ist sie drüben in Rundel Croft. Er geht zu seinem Bootshaus hinunter. Sein Boot ist nicht da; sie muß damit nach drüben gefahren sein. Er schüttelt darüber den Kopf; offenbar steht die arme Frau immer noch unter der Fuchtel von diesem Halunken. Was fängt sie an, wenn sie zurückkommt und das Taxi ist weg? Er muß wohl oder übel aufbleiben und ihr die Sache erklären. Notfalls wird er sie selber fahren. Er geht wieder hinein und kleidet sich vollends an. Dann setzt er sich an sein Schlafzimmerfenster und beobachtet die Straße. (Warum beobachtet er nicht das Bootshaus? Weil es, falls Walter mit ihr zurückkommt, vielleicht Differenzen gibt und womöglich jemand etwas hört – die Jungs! Das Personal! – Auf jeden Fall muß sie ja dorthin zurückkommen, wo sie ihr Taxi hat warten lassen. Also hält er sich an die Straßenseite.)

11. Jetzt ist es an Denny und Mrs. Mount, die Boote

zurückzubringen. Notdürftig wischen sie hinter dem alten Bootshaus das Blut auf. Mrs. Mount geht Denny, den sie soeben einen Menschen hat töten sehen, in ihrer Angst widerspruchslos zur Hand. Denny zieht dem Admiral den Mantel an (oder der Admiral hat ihn sich selbst angezogen, als er an Land ging) und stopft die Abendzeitung in die Manteltasche, die Walter – oder auch Denny – zu dem Treffen mitgebracht hat. (Sie wurde am Abend in Whynmouth gekauft, oder Walter hat sie aus London mitgebracht.) Gegen ein Uhr, als die Strömung nachläßt, brechen sie auf. Sie schaffen die Leiche ins Boot des Pfarrers, an dem sie die Ruder ausgehängt haben, und breiten Dennys Mantel darüber, damit das Gesicht bedeckt ist. Das erklärt, warum der Tote nicht feucht wird vom Tau. Das Boot mit der Leiche darin wird mit Hilfe der Vorleine am Heck des Admiralsbootes festgemacht und so ins Schlepptau genommen. Denny, in nautischen Dingen völlig unerfahren, macht irgend einen undefinierbaren Knoten, den man allenfalls mit einem Splißeisen wieder aufbekommt, zumal wenn das Seil naß geworden und der noch neue Hanf im Wasser gequollen ist. Da sie zwei Boote voranbringen müssen und beide im Rudern ungeübt sind, machen sie nicht viel Fahrt, und bis sie nach Rundel Croft kommen, dämmert schon der Morgen geisterbleich herauf. Walter ist bereits dort und schimpft über die Verspätung. Er hat die Verandatür abgeschlossen und den Schlüssel mitgenommen, aber als er dem blöden Denny beim Anlegen hilft, fällt ihm der Schlüssel aus der Hand; wie er glaubt, in den Uferschlamm, tatsächlich ist er aber ins Boot des Admirals gefallen, und Denny tritt ihn auch noch unter die Bodenplanken. Egal, jetzt können sie nicht danach suchen, es wird ja schon hell. Zum Kuckuck mit Denny und seinem Knoten, den man nicht aufkriegen kann! Sie hauen mit Dennys Messer das Seil durch und stoßen das Boot mit der Leiche in die Strömung hinaus. Kreiselnd treibt es über den Fluß und verfängt sich am anderen Ufer. Später wird es von der Flut wieder freigespült und flußaufwärts getragen. Vom Boot des Admirals, das sie verkehrtherum ins Bootshaus gebracht haben, hacken und reißen sie das restliche Stück Leine ab. Dann geht es in Dennys Wagen wieder nach Whynmouth, unterwegs werden Walter und Mrs. Mount abgesetzt. Walter steigt um in sein eigenes Auto, das er, von London kommend, irgendwo abgestellt hat, und nimmt Mrs. Mount darin mit – und wenn die arme Frau lebendig aus dem ganzen Schlamassel herauskommt, soll es mich ehrlich wundern. (Nota bene, es kann auch sein, daß ausschließlich Walters Wagen benutzt wurde. Oder Walter und Mrs. Mount sind mit dem ganz frühen Milch-Zug nach London zurückgefahren. Aber der Einsatz von Autos müßte ja nachprüfbar sein.)

12. Holland. – Was hat er in dieser Nacht gemacht? Er kann natürlich in seinem Bett gelegen und friedlich geschlafen haben, aber ich fände es anders unterhaltsamer. Meiner Meinung nach ist ihm, nachdem er die Schuhe bereits zum Putzen vor die Tür gestellt hatte, der Gedanke gekommen, er könnte nochmal einen Vorstoß beim Admiral machen. Vom Hausdiener ungesehen, verläßt er zwischen zehn und elf Uhr (nicht zu früh, sonst sind die Penistones noch nicht aus dem Pfarrhaus zurück) das Hotel und spaziert in seinen Leinenschuhen mit Kreppsohle die zweieinhalb Meilen nach Rundel Croft. Dort langt er um, sagen wir, elf Uhr fünfzehn an (Admiral noch im Bootshaus, Elma schon oben). Haus dunkel, also noch niemand da. Er geht hinunter zum Bootshaus: leer. Sie sind also noch beim Pfarrer. Auch gut. Er schlendert ein Stückchen die Straße entlang, behält aber das Haus im Auge. Noch immer kein Licht. Komisch. Er stellt Betrachtungen an über Liebe und Ehe und memoriert, um die Zeit totzuschlagen, die Ode an die Nachtigall. Haus immer noch dunkel. Hat er sie etwa verpaßt? Er geht wieder zum Bootshaus hinunter. Immer noch leer.

Nirgends Licht. Und mittlerweile schon nach Mitternacht. Also zu dieser nachtschlafenden Zeit kann er sie eigentlich nicht mehr heraustrommeln. Hallo, da ist jemand gekommen, anscheinend durch die Verandatür. Im Arbeitszimmer ist Licht. Deutlich erkennt er im Fensterrahmen das Profil des Admirals mit dem Bart (in Wirklichkeit natürlich Walters Profil mit der Familienähnlichkeit). Das wird ja immer verrückter – wo ist denn das Boot geblieben? Er geht hinauf zum Haus. Im Arbeitszimmer sind jetzt die Vorhänge zugezogen, aber nun ist Licht im Salon. Er klopft. Elma macht die Verandatür auf; sie scheint äußerst erstaunt, ihn zu sehen. Kann er den Admiral sprechen? Nein – nein, das geht nicht. Aber ist ja auch nicht mehr nötig, der Admiral hat sein Einverständnis zur Hochzeit gegeben. Hier bitte, der schriftliche Ehekonsens. Aber dann, sagt Holland, brauchen wir morgen ja nicht nach London zu fahren. Doch, doch – besser gleich, nachdem schon alles ausgemacht ist. Denn der Admiral hat nur zugestimmt unter der Bedingung, daß sie ihm nie mehr durch diese Verandatür kommt. Tatsächlich, das ist ja ein starkes Stück! Diesem Ekel wird er aber die Meinung sagen. Aber nicht doch, bitte, nein! Das macht ja alles nur schlimmer. Er soll doch bitte auf sie hören. Aber ja, Liebling, sicher – und sie liebt ihn doch, nicht? Natürlich, aber bitte, geh jetzt. Na, gut, aber sie ist so wunderschön heute abend. Schon recht. Gute Nacht, mein Schatz.

Holland ab. Ganz verzückt traumwandelt er in der Gegend herum, bis er sich schließlich geniert, jetzt noch das Lordmarshall wachzutrommeln. Stattdessen bummelt er durch das Hafenviertel (wo ihn notfalls jemand gesehen haben kann), und um sechs endlich geht er, wieder ungesehen vom Hausdiener, der in der Bar zu tun hat, ins Hotel. (Bemerkung: Holland wird nunmehr jederzeit schwören, daß er den Admiral nach Mitternacht lebend gesehen hat.)

Als die Kunde von seinem Tod kommt, macht Holland sich Sorgen. Er muß Elma sprechen. Unter diesen Umständen, denkt er, wird sie heute nicht heiraten wollen. Er begibt sich nach Rundel Croft, wird dort von Inspektor Rudge aufgehalten, und als er endlich loskommt, erfährt er, daß Elma wie vereinbart nach London gefahren ist. Er eilt ihr nach, und weil er den Eindruck hat, daß diese ganze Sache noch reichlich unangenehm werden wird, heiratet er sie; als ihr Ehemann kann er sie beschützen. Ihm ist klar, daß sie jetzt natürlich nicht in der Stadt bleiben können, wie Elma es vorschlägt – sie müssen zurück, schon wegen der Vernehmung und der Beerdigung –, aber das verstimmt sie, und er heitert sie erst einmal wieder auf. (Anmerkung: Dem Inspektor sagt er nichts von seinem nächtlichen Ausflug, weil er fürchtet, daß der ihn dann nicht weglassen wird. Er will zuerst Elma sprechen. Möglich sogar, daß er sie zu dem Zeitpunkt selbst in Verdacht hat.)

13. Elma. – Meiner Meinung nach wird der Zeitspanne, die vergeht, bis Elma sich angezogen hat, nach dem der Inspektor sie hat rufen lassen, etwas zuviel Gewicht beigemessen. Als sie von dem Unglück erfährt, ist sie zu Tode erschrocken. Sie kann sich nicht ganz des Verdachts erwehren, daß Walter etwas gewußt hat oder sogar deckt, hofft aber selbstverständlich, daß die Tat von jemand anderem, einem Unbekannten, verübt worden ist, nachdem Walter schon weg war. Sie fühlt sich schwach und elend – aber sie wird versuchen, sich zusammenzunehmen. Wenn Emery ihr nur bitte eine Tasse Tee bringen möchte. Was Emery tut. Danke – es geht ihr besser –, richten Sie dem Inspektor aus, sie wird in einer Viertelstunde herunterkommen. Sie überlegt, was sie sagen soll. Von Walters Besuch weiß niemand; Holland glaubt sicher, daß es der Admiral war, der um Mitternacht nach Hause gekommen ist. Am besten sagt sie gar nichts. Hoffentlich wird Holland sich auch nicht äußern, ohne sie vorher

gesprochen zu haben – wahrscheinlich ist er sowieso schon in London. Sie muß Jennie sagen, was sie ihr einpacken soll. Das weiße Kleid wird für die Trauung das Richtige sein – sie sieht es sich an: o Gott! Ein Blutfleck, an der Taille. Sie muß bei der Begrüßung Walters Hand oder Anzug gestreift haben.

Wenn Walter doch –? Entsetzlich. In aller Eile versteckt sie das Kleid, schlüpft in ihre Sachen und geht nach unten.

Zeitplan:	Nachricht beibringen	5 Minuten
	Tee bereiten	5 Minuten
	Tee trinken	5 Minuten
	Kleid ansehen und	
	Aussage überlegen	5 Minuten
	Ankleiden	5 Minuten
		25 Minuten

Elma wird Holland natürlich in dem Glauben lassen, daß es der Admiral war, den er im Arbeitszimmer gesehen hat, denn sonst muß sie ihn ja über die Sache mit Walter aufklären. Warum sie aber Rudge glauben macht, sie hätte den Admiral zuletzt um zehn Uhr gesehen, das zu begründen wird ihr schwerfallen.

14. Der Pfarrer. – Geht morgens ganz früh in den Garten. Nach dem Taxi hat niemand mehr gefragt. Was ist passiert? Findet in Laube Handtasche seiner Frau und Spuren hoher Absätze auf dem von Haus zu Laube führenden Pfad, ferner auf Blumenbeet unweit Laube. (Anmerkung: Steinplatten hat nur der Weg zwischen Laube und Bootshaus; die anderen Gartenwege werden gekiest sein.) Um nur ja Skandal zu vermeiden, bearbeitet er den Kies mit Rechen und Harke.

Es herrscht warmes, trockenes Wetter, aber es hat auch ein paar Regentage gegeben in letzter Zeit. (Anmerkung: Um eine längere Dürreperiode kann es sich nicht handeln, sonst hätte Neddy Ware etwas darüber zu sagen gewußt, wie sich das auf den Wasserstand im Fluß auswirkt; der aber scheint zumindest normal.) Das Erdreich sieht daher, sobald man es umwendet, verdächtig dunkel und feucht aus. Als der Pfarrer von dem Mord hört, kann er nicht umhin, seine Frau der Komplizenschaft oder doch Mitwisserschaft zu verdächtigen. Er macht die Erfahrung, daß es zweierlei ist, ob man fromme Bürgerpflicht predigt oder erfüllt. Er versteckt die Handtasche und gießt die umgegrabenen Stellen.

Er muß jetzt unbedingt seine Frau finden. Er muß wissen, ob sie schuldig ist oder nicht (die Mutter seiner Söhne wegen Mordes gehängt!!!). Er hofft, daß sie unschuldig ist, und wenn er ihr klarmacht, daß er von ihrer Anwesenheit in der Laube an jenem Abend weiß, kann er sie vielleicht dazu bringen, ihm zu sagen, was sie über Walter weiß. Natürlich kann er diese Information nicht verwerten, weil er ja nicht weitergeben darf, was er in der Beichte erfährt. Er kennt die Adresse der Taxigarage, von der sie das Taxi hatte. Sobald er irgend kann, ohne bei der Polizei Verdacht zu erregen, muß er versuchen, sie aufzuspüren.

15. Die Pfeife des Admirals ist bei dessen Besuch im Pfarrhaus auf dem Tisch liegengeblieben. Sie spielt für das Handlungskonzept keine Rolle, außer daß sie vielleicht in Verbindung mit Hollands Version, er hätte den Admiral in Rundel Croft nach Mitternacht noch gesehen, dazu dienen kann, zusätzlichen Verdacht auf den Pfarrer zu lenken.

8/von Ronald A. Knox

Zu Kapitel 1: Den springenden Punkt in dem Ganzen – auf den keiner der bisherigen Beiträge eingegangen ist – sehe ich in der Tatsache, daß die Leiche ausgerechnet in einem Boot lag. Eine Mordtat in einem Boot ist sehr unwahrscheinlich; warum aber legt man einen Ermordeten in ein Boot, wenn man ihn doch einfach ins Wasser werfen könnte? Es sei denn, man hätte eine ganz bestimmte Szenerie schaffen wollen, wobei auch die Position des Bootes auf dem Fluß künstlich arrangiert wurde, um so den Mordverdacht auf einen Unschuldigen zu lenken.

Sofern Canon Whitechurch überhaupt schon einen Mörder im Auge hat, dürfte es Neddy Ware sein – wir müssen zugeben, daß Canon Whitechurch sich damit an die Spielregeln hält. Im modernen Detektivroman ist ja, ceteris paribus, die erste auftretende Person der mutmaßliche Täter.

Für Wares Schuld dürfte sprechen, daß er erklärt, den toten Penistone nicht zu kennen, obwohl er ihm vor Jahren, während seiner Stationierung in China, begegnet ist. Es ist unwahrscheinlich, daß Ware Penistone nicht vom Sehen kennt, nachdem der jetzt schon einen Monat am Ort wohnt, zumal Ware im Hochsommer täglich zum Fischen geht und Penistone ein Boot besaß. Gegen Ware als Schuldigen spricht der Umstand, daß Penistone sich in seiner unmittelbaren Nachbarschaft niedergelassen hat: das wäre doch ein viel zu unwahrscheinliches Zusammentreffen, wenn wir davon ausgehen sollen, daß Ware einen alten Groll gegen Penistone hegt.

Ich habe bereits an anderer Stelle die Meinung vertreten, daß in einem Detektivroman kein Chinese vorkommen sollte. Ich möchte dies Postulat jetzt auch auf Personen ausdehnen, die lediglich in China gelebt haben. Wie sich zeigt, sind hier Admiral Penistone, Sir W. Denny, Walter Fitzgerald, Neddy Ware und Arthur Holland sämtlich mit China vertraut, und das scheint mir denn doch ein bißchen zuviel.

Zu Kapitel 2: Ich habe den Eindruck, die Coles wollten Elma ganz bewußt belasten, wobei sie vielleicht als wirklichen Täter Denny im Auge hatte.

Zu Kapitel 3: Wade verdächtigt offenbar Elma; darauf weist das Verpacken oder Verstecken ihrer Abendgarderobe hin. (Warum hat sie sich für den Abend beim Pfarrer überhaupt so fein gemacht? Auch das ist hier in Betracht zu ziehen.) Hingegen scheint die Bemerkung auf Seite 62: »Falls sie ›gefunden‹ wurde«, eher geeignet, Ware zu belasten; ebenso Appletons Theorie, daß der Mord irgendwo weiter flußabwärts verübt worden sei.

Kann sich auf einem Boot, das auf einem Fluß treibt, Tau bilden? Das Konversationslexikon läßt mich da im Stich.

Zu Kapitel 4: Mrs. Christie scheint es auf Denny abgesehen zu haben; der ist erstens in Schwierigkeiten, zweitens wird Penistones Wohnsitzwechsel dessen Wunsch zugeschrieben, in Dennys Nähe zu sein, und drittens ist laut Mrs. Davis Denny darüber alles andere als entzückt. Nach den gängigen Regeln des Detektivromans würde das heißen, daß Penistone Denny erpreßt. Welche Bedeutung, wenn überhaupt eine, die durchgebrannte Pfarrersfrau haben soll, ist mir unerfindlich. Sie hat ihren Mann 1920 verlassen, als der Krieg längst vorbei war, daher kann sie schwerlich mit Elma identisch sein, die damals ja schon bei ihrem Onkel lebte. Wie weit liegt Whynmouth von London entfernt?

Zu Kapitel 5: Rhode will es offenbar Holland anhängen. Penistone könnte nach Whynmouth gegangen sein, um Holland zu treffen, der mit ihm spricht, ihn ermordet und den Toten flußaufwärts befördert; später verfrachtet er ihn ins Boot des Pfarrers und fährt das andere Boot verkehrtherum ein. Aber Denny ist, schon durch die Lage seines Hauses, natürlich genauso verdächtig. Und auch Wares Beharren darauf, der Mord sei weiter flußabwärts verübt worden, kann, wie schon angedeutet, ein Versuch sein, den wahren Täter – sich selbst nämlich – reinzuwaschen. Wie weit flußaufwärts machen sich die Gezeiten bemerkbar?

Zu Kapitel 6: Kennedy hat anscheinend den Pfarrer im Auge. Weshalb sonst wäre die Waffe aus seiner Laube verschwunden (sofern nicht jemand sie versehentlich eingesteckt hat)? Und warum gießt der Pfarrer so ausgiebig seinen Garten, wenn nicht, um Fußspuren zu beseitigen? (Wir wollen doch wohl nicht seinen Söhnen ein Jugenddelikt anhängen.) Mit der Frau im Auto kann ich nichts anfangen. Wenn es Elma ist, weiß ich nicht, was sie da soll. Ist es aber jemand anders, so handelt es sich um eine neu eingeführte Person, von der in den ersten fünf Kapiteln noch nicht die Rede war und die somit, nach meinen Regeln jedenfalls, nicht der Täter sein kann. Es könnte sich um die entlaufene Pfarrersfrau handeln, aber es scheint doch ein seltsamer Zufall, daß ausgerechnet in einer Nacht, in der schon so viel passiert, auch noch sie zu Besuch kommt.

Zu Kapitel 7: Miss Sayers glaubt, wie ich annehme, daß der Pfarrer etwas von der ganzen Geschichte wußte. Die Länge des Seils dürfte anzeigen, daß das Boot des Pfarrers in jener Nacht zweimal vertäut und jedesmal aus ungünstiger Position durch Kappen der Leine wieder losgemacht wurde; daher die fehlenden zwei Fuß Seil, die noch irgendwo herumhängen müssen, sofern nicht irgendwann nach dem Mord jemand das Stück vorsichtshalber entfernt hat. Das zweimalige Losmachen läßt darauf schließen, daß entweder zwei voneinander unabhängige Pläne im Gange waren oder aber, daß ein äußerst fein ausgeklügeltes Täuschungsmanöver vorlag.

Die Rückkehr der Hollands mit ihrer Version, sie hätten Penistone noch nach Mitternacht lebend gesehen, scheint der Sache ein völlig neues Gesicht zu geben; ich wüßte nur gern, was für eins. Wenn die Zustimmung zur Heirat echt war, entfällt für die Hollands ein Mordmotiv, und ein Motiv für ihre Eile läßt sich schwerlich erkennen. Sind sie aber die Mörder, warum bringen sie sich dann durch die überstürzte Heiraterei selbst in Verdacht? Das alles ist mir zu hoch, und ich wünschte, es wäre jetzt nicht an mir, mich als nächster äußern zu müssen.

Immerhin, meine Lösung sieht folgendermaßen aus.

Walter Fitzgerald sah seiner Mutter sehr ähnlich und konnte, entsprechend zurechtgemacht, als sein Onkel, der Admiral, durchgehen. Auf die Weise ist es ihm gelungen, eine Entgleisung, die er sich in Schanghai geleistet hatte, seinem Onkel in die Schuhe zu schieben. Der Admiral hat immer so etwas vermutet und daher in seinem Schreibtisch Dokumente zusammengetragen, mit denen er Walter ruinieren wollte, wenn der je wieder in Europa auftauchte. Mehr noch, der Admiral besaß und unterdrückte Dokumente, die Walters Unschuld in der Fälschungsaffäre bewiesen und ihm ermöglicht hätten, gesellschaftlich wieder in Erscheinung zu treten. Walter hat den Krieg überlebt und brennt 1920 mit Celia Mount, der Pfarrersfrau, durch. Walters finanziellen Interessen zuliebe geht Celia zu seiner Schwester Elma und spielt deren (französische) Zofe. Elma weiß zwar, daß sich ihr Bruder die Papiere holen möchte, ahnt jedoch nicht, daß er den Onkel, um ihn zum Schweigen zu bringen, ermorden will. Der Admiral ist nach Lingham gezogen, um näher bei Denny zu sein, den er erpreßt. Celia entdeckt, daß gleich gegenüber ihr Mann wohnt; sie sucht ihn auf und will ihn zur Scheidung bewegen. Er weigert sich aus Gewissensgründen. Celia verläßt das Haus, nachdem sie sich vom Schreibtischschlüssel des Admirals eine Wachsmatrize gemacht hat.

Holland hat sich in China auf irgend eine Weise mit Walter überworfen. Walter will ihm daher in der Mordgeschichte mit aller Gewalt etwas anhängen, egal was. Elma ist nicht in Holland verliebt, möchte ihn aber heiraten, damit sie endlich frei über ihr Geld verfügen kann. Penistone verweigert die Zustimmung zur Heirat, weil er Holland, mit dem er durch Sir Wilfrid Denny bekannt wurde, im Verdacht hat, dessen Strohmann zu sein.

In der verhängnisvollen Nacht fahren Walter und Celia mit dem Auto nach Lingham. Von Elma wissen sie über das Haus und die Gepflogenheiten in Rundel Croft Bescheid. Celia läßt sich am Pfarrhaus absetzen, wo sie den Pfarrer im Garten antrifft; sie bringt ihn dazu, daß er sie mit seinem Boot hinüberrudert nach Rundel Croft und dort den Admiral in eine Unterhaltung verwickelt, während sie selbst aus dem Arbeitszimmer die Dokumente holt, die ihrem armen braven Walter sein »Recht« verschaffen sollen. Der Pfarrer hat, weil bereits Ebbe herrscht, an seinem Boot die Vorleine kappen müssen. Um halb elf ungefähr hat Celia die Dokumente beisammen und gibt daraufhin telefonisch an Holland eine angeblich von Elma (die ahnungslos oben in ihrem Zimmer sitzt) stammende Nachricht durch, daß er um Mitternacht vorbeikommen soll. Unterdessen (der Pfarrer unterhält sich noch mit dem Admiral) hat Walter Hollands Hotel aufgesucht und sich dort als Penistone ausgegeben; er hofft, daß er auf diese Weise Holland in die Sache hineinziehen kann. (Man wird nämlich feststellen, daß Penistone in gar keinen Zug gestiegen, Holland aber am Abend noch ausgegangen ist; und man wird annehmen, der Mord sei in oder bei Whynmouth geschehen, weil das Boot mit der Leiche von dort kommt. Vielleicht haben sich die Verschwörer ein bißchen mit den Gezeiten vertan.) Dann begibt Walter sich wieder nach Rundel Croft, wo er Penistone entweder umbringt oder bereits tot vorfindet, getötet von Celia, die der Admiral bei dem Diebstahl erwischt hat. Der Pfarrer, der den Admiral bis – sagen wir – elf Uhr in ein Gespräch verwickeln sollte, wartet beim Bootshaus und setzt Celia über; sie sagt ihm, er soll ruhig zu Bett gehen, sie fährt mit dem Taxi nach Hause. In Wirklichkeit läuft sie zum Fluß zurück – und tritt dabei in die Blumenbeete –, kappt von neuem die Leiche (Celia ist viel kleiner als Mount) und rudert hinüber zu Walter. Der hat den toten Penistone inzwischen in dessen Ulster gesteckt und ihm eine Zeitung in die Manteltasche geschoben, damit es so aussieht, als sei Penistone tatsächlich in Whynmouth gewesen. Walter will die Leiche ins Boot des Admirals legen, meint aber, das am Heck vertäute Boot könne das Admiralsboot nicht sein, und legt somit im Endeffekt die Leiche ins Boot des Pfarrers (wo zufällig auch noch dessen Hut liegt); mit dem anderen, dem Admiralsboot, schleppt er dann Boot nebst Leiche hinaus auf den Fluß, schneidet es los und läßt es treiben. Als er an Land zurückkommt, macht Celia ihn auf den Irrtum aufmerksam, aber es ist zu spät und nicht mehr zu ändern; auf dem Kies nähern sich Hollands Schritte. Walter flüchtet ins Arbeitszimmer, wo er, den Admiral spielend, Holland den fingierten Ehekonsens zeigt, den er anschließend in ein an Elma (sie weiß von der Fälschung) adressiertes Kuvert steckt und dort läßt. Holland geht wieder nach Hause und gelangt durch eine Nebentür, die er unverschlossen gelassen hat, ins Hotel; Walter und Celia fahren im Auto davon.

Als die Leiche entdeckt ist, will Elma möglichst schnell Holland heiraten, weil sie glaubt, daß Walter der Mörder ist, außerdem will sie sich nicht wieder eine Heirats-Chance entgehen lassen; Holland will möglichst schnell Elma heiraten, weil er Kavalier ist und weil er denkt, daß man sie vielleicht verdächtigen wird. Als Denny (von Emery) hört, daß aus dem Schreibtisch Dokumente verschwunden sind, rast er nach London, um zu erfahren, was mit den ihn, Denny, kompromittierenden Unterlagen geschehen ist. Mount findet an seinem Bootspfahl das abgekappte Stück Seil, kann sich keinen Reim darauf machen, vernichtet es jedoch vorsichtshalber, um seine Frau zu schützen; aus dem gleichen Grund beseitigt er auch die Fußspuren auf den Beeten im Garten. Das weiße Kleid (das Elma getragen hat, weil sie dem Pfarrer gefallen wollte und hoffte, ihn zur Scheidung von Celia bewegen zu können) muß nur deshalb nach London mit, weil es von allem, was sie besitzt, einem Hochzeitskleid am nächsten kommt.

Über die genaue Mordzeit und die genaue Länge der Strecke, die Walter das Boot mit der Leiche geschleppt hat, müssen die Gezeitenexperten befinden. Walter wollte es so aussehen lassen, als sei das Boot das ganze oder doch fast das ganze Stück von Whynmouth herauf mit der Flut getrieben. Den Schlüssel im Boot des Admirals hat Celia dorthin gelegt. Es sollte dadurch der Anschein erweckt werden, daß Penistone alle Türen verschlossen hatte, weil er (angeblich) ja nach Whynmouth wollte; und hätte nicht Walter die beiden Boote verwechselt, wäre das auch gelungen. Celia besaß übrigens nicht nur zum Schreibtisch einen Nachschlüssel, sondern auch zur Verandatür.

Die Komplizen haben damit gerechnet, daß man Hollands Darstellung keinen Glauben schenken, sondern ihm unterstellen würde, Penistone um zirka elf Uhr in oder unweit von Whynmouth ermordet zu haben.

9/von Freeman Wills Crofts

Am Nachmittag vor dem Verbrechen sucht Walter Celia auf, die er in dem Fremdenheim in der Judd Street einquartiert hat. Als er wieder geht, ahnt sie so etwa, was an dem Abend geschehen wird. Sie ist zu Tode entsetzt und beschließt, Penistone zu retten, koste es was es wolle. Sie will Mount, der durch ihre Beichte über alles im Bilde ist, als Helfer gewinnen. Der Zug um fünf Uhr dreißig ist bereits weg, also fährt sie mit dem Siebenuhrzug nach Drychester und von dort mit einem Taxi zum Pfarrhaus. Es scheint niemand zu Hause zu sein, und bevor sie klopft, geht sie in den Garten, um nachzusehen, ob Mount vielleicht in der Laube ist. Während sie sich doch entschließt zu klopfen, sieht sie, wie Penistone mit dem Boot ablegt. Sie packt das Messer und das, was sie für ihre

Handtasche hält, und rennt, laut rufend, zum Fluß hinunter. Aber der Admiral hört sie nicht. Sie denkt, daß es vielleicht zu spät sein könnte, wenn sie erst noch Mount holt, deshalb folgt sie Penistone allein. Eventuell kann sie in der Laube das Messer auch nur gesehen (oder zufällig mit der Hand gefühlt?) haben. Als sie dann den Knoten nicht aufbekommt, läuft sie zurück und holt es.

Etwa eine halbe Meile flußabwärts trifft sie auf Penistones leeres Boot. (Wenn sie es erst an der Brücke findet, hat Walter nicht Zeit genug, wieder nach Rundel Croft zu kommen, wo er ja Penistone spielen muß.) Sie findet Walter und Denny am Ufer und den Admiral, der bereits tot ist. Denny scheint vor Angst fast den Verstand verloren zu haben. Auch sie ist entsetzt. Sie befürchtet, daß Walter der Täter ist, aber sie weiß es ja nicht. Die beiden sagen ihr, Penistone hätte sich das Leben genommen. Sie glaubt ihnen nicht, aber sie weiß es ja nicht. Ihr wird ganz schwach in den Knien. Walter schickt sie zu seinem Wagen, der in der Nähe hinter Büschen geparkt ist. Er und Denny rudern die Boote zurück und bringen beide ins Bootshaus von Rundel Croft. Denny wartet dort, während Walter hinaufgeht und die Papiere stiehlt – die Aufschluß über Penistones wahren Charakter geben, weil zufällig darin steht, welch üblen Streich ihm Walter und Denny in China gespielt haben. Walter teilt Elma mit, was passiert ist. Sie ist fassungslos, kann aber nichts unternehmen, wenn sie nicht Walter, an dem sie so hängt, ruinieren will. Sie beschließt, ganz einfach von nichts zu wissen.

Walter hat den Ehekonsens vorbereitet und gibt ihn nun Holland. Als Holland gegangen ist, legen Walter und Denny, weil ihnen nichts Besseres einfällt, die Leiche ins Boot des Pfarrers und schieben dieses in die Strömung hinaus. Ursprünglich haben sie die Leiche einfach in den Fluß werfen wollen, aber das Boot des Pfarrers scheint die bessere Lösung. Daß sie zuvor beide Boote ins Bootshaus gebracht haben, erklärt sich aus der Gezeitenbewegung und erklärt auch, warum die Kleidung des Toten nicht feucht wurde.

Denny geht dann zu Fuß nach Hause, niemand bemerkt sein Kommen. Walter bringt Celia nach London, aber weil er dann Angst bekommt, daß sie singen könnte, schickt er sie nach Paris weiter, wo sie bleiben soll, bis der Sturm sich gelegt hat.

Zu vermerken ist noch, daß Celia den Hut des Pfarrers nur aus Versehen gegriffen und dafür ihre Handtasche in der Laube gelassen hat. In dieser Tasche hat Mount ihre Adressen von Drychester und London gefunden.

Zeittafel

Die Reihenfolge der Ereignisse dürfte so aussehen:

Montag, 8. August	– Neumond.
Dienstag, 9. August	– Penistone zum Dinner bei Mount. Spätabends der Mord.
Mittwoch, 10. August	– Auffindung der Leiche. Rudge ermittelt und kommt auf 39 fragliche Punkte.
Donnerstag, 11. August	– Rudge erstattet Rapport bei Chefs und prüft Lebensläufe der Bewohner von Rundel Croft.
Freitag, 12. August	– Zeugenvernehmung. Rudge fährt nach Drychester und London.
Sonnabend, 13. August	– Rudge findet Fremdenheim in der Judd Street.
Montag, 15. August	– Rudge fährt nochmals nach Drychester und erstattet Super Bericht.

10/von Edgar Jepson

Walter ist der Mörder. Er trägt einen Bart und gleicht auffallend seinem Onkel, dem Admiral, als der er sich im Lordmarshall ausgibt. Nach der Tat geht er nach Rundel Croft, trifft seine Schwester, sichert sich deren Beistand durch irgend eine Erklärung, die den Tatsachen entspricht, wird, während er nach dem Aktenstück X sucht, das über den Hongkong-Vorfall und Walters Anteil daran die Wahrheit enthält, von Holland für Admiral Penistone angesehen und verschwindet zu guter Letzt nach oben ins Badezimmer, wo er sich den verräterischen Bart abrasiert. So kann er unerkannt und, sich als Reporter der »Evening Gazette« ausgebend, über die Dinge auf dem laufenden bleiben.

11/von Clemence Dane

Hier in groben Zügen, wie ich mir die Sache denke. Die französische Zofe Célie und die Pfarrersfrau sind ein und dieselbe Person. Célie hat mit Walter, der der Mörder ist, zusammengelebt, oder zumindest bestand irgend eine Bindung zwischen den beiden, und sie weiß genug, um ihm gefährlich werden zu können. Walter hört, daß sie zu ihrem ehemaligen Mann gehen will, um sich Rat zu holen (oder aus sonst einem Grund, den sich jeder selbst ausdenken mag), und möchte nun wohl durch einen weiteren Mord den Verdacht von sich auf den Pfarrer abwälzen; oder aber er glaubt, daß Célie vorhat, ihn zu verraten. Jedenfalls folgt er ihr.

Sie kommt zum Pfarrhaus und stellt fest, daß ihr Mann nicht da ist, die Hausmädchen auch nicht. Das ist nun wirklich Pech: der Pfarrer hat ihnen den Tag frei gegeben, und sie sind alle, er selber auch, zu einer Blumenausstellung gefahren, die in einem Nachbarort stattfindet – oder sie haben einfach einen Ausflug ins Grüne gemacht. Und sie hat auch noch die Hollands schriftlich hierhergebeten, weil einiges zu besprechen ist.

Célie, die nicht wissen kann, daß der Pfarrer so bald nicht zurück sein wird, schlendert durch den Garten, pflückt sich unterwegs ein paar Reineclauden und geht wieder zum Haus zurück. Dort trifft sie auf Walter, und es kommt irgendwie zu einer Auseinandersetzung. Auf jeden Fall bringt er sie um, täuscht aber einen Selbstmord vor und verläßt das Haus nur wenige Minuten bevor der Inspektor kommt. Walter glaubt, er sei nicht gesehen worden, doch später wird sich herausstellen, daß ihn irgend jemand aus dem Dorf doch gesehen hat. Er hat eine blendende Ausrede: er wollte den Pfarrer im Zusammenhang mit seiner Arbeit als Zeitungsreporter irgend etwas fragen, fand aber, wie zum Beispiel die Hollands auch, alles ausgeflogen. Der Inspektor hingegen weiß, daß Célie noch zehn Minuten vor seiner Ankunft im Garten war – das Taschentuch und die feuchten Reineclaudensteine – und daß sie Walter deshalb begegnet sein muß, der gerade Zeit genug hatte, sie umzubringen und sich davonzumachen, ohne daß er Rudge in die Hände lief.

Wenn es zeitlich nicht hinkommt, könnten das Taschentuch und die Obststeine vielleicht im Schatten gefunden werden, wo sie nicht so schnell trocknen. Die andere Bedeutung, die das Reineclauden-Indiz hat, liegt in dem von Rudge (als Walter noch nicht durch den Dorfbewohner identifiziert ist) daraus gezogenen Schluß, daß eine Frau, die fröhlich im Garten herumstrolcht und Reineclauden ißt, sich wohl kaum drei Minuten später das Leben nimmt. Die Trauerkarte an der Hoftür ist als Indiz falsch, aber als Nachricht echt und für etwaige Besucher tatsächlich vom Pfarrer oder von einem der Mädchen geschrieben worden. Sie könnte allerdings auch ein Täuschungsmanöver von Walter sein, der die Handschrift des

Pfarrers nachgeahmt und die Notiz dort angebracht hat, damit der Mord noch für ein paar Stunden unentdeckt bleibt. Welche Rolle Elma und Holland in der ganzen Geschichte spielen, darüber bin ich mir nicht klar. Ich tappe da völlig im dunkeln. Deshalb gehe ich davon aus, daß die beiden absolut harmlose Leute und die sie belastenden Verdachtsmomente samt und sonders der schiere Zufall sind. Ich kann mir, offen gestanden, schlechterdings nicht zusammenreimen, was eigentlich passiert ist, und habe daher mein Kapitel so zu schreiben versucht, daß der Leser sich daraus machen kann, was er will.

Anhang II

Sachdienliche Anmerkungen

(Auszüge aus einem Brief von John Rhode)

1 *Wie man ein Boot vertäut*

Auch ich möchte es für erforderlich halten, daß man sich zum Ablegen oder Festmachen im Boot befindet. Und zumal auf einem Fluß von so beträchtlicher Pegelschwankung (wie sie, aus dem raschen Wechsel von Flut- und Ebbeströmung zu schließen, hier vorliegt) dürfte es kaum anders zu machen sein, wenn man das Boot in jeder Gezeitenphase flottkriegen will. Eine Art (unter anderen), es zu vertäuen, stelle ich mir unter diesen Voraussetzungen folgendermaßen vor.

Der Anlegepfahl wird in den Flußgrund gerammt, und zwar außerhalb der Flachwasserzone, wo das Wasser bereits so tief ist, daß das Boot immer schwimmt. Vom Ufer bis zur Flachwassergrenze wird eine Pier aus Steinen gezogen (ein, zwei Waggons genügen), damit man nicht durch den Schlamm waten muß. Am Landende der Pier wird ein Bolzen mit einem Ring angebracht.

So, wenn man nun mit dem Boot draußen war, will man wieder an Land. Klar. Zunächst bindet man die Vorleine um den Anlegepfahl. Dann stakt man das Boot herum, bis das Heck an die Pier anstößt. Nun springt man an Land, nicht ohne das Ende eines mäßig starken Seils mitzuführen, dessen anderes Ende an dem im Heck des Bootes befindlichen Ring festgemacht ist. Man gibt dem Boot einen Schubs und befestigt das Seil-Ende (das man noch in der Hand hält) in dem Bolzenring an der Pier, wobei man gerade nur soviel Spiel gibt, daß das Boot bei Ebbe parallel zum Flußufer liegt.

Hat man seinen Drink intus, möchte man wieder weg. Also macht man das Heckseil los und holt das Boot ein, bis das Heck an die Pier stößt. Seil in der Hand, springt man ins Heck. Dann geht man geradeaus bis zum Bug, holt mittels der Vorleine ein, bis man dicht genug am Anlegepfahl ist, und legt ab.

Wenn ich Sie recht verstehe, fragen Sie, ob nicht jemand im Boot sein sollte, um die Vorleine abzulegen. Nun, das ist eigentlich immer erforderlich, es sei denn, das Boot kommt von selbst geschwommen. Auch das gibt es; ich erinnere nur an den soeben geschilderten Vorgang, wie sich das Boot dreht. Solang Ebbe ist, liegt es wie beschrieben. Aber bei Flut dreht sich das Heck von selbst einwärts und dümpelt dann, solange die Flut andauert, gegen die Pier. Das macht natürlich nichts, da das Wasser ja steigt.

Sie müssen auch bedenken, daß jede Phase im Ablauf der Gezeiten täglich um ungefähr (für Ihren Zweck genügt Annäherungswert) eine dreiviertel Stunde später eintritt. Allerdings darf man auch wieder nicht sagen, weil heute um zehn Uhr vormittags Hochwasser war, ist morgen um elf Uhr vormittags Niedrigwasser. Außerdem dauert in einem Fluß, wie wir ihn hier vor uns haben, die Ebbe länger an als die Flut. Ich habe speziell für diesen Fluß eine Reihe von Grundregeln aufgestellt, die ich zwar im Augenblick nicht mehr ganz präsent habe, auf denen alle weiteren jedoch basieren.

Was die Entfernung des Anlegepfahls von der Hochwassermarke angeht, so können Sie da, innerhalb gewisser Grenzen, nach Belieben verfahren. Wenn Sie, horizontal gemessen, vom H.W.-Pegel zum N.W.-Pegel mindestens zwölf Fuß und vom N.W.-Pegel zum Anlegepfahl mindestens sechs Fuß ansetzen, liegen Sie ungefähr richtig. Sie können praktisch diese Abstände unbegrenzt vergrößern; sie maßgeblich zu verringern, würde ich jedoch nicht empfehlen, da sonst Ihr Ufer unbequem steil wird.

2 Rechtskommentar zu Fitzgeralds Testament

Habe betreffs Ihrer Frage heute nachmittag in der Bibliothek nachgeschlagen, und meine unmaßgeblichen Recherchen ergaben, daß in aller Regel wohl folgendes gilt: Wenn zu einer Eheschließung der Konsens einer bestimmten Person erforderlich wäre, diese Person aber durch höhere Gewalt oder zumindest ohne Verschulden des Bedachten vorzeitig verstorben ist, wird die Konsensklausel hinfällig.

Keiner der von mir nachgeschlagenen Fälle geht allerdings so weit, daß zwischen dem Ableben der konsensfähigen Person und der Eheschließung des ansprucherhebenden Bedachten nur ein Zeitraum von vierundzwanzig Stunden liegt. Meiner Meinung nach muß daher, sofern der Tod weniger als vierundzwanzig Stunden vor der standesamtlichen Trauung eintrat, die Bedachte, um ihren Anspruch gegen etwaige Anfechtung durchzusetzen, folgendes nachweisen können:

entweder

1) daß sie die Absicht hatte, vor der Eheschließung den erforderlichen Konsens einzuholen;

2) daß sie durch den Todesfall hieran gehindert wurde und ohne denselben den Konsens rechtzeitig hätte beibringen können;

3) daß sie gegen die etwaige Unterstellung, der Todesfall habe in ihrem Verschulden gelegen, stichhaltige Entlastungsargumente besitzt;

oder aber

4) daß die Eheschließung erst ins Auge gefaßt bzw.

offiziell anberaumt wurde, nachdem der Erhalt des geforderten Konsenses infolge Ablebens bereits unmöglich geworden war. Im letzteren Falle kommt es darauf an, binnen welcher Frist nach erfolgtem Ableben die Bedachte Antrag auf Nichtigerklärung der Konsensklausel stellt.

Hierzu noch folgendes. Ich selbst bin zwar für die Sparte Heiratslizenzen nicht kompetent, doch aus der einschlägigen Literatur geht hervor, daß, wenn eine der ehewilligen Parteien fünfzehn Tage am Ort der beabsichtigten Eheschließung ansässig war, diese Partei beim dortigen Standesamt Antrag stellen und ihr nach Ablauf eines regulären Werktages – juristisch formuliert: einer Frist von zweiundvierzig bis achtundvierzig Stunden, sofern kein Sonntag dazwischen liegt – durch den Standesbeamten die Heiratslizenz erteilt werden kann.

Dieser Modus, wohlgemerkt, gilt für Eheschließungen, die nicht durch die etablierte Kirche erfolgen, sondern vor dem Standesamt oder bei irgendwelchen freien Religionsgemeinschaften, soweit diese zur Vornahme von Trauungen ermächtigt sind.

Ohne die vorausgegangenen fünfzehn Tage Ortsansässigkeit dauert die Sache länger.

Die einmal erteilte Heiratslizenz bleibt einige Zeit in Kraft, meines Wissens drei Monate, aber das können Sie ja noch präzise verifizieren. Ich könnte mir denken, daß die eine Ihrer Parteien die amtliche Lizenz bereits in Händen und nur noch auf eine für die Bedachte günstige Gelegenheit, den erforderlichen Konsens einzuholen, gewartet hatte. Heiratslizenzen dieser Art werden übrigens nur von einer besonderen Stelle erteilt. Siehe Whitaker.

Kurzum, im Fall einer Klausel, deren Erfüllung aufgrund Höherer Gewalt unmöglich geworden ist, bleibt das Vermächtnis bestehen, obwohl bei Nichterfüllung der Klausel unter Umständen auf Erklärung des Vermächtnisses zum Ruhenden Nachlaß erkannt werden kann. *So beispielswei-*

se, wenn die Person, deren Konsens zur Eheschließung erforderlich wäre, vor derselben stirbt. (Collett gegen Collet, Arch. Bd. 35, az. 312).

In dem zitierten Fall ging es um den Konsens der verwitweten Mutter zur Eheschließung der Tochter. Mutter verstarb 1856, Tochter verehelichte sich Juli 1865. Das Gericht entschied, daß Erklärung zum Ruhenden Nachlaß nicht erfolgt, wenn die Erfüllung der testamentarischen Klausel durch Höhere Gewalt und *ohne Verschulden der ihr unterliegenden Person* undurchführbar geworden ist.

»Hier besteht nach menschlichem Ermessen Gewißheit darüber, daß die Mutter, falls noch am Leben, ihren Konsens zu dieser in jeder Hinsicht erstrebenswerten Verbindung erteilt haben würde.«

Es wird von dem Prinzip ausgegangen, daß der Erblasser nicht Unmöglichkeiten verlangt hat und daß seiner Intention mit deren Erfüllung im Rahmen des praktisch Durchführbaren grundsätzlich entsprochen ist.

»Da die Bedingung durch Höhere Gewalt unerfüllbar geworden ist, besteht einwandfreier Rechtsanspruch auf den Grundbesitz.« (*Aislabie gegen Rice*, Arch. Bd. 3/M., Az. 25 C.)